이것이 인간인가

Primo Levi

프리모 레비 지음 — 이현경 옮김

돌베개

옮긴이 이현경

한국외국어대학교 이탈리아어과와 동대학원을 졸업했다. 이탈리아 대사관에서 주관하는 제1회 번역문학상을 수상했다. 옮긴 책으로 『사랑의 학교』, 『바우돌리노』, 『존재하지 않는 기사』, 『나무 위의 남작』, 『작은 일기』, 『권태』, 『미의 역사』, 『빗나간 내 인생』, 『Q』, 『선사시대 사랑 이야기』 등이 있다.

이것이 인간인가
—아우슈비츠 생존 작가 프리모 레비의 기록

프리모 레비 지음 | 이현경 옮김 | 서경식 해설

2007년 1월 12일 초판 1쇄 발행
2024년 4월 1일 초판 38쇄 발행

펴낸이 한철희 | 펴낸곳 돌베개 | 등록 1979년 8월 25일 제406-2003-000018호
주소 (10881) 경기도 파주시 회동길 77-20 (문발동)
전화 (031) 955-5020 | 팩스 (031) 955-5050
홈페이지 www.dolbegae.co.kr | 전자우편 book@dolbegae.co.kr

책임편집 김희진 | 편집 최정수·이경아·윤미향·김희동·서민경·이상술
표지디자인 박정은 | 본문디자인 박정영·이은정 | 인쇄·제본 영신사

ISBN 978-89-7199-264-7 03880
책값은 뒤표지에 있습니다.

이 도서의 국립중앙도서관 출판시도서목록(CIP)은 e-CIP 홈페이지
(http://www.nl.go.kr/cip.php)에서 이용하실 수 있습니다.(CIP제어번호: CIP2006002895)

이것이 인간인가

차례

작가의 말

운 좋게도 나는 1944년, 그러니까 노동력이 부족해짐에 따라 독일 정부가 사형시키려던 포로들의 평균수명을 연장하기로 결정한 뒤에 아우슈비츠로 이송되었다. 이러한 결정은 수용소 안의 일상을 눈에 띄게 개선하는 동시에 임의적인 사형집행을 중단시켰다.

그러므로 내 책은 죽음의 수용소라는 당혹스러운 주제로 전 세계의 독자들에게 이미 널리 알려진 잔학상에 관해 덧붙일 것이 아무것도 없다. 이 책은 새로운 죄목을 찾아내려는 것이 아니다. 오히려 인간 정신의 몇몇 측면에 대한 조용한 연구에 자료를 제공하기 위한 것이다. 개별적으로든 집단적으로든, 많은 사람들이 다소 의식적으로 '이방인은 모두 적이다'라고 생각할 수 있다. 이러한 확신은 대개 잠복성 전염병처럼 영혼의 밑바닥에 자리잡고 있다. 그것은 우연적이고 단편적인 행동으로만 나타날 뿐이며 사고체계의 밑바탕에 깔려 있는 것은 아니다. 하지만 그러한 일이 발생하면, 그 암묵적인 도그마가 삼단논법의 대전제가 되면, 그 논리적 결말로 수용소Lager가 도출된다. 수용소는 엄밀한 사유를 거쳐 논리적 결론에 도달하게 된, 이 세상에 대한 인식의 산물이다. 이 인식이 존재하는 한 그 결과들은 우리를 위협한다. 죽음의 수용소에 관한 이야기는 모든 이들에게 불길한 경종으로 이해되어야만 할 것이다.

나는 이 책의 구성상의 결점들을 알고 있고 그래서 양해를 구하고 싶다. 실제로 집필한 것은 나중 일이지만, 이 책은 이미 수용소 시절부터 구상되고 계획되었다. 우리 이야기를 '다른 사람들'에게 들려주고 '다른' 사람들을 거기에 참여시키고자 하는 욕구가 우리를 사로잡았다. 그것은 우리가 자유의 몸이 되기 전부터, 그리고 그후까지도 우리들 사이에서 다른 기본적인 욕구들과 경합을 벌일 정도로 즉각적이고 강렬한 충동의 성격을 지니게 되었다. 이 책은 이러한 욕구를 충족시키기 위해 씌어졌다. 그러니까 무엇보다 먼저 내적 해방을 위해서 씌어진 것이다. 이 책이 단편적인 성질을 갖는 것은 바로 이 때문이다. 각 장은 논리적 연속성이 아니라 긴박함의 순서를 따랐다. 연결과 통합 작업은 후에 체계적으로 이루어졌다.

이 책에 나오는 일들이 모두 허구가 아님을 밝히는 것은 굳이 필요하지도 않으리라.

프리모 레비

따스한 집에서
안락한 삶을 누리는 당신,
집으로 돌아오면
따뜻한 음식과 다정한 얼굴을 만나는 당신,

생각해보라 이것이 인간인지.
진흙탕 속에서 고되게 노동하며
평화를 알지 못하고
빵 반쪽을 위해 싸우고
예, 아니오라는 말 한마디 때문에 죽어가는 이가.
생각해보라 이것이 여자인지.
머리카락 한 올 없이, 이름도 없이,
기억할 힘도 없이
두 눈은 텅 비고 한겨울 개구리처럼
자궁이 차디찬 이가.
이런 일이 있었음을 생각하라.

당신에게 이 말들을 전하니
가슴에 새겨두라.
집에 있을 때나, 길을 걸을 때나
잠자리에 들 때나, 깨어날 때나.
당신의 아이들에게 거듭 들려주라.

그러지 않으면 당신 집이 무너져 내리고
온갖 병이 당신을 괴롭히며
당신의 아이들이 당신을 외면하리라.

여행

★ 내가 파시스트 민병대에 체포된 것은 1943년 12월 13일이었다. 그때 나는 스물네 살이었는데 영리하지도 못하고 경험도 없었다. 그리고 4년 전부터 인종법*이 나에게 강요한 격리의 삶까지 한몫하면서 거의 비현실적인 나만의 세계에 갇혀 사는 버릇이 더욱 굳어져 있었다. 그 세계는 교양 있는 데카르트적 환영, 남자들과의 진실한 우정, 여자들과의 열정 없는 우정들로 가득했다. 당시 나는 온건하고 추상적인 저항의 감각을 기르고 있었던 것이다.

산 속으로 숨어들어 뭔가를 일으켜 세우는 데 일조한다는 것은 결코 쉬

* 나치스의 뉘른베르크 법안을 모방해 1938년에 만들어진 일련의 조처들. 당시 이탈리아 내에 유대인은 약 4만 5,000명 정도였는데 1945년 4월 25일 파시즘이 결정적으로 붕괴될 때까지 이 법안에 의해 약 8,000명의 유대인들이 목숨을 잃었다.

운 일이 아니었다. 그 뭔가는 나를 비롯하여 나보다 그닥 경험이 많을 것도 없는 친구들이 생각해낸 것으로, '정의와 자유'*라는 저항운동 단체 소속의 유격대를 조직하는 일이었다. 하지만 우리에게는 연락수단, 무기, 자금이 없었고 그것을 조달할 수 있는 경험도 없었다. 능력 있는 사람은 없었고, 그 대신에 좋은 신념을 갖고 왔든 나쁜 신념을 갖고 왔든 의지할 곳 없는 부랑자들만 넘쳐났다. 그들이 평지에서 산으로 올라온 것은 있지도 않은 조직, 즉 지휘본부, 군대를 찾기 위해서, 아니면 단순히 안전한 곳, 숨을 곳, 따뜻한 불, 신발 한 켤레를 구하기 위해서였다.

당시 나는 훗날 수용소에서 급히 익히게 된 어떤 원칙을 미처 배우지 못한 상태였다. 그 원칙이란 바로 인간의 첫째 의무는 모든 가능한 수단을 이용해 자신의 목적을 추구하는 것이지만, 단 한 번이라도 실수를 하면 값비싼 대가를 치르게 되리라는 것이다. 그러므로 그후에 벌어진 일들은 마땅하다고밖에 할 수 없는 노릇이었다. 이웃 계곡에 진을 치고 있던, 우리보다 훨씬 강력하고 위험한 다른 유격대를 급습하기 위해 파시스트 민병대 3개 중대가 한밤중에 출격을 했는데, 그들은 눈이 유령처럼 내리던 새벽에 우리의 은신처로 들이닥쳐 나를 혐의자로 붙잡아 계곡 아래로 끌고 갔다.

뒤이은 심문에서 나는 '유대인종 이탈리아 국민'이라는 내 신분을 밝히는 쪽으로 마음을 굳혔다. '피난민'이라고 아무리 우겨봤자 그런 외딴곳

★ '정의와 자유'는 1929년 파리에서 카를로 로셀리Carlo Rosselli와 네로 로셀리Nero Rosselli 형제가 만든 조직으로, 자유주의적 사회주의를 주창하며 파시즘에 대해 강고한 저항운동을 전개했다.

에 와 있는 이유가 그럴듯하게 설명될 리 없었다. 또 나는 내 정치 활동을 자백하는 것이야말로 고문과 피할 수 없는 죽음을 불러오리라고 판단했다(나중에 알게 되겠지만 오판이었다). 나는 유대인으로서 모데나 근처에 있는 포솔리라는 곳으로 보내졌다. 그곳에는 거대한 미결감 수용소가 있었는데 원래는 전쟁포로로 잡힌 미국인과 영국인들을 위한 곳으로, 신생 파시스트 공화국 정부에 호의적이지 않은 여러 부류의 사람들이 수용되어 있었다.

내가 도착했을 때, 그러니까 1944년 1월 말경 수용소에 이탈리아 유대인은 대략 150여 명 정도 되었지만 불과 몇 주 만에 그 수가 600명을 넘게 되었다. 대개 부주의나 밀고에 의해 파시스트나 나치스에게 체포된 일가족들이었다. 드물기는 했지만 몇몇 사람은 자발적으로 체포되기도 했는데, 떠돌이 삶으로 인한 절망감 때문이거나 먹고살 방법이 없어서 혹은 체포된 가족과 헤어지기 싫어서, 그리고 터무니없게도 "법을 따르기 위해서" 인 경우도 있었다. 이들 외에도 100여 명 정도의 유고슬라비아 군인들이 수용되어 있었고 정치적으로 불순하다고 의혹을 산 다른 외국인 몇 명이 있었다.

독일 SS* 분대가 도착하자 낙관주의자들마저도 의심을 품기 시작했다. 그러나 우리는 가장 명확한 결말들을 경우의 수에서 제외한 채 온갖 다

* Schutz-staffel의 약자, 나치스 친위대. 1929년 히틀러의 경호대로 창설되었다. 그후 독일군 내에서도 나치스 이데올로기를 광신적으로 체현한 특수군으로서의 성격을 지니게 되었다. SS의 임무는 유대인을 포함한 나치스의 적들을 탐색하고 체포하는 것, 강제수용소의 관리와 방어 등이었다.

양한 방식으로 이 새로운 변수를 해석하기에 분주했다. 그리하여 이런 모든 노력에도 불구하고, 강제이송 발표는 아무런 마음의 준비도 되지 않은 상태에서 우리를 강타했다.

2월 20일, 독일인들이 수용소를 면밀히 검사했고, 주방 관리가 불량하고 난방을 위해 배급하는 장작의 양이 부족하다는 이유로 이탈리아인 소장을 공개적으로 크게 비난했다. 그들은 심지어 곧 의무실이 문을 열 거라고도 말했다. 하지만 21일 아침, 사람들은 바로 이튿날 유대인들이 수용소를 떠나리라는 것을 알게 되었다. 한 명의 예외도 없이 모두. 아이도, 노인도, 병자들까지도 모두. 어디로 가는지는 알 수 없었다. 15일간의 여행을 준비해야 했다. 점호에서 한 사람이 모자랄 때마다 열 사람이 총살을 당할 판이었다.

이제 아주 천진난만하고 공상적인 소수의 영혼들만이 계속 희망을 품었다. 거기에 속하지 않은 우리는 폴란드와 크로아티아 피난민들과 오랫동안 이야기를 나누었고 떠난다는 것이 무슨 뜻인지 알게 되었다.

사형선고를 받은 사람들에 대해 전통은 엄격한 의식을 규정해놓기 마련이다. 그것은 모든 정념과 분노가 이제는 사그라졌음을 강조하기 위한 것이고, 정의로운 행위가 사회에 대한 슬픈 의무의 표현인 까닭에 사형집행인도 사형수에게 연민을 느낀다는 것을 강조하기 위한 것이다. 그러므로 사형수는 모든 외적 근심을 피할 수 있고 고독을, 또 원한다면 모든 정신적 위안까지도 보장받는다. 간단히 말해 자신의 주변에서 증오나 부조리한 독단이 아닌 필연성과 정의를 느끼고, 형벌과 함께 용서받음을 느끼도록 세심하게 배려된다.

하지만 우리에게는 이런 것이 허락되지 않았다. 우리는 수가 너무 많았고 시간은 별로 없었기 때문이다. 그리고 대체 우리가 무엇을 회개하고 무엇을 용서받아야 한단 말인가? 그래서 이탈리아인 소장은 최종 통보를 받을 때까지 모든 업무를 계속하라고 명령했다. 식당은 계속 운영되었고 청소 노역을 맡은 이들corvées도 평상시처럼 일했고 심지어 초등학교 교사들도 여느 때와 마찬가지로 저녁 때까지 수업을 했다. 단, 그날 저녁 학생들에게는 숙제가 주어지지 않았다.

밤이 되었다. 그 광경을 목격한 사람이라면 살아남지 못하리라는 것이 명백한 그런 밤이었다. 간수들도, 이탈리아 사람이건 독일 사람이건, 자신이 곧 죽으리라는 것을 알게 된 인간이 어떤 행동을 하는지 와서 직접 목격할 용기를 낼 위인은 아무도 없었다.

모두 자신에게 가장 어울리는 방법을 찾아 삶과 작별했다. 기도를 하는 사람도 있었고 일부러 곤드레만드레 취하는 사람, 잔인한 마지막 욕정에 취하는 사람도 있었다. 하지만 어머니들은 여행 중 먹을 음식을 밤을 새워 정성스레 준비했고 아이들을 씻기고 짐을 꾸렸다. 새벽이 되자 바람에 말리려고 널어둔 아이들의 속옷이 철조망을 온통 뒤덮었다. 기저귀, 장난감, 쿠션, 그리고 그 밖에 그녀들이 기억해낸 물건들, 아기들이 늘 필요로 하는 수백 가지 자잘한 물건들도 빠지지 않았다. 여러분도 그렇게 하지 않았겠는가? 내일 여러분이 자식들과 함께 사형을 당한다고 오늘 자식들에게 먹을 것을 주지 않을 것인가?

6A 막사에는 가테뇨라는 노인이 아내와 여러 명의 자식, 손자, 사위, 며느리들과 함께 지내고 있었다. 남자들은 모두 목수였다. 그들은 여러 번의 멀고 긴 여행 끝에 트리폴리에서 이곳까지 왔다. 그들은 연장과 취사도구, 일을 마친 후 연주하고 춤을 추는 데 필요한 아코디언과 바이올린을 늘 지니고 다녔다. 유쾌하고 신심이 깊은 사람들이었다. 그 집 여인들은 제일 먼저, 조용하고 빠른 몸놀림으로 여행 준비를 마쳤다. 애도의 시간을 남겨두기 위해서였다. 포카치아*를 굽고 짐을 꾸려놓고 모든 준비를 다 마치자 여자들은 신발을 벗고 머리를 푼 뒤 바닥에 애도용 양초를 늘어놓았다. 그리고 조상들의 관습에 따라 초에 불을 붙인 뒤, 애도를 위해 땅바닥에 둥글게 둘러앉았다. 거기에서 그들은 밤새 기도를 하며 눈물을 흘렸다. 우리들은 삼삼오오 그들의 막사 앞으로 모여들었다. 생소한 비탄이 우리의 영혼 속으로 가라앉았다. 그것은 땅을 갖지 못한 민족의 오래된 아픔, 엑소더스에 대한 희망을 잃은 채 매 세기 반복되는 아픔이었다.

★

새벽이 배신자처럼 우리를 덮쳤다. 새로운 태양은 우리를 파멸시키려는 적들과 결탁이라도 한 것 같았다. 불면의 밤을 보내고 난 뒤, 우리의 내부에서 요동치던 갖가지 감정들, 자포자기, 쓸모없는 반항심, 종교적 체념, 두려움, 절망감이 이제 한 덩어리가 되어 제어

* 밀가루 반죽에 올리브유와 소금, 허브 등을 넣어 구운 이탈리아 빵.

할 수 없는 집단적 광기 속으로 흘러들었다. 명상의 시간, 결정의 시간은 끝났다. 이성적인 활동은 모두 격정적인 혼란 속에서 흩어져버렸고, 그 순간 시간적으로나 공간적으로 너무나 가까운, 우리의 집들에 대한 따뜻한 기억들이 섬광처럼 번득이며 칼에 베인 것 같은 날카로운 아픔을 안겨주었다.

그때 우리 사이에 많은 일들이 일어났고 또 많은 말들이 있었지만, 어쩌면 기억에 남기지 않는 것이 좋을 것 같다.

★ 독일인들은 어처구니없을 정도로 깐깐하게 점호를 했다. 나중에 우리는 그러한 정확성에 익숙해져야만 했다. 마지막에 장교가 물었다. "Wieviel Stück?"(몇 개) 그러자 하사는 단정하게 경례를 붙인 뒤 650 '개'이며 모두 준비가 되었다고 대답했다. 그리고 그들이 우리를 버스에 태워 카르피 역으로 데려갔다. 그곳에서는 기차와 호위병들이 우리를 기다리고 있었다. 거기서 우리는 최초의 구타를 당했다. 너무나 생소하고 망연자실한 일이어서, 몸도 마음도 아무런 통증을 느낄 수 없었다. 단지 무척 심오한 경이로움만을 느꼈을 뿐이다. 어떻게 분노하지 않고도 사람을 때릴 수 있을까?

기차는 열두 량이었고 우리는 650명이었다. 우리 객차에는 45명이 탔는데, 그 객차는 좁았다. 그러니까 그 유명한 독일 수송열차 중의 한 대가 우리 눈앞에, 바로 우리 발밑에 있었다. 한번 타면 결코 되돌아올 수 없다고, 우리가 두려움에 몸서리치며 그리고 반신반의하며 그토록 누누이

들어온 그 기차였다. 꼭 듣던 대로였다. 사소한 것 하나하나에 이르기까지. 화물 객차 바깥에서 문이 잠겼다. 객차 안에서는 남녀노소가 싸구려 상품들처럼 무자비하게 포개진 채 무無를 향한, 아래쪽을 향한, 바닥을 향한 여행을 했다. 이번엔 그 객차 안에 있는 사람들이 바로 우리라는 점만 달랐다.

★ 누구나 인생을 얼마쯤 살다 보면 완벽한 행복이란 실현 불가능하다는 것을 깨닫게 된다. 하지만 그것과 정반대되는 측면을 깊이 생각해보는 사람은 드물다. 즉 완벽한 불행도 있을 수 없다는 사실 말이다. 이 양 극단의 실현에 걸림돌이 되는 인생의 순간들은 서로 똑같은 본성을 가지고 있다. 그것들은 모든 영원불멸의 것들과 대립하는 우리의 인간적 조건에 기인한다. 미래에 대한 우리의 늘 모자란 인식도 그 중 하나다. 그것은 어떤 때에는 희망이라 불리고 어떤 때에는 불확실한 내일이라 불린다. 모든 기쁨과 고통에 한계를 지우는 죽음의 필연성도 그중 하나다. 어쩔 수 없는 물질적 근심들도. 이것들이 지속적인 모든 행복을 오염시키듯, 이것들은 또 우리를 압도하는 불행으로부터 끊임없이 우리의 관심을 돌려놓음으로써 우리의 의식을 파편화하고, 그만큼 삶을 견딜 만한 것으로 만들어준다.

여행 중에 그리고 그후에도, 끝도 없는 절망의 나락에서 우리를 건져낸 것은 바로 이런 불편함, 구타, 추위, 갈증이었다. 살려는 의지나 의식적인 체념 같은 것이 아니었다. 그런 것을 가질 수 있는 사람은 소수였고,

우리는 평범한 인류의 표본에 불과했기 때문이다.
문은 일찌감치 닫혔지만 기차는 저녁이 돼서야 움직였다. 우리는 우리의 목적지를 알고 안도했다. 아우슈비츠. 당시로서는 별로 대수롭지 않은 이름이었다. 어쨌든 이 세상 어느 곳엔가 존재할 어떤 지역을 지칭하는 이름일 뿐이었다.
기차는 느릿느릿 움직였고 간혹 진이 빠질 정도로 오랫동안 정차했다. 객차에 난 좁은 틈으로 우리는 아디제 계곡의 높고 파리한 절벽들과 이탈리아의 마지막 도시의 이름들이 사라져가는 것을 보았다. 이튿날 정오에는 브레너를 지났다. 모두 자리에서 일어났지만 아무도 말을 하지 않았다. 다시 돌아올 거라는 생각이 내 마음속에 자리잡고 있었고, 잔인하게도 나는 그 또 다른 여행의 초인간적인 기쁨이 어떤 것일지 상상해 보았다. 기차 문이 활짝 열려 있고, 아무도 도망치려 하지 않고, 이탈리아어 지명들이 처음 눈에 들어오고…… 그러다가 나는 주위를 둘러보았다. 그리고 먼지 같은 이 가여운 사람들 중 그러한 운명의 손길이 닿는 사람이 몇이나 될지 생각해보았다.
나와 같은 객차에 탔던 45명 중 다시 집으로 돌아간 사람은 네 명에 불과했다. 그런데 이 객차가 가장 운이 좋은 경우였다.
우리는 갈증과 추위로 고통받았다. 기차가 정거장에 설 때마다 큰 소리로 물을 달라고 아니면 눈이라도 한 뭉치 달라고 소리쳤지만 우리 목소리는 거의 들리지 않았다. 호송 병사들은 열차에 다가오는 사람을 모두 쫓아버렸다. 갓난아기들을 데리고 탄 젊은 엄마 둘이 밤낮으로 물을 달라고 애원하며 흐느꼈다. 배고픔, 피로와 수면 부족이 그나마 덜 고통스럽고 덜 가혹하게 느껴진 것은 온 신경이 곤두서 있었기 때문이다. 하지만 밤들은 끝도 없는 악몽의 시간이었다.

위엄 있게 죽음을 맞을 줄 아는 사람은 극소수에 불과하다. 그리고 종종 그 소수는 우리가 예상치 못했던 사람들이다. 침묵할 줄 아는 사람, 다른 사람의 침묵을 존중해줄 수 있는 사람은 얼마 되지 않는다. 우리의 불안한 꿈은 시끄럽고 아무 쓸모 없는 말다툼, 욕설, 주먹과 발길질에 중단되었다. 이런 것들은 짜증스럽지만 불가피한 접촉으로부터 자신을 방어하기 위해 맹목적으로 내지르는 반응들이었다. 그럴 때 누군가 촛불을 켜면, 그 흐느끼듯 어른거리는 불빛 속에서 흐릿한 동요의 기미가, 한 덩어리의 인간 형체가 모습을 드러냈다. 그 형체는 바닥에 엎드린 채 혼란스러워하면서, 마디를 찾아볼 수 없이 하나로 연결되어 생기를 잃은 채 늘어지고 통증에 시달리고 있었다. 그것은 발작을 일으키듯 여기저기서 불쑥 튀어올랐다가는 다시 피로에 밀려 잠잠히 무너져내렸다.

좁은 틈으로 잘츠부르크, 빈 같은 익숙하고 낯선 오스트리아 지명들이 지나갔다. 그 다음은 체코슬로바키아였고 마지막이 폴란드 지명이었다. 나흘째 되는 날 저녁은 매섭게 추웠다. 기차는 끝이 없어 보이는 검은 소나무 숲을 지나며 우리가 느낄 수 있을 정도로 가파른 경사면을 오르고 있었다. 눈이 수북이 쌓여 있었다. 지선支線이 틀림없었다. 역들도 모두 작았고 사람이 거의 없었다. 이제 기차가 정차해 있는 동안에도 바깥세계와 의사소통을 시도하는 사람이 없었다. 그때쯤 이미 우리는 우리가 '다른 편'에 있다고 느꼈다. 기차가 들판에 오랫동안 정차했다. 그런 다음 더할 나위 없이 느릿느릿 다시 움직이기 시작했다. 한밤중이 되자 어두컴컴하고 고요한 평야 한가운데에서 기차가 완전히 멈춰버렸다.
철로 양쪽으로 빨갛고 하얀 불빛이 끝없이 길게 늘어선 것이 보였다. 하지만 작은 소음 하나 들리지 않아 사람들이 사는 곳에서 아주 멀리 떨어져 있음을 알 수 있었다. 규칙적으로 들리던 기차 바퀴 소리도 사라지고 인간의 소리도 모두 사라져버린 그곳에서 우리는 마지막 남은 초의 가련한 불빛에 의지해 다가올 일들을 기다리고 있었다.
여행 내내 내 옆에는 한 여자가 나처럼 사람들 틈에 처박혀 몸을 웅크리고 있었다. 우리는 꽤 오래전부터 알던 사이였다. 불행이 우리 두 사람을 함께 덮쳤지만 서로에 대해 아는 것은 얼마 되지 않았다. 우리는 결정의 시간에, 살아 있는 사람들끼리는 나누지 않을 이야기들을 나누었다. 우리는 작별인사를 했다. 간단한 인사였다. 모두 옆 사람들에게 인사를 하며 삶에 작별을 고하고 있었다. 더 이상 두려움도 없었다.

★ 클라이맥스는 갑자기 들이닥쳤다. 기차 문이 요란한 소리를 내며 열리더니 뚝뚝 끊어지듯 야만적으로 들리는 낯선 외국어의 명령들이 어둠 속에서 메아리쳤다. 목소리의 주인은 지휘를 맡은 독일인들이었다. 그들은 마치 수 세기에 걸친 분노를 방출하는 듯했다. 광대한 플랫폼이 반사경의 불빛에 비쳐 우리 앞에 나타났다. 거기서 조금 떨어진 곳에 트럭들이 늘어서 있었다. 모든 것이 다시 침묵에 잠겼다. 누

군가 통역을 했다. 우리는 짐을 가지고 기차에서 내려 기차 옆에 짐들을 놓아두어야 했다. 곧 플랫폼에 어두운 그림자들이 몰려들었다. 왠지 우리는 침묵을 깨기가 두려웠다. 모두 짐을 챙기느라 부지런히 움직였고 이름을 부르고 서로를 찾느라 분주했지만 목소리는 속삭이듯 작았다.

10여 명의 SS 대원이 무표정한 얼굴로 다리를 딱 벌린 채 약간 떨어진 곳에 서 있었다. 그리고 잠시 후 그들이 우리 쪽으로 다가왔다. 돌같이 굳은 표정과 낮은 목소리를 지닌 그들은, 형편없는 이탈리아어로 한 사람 한 사람 빠른 속도로 심문해나갔다. 모두가 질문을 받은 것은 아니고, 몇 사람만 받았다. "몇 살이지? 건강한가, 병이 있나?" 대답을 들은 후 그들의 손가락은 우리에게 각기 다른 두 방향을 가리켰다.

수족관 안에 있는 것처럼, 그리고 마치 꿈속의 어떤 장면들처럼 모든 것이 고요했다. 우리는 훨씬 더 묵시록적인 분위기를 예상하고 있었다. 하지만 그들은 평범한 경찰관 같았다. 당혹스러웠지만 한편으로는 긴장이 풀렸다. 어떤 사람은 대담하게 짐에 대해 묻기도 했다. 그들은 "짐은 나중에"라고 대답했다. 어떤 사람은 아내와 헤어지지 않으려 했다. 그들은 "나중에 다시 모일 것이오"라고 했다. 엄마들은 대부분 자식들과 떨어지기 싫어했다. 그들은 "좋아, 좋아, 아이와 함께 있어"라고 말했다. 그들은 일상적으로 늘 해야 하는 일을 하는 사람들처럼 아주 차분하고 단호하게 움직였다. 하지만 렌초가 약혼녀인 프란체스카와 작별인사를 하느라 시간을 끌자 그들은 얼굴에 한 방을 날려 렌초를 쓰러뜨렸다. 그것이 그들의 일상적인 업무였다.

10분도 채 안 돼서 튼튼한 남자들이 한데 모이게 되었다. 다른 남자들, 여자들, 아이들, 노인들에게 어떤 일이 일어났는지 우리는 당시에도 그 후에도 정확히 알 수가 없었다. 밤은 아주 깔끔하고 간단하게 그들을 삼켜버렸다. 그러나 지금 우리가 알고 있는 것도 있다. 그 신속하고 간략한 선택의 과정 속에서 우리 각자가 제3제국에 유용한 일꾼인지 아닌지 판단되고 있었던 것이다. 또 그렇게 해서 남자 96명과 여자 29명이 모노비츠(부나)와 비르케나우 수용소로 이송되었다. 다른 사람들, 즉 500명이 훨씬 넘는 사람들 중 이틀 후까지 살아남은 사람은 단 한 명도 없었다. 이 밖에도 우리가 알고 있는 것들이 또 있다. 이렇듯 건장한 사람과 그렇지 않은 사람을 구별하는 보잘것없는 원칙마저도 늘 준수된 것은 아니고, 나중에는 새로 도착하는 사람들에게 미리 알리지 않은 채 객차의 문을 둘 다 여는 더 간편한 방법을 사용하기도 했다는 것이다. 우연히 객차의 이쪽 문으로 내린 사람은 수용소로 들어갔고 다른 쪽 문으로 내린 사람은 가스실로 향했다.

그렇게 해서 세 살배기 에밀리아가 죽었다. 독일인들에게는 유대인 아이들을 죽이는 일의 역사적 필요성이 아주 자명해 보였기 때문이다. 밀라노 출신 엔지니어 알도 레비의 딸 에밀리아는 호기심이 많고 대담하며 활발하고 똑똑한 아이였다. 여행하는 동안 그 애의 엄마와 아빠는 사람이 꽉 찬 객차 안에서도 함석통에 담긴 미지근한 물로 그 애를 목욕시킬 수 있었다. 우리를 죽음으로 이끌고 있는 그 기관차의 엔진에서 물을 받아 쓰도록 어느 부패한 독일인 기관사가 허락해주었기 때문이다.

그렇게 순식간에 우리의 여인들, 부모들, 자식들이 사라져버렸다. 아무도 작별인사를 할 수 없었다. 우리는 다른 쪽 플랫폼 끝에 있는 거무스름한 덩어리 같은 그들을 잠깐 보았다. 그후에는 아무것도 보이지 않았다.
대신 두 분대의 이상한 사람들이 불빛 속에 나타났다. 그들은 세 명씩 줄을 서서 고개를 앞으로 숙이고 두 팔은 고정시킨 채 이상하고 거북스러운 걸음걸이로 걸어가고 있었다. 머리에는 우스꽝스러운 베레모를 쓰고 몸에는 줄무늬가 들어간 긴 코트를 입고 있었는데, 밤중에 멀리서 보기에도 더러운 누더기 같았다. 그들은 우리 둘레에 우리가 다가갈 수 없게끔 넓고 둥근 원을 그렸다. 그리고 침묵 속에서 우리의 짐을 들고 텅 빈 트럭 위로 분주하게 오르내리기 시작했다.
우리는 아무 말 없이 서로의 얼굴을 쳐다보았다. 모든 게 이해할 수 없고 미친 짓 같았지만 한 가지는 알 수 있었다. 이것이 우리를 기다리고 있는, 우리가 앞으로 변화될 모습이었다. 내일이면 우리도 이렇게 될 터였다.
어떻게 그렇게 되었는지는 모르지만 나는 다른 서른 명의 사람들과 함께 트럭 위에 실려 있었다. 트럭은 한밤중에 전속력으로 달렸다. 트럭에 덮개가 씌워져 있어 밖을 내다볼 수는 없었지만 트럭의 흔들림을 통해 길이 몹시 구불구불하고 울퉁불퉁하다는 것을 알 수 있었다. 호위대가 없는 걸까? 바닥으로 뛰어내릴 수 있을까? 너무 늦었다, 너무 늦었다, 우리는 이미 의욕이 '바닥까지' 떨어져 있었다. 게다가 호위대가 없는 게 아님을 금방 알아차릴 수 있었다. 이상한 호위대였다. 총을 든 독일 병

사. 너무 어두워서 그를 볼 수는 없었지만 트럭이 흔들려 우리가 한 무더기가 되어 오른쪽 왼쪽으로 쏠릴 때마다 단단한 것에 몸이 닿는 것을 느낄 수 있었다. 어느 순간 그가 손전등을 켰다. 그리고 "이 저주받을 망령들아, 비통할지어다!"*라고 소리치는 대신 독일어와 피진어**를 써가며 꽤 정중하게 한 사람 한 사람에게 혹시 자기에게 줄 만한, 돈이라든가 시계 같은 것이 있는지 물었다. 잠시 후면 우리에겐 그런 것이 아무 쓸모가 없어질 테니까. 그건 명령도 아니고 규정도 아니었다. 우리의 카론이 저 혼자 생각해낸 독창적인 아이디어가 틀림없었다. 이 일은 우리에게 분노와 조소, 그리고 이상한 안도감 같은 것을 불러일으켰다.

* 단테의 『신곡』 지옥편 제3곡 84행. 아케론 강의 강가에서 망자亡者를 실어나르는 사공 카론은 단테를 망자와 구별하지 못하고 이 말을 건넨다. 이 독일인도 그리스 신화 속의 사공처럼 승객이 뱃삯을 주리라 기대하고 있었다.

** 두 개의 언어가 섞여서 이루어진 보조 언어. 가령, 우리말 어순을 그대로 따르면서 단어만 영어를 쓰는 식. 여기서는 이탈리아어와 독일어가 뒤섞인 말을 뜻한다.

바닥에서

★ 여행은 20여 분 만에 끝이 났다. 트럭이 멈춰 섰고 큰 문과 그 위에서 환히 빛나는 글씨가 보였다(그 기억이 아직도 꿈속에서 나를 괴롭힌다). 'Arbeit macht Frei'(노동이 자유케 하리라).

우리는 트럭에서 내려 난방이 거의 되지 않는 거대한 빈 방으로 들어갔다. 어찌나 목이 마르던지! 라디에이터에서 물이 졸졸 흐르는 소리가 희미하게 들려와 우리의 성을 돋운다. 물을 마시지 못한 지 나흘째다. 수도꼭지가 있다. 그러나 그 위에는 물이 더러워서 마실 수 없다는 쪽지가 붙어 있다. 우습다. 내가 보기에 그 쪽지는 우리를 조롱하고 있는 게 분명했다. '그들'은 우리가 갈증 때문에 죽을 지경이라는 것을 알고 있다. 그들은 우리를 방에 집어넣었고 방에는 수도꼭지가 있다. 그런데 'Wassertrinken verboten'(물 마시지 마시오)라고 써 있다. 나는 그 물을 마시며 동료들에게도 그렇게 하라고 권한다. 하지만 이내 물을 뱉을 수밖에 없다. 물은 미지근하고 들척지근하며 진창 냄새가 난다.
이것은 지옥이다. 오늘날, 우리 시대의 지옥이 틀림없이 이럴 것이다. 우리는 크고 텅 빈 방에 지친 채 서 있고 수도꼭지에서는 물이 똑똑 떨어지는데 그 물을 마실 수 없다. 물론 우리는 훨씬 끔찍한 무엇인가를 예상했는데 아무 일도 일어나지 않았고 계속 아무 일도 일어나지 않고 있다. 어떻게 생각해야 할까? 더 이상 생각을 할 수도 없다. 우리는 죽은 사람들 같다. 누군가 바닥에 주저앉는다. 시간이 한 방울씩 흐른다.
우리는 아직 죽지 않았다. 문이 열렸고 SS 대원이 한 명 들어왔다. 그는 담배를 피우고 있었다. 그가 서두르는 기색 없이 우리를 훑어본 뒤 물었다. "Wer kann Deutsch?"(독일어 할 줄 아는 사람) 우리와 함께 있던, 처음 보는 남자 하나가 앞으로 나갔다. 이름이 플레슈라고 했다. 그가 우리의 통역자가 될 터였다. SS 대원이 침착하게 오랫동안 이야기를 하고 통역자가 통역을 한다. 2미터 간격으로 다섯 명씩 줄을 서야 한다. 그리고 옷을 벗은 뒤 특정한 방식으로 꾸려서 양모 옷은 이쪽에, 나머지 것들은 저쪽에 두어야 한다. 신발도 벗어야 하는데 도둑맞지 않도록 매우 신경을 써야 한다.
누구에게 도둑을 맞는다는 거지? 무엇 때문에 우리 신발을 훔쳐간다는 거야? 우리의 서류와 주머니에 든 몇 가지 물건, 그리고 시계는? 우리는 모두 통역자를 쳐다본다. 그가 독일인에게 묻는다. 독일인은 담배를 피우면서 아무에게서 아무런 말도 듣지 못한 듯, 통역자가 마치 속이 투명하게 비쳐 보이기라도 하는 것처럼 그를 바라본다.

나는 노인의 알몸을 한 번도 본 적이 없었다. 베르크만 씨는 탈장대를 착용하고 있었는데, 그가 통역자에게 그것을 착용하고 있어도 되는지 물었고 통역자는 머뭇거렸다. 하지만 독일인은 상황을 알아차리고 누군가를 가리키며 통역자에게 진지하게 말을 했다. 우리는 통역자가 침을 꿀꺽 삼키는 것을 보았다. 잠시 후 그가 통역했다. "장교가 탈장대를 벗어야 한다고 합니다. 코엔 씨 것을 받게 되실 거랍니다." 플레슈의 입에서 그 말들이 씁쓸하고도 비통하게 흘러나왔다. 그것이 바로 독일식 농담이었다.

잠시 후 다른 독일인이 왔다. 그는 신발을 한쪽 구석에 모아두라고 한다. 우리는 신발을 모아둔다. 이미 모든 것이 끝나버렸고, 우리는 세상의 바깥에 있는 것 같았고, 우리가 할 수 있는 일은 복종밖에 없었기 때문이다. 빗자루를 가진 사람이 와서 신발을 모두 쓸어버린다. 신발이 무더기로 문 밖으로 쓸려나간다. 그는 미치광이 같다. 96켤레의 신발이 모두 뒤섞여 신발들은 짝을 잃게 된다. 문이 바깥쪽으로 열려 있어서 얼음같이 찬 바람이 들어온다. 알몸인 우리는 두 팔로 배를 가린다. 바람 때문에 문이 열렸다 닫혔다 한다. 독일인이 문을 다시 연다. 그리고 우리가 나란히 선 채 바람에서 보호하기 위해 몸을 어떻게 꼬는지 흥미로운 표정으로 지켜본다. 그러더니 밖으로 나가 문을 닫는다.

이제 2막이 시작된다. 면도기, 비누솔과 가위를 가진 남자 네 명이 벌컥 문을 열고 들어온다. 줄무늬 바지와 상의를 입고 있었고 가슴에는 숫자가 박혀 있다. 이 사람들도 오늘 저녁(아니면 어젯밤?) 봤던 그 사람들과 같은 부류의 사람들일까? 하지만 이 사람들은 건강하고 생기가 있다. 우리는 많은 질문을 한다. 하지만 그들은 우리를 붙잡아 순식간에 머리를 밀고 면도를 시켜버린다. 머리카락이 사라진 얼굴들은 어찌나 우스꽝스럽던지! 네 남자는 이 세상 언어가 아닌 것 같은 말들을 한다. 물론 독일어는 아니다. 나는 독일어를 조금 알아들을 수 있다.

마침내 또 다른 문이 열린다. 우리는 모두 그 문 안에 갇힌다. 머리를 박박 깎인 채 알몸으로 서 있다. 발이 물에 잠긴다. 샤워실이다. 안에는 우리밖에 없다. 차츰 놀라움이 사라지면서 말을 하게 된다. 모두 묻기만 할 뿐 대답을 하는 사람은 한 명도 없다. 샤워실에 알몸으로 보내졌다면 그건 샤워를 하라는 뜻이다. 샤워를 하라는 것은 아직 우리를 죽이지 않겠다는 뜻이다. 그런데 왜 우리를 세워두는지, 왜 마실 것을 주지 않는지 아무도 우리에게 설명해주지 않는다. 우리는 신발도 옷도 없고, 모두 알몸인 채로 발을 물에 담그고 있다. 춥다. 닷새 동안 여행을 하고도 앉을 수조차 없다.

여자들은 어떻게 되었을까?

엔지니어인 레비 씨가 여자들도 지금 우리와 같은 상황일지, 그녀들은 어디에 있을지, 다시 만나게 될지 내게 묻는다. 나는 그럴 거라고 대답한다. 그는 결혼을 했고 어린 딸이 있으니까. 당연히 우린 그녀들과 다시 만나게 될 것이다. 하지만 이미 나는 이 모든 게 우리를 조롱하고 모욕하기 위한 커다란 속임수라고 생각한다. 그들은 곧 우리를 살해할 것이다. 살 수 있다고 생각하는 사람은 미친 사람이다. 그건 그가 미끼에 걸려들었다는 뜻이다. 하지만 나는 그러지 않을 것이다. 나는 조만간, 그러니까 아마도 우리가 바로 이 방에서 서로의 알몸을 보는 데 신물이 났을 때, 춤을 추듯 이쪽저쪽 발을 바꾸거나 가끔 바닥에 앉아보려고 시도하지만 손가락 세 마디 정도 차 있는 물 때문에 번번이 실패하고 지쳐버렸을 때, 모든 것이 끝나버릴 것임을 이해했다.

우리는 아무 목적 없이 왔다갔다한다. 그리고 이야기를 나눈다. 모두가 모두에게 이야기를 하고 있으므로 몹시 시끄럽다. 문이 열리고 독일인이 들어온다. 아까 그 장교다. 그가 간단히 말하고 통역자가 통역을 한다. "장교가 조용히 하랍니다. 여기는 랍비 학교가 아니랍니다." 자신의 것이 아닌 나쁜 말들을 입 밖으로 내놓느라, 마치 구역질나는 것을 뱉듯이 그의 입이 일그러지는 게 보인다. 우리가 뭘 기다리고 있는 건지, 앞으로 얼마나 더 여기 있어야 하는지, 여자들은 어떻게 되었는지 전부 다 물어봐달라고 부탁하지만 그는 안 된다고, 그러고 싶지 않다고 말한다. 얼음같이 딱딱하고 찬 독일어 문장들을 이탈리아어로 통역하는 일을 영 내켜하지 않으면서도 마지못해 맡은 이 남자, 어차피 아무 소용 없다는 것을 알기 때문에 우리의 질문을 독일어로 옮기기를 거부한 이 플레슈라는 남자는 50대의 독일 유대인이다. 얼굴에는 피아베에서 이탈리아인들과 싸우다 얻은 큰 상처가 있다. 그는 폐쇄적이고 말이 없는 사람이다. 나는 그에게 본능적인 존경심을 느낀다. 그가 우리들보다 먼저 고통스러워하기 시작했다는 것을 느꼈기 때문이다.

독일인이 떠나고, 우리는 지금껏 떠들다가 가만히 있는다는 게 조금 부끄럽기는 하지만 아무 말도 하지 않는다. 여전히 밤이었다. 우리는 정말 날이 밝을지 자문해보았다. 다시 문이 열렸다. 줄무늬 옷을 입은 남자가 들어왔다. 이번에는 다른 사람들과는 달리 나이가 꽤 많고 안경을 쓰고 있으며 매우 교양 있어 보이는 사람이었다. 그리고 다른 사람들보다 훨씬 더 허약했다. 그가 우리에게 이탈리아어로 말한다.

이제 우리는 놀라는 데도 지쳤다. 꼭 미친 연극, 마녀와 성령과 악령이 등장하는 연극을 보고 있는 것 같다. 그는 외국어 억양이 강한, 형편없는 이탈리아어로 말한다. 아주 긴 연설이었다. 그는 친절하고, 우리가 묻는 말에 모두 대답해주려 애쓴다.

우리는 상上슐레지엔의 아우슈비츠 근처 모노비츠에 와 있다. 독일인과 폴란드인이 섞여 살고 있는 지역이다. 이 수용소는 강제노역수용소로, 독일어로 아르바이츠라거Arbeitslager라고 한다. 포로들은(대략 1만 명가량이었다) 일종의 고무인 부나*를 만드는 공장에서 일한다. 그래서 수용소 이름도 부나다.

우리는 신발과 옷을 받게 될 텐데, 그건 우리 것이 아니라 그가 걸친 것과 같이 다른 신발, 다른 옷이다. 지금 우리가 알몸으로 서 있는 건 몸을 소독하기 위해서다. 기상종이 울리면 즉시 샤워와 소독을 해야 한다. 소

★ 부나는 원래 부타젠과 나트륨의 첫 글자를 딴 것. 모노비츠에 있는 아우슈비츠 제3수용소에는 이 합성고무를 만들기 위한 공장이 있었는데 이를 부나 공장이라고 불렀고, 이 수용소는 그곳 사람들 모두가 이 공장에서 일했기 때문에 부나 수용소라 불렀다.

독을 하지 않고는 수용소에 들어갈 수 없기 때문이다.

물론 수용소에는 할 일이 있을 것이다. 여기서는 모두 일을 해야만 한다. 하지만 일에는 여러 종류가 있다. 예를 들어 그는 의사로 일한다. 그는 이탈리아에서 공부한 헝가리인 의사다. 수용소의 치과의사다. 4년 전부터 수용소에 있었다(이 수용소는 아니다. 부나 수용소가 생긴 건 불과 1년 반 전이다). 우리가 보다시피 그는 아직 살아 있고 건강 상태도 좋으며 별로 여위지도 않았다. 그는 왜 수용소에 있는 걸까? 우리처럼 유대인인가? "아니오." 그가 간단하게 대답한다. "난 범죄자입니다."

우리는 그에게 많은 질문을 한다. 그는 가끔 웃기도 하며 어떤 질문에는 대답을 하고 어떤 질문에는 대답하지 않는다. 그가 피하는 화제가 있는 게 분명하다. 여자들에 대해서는 말하지 않는다. 잘 있고 곧 만나게 될 거라고 했지만 어디에 어떻게 있는지는 말하지 않는다. 대신 다른 이야기를 한다. 이상하고 터무니없는 이야기들이다. 어쩌면 그도 우리를 놀리고 있는지도 모른다. 아니면 미친 것인지도 모른다. 수용소에서는 정신병자가 되는 사람들이 있기 마련이니까. 그는 매주 일요일마다 연주회와 축구 시합이 있다고 말한다. 권투를 잘하는 사람은 요리사가 될 수 있다. 일을 잘하는 사람은 상으로 쿠폰을 받는데 그것으로 담배와 비누를 살 수 있다. 물은 정말 마실 수 없으며 대신 매일 커피가 배급된다고 한다. 하지만 대개 죽이 매우 묽어 그것만으로 충분히 갈증을 없앨 수 있기 때문에 커피를 마시는 사람은 아무도 없다고 한다. 우리는 그에게 뭐든 마실 것을 좀 달라고 애원했지만 그는 그럴 수 없다고 말한다.

그가 SS의 명령을 어기고 몰래 우리를 만나러 왔기 때문에, 그리고 우리가 소독을 받지 않았기 때문에. 그리고 그는 당장 돌아가야 한다. 그가 우리를 찾아온 것은 이탈리아인들에게 호감을 느끼고 있고, 그리고 "약간 동정심을 느끼기 때문"이라고 한다. 우리는 그에게 수용소에 다른 이탈리아인들이 아직 있는지 물어본다. 그는 얼마 있기는 한데 정확히 몇 명인지는 모른다고 대답하고는 급히 말을 돌린다. 그러는 동안 종이 울렸고, 그 소리를 듣자마자 그가 황급히 나가버려 우리는 놀라기도 하고 어리둥절하기도 했다. 안도감을 느끼는 사람들도 있지만 나는 아니다. 나는 이 치과의사, 이 이해할 수 없는 인물도 우리를 갖고 놀고 있는 거라고 계속 생각한다. 나는 그가 한 말을 믿고 싶지 않다.

종이 울리자 여전히 깜깜한 수용소가 깨어나는 게 느껴졌다. 갑자기 샤워기에서 뜨거운 물이 쏟아진다. 5분 동안의 축복이다. 그러나 곧 남자 네 명이 달려들어오더니(아마도 이발사들이었던 것 같다), 뜨거운 물에 젖어 김이 나는 우리에게 고함을 지르고 우리를 떠밀어 얼음같이 추운 옆방으로 쫓아낸다. 그 방에서 또 다른 사람들이 소리를 지르며 뭔지 알 수 없는 넝마 조각들을 우리에게 던졌고 밑창이 나무로 된 신발 한 켤레 속에 우리의 두 손을 쑤셔넣었다. 상황을 이해할 시간도 없이 우리는 바깥에, 새벽녘의 푸르스름한 눈 위에 나와 있다. 맨발에 알몸으로, 손에는 옷과 신발을 든 채 우리는 100여 미터 정도 떨어진 다른 막사까지 달려가야만 한다. 우리는 그 막사에서 옷을 입을 수 있다.

우리는 옷을 다 입고 각자 자기 구석에 서 있다. 감히 눈을 들어 서로를 볼 수 없었다. 스스로를 비춰볼 거울은 없었지만 우리의 모습은 우리 앞에 서 있는 100여 개의 창백한 얼굴들 속에, 초라하고 지저분한 100여 명의 꼭두각시들 속에 반사되어 있다. 이제 우리는 어젯밤에 얼핏 본 그 유령들로 변해 있었다.

우리는 처음으로 우리의 언어로는 이런 모욕, 이와 같은 인간의 몰락을 표현할 수 없다는 것을 깨달았다. 순식간에, 거의 예언적인 직관과 함께 현실이 우리 앞에 고스란히 정체를 드러냈다. 우리는 바닥에 떨어져 있었다. 밑으로는 더 이상 내려갈 곳이 없었다. 이보다 더 비참한 인간의 조건은 존재하지도 않았고 상상할 수도 없었다. 우리 것은 이제 아무것도 없었다. 그들은 옷, 신발, 심지어 머리카락까지 빼앗아갔다. 우리가 말을 해도 그들은 우리의 말을 듣지 않을 것이다. 설사 들어준다 해도 이해하지 못할 것이다. 그들은 우리의 이름마저 빼앗아갈 것이다. 우리가 만일 그 이름을 그대로 간직하고 싶다면 우리는 우리 내부에서 그렇게 할 수 있는 힘을 찾아내야만 할 터였다. 그 이름 뒤에 우리의 무엇인가가, 우리였던 존재의 무엇인가가 남아 있게 할 수 있는 힘을 찾아내야만 했다.

우리는 이해받기가 어려울 거라는 것을 알고 있다. 그건 오히려 당연하다. 하지만 일상적인 사소한 습관 속에, 손수건, 낡은 편지, 소중한 사람의 사진 등 가장 가난한 거지조차 간직하고 있을 법한 우리의 수백 가지 소지품들 속에 각각 어떤 가치, 어떤 의미가 담겨 있는지 생각해보라. 그것들은 우리의 일부분이었고 우리의 팔다리나 다름없다. 우리의 세상에서는 이런 것들을 빼앗긴다는 건 상상조차 할 수 없다. 거기서는 늘 낡은 것을 대신할 새것, 우리의 기억들을 고스란히 구현하고 있다가 상기시켜줄 다른 것들을 즉시 다시 구할 수 있었으니까.

이제, 사랑했던 사람들뿐만 아니라 집, 자신의 습관, 옷, 다시 말해 말 그대로 가지고 있던 모든 것을 다 빼앗겨버린 사람을 상상해보라. 그는 고통과 욕구만 남은, 존엄성이나 판단력을 잃어버린 텅 빈 인간이 될 것이다. 모든 것을 잃은 사람이 자기 자신을 잃는 건 쉬운 일이니까. 그리하여 그의 삶과 죽음은 인간적인 친밀감 따위에 전혀 영향받지 않고 아주 가볍게 결정될 것이다. 운이 아주 좋을 경우 그게 더 낫다는 순수한 유용성 판단 정도를 따를 수는 있으리라.

이제 '절멸의 수용소'라는 용어의 이중적인 의미를 이해할 수 있을 것이다. 그리고 '바닥으로 떨어지다'라는 표현을 통해 우리가 하고자 하는 말이 무엇인지 분명해질 것이다.

★ 해프틀링Häftling(포로). 나는 내가 해프틀링이라는 것을 알게 되었다. 내 이름은 174517이었다. 우리는 새로운 이름을 받았고 죽을 때까지 왼쪽 팔뚝에 문신을 지니고 살게 될 터였다.

문신을 새길 때 약간의 통증이 있었다. 그 일은 놀랄 정도로 빠르게 진행되었다. 우리는 모두 한 줄로 선 뒤 우리 이름의 알파벳 순서에 따라 짧은 바늘이 달린 일종의 펀치 같은 것을 든 능숙한 직원 앞을 지나갔다. 이게 진짜 시작 같았다. "숫자를 보여줘야만" 빵과 죽을 받을 수 있었다. 일상적인 식사 배급을 방해하지 않도록 재빨리 숫자를 보이는 데 익숙해지기까지 여러 날이 걸렸다. 그러느라 수 차례 따귀를 맞고 주먹질을 당했다. 식사 배급을 알리는 독일어를 알아듣는 데에는 몇 주, 몇 달이 필요했다. 여러 날 동안, 자유로웠던 날들의 습관 때문에 나는 시계를 보려고 손목을 들여다보곤 했는데, 그럴 때면 아이러니하게도 시계 대신 내 새로운 이름, 푸르스름한 표시로 살 속에 점점이 박혀 있는 숫자가 눈에 들어왔다.

훨씬 더 뒤에야 우리 중 몇몇 사람이 유럽 유대인의 절멸 과정을 요약적으로 보여주는 아우슈비츠 수인번호의 음울한 과학에 대해 조금씩 알게 되었다. 수용소의 고참들은 수인번호로 모든 것을 알았다. 수용소에 들어온 시기, 타고 온 기차, 국적이 수인번호에 나타났다. 3만에서 8만 번대의 번호를 지닌 사람들을 보면 누구나 존경을 표하곤 했다. 이제 겨우 수백 명에 불과한 이들은 바로 폴란드 게토*의 생존자들이었다. 11만 6,000번대나 11만 7,000번대와 거래를 하게 될 경우엔 눈을 크게 뜨는 게 좋다. 이제는 40여 명밖에 남지 않았지만 그들은 테살로니키 지방 출신의 그리스 유대인들이다. 그러므로 속지 않도록 조심해야 한다. 큰 숫자의 수인번호로 말하자면, 평범한 삶에서 '신입생', 혹은 '신참'이라는 용어가 그렇듯 코믹한 분위기를 지니고 있다. 큰 숫자를 단 사람은 대개

★ 유대인 강제 거주 지역. 14세기 초부터 19세기까지 유럽 곳곳에 존재했다. 독일군은 1940년부터 동유럽의 주요 도시에 게토를 재건했는데, 그곳은 곧 기아와 질병 수용소로의 강제연행 등으로 비극적인 죽음의 무대가 되었다. 바르샤바의 게토에서는 1943년 봄 대규모의 봉기가 일어났으나 결국 그곳에 있던 거의 모든 유대인이 학살됨으로써 진압되었다.

뚱뚱하고 온순하고 어리석다. 의무실에 가면 발이 약한 사람에게 가죽 밑창이 달린 신발을 준다고 말해도 믿으며, 죽이 든 반합을 당신에게 맡기고 그곳으로 달려가게 만들 수도 있다. 빵 세 개를 받고 그에게 숟가락 하나를 팔 수도 있다. 가장 잔인한 카포Kapo(반장)에게 그를 보내(나도 이런 일을 당했다!) 그 카포가 담당한 작업반이 카르토펠샬렌코만도 Kartoffelschalenkommando, 즉 감자 까는 작업반이 맞는지, 그리고 거기에 지원할 수 있는지 물어보게 할 수도 있다.

★ 사실 새로 도착한 우리들이 이런 질서 속으로 편입되는 전 과정은 그로테스크하고도 우스꽝스럽게 전개되었다. 문신 새기는 작업이 끝나자 그들은 우리를 아무도 없는 막사 안에 가두었다. 작은 침대들이 가지런히 놓여 있었지만 침대를 건드리거나 그 위에 앉는 일은 엄하게 금지되어 있었다. 그래서 우리는 그 좁은 공간에서 반나절을 하릴없이 배회했다. 여전히 여행하면서 얻은 그 타는 듯한 갈증으로 몹시 괴로워했다. 그러다 문이 열리고 줄무늬 옷을 입은 한 청년이 들어왔다. 예의 바른 분위기에 작고 마른 금발의 청년이었다. 청년은 프랑스어를 했다. 우리는 그의 곁으로 몰려가 지금까지 서로에게 계속 묻기만 해대고 아무런 대답도 얻지 못한 질문들을 퍼부었다.
하지만 그는 별로 말하고 싶어하지 않는다. 이곳에서는 모두 별로 말을 하려 들지 않는다. 우리는 갓 도착했고 아무것도 가진 게 없으며 아무것도 모른다. 누가 우리 때문에 시간을 허비하려 들겠는가? 청년이 마지못해 다른 사람들은 모두 일을 하러 밖으로 나갔으며 저녁에 돌아온다고 설명한다. 그는 오늘 아침 의무실에서 나왔기 때문에 오늘 작업은 면제되었다. 나는 그들이 최소한 우리 칫솔이라도 돌려주지 않겠느냐고 물어보았다(불과 며칠 뒤에는 내가 이런 천진난만한 질문을 했다는 사실을 나 스스로도 믿을 수 없었다). 그는 웃지는 않았지만 몹시 경멸스러운 듯한 표정으로 내게 대답했다. "Vous n'êtes pas à la maison."(지금 집에 있는 게 아닙니다) 마치 무슨 후렴구처럼 모든 사람에게서 귀에 못이 박히도록 반복해서 들었던 말이다. 당신들은 집에 있는 게 아니야, 여긴 요양원이 아니야, 여기서 나가는 길은 굴뚝으로 가는 것뿐이야(이게 무슨 뜻일까? 우리는 곧 이 말의 뜻을 알게 되었다).

사실이었다. 갈증을 참지 못한 나는 창문 밖, 손이 닿는 곳에서 고드름을 발견했다. 난 창문을 열고 고드름을 땄다. 하지만 밖에서 순찰을 하던 키가 크고 뚱뚱한 남자가 창 쪽으로 다가와 거칠게 고드름을 빼앗아 버렸다. "Warum?"(왜 그러십니까) 난 서툰 독일어로 물었다. "Hier ist kein warum."(이곳에 이유 같은 건 없어) 그가 나를 막사 안으로 떠밀며 대답했다.

설명은 불쾌했지만 간단명료했다. 이곳에서는 모든 것이 금지되어 있었다. 타당한 이유가 있어서가 아니라 수용소가 그런 목적을 위해 만들어졌기 때문이다. 살기 위해서는 그 사실을 빨리 그리고 정확히 이해할 필요가 있다.

여기엔 거룩한 얼굴도 없고
또 여기에서는 세르키오에서처럼 헤엄칠 수도 없다!*

★ 한 시간, 또 한 시간이 흐르고 지옥문 앞에 선 것 같은 길고 긴 첫날이 끝나가고 있었다. 해가 무시무시한 핏빛 구름의 소용돌이 속으로 저물어가는 동안 우리는 마침내 막사에서 나오게 되었다. 마실 것을 주려는 걸까? 아니다. 우리는 다시 줄을 선다. 그들은 우리를 수용소 한가운데에 있는 넓은 마당으로 데려간다. 거기서 분대로 정확히 줄을 세워 우리를 정렬시킨다. 그러고 나자 다시 한 시간 동안 아무 일도 일어나지 않는다. 누군가를 기다려야 하는 것 같다.
수용소 출입문 옆에 있던 군악대가 연주를 시작했다. 너무나 잘 알려진 감상적인 노래, 〈로자문데〉였다. 이런 곡을 연주한다는 게 너무 이상해서 우리는 서로를 보며 웃지 않을 수가 없다. 약간의 안도감 같은 것이 느껴진다. 이런 모든 의식은 게르만족 취향을 따른 거대한 광대극에 불과할지도 모른다. 그러나 군악대는 〈로자문데〉 연주를 마치자 다른 행진곡들을 연달아 연주한다. 우리의 동료들이 분대를 이루어 나타난다. 일터에서 돌아오는 것이다. 그들은 5열 종대로 걸어온다. 마치 뼈로만 이루어진 허수아비들처럼 이상하고 부자연스럽게, 딱딱하게 걷고 있다.

* 단테의 『신곡』 지옥편 제21곡 48행. 거룩한 얼굴은 루카 대성당에 있는 나무 십자가상의 예수님 얼굴을 가리킨다. 세르키오는 루카 근처에 흐르는 시냇물. 죄인을 어깨에 태운 채 날개를 펼쳐 가볍게 달리는 마귀들은 지옥에 도달하자마자 이탈리아 중부 도시 루카의 한 망자에게 이런 악의 넘치는 말로 빈정거리며 지상과 지옥의 차이를 강조한다.

그러나 연주되는 곡에 조심스럽게 박자를 맞추며 걷는다.

그들 역시 우리들처럼 정확하게 줄을 서서 마당에 정렬한다. 마지막 분대가 수용소로 돌아오자 그들은 한 시간이 넘게 우리의 수를 세고 또 센다. 길고 긴 점호다. 모두 줄무늬 옷을 입은 어떤 사람에게 보고를 하는 것 같다. 그 사람은 전투 준비를 완벽하게 갖춘 몇 명의 SS 대원에게 그 수를 보고한다.

마침내(이미 사방이 깜깜했지만 환한 전조등과 탐조등이 수용소를 비춘다) "Absperre!"(중지)라고 외치는 소리가 들린다. 그 소리에 모든 분대가 소란스럽고 어수선하게 이리저리 흩어진다. 이제 사람들은 아까처럼 등을 꼿꼿이 펴고 딱딱하게 걷지 않는다. 모두 고군분투하며 자기 몸을 끌고 간다. 모두 세숫대야만 한 양철 그릇을 손에 들거나 허리춤에 차고 있다.

신참인 우리들도 누군가의 목소리, 친근한 얼굴이나 안내자를 찾아 사람들 속에 섞인다. 소년 둘이 막사의 나무 벽에 기대 앉아 있다. 기껏해야 열여섯 살 정도밖에 안 된 어린 소년들 같다. 둘 다 얼굴과 손에 검댕이 묻어 더럽다. 우리가 앞을 지나가자 소년 중 한 명이 나를 부른다. 그리고 독일어로 내게 뭐라 물었지만 난 알아들을 수가 없다. 소년이 어디서 왔느냐고 묻는다. "Italien." (이탈리아 사람이야) 내가 대답한다. 난 그 소년에게 여러 가지를 묻고 싶지만 내가 아는 독일어 단어는 몇 개 되지 않는다.

"유대인이니?" 내가 묻는다.

“예, 폴란드 유대인이에요.”

“언제부터 수용소에 있었니?”

“3년.” 그 애가 손가락 세 개를 치켜든다. 어린아이 때 들어온 게 틀림없어. 이런 생각을 하자 오싹해진다. 하지만 한편으로 이것은 여기서 살아가는 것이 가능하다는 뜻이기도 하다.

“넌 무슨 일을 하니?”

“Schlosser.”(열쇠공이에요) 그가 대답한다. 난 그 말을 이해하지 못한다. “Eisen, Feuer.”(철, 불) 소년이 몇 번이고 말한다. 그리고 두 손을 써서 망치로 모루를 두드리는 시늉을 한다. 그러니까 소년은 대장장이다.

“Ich Chemiker.”(난 화학자야) 내가 말한다. 그러자 그가 심각하게 고개를 끄덕인다. “Chemiker gut.”(화학자 좋아요) 그렇지만 이건 먼 미래의 일이다. 지금 나를 괴롭히는 것은 갈증이다.

“마실 것, 물. 우린 물이 없다.” 내가 말했다. 그 애가 심각한 얼굴로, 거의 무서운 얼굴로 나를 바라본다. 그리고 또박또박 말한다. “물은 마실 수 없어요, 친구.” 그리고 뭐라고 다른 말을 덧붙이는데 알아들을 수가 없다.

“Warum?”(왜)

“Geschwollen.”(부어요) 그 애가 간단하게 대답한다. 나는 고개를 저었다. 알아들을 수가 없다. “붓는 거요.” 그 애가 두 뺨을 부풀리고 두 손으로 얼굴과 배가 무시무시하게 부어오른 시늉을 한다. “Warten bis heute Abend.” 오늘 저녁까지 기다려야 해요. 나는 한마디 한마디를 해석한다.

그때 그 애가 말한다. "Ich Schlome.* Du?"(내 이름은 슐로메예요. 당신은요) 내 이름을 말하자 그 애가 묻는다. "어머니는 어디에 계세요?" "이탈리아." 슐로메가 깜짝 놀란다. "유대인이 이탈리아에?" "그래." 내가 최선을 다해 설명한다. "숨어 계셔. 아무도 몰라. 피했어. 아무 말 안 해. 아무도 안 만나." 그 애가 알아듣는다. 그 애는 자리에서 일어나 내게 다가와 수줍게 나를 포옹한다. 모험은 여기서 끝났다. 나는 거의 기쁨에 가까운 평온한 슬픔을 마음 가득 느꼈다. 그후로 다시는 슐로메를 만나지 못했다. 하지만 나는 진지하면서도 부드러웠던 그 애의 얼굴을 잊지 않고 있다. 사자死者의 집 문 앞에서 나를 환영해준 그 얼굴을.

우리에겐 배워야 할 일들이 많았지만 벌써 배운 것도 많았다. 우리는 수용소의 지형을 분명히 알게 되었다. 우리 수용소 부지는 길이가 600여 미터쯤 되는 사각형 모양으로, 가시 철조망이 이중으로 둘러쳐져 있는데 안쪽 철조망에는 고압전류가 흐른다. 블록Block이라고 부르는 나무 막사 60여 개가 수용소를 구성하고 있다. 이 막사 중 10여 개는 아직 건축 중이다. 또 부엌들이 모여 있는 벽돌 건물이 있다. 특권을 가진 해프틀링이 운영하는 실험 농장도 있다. 샤워기와 변소가 있는 막사는 여섯 개 혹은 여덟 개의 막사가 함께 사용한다. 거기에다, 특별한 목적으로 사용되는 블록이 몇 개 있다. 수용소 동쪽 끝에 있는 여덟 개의 블록은

* 슐로메는 성서에 나오는 솔로몬의 이디시어 이름이다.

의무실과 진료소였다. 24번 블록은 전염성 피부병 환자들만 수용하는 크래체블록Krätzeblock이다. 그리고 7번 블록은 일반 해프틀링은 절대 들어갈 수 없는, '프로미넨츠'*Prominenz(특권층), 즉 중요 임무를 맡은 피수용자들만을 위한 곳이다. 47번 블록에는 라이히스도이체Reichsdeutsche(아리아계 독일인, 정치범이나 일반 죄수)들이 수용되어 있었고 49번 블록은 카포들만을 위한 곳이었다. 12번 블록은 반은 라이히스도이체와 카포들이 사용했고 나머지 반은 칸티네Kantine, 즉 담배, 살충제, 그리고 때에 따라서는 다른 물품들을 배급하는 장소로 쓰였다. 37번 블록에는 보급계 장교의 사무실과 작업 사무실이 있었다. 마지막으로 창문이 늘 닫혀 있는 29번 블록이 있었는데, 그곳은 프라우엔블록Frauenblock(여자 블록), 즉 폴란드 출신 해프틀링 여자들이 일하고 라이히스도이체만 드나들 수 있는 사창가였다.

포로들이 수용된 일반 블록은 두 지역으로 나뉘었다. 한 곳—타게스라움Tagesraum(임시실)—에는 막사반장과 그의 친구들이 살았다. 그곳에는 긴 식탁과 의자와 벤치가 있다. 사방에 밝은 색 페인트, 사진, 잡지 오린 것, 그림, 조화造花, 장식품 등 이상한 물건들이 쌓여 있다. 벽에는 질서, 규율, 위생을 찬양하는 격언, 속담, 시들이 커다랗게 씌어 있다. 구석에는 블록프리죄어Blockfrisör(공식 이발사)의 도구들이 든 유리 장식장, 죽을 퍼주는 국자, 그리고 하나는 단단하고 하나는 속이 빈 고무 곤봉 두 개가

* 이 책 91쪽 각주 참조.

놓여 있다. 곤봉은 규율을 유지하기 위한 것이다. 다른 한 구역은 공동 침실이다. 이곳에는 3층 침대 148개가 놓여 있는데, 남은 공간을 천장까지 모두 활용하기 위해 마치 벌집처럼 침대들을 붙여놓았고 그 사이로 세 개의 통로가 나 있다. 이곳이 막사마다 200~250명씩 수용되는 일반 해프틀링이 사는 곳이다. 대부분 침대를 둘이 함께 사용해야 했는데, 침대라는 것은 움직일 수 있는 두꺼운 널빤지로, 위에 짚이 얇게 깔려 있고 담요가 각각 준비되어 있었다. 침대 사이의 통로는 너무 좁아 두 사람이 함께 지나기도 힘들 정도였다. 그러니까 공동 침실의 바닥 면적이 얼마나 좁냐 하면, 같은 B블록에 사는 사람들은 반 정도가 침대에 누워 있지 않는다면 전체가 동시에 그 공간에 있기도 힘들다. 당연히 그 블록에 살지 않는 사람은 출입이 금지되어 있다.
수용소 한가운데에 아주 넓은 점호 마당이 있다. 아침이면 작업반을 짜기 위해, 저녁이면 점호를 받기 위해 그곳에 모여야 한다. 점호 마당 앞에는 정성스레 다듬어놓은 풀밭이 있는데, 필요할 경우 그곳에 교수대가 세워진다.
우리는 수용소에 수용된 사람들이 세 부류로 나뉜다는 것을 곧 알게 되었다. 범죄자, 정치범, 그리고 유대인이었다. 모두 줄무늬 옷을 입고 있고 모두 해프틀링이지만, 범죄자들은 상의에 박힌 숫자 옆에 초록색 삼각형을 달고 다닌다. 정치범들은 빨간색이다. 대부분을 차지하고 있는 유대인들은 빨간색과 노란색의 유대인 별을 단다. 물론 SS 대원들도 있었지만 그 수가 적고 수용소 밖에 있다. 그래서 상대적으로 거의 눈에 띄지 않았다. 사실상 우리의 실질적인 주인은 초록색 삼각형들이다. 그들은 우리들을 자유롭게 건드린다. 게다가 다른 두 부류들 중 기꺼이 이 초록색 삼각형을 도울 준비가 된 사람들이 있다. 그 수가 결코 적지 않다.
우리는 또한 각자의 이해력에 따라 다소 차이는 있었지만, 조만간 다른 것들도 배우게 되었다. "야볼"Jawohl(예, 알았습니다)이라고 대답해야 한다는 것, 절대 질문을 하지 말아야 한다는 것, 항상 이해한 척해야 한다는 것.
우리는 음식물의 중요성도 알게 되었다. 이제 우리도 식사를 마친 뒤 반합의 바닥을 열심히 긁어내고 빵을 먹을 때는 부스러기를 떨어뜨리지 않기 위해 턱 밑에 반합을 댄다. 이제 우리는 죽통의 윗부분에서 푼 죽과 밑에서 푼 죽이 같지 않다는 것도 안다. 우리는 죽통의 크기에 따라 줄을 설 때 어느 죽통 앞에 서는 게 제일 유리한지 계산할 수 있다.
우리는 모든 것이 다 쓸모가 있음을 배웠다. 철사는 신발을 묶는 데, 천 조각은 발을 감싸는 데 필요하고 종이는 추위를 막기 위해(불법으로) 상의에 대는 데 필요하다. 우리는 모든 물건을 도둑맞을 수 있을 뿐만 아니라 조금만 방심하면 반드시 도둑맞는다는 것을 배운다. 도둑맞지 않기 위해 반합부터 신발까지 우리가 가지고 있는 물건을 모두 상의에 집어넣어 보따리를 만들어 베개로 베고 자는 기술을 익힌다.
우리는 벌써 놀랄 만큼 복잡한 수용소 규율의 대부분을 알고 있다. 금지 사항들은 다 셀 수도 없을 정도다. 가시 철조망에 2미터 이내로 접근 금지. 상의를 입거나 속옷을 입지 않거나 머리에 모자를 쓰고 자지 말 것. 'nur für Kapos'(카포 전용)나 'nur für Reichsdeutsche'(라이히스도이체 전용)인 특별 목욕탕과 변소 이용 금지. 정해진 날에 샤워를 할 것. 정해지지 않은 날에는 샤워 금지. 단추가 떨어진 상의를 입거나 깃을 세우고 막사에서 나오는 것 금지. 추위를 막으려고 옷 속에 종이나 짚을 넣는 것 금지. 상의만 벗고 씻는 것 금지.

수행해야 할 의식은 끝도 없고 무의미했다. 매일 아침 '침대'를 완벽할 정도로 평평하고 고르게 정리해야 한다. 진흙투성이에 구역질나는 나막신에 적당한 기계용 기름을 발라야 한다. 옷에서 진흙을 털어내 자국을 없애야 한다(페인트, 기름과 녹 자국은 그냥 둬도 된다). 저녁이면 이(虱)가 없는지, 발은 씻었는지 검사를 받아야 한다. 토요일에는 수염과 머리를 깎아야 하고 누더기를 수선하거나 수선하도록 시켜야 한다. 일요일에는 전체적으로 피부병이 옮지 않았는지 검사받아야 하고 상의에 단추가 다섯 개 다 달려 있는지 검사받아야 한다.

평상시에는 대수롭지 않은 일이 여기서는 문제가 되는 경우도 수없이 많다. 손톱이 길면 잘라야 하는데, 이빨로 자를 수밖에 없다(발톱의 경우 신발과의 마찰만으로 충분하다). 단추가 떨어지면 철사로 그것을 다시 달 줄 알아야 한다. 변소나 샤워실에 갈 때에는, 자기 물건을 모두 가지고 가야 한다. 언제 어디서든 마찬가지다. 세수할 때는 옷 보따리를 두 무릎 사이에 끼워야 한다. 어떤 식으로든, 눈 깜짝할 사이에 그 보따리를 도둑맞을 수 있었다. 신발이 발에 맞지 않아 아프면 저녁에 신발을 바꿔 신는 의식에 참가해야 한다. 이런 대목에서 개인의 능력이 시험대에 오른다. 믿기 어려울 정도로 많은 사람들 속에서 단 한 번에 자기 발에 맞는 신발 한 짝을(한 켤레가 아니다. 한 짝이다) 골라야 한다. 한 번 고르고 나면 더 이상 교환이 허락되지 않기 때문이다.

수용소 생활에서 신발이 대수롭지 않은 요소라고 생각해서는 안 된다. 죽음은 신발에서 시작된다. 신발이 우리 대부분에게 진정한 고문 도구라는 게 드러났다. 그것을 신고 몇 시간 행군을 하고 나면 발이 끔찍하게 짓무르고 치명적으로 감염된다. 그렇게 되면 다리에 쇠사슬을 매단 죄인처럼 걸을 수밖에 없다(매일 밤 열을 지어 수용소로 돌아오는 유령 분대원들의 그 희한한 걸음걸이의 이유가 바로 이것이었다). 발이 감염된 사람은 어디든 제일 늦게 도착하게 되고, 그러면 사정없이 얻어맞았다. 누군가 뒤쫓아온다 해도 달아날 수도 없다. 발이 부어오른다. 더 많이 부을수록 신발의 나무나 헝겊과의 마찰을 더 견딜 수 없게 된다. 그렇게 되면 병원밖에 없다. 하지만 'dicke Füsse'(부은 발) 진단서를 가지고 병원에 들어가는 것은 매우 위험한 일이다. 이 병이 여기서는 치료될 수 없다는 사실이 모두에게, 그리고 특히 SS에게 너무나 잘 알려져 있기 때문이다.

그 모든 것 중에서, 나는 아직 일에 대해서는 이야기하지 않았다. 일은 그 자체로서 법과 금기와 여러 가지 문제들이 복잡하게 뒤얽힌 고르디오스의 매듭*이었다.

* 고대 프리지아의 왕 고르디오스가 신전의 마차에 묶어놓은 매듭. 이것을 푸는 자는 왕이 된다는 전설이 있었으나 아무도 풀지 못했다. 훗날 알렉산드로스는 이 매듭을 푸는 대신 기발하게도 칼로 잘라냈다.

우리는 병자들(병자로 인정받는다는 것은 탁월한 지식과 경험의 소유자임을 암시하기도 한다)을 제외하고는 모두 일을 한다. 아침마다 우리는 반별로 분대를 이뤄 수용소에서 부나로 향한다. 저녁에는 분대를 이뤄 다시 수용소로 돌아온다. 일에 관해 이야기하자면, 우리는 대략 200개의 코만도Kommando(작업반)로 나뉘었다. 각 코만도는 15~150여 명에 이르는 포로들로 구성되었고 카포 한 명이 지휘했다. 좋은 코만도도 있고 나쁜 코만도도 있었다. 대부분의 코만도는 수송을 맡았다. 일은 몹시 힘들었는데, 겨울이면 특히 더 그랬다. 다른 이유가 아니더라도 늘 밖에서 일을 한다는 것만으로 그랬다. 숙련공들(전기 기술자, 대장장이, 벽돌공, 용접공, 기계공, 시멘트공 등등)의 코만도도 있었는데, 각각 한 작업장이나 부나의 한 구역에 속해 있었고 대개는 독일인이나 폴란드인인 일반 감독에게 훨씬 더 직접적으로 종속되어 있었다. 물론 작업 시간에만 그랬을 뿐이다. 나머지 시간에 숙련공들(모두 합해 300~400명이 넘지 않았다)은 일반 노동자들과 다른 대접을 받지는 않았다. 개인 포로들을 다양한 코만도에 배당하는 일은 아르바이츠딘스트Arbeitsdienst라는 수용소의 특별 사무실이 담당한다. 이들은 부나의 민간 관리국과 계속 접촉하고 있었다. 아르바이츠딘스트는 알 수 없는 기준을 바탕으로, 때로는 노골적으로 보호나 매수의 의도를 보이며 배당을 결정한다. 따라서 어떤 사람이 먹을 것을 충분히 마련할 수 있다면 실제로 부나에서 좋은 자리를 차지할 수 있다.

작업 시간은 계절에 따라 변했다. 해가 떠 있는 시간이 작업 시간이다.

따라서 겨울에는 최소 시간(8~12시, 그리고 12시 30분~16시), 여름에는 최대 시간(6시 30분~12시, 그리고 13~18시) 일을 한다. 어두워졌을 때 혹은 짙은 안개가 끼었을 때 해프틀링이 아무 이유 없이 일터에 있으면 안 된다. 반면 비나 눈이 오거나(자주 일어나는 일이다) 카르파티아 산맥* 에서 강풍이 불어와도 일을 한다. 이는 어둠이나 안개가 도주의 기회를 제공한다는 사실과 관련이 있다.

일요일도 격주로 일을 한다. 노는 일요일에는 부나에서 일하는 대신 수용소의 유지·보수를 위해 일을 해야 했기 때문에 실제로 쉴 수 있는 날은 거의 없다.

★ 우리의 삶은 그와 같을 것이다. 매일, 정해진 리듬에 따라 아우스뤼켄Ausrücken(나가다) 아인뤼켄Einrücken(들어가다), 나갔다가 들어올 것이다. 일하고 자고 먹고, 아팠다가 낫거나 죽을 것이다.

…… 언제까지? 이런 질문을 하면 고참들은 웃는다. 이런 질문을 하는 사람이 수용소에 갓 들어왔음을 알아차린다. 그들은 웃기만 할 뿐 대답을 하지 않는다. 그들에게 미래의 문제는 몇 달 전부터, 몇 년 전부터 빛을 잃었다. 눈앞의 급박하고 구체적인 문제 앞에서 먼 미래의 중요성은 모두 사라져버렸다. 눈이 오지 않을까, 부려놔야 할 석탄이 있을까, 오늘은 얼마나 먹을 수 있을까 하는 문제들 앞에서.

* 폴란드와 우크라이나 접경지대에 있는 산맥.

우리가 이성적이었다면 명백한 증거들 앞에 체념했을 것이다. 앞으로 우리의 운명은 전혀 알 수 없으며 모든 추측은 자의적일 뿐 아니라 근거가 전혀 없다는 사실은 너무나 명백했다. 하지만 자신의 운명이 위태로울 때 이성적일 수 있는 인간은 매우 드물다. 운명이 위태로울 때 사람들은 극단적인 태도를 취한다. 성격에 따라 어떤 사람은 모든 것을 잃었고 여기서는 살 수 없으며 종말이 눈앞에 다가왔다고 금방 확신하게 된다. 또 어떤 사람은 우리를 기다리는 삶이 힘겹기는 하지만 구원의 가능성이 있으며, 그것이 멀지 않았으므로 우리가 믿음과 힘이 있다면 우리 집으로 다시 돌아가 사랑하는 사람을 다시 만날 수 있으리라고 믿는다. 그러나 낙관주의자와 비관주의자인 이 두 부류가 그렇게 분명하게 구별되는 것은 아니다. 불가지론자들이 많아서라기보다는 대부분의 사람들이 대화 상대와 상황에 따라, 기억도 일관성도 없이 두 극단적인 입장 사이에서 동요하기 때문이다.

★ 그러니까 나는 바닥에 있다. 사람들은 어쩔 수 없을 경우 과거와 미래를 지워버리고 새로운 것을 아주 빠르게 배워나간다. 수용소에 들어온 지 보름 뒤에 나는 이미 규칙적으로 배가 고팠다. 자유로운 인간들은 알지 못하는, 밤이면 꿈을 꾸도록 만드는, 우리 몸 구석구석에 자리잡은 만성적인 허기다. 나는 이미 도둑맞지 않는 법을 익혔다. 그리고 주인 없는 숟가락이나 철사, 단추를 발견했을 때 처벌의 위험만 없다면 주머니에 넣고 그것을 완전히 내 것이라고 생각했다. 내 발

등에는 벌써 치료 불가능한 상처가 아무 감각도 없이 곪아가고 있다. 나는 수레를 밀었고, 삽질을 했고, 비에 젖었고, 바람에 몸을 떨었다. 내 육체는 이미 내 것이 아니었다. 배는 볼록하게 나왔고 팔다리는 장작개비 같았으며 얼굴은 아침이면 부었다가 저녁이면 홀쭉해졌다. 우리들 중 어떤 사람은 피부가 누렇게 혹은 잿빛으로 변했다. 사나흘 만나지 못하면 서로를 알아보기도 힘들었다.

우리 이탈리아인들은 매주 일요일 저녁 수용소 한쪽 귀퉁이에서 만나기로 약속했다. 하지만 곧 그만두어야 했다. 숫자를 세는 게 너무 슬펐기 때문이다. 우리의 수는 매번 줄어들었고 매번 몰골이 더 사납고 더 비참해졌다. 모임에 나가려고 몇 발짝 떼어놓는 것도 힘이 들었다. 게다가 다시 만나게 되면 필연적으로 기억을 떠올리고 생각을 하게 되었는데, 그렇게 하지 않는 편이 더 나았다.

입문

★ 처음 며칠 동안 이 블록에서 저 블록으로, 이 작업반에서 저 작업반으로 원칙 없이 옮겨다니고 난 뒤 나는 저녁 늦게 30번 블록에 배속되고 그 안에서 침대를 배정받게 되는데, 거기에서 이미 디에나가 잠을 자고 있었다. 디에나가 눈을 뜬다. 완전히 지쳤는데도 나에게 자리를 만들어주고 나를 우호적으로 받아준다.

나는 졸립지 않다. 정확히 말하면 나의 졸음이 긴장과 두려움에 가려져 있다. 나는 지금도 그 상태에서 벗어나지 못했다. 그래서 계속해서 말을 하고 또 하는 것이다.

나는 물어보고 싶은 것이 너무나 많다. 배가 고픈데 내일 아침 몇 시에 죽을 먹게 될까? 그걸 숟가락 없이 먹을 수 있을까? 숟가락은 어떻게 구할 수 있을까? 나를 어디로 보내 일을 시킬까? 당연한 일이지만 디에나라고 나보다 더 많이 아는 게 없고, 내가 묻는 말에 다른 물음으로 대답할 뿐이다. 하지만 위에서, 아래에서, 가까이에서, 그리고 멀리서, 막사의 사방에서 들려오는 소리라고는 졸리고 화난 목소리로 외치는 "Ruhe, Ruhe!"(조용히 해, 조용히 해)뿐이다.

그게 조용히 하라는 명령인 것은 알지만, 그 독일어 단어는 나에게 낯설다. 그 말뜻을 모르기 때문에 그만큼 불안도 더 커진다. 이런 언어의 혼란은 이곳의 생활방식을 이루는 아주 근본적인 요소다. 사람들은 영원한 바벨탑에 갇혀 모두가 서로 알아들을 수 없는 언어로 명령하고 위협한다. 뜻을 빨리 포착하지 못하는 자에게는 화가 닥친다. 이곳에선 시간 있는 사람도, 참을성 있는 사람도, 상대의 말에 귀 기울이는 사람도 없다. 맨 나중에 온 우리들은 본능적으로 구석으로 모여, 벽에 몸을 붙인다. 등 뒤에 든든한 방패막이 있다는 느낌을 갖기 위해서.

그렇게 해서 나는 계속 질문하기를 단념하고 곧바로 기쁘지 않은, 긴장된 잠 속으로 빠져든다. 그렇다고 푹 쉬는 것도 아니다. 누군가가 나를 위협하는, 노리는 느낌이 든다. 나는 매 순간 나를 보호하기 위해 몸을 움츠릴 태세가 되어 있다. 나는 꿈을 꾼다. 많은 사람들이 지나다니는 길거리에, 다리 위에, 문턱 위에 내가 가로누워 있는 것 같다. 그런데 아, 얼마나 빠른지, 벌써 기상 시간이다. 온 막사가 떠나갈 듯 흔들리고, 불이 켜지고, 내 주변 사람들은 모두 급작스러운 부지런에 사로잡힌다. 그들은 이불을 털고, 악취 나는 먼지구름을 일으키고, 누구에게 질세라 급히 옷을 입고, 옷을 채 다 걸치기도 전에 얼음같이 찬 공기 속으로 달려

나가서 변소와 세면장으로 들이닥친다. 많은 사람들이 오로지 시간을 벌 목적으로 짐승처럼 달리면서 오줌을 눈다. 5분 후에 빵이 배급되기 때문이다. 빵, pane—Brot—Broid—chleb—pain—lechem—keynér,* 그 성스럽고 거무스레한 조각 말이다. 옆 사람의 손에 들린 것은 너무나 크게 보이고, 내 손에 들린 것은 눈물이 날 만큼 작다. 이것은 매일 일어나는 환각인데, 사람들은 결국에는 이런 환각에 익숙해지게 된다. 하지만 이 환각은 처음에는 너무나 강력해서, 우리 중 많은 사람들은 자신의 명백하고도 늘 반복되는 불운에 대해, 그리고 옆 사람의 파렴치한 행운에 대해 장황하게 얘기를 나눈 뒤 배급받은 것을 서로 바꾸기까지 한다. 하지만 다시 정반대의 착각이 일어나서 모두들 불만과 씁쓸한 실망에 빠진다.

빵은 또한 우리의 유일한 화폐이기도 하다. 빵이 배급되고 소비되는 그 짧은 몇 분 동안 온 블록에는 고함, 싸움, 욕설이 난무한다. 어제 채권자가 된 사람은 채무자가 지불능력을 가진 그 짧은 순간을 놓치지 않고 빚을 받아내려고 한다. 그러고 나면 다시 비교적 조용해지는데, 많은 이들이 이 시간을 이용해 반쯤 남은 담배를 피우기 위해 변소로 가거나 제대로 몸을 씻기 위해 세면장으로 간다.

이 세면장은 정말 마음 내키는 곳이 아니다. 불빛도 제대로 비치지 않고, 사방에서 바람이 새어 들어오며, 벽돌로 된 바닥은 진흙투성이다.

* 빵을 각각 이탈리아어, 독일어, 이디시어, 러시아어, 프랑스어, 헤브라이어, 헝가리어로 반복한 것.

물은 마실 수 없고 역한 냄새가 나며 몇 시간씩 안 나오기 일쑤다. 벽에는 교육적인 목적으로 그린 이상한 벽화들이 있다. 예컨대 웃통을 벗은 착한 포로가 짧게 이발을 한 혈색 좋은 머리통을 비누로 열심히 씻는 모습과 전형적인 유대인의 코와 푸르스름한 피부를 지닌 나쁜 포로가 눈에 띄게 더러운 옷을 껴입고 머리에 빵모자를 쓴 채 마지못해 손가락 하나만 세면대의 물에 담그는 모습이다. 첫째 그림 밑에는 'So bist du rein'(이렇게 해서 너는 깨끗해진다), 둘째 그림 밑에는 'So gehst du ein'(이렇게 해서 너는 뒈진다)이라고 적혀 있다. 그리고 좀더 밑에는 고딕체의 흐릿한 프랑스어로 'La propreté, c'est la santé'(청결은 건강이다)라고 적혀 있다.

맞은편 벽에는 검정색, 흰색, 빨강색으로 그린 거대한 이(虱) 한 마리가 'Ein Laus, dein Tod'(이 한 마리는 너의 죽음)*이라는 구호와 함께 살아가고 있다. 거기에는 다음과 같은 2행시도 있다.

> Nach dem Abort, vor dem Essen
>
> Hände waschen, nicht vergessen.
>
> (용변을 본 후나 식사하기 전에
>
> 손 씻는 것을 잊지 말 것)

* 이것은 과장이 아니었다. 옷에 서식하는 이는 특히 추운 시기에는 발진티푸스를 전염시킬 가능성이 있었다. 이 전염병은 2년 전 모든 수용소에서 일제히 발생하여 민간인에게까지 확산되고 말았다. 그 때문에 독일 당국은 자주 '이 검사'를 했다—원주.

수 주일 동안 나는 이런 위생에 대한 요구를 순수한 튜턴* 정신의 특징이 발현된 것으로 생각했다. 우리가 수용소에 들어오던 날 발생한 탈장대 사건과 같은 성격으로 말이다. 하지만 후에 나는 깨달았다. 이 글을 쓴 익명의 저자들은, 아마도 의식하지 못했겠지만, 몇 가지 중요한 진실에 가까이 다가가 있었던 것이다. 청결과 건강을 위해서라면 이곳에서 매일 그 더러운 세면대의 흙탕물로 몸을 씻는 것이 사실상 아무런 소용이 없다. 하지만 그것은 아직 생명력이 남아 있다는 증거로서 무척 중요하고 도덕이 살아 있게 하는 수단으로써 꼭 필요하다.

솔직히 고백하면, 수용소 생활 일주일 만에 나는 청결의 욕구를 잃어버렸다. 내가 세면장을 어슬렁거리고 있는데 거기에 쉰 살이 다 된 내 친구 슈타인라우프가 웃통을 벗고 서 있었다. 그는 몸을 문지르고 있으나 별 효과가 없다(비누가 없기 때문이다). 하지만 온 힘을 다해 목과 어깨를 씻는다. 슈타인라우프는 나를 보자 인사를 한다. 그러다 곧바로 정색을 하며 다짜고짜 내가 왜 안 씻는지 묻는다. 내가 왜 씻어야 한단 말인가? 그러면 내게 도움이라도 된다는 건가? 내가 누구의 마음에 더 들게 되기라도 한다는 건가? 하루, 아니 한 시간이라도 더 오래 살 수 있단 말인가? 아니, 그 반대다. 오히려 수명이 더 짧아질 것이다. 씻는 일도 노동이고 에너지와 칼로리의 낭비니까. 슈타인라우프는 우리가 석탄 자루 밑에서 30분만 낑낑대노라면 자기와 내가 구분조차 안 된다는 것을 모

* Teuton. 인도·유럽 인종 중 게르만 민족에 속하는 종족. 엘베강 북쪽에서 기원했고 지금은 북유럽 쪽에 많이 퍼져 있다.

른단 말인가? 곰곰이 생각할수록, 이런 생활환경에서 얼굴을 씻는다는 것은 어리석고 심지어 무례하기조차 한 것 같다. 이것은 기계적인 습관일 뿐이다. 더 심하게 말하면, 절멸의 의례를 처량하게 반복하는 것일 뿐이다. 우리는 모두 죽을 것이다. 아니, 이미 죽기 시작했다. 기상과 노동 사이에 여유 시간이 10분밖에 없다면, 나는 그 시간을 다른 데 쓰고 싶다. 나 자신 속으로 침잠하여 결산을 하거나, 이것이 어쩌면 마지막일지도 모르겠다는 생각을 하며 하늘이나 바라보고 싶다. 아니면 아주 잠시나마 한가로움이라는 사치를 즐기도록, 그냥 그렇게 살아 있도록 내버려두고 싶다.

하지만 슈타인라우프가 내 생각을 가로막는다. 그는 세수를 다 했고, 무릎 사이에 끼워두었던, 나중에 걸칠 아마포 상의로 몸의 물기를 닦는다. 그러고는 나에게 제대로 된 가르침을 주는데, 그 와중에도 자기가 하는 일을 멈추지 않는다.

그의 분명하고도 단호한 말들을, 과거 오스트리아-헝가리 제국 하사관으로서 1914~1918년 전쟁에서 철십자훈장을 받은 슈타인라우프의 말들을 잊어버려 마음이 아프다. 그의 서툰 이탈리아어와 훌륭한 군인다운 단순어법을 믿음 없는 인간인 나 자신의 언어로 옮겨야 하다니 마음이 아프다. 하지만 나는 그 당시에나 나중에나 그 말의 뜻만큼은 잊지 않았다. 그건 바로 이런 뜻이었다. 수용소는 우리를 동물로 격하시키는 거대한 장치이기 때문에, 바로 그렇기 때문에 우리는 동물이 되어서는 안 된다. 이곳에서도 살아남는 것은 가능하다. 그렇기 때문에 나중에 그 이야기를 하기 위해, 똑똑히 목격하기 위해 살아남겠다는 의지를 가져야 한다. 우리의 생존을 위해서는 최소한 문명의 골격, 골조, 틀만이라도 지키기 위해 최선을 다해야 한다. 우리가 노예일지라도, 아무런 권리도 없을지라도, 갖은 수모를 겪고 죽을 것이 확실할지라도, 우리에게 한 가지 능력만은 남아 있다. 마지막 남은 것이기 때문에 온 힘을 다해 지켜내야 한다. 그 능력이란 바로 그들에게 동의하지 않는 것이다. 그러니까 우리는 당연히 비누가 없어도 얼굴을 씻고 윗도리로 몸을 말려야 한다. 우리가 신발을 검게 칠해야 하는 것은 규정이 그렇게 되어 있기 때문이 아니라, 우리 자신에 대한 존중과 청결함 때문이다. 우리는 나막신을 질질 끌지 말고 몸을 똑바로 세우고 걸어야 한다. 그것은 프로이센의 규율을 따르기 위해서가 아니라, 쓰러지지 않고 살아남기 위해서다.

이것이 바로 마음씨 좋은 사람 슈타인라우프가 나에게 말해준 것이다. 그 말은 훈련되지 않은 나의 귀에는 생소했고, 부분적으로만 이해되고 수긍되었으며, 좀더 가볍고 융통성 있고 부드러운 가르침으로 바뀌었다. 이 가르침은 수백 년 전부터 알프스 산 너머 저편의 사람들에게는 공기처럼 익숙한 것이다. 하지만 또 그 가르침에 따르면, 다른 하늘 아래에서 다른 사람들이 생각해낸 도덕 체계를 통째로 받아들이는 것만큼 헛된 일은 없다. 그렇다. 슈타인라우프의 지혜와 충실함은 그에게는 충분하지만 나에게는 그렇지 않다. 이 복잡한 암흑 세계와 대면한 나의 생각들은 혼란스럽다. 정말 체계를 세워서 그것을 실천해야 할까? 아니면 체계가 없는 것에 적응하며 사는 것이 더 나을까?

카베

★ 하루하루가 똑같아 날짜를 계산하기가 쉽지 않다. 우리가 둘씩 짝을 지어 철로에서 창고로, 100여 미터에 이르는 언 땅을 바삐 왔다갔다한 지 며칠이나 되었는지도 모른다. 우리는 짐을 지고 갔다가 두 팔을 옆구리에 덜렁덜렁 떨어뜨린 채 아무 말 없이 돌아온다.

주위의 모든 것이 우리에게 적대적이다. 우리 머리 위 하늘에는 태양과 우리를 갈라놓는 심술궂은 구름들이 앞서거니 뒤서거니 흘러간다. 사방에서 작업 중인 더러운 쇳덩어리가 우리를 압박한다. 수용소의 경계를 본 적은 한 번도 없지만, 우리는 늘 세상과 우리를 격리시키는 철조망의 사악한 의도가 우리를 둘러싸고 있음을 느낄 수 있다. 비계* 위에, 움직

* 건설 현장에서 높은 곳에 공사를 할 수 있도록 임시로 설치한 가설물.

이는 기차 위에, 거리에, 구덩이에, 사무실에. 사람과 사람들, 노예와 주인들, 그리고 그 자신이 노예인 주인들. 공포는 노예를, 증오는 주인을 움직이는 힘이다. 그 밖의 다른 힘은 모두 숨을 죽였다. 모두가 우리의 적이거나 경쟁자다.

★ 아니, 사실 나는 나와 똑같은 짐을 진 오늘의 내 친구를 적으로도 경쟁자로도 여기지 않는다.

그는 눌아흐첸Null Achtzehn(018)이다. 그는 자기 번호의 마지막 세 자리 숫자인 018로만 불릴 뿐이다. 인간만이 이름을 가질 가치가 있으며 눌아흐첸은 더 이상 인간이 아니라는 것을 모두 알고 있는 듯하다. 나는 그 자신도 자기 이름을 잊어버렸다고 생각한다. 물론 그는 정말 그런 것처럼 행동한다. 말할 때, 바라볼 때, 완전히 텅 비어 있는 것 같은, 껍데기밖에 남지 않은 것 같은 인상을 준다. 마치 늪 가장자리에 길게 늘어선 돌멩이들에 달라붙어 있다가 바람에 흔들리는 곤충의 허물 같다.

눌아흐첸은 굉장히 어리다. 이것은 매우 위험하다. 청소년들이 어른보다 노역과 배고픔을 참지 못하기 때문만은 아니다. 여기서 살아남기 위해서는 무엇보다 만인의 만인에 대한 투쟁에 단련되어 있어야 하는데, 젊은이들이 그러기란 매우 어려운 일이다. 눌아흐첸이 특별히 허약한 것은 아니지만 모두들 그에게 일을 시키지 않으려 한다. 그는 모든 일에 심드렁해서 힘든 일이나 구타를 피하려고도, 음식을 구해보려고도 하지 않는다.

그에게는 짐수레를 끄는 말만큼의 영리함도 없다. 말도 완전히 탈진하기 조금 전에 걸음을 멈춘다. 하지만 그는 기운이 완전히 바닥날 때까지 수레를 밀고 끌고 옮긴다. 그러고는 예고의 말 한마디 없이, 슬프고 우울한 눈을 땅에서 떼지도 않은 채 갑자기 쓰러져버린다. 그를 보면 나는 마지막 순간까지 힘들게 일하다가 길 위에서 죽어가는, 잭 런던*의 책에 등장하는 썰매 끄는 개가 생각난다.

이제 우리는 모두 수단방법을 가리지 않고 힘든 일을 피하려고 애쓰기 때문에 눌아흐첸은 누구보다 일을 많이 하게 된다. 이 때문에, 그리고 그가 위험한 동료이기 때문에 그와 함께 일하려 하는 사람은 아무도 없다. 한편 나는 기운이 없고 어리바리하기 때문에 함께 일하려는 사람이 없어서 눌아흐첸과 내가 짝이 되는 일이 많다.

우리가 빈손으로 발을 질질 끌며 창고로 다시 돌아가는 동안 기관차 한 대가 짧게 기적을 울리며 우리의 길을 가로막는다. 눌아흐첸과 나는 어쩔 수 없이 일을 중단해야 하는 이런 상황에 흡족해하며 걸음을 멈춘다. 누더기 같은 옷을 입고 몸을 구부린 채 우리는 화차貨車들이 우리 앞으로 느릿느릿 지나가기를 기다린다.

……Deutsche Reichsbahn(독일 제국철도). Deutsche Reichsbahn (독일 제국철도). SNCF(프랑스 국영철도회사). 낫과 망치 표시를 제대로 지우지 못한 거대한 두 대의 러시아 화차다. 그리고 Cavalli 8, Uomini 40,

* Jack London(1876~1916): 미국의 소설가. 『늑대개』, 『야성의 절규』, 『강철 군화』 등의 작품을 썼다.

Tara, Portata(말 8, 사람 40, 중량, 용량). 이탈리아 화차다……. 그 안으로 올라가 구석의 석탄 밑에 몸을 숨기고 어둠 속에 가만히 앉아 허기와 피로를 압도하는, 끝없는 기차 바퀴의 리듬에 귀를 기울인다. 그러다 어느 순간 기차가 멈추고 부드러운 공기와 건초 냄새가 나면 밖으로, 햇빛 속으로 나갈 수 있다. 그러면 난 책에서 읽은 대로 땅에 엎드려 흙에 입을 맞출 것이다. 풀 속에 얼굴을 묻고. 한 여인이 지나가다 "누구시죠?"라고 이탈리아어로 물으면 난 그녀에게 이탈리아어로 대답할 것이고 그녀는 내 말을 이해하고 내게 먹을 것과 잠자리를 마련해줄 것이다. 그녀가 내 말을 믿지 못하면 나는 내 팔에 새겨진 숫자를 보여주리라. 그러면 내 말을 믿겠지…….

……끝이다. 마지막 화차가 지나갔다. 막이 걷히듯 우리 눈앞에 무쇠 받침대 더미, 손에 채찍을 들고 그 더미에 발을 딛고 선 카포, 짝을 지어 오고가는 야윈 동료들이 나타난다.

꿈을 꾸는 건 슬픈 일이다. 꿈에서 깨어날 때, 그 의식의 순간은 그 어느 순간보다 날카로운 고통을 준다. 그러나 이런 일이 자주 일어나는 건 아니다. 게다가 꿈은 길지도 않다. 우리는 그저 지친 짐승에 불과할 뿐이다.

★ 다시 한 번 우리는 받침대 더미 밑에 선다. 미샤와 갈리치아*인이 무쇠 받침대를 들어 우리 어깨 위에 거칠게 올려놓는다. 그

* 동유럽에 있는 역사적 지역. 1772년 오스트리아에 합병되었고 20세기 들어 폴란드에 반환되었다가 뒤에 폴란드·소련 영토로 양분되었다.

들의 자리는 제일 편한 곳이다. 그래서 그들은 그 자리를 지키기 위해 열성을 과시한다. 꾸물거리는 동료들에게 소리를 지르고 주의를 주고 견디기 힘든 속도로 일을 시킨다. 그래서 나는 몹시 화가 난다. 물론 나는 특권층*이 비특권층을 억압하는 것이 세상사의 일반적인 이치임을 잘 알고 있다. 수용소의 사회구조를 지탱하는 것은 바로 이런 인간적인 이치였다.

이번에는 내가 앞에 설 차례다. 받침대는 무겁지만 아주 짧다. 걸을 때마다 눌아흐첸의 발이 자꾸 내 발에 걸린다. 그가 내 걸음을 따라올 수 없거나 신경을 쓰지 않기 때문이다.

스무 발자국 정도 걸어 우리는 철로에 도착한다. 넘어야 할 케이블이 있다. 짐은 제대로 놓여 있지 않고 뭐가 문제인지 어깨에서 자꾸 미끄러지려 한다. 쉰 발자국, 예순 발자국. 창고 문이다. 온 만큼의 거리를 다시 걸어가야 짐을 내려놓을 수 있다. 됐다. 더 걷는다는 건 불가능하다. 이제 짐의 무게는 온전히 내 팔에만 쏠려 있다. 아픔과 극도의 피로를 더 이상 견딜 수가 없다. 나는 소리치며 뒤로 돌아서려 한다. 바로 그때 눌아흐첸이 발을 헛디디며 모든 걸 집어던지는 것이 보인다.

내가 예전처럼 날렵했다면 재빨리 뒤로 물러섰을 것이다. 하지만 다음 순간 나는 근육이 경직된 채 땅에 쓰러져 두 손으로 다친 발을 움켜쥐고 있었다. 너무 아파 아무것도 보이지 않는다. 무쇠의 뾰족한 모서리가 내

* 이 책 91쪽 각주 참조.

왼쪽 발등을 찍어버린 것이다.

현기증 나는 통증 때문에 한동안 모든 것이 지워져버린다. 주위를 돌아볼 수 있게 되었을 때, 아직도 그 자리에 서 있는 눌아흐첸이 보인다. 그는 주머니에 두 손을 찔러넣은 채 꼼짝도 않고 한마디 말도 없이 무표정하게 나를 쳐다보고 있다. 미샤와 갈리치아인이 온다. 그들은 자기들끼리 이디시어*로 말하다가 내게 알아들을 수 없는 충고를 한다. 템플러와 다비드와 다른 사람들이 모두 온다. 그들은 이 틈을 타 일을 중단하고 기분전환을 한다. 카포가 온다. 그가 발길질과 주먹질과 욕설을 날리자 동료들은 바람에 왕겨가 날리듯 흩어진다. 눌아흐첸이 한 손을 코로 가져갔다가 피가 묻은 그 손을 무표정하게 바라본다. 나는 머리만 두 번 얻어맞았다. 아프기보다는 아연케 하는 구타다.

사건은 일단락된다. 여하튼 내가 일어설 수 있다는 게 확인되었으므로, 뼈는 다치지 않은 게 틀림없다. 통증이 되살아날까 두려워 신발을 벗을 수도 없다. 게다가 발이 부어오르기라도 하면 나중에 신발을 다시 신을 수 없다.

카포는 나 대신 갈리치아인을 무쇠 더미로 보냈고 갈리치아인은 나를 노려보며 눌아흐첸 옆의 내 자리로 갔다. 그러나 벌써 영국인 포로들이 지나가고 있다. 곧 수용소로 다시 들어갈 시간이 될 것이다.

* 헤브라이어, 아람어와 함께 유대 역사상 가장 중요한 3대 문어. 9세기경 유대인들이 중부 유럽에서 독자적인 문화적 존재로 등장하면서 생겨난 것으로 보이며 현대에 와서 유대인들의 국제 혼성어로서 전통적 역할이 더욱 확대되었다. 수 세기에 걸친 억압과 동화로 인해 실제 사용자 수는 많지 않다.

행진을 하면서 나는 최선을 다해 빨리 걸으려고 하지만 보조를 맞출 수 가 없다. 카포는 눌아흐첸과 파인더에게 SS 앞에 도착할 때까지 나를 부축하라고 명령한다. 그리고 마침내(그날 밤은 운 좋게 점호가 없었다) 나는 막사로 들어와 내 침대에 몸을 던지고 숨을 쉴 수 있게 된다.

더위 때문일 수도 있고 행진하느라 힘이 들어서일지도 모르지만, 다친 발이 축축한 것 같은 이상한 느낌과 함께 통증이 되살아난다. 나는 신발을 벗는다. 신발에는 피가 흥건하다. 피는 이미 진흙과, 내가 한 달 전에 구해서 하루는 오른쪽에 하루는 왼쪽에 발싸개로 사용하는 천 조각과 뒤범벅된 채 응고되어 있다.

저녁에 죽을 먹고 나서 즉시 카베에 갈 것이다.

★ 카베KB는 크랑켄바우Krankenbau, 즉 의무실의 약자다.

의무실은 수용소의 다른 막사들과 똑같은 막사 여덟 개로 이루어져 있지만 철조망으로 분리되어 있다. 항시 수용소 인원의 10분의 1이 그곳에 수용되어 있지만 2주일 이상 머무는 사람은 소수이며 두 달 이상 입원하는 사람은 한 명도 없다. 두 달이 되기 전에 우리는 죽거나 회복되어야 한다. 회복의 기미를 보이는 사람은 카베에서 치료를 받고, 병이 점점 심해지는 사람은 가스실로 보내진다.

이 모든 게 우리가 다행히 '경제적으로 유용한 유대인'으로 분류되어 있기 때문이다.

이전까지 난 카베에도 진료소에도 가본 적이 없었다. 그래서 여기 있는 모든 것이 새롭다.

진료소는 내과와 외과, 둘로 이루어져 있다. 바람 부는 어둠 속에, 두 진료소 문 앞에 두 줄로 길게 늘어선 그림자가 보인다. 붕대나 알약 몇 개가 필요한 사람도 있고 진찰을 받으려는 사람도 있다. 얼굴에 이미 죽음의 그림자가 드리워진 사람도 있다. 줄의 앞쪽에 선 사람들은 벌써 신발을 벗고 들어갈 준비를 하고 있다. 다른 사람들은 자신의 입장 순서가 서서히 다가올수록 사람 많고 혼잡한 그 속에서, 귀하디귀한 발싸개 천이 뜯어지지 않도록 조심하며 신발에 임시로 묶어둔 천과 철사들을 풀었다. 쓸데없이 맨발로 진흙 속에 오래 서 있지 않으려면 지나치게 빨리 풀어서는 안 되었고, 입장 순서를 놓치지 않으려면 너무 느리게 풀어서도 안 됐다. 신발을 신고 진료소 안에 들어가는 일은 엄격히 금지되어 있었다. 금지사항이 지켜지고 있는지, 거구의 프랑스인 해프틀링이 지켜본다. 그는 두 진료소의 문 사이에 있는 보초소에 앉아 있다. 수용소의 몇 안 되는 프랑스인 직원이다. 진흙투성이에 너덜너덜 떨어진 신발들 속에서 하루를 보내는 그의 특권이 작은 것이라고 생각해서는 안 된다. 신발을 가지고 카베에 들어갔다가 나올 때는 그 신발이 더 이상 필요 없게 되는 사람이 얼마나 많은지를 생각해보면 왜 그런지 충분히 이해할 수 있다…….

내 차례가 되자 나는 기적적으로, 두 짝의 신발을 잃어버리지 않고, 반합과 장갑을 도둑맞지도 않고, 균형을 잃지도 않고 신발과 발싸개 천을 풀어낸다. 손에 계속 모자를 들고 있었는데도 말이다. 막사에 들어갈 때는 어떠한 이유에서든 모자를 쓸 수 없다.

나는 신발을 신발 보관소에 맡긴 뒤 그것을 다시 찾을 수 있는 표를 받고, 안으로 들어간다. 맨발로 다리를 절면서, 그 어디에도 내려놓아서는 안 되는 보잘것없는 물건들을 양 손에 잔뜩 든 채 진찰실로 이어지는 새로운 줄 뒤에 선다.

그 줄에서 선 사람들은 차츰차츰 옷을 벗어 줄의 앞쪽에 이르렀을 때는 알몸이 되어 있어야 한다. 남자 간호사가 겨드랑이 밑으로 체온계를 집어넣을 수 있게 하기 위해서다. 옷을 벗지 않은 사람은 순서를 놓쳐 다시 맨 뒤에 가서 줄을 서야 한다. 한 사람도 빠짐없이 체온을 재야 한다. 피부병이나 치통 때문에 왔다 해도.

이렇다 보니 꾀병으로 온 사람은 걸러지기 마련이다. 일시적인 기분 때문에 이런 복잡한 의식을 치르려 하지는 않을 테니까.

마침내 내 차례가 된다. 나는 의사 앞으로 간다. 간호사가 내게서 체온계를 빼내며 나를 소개한다. "수인번호 174517, kein Fieber(열 없음)." 내 경우는 자세히 진찰을 할 필요도 없다. 나는 즉시 아르츠트포어멜더Arztvormelder로 선언된다. 그게 무슨 뜻인지는 알 수 없지만 여기가 설명을 요구할 만한 곳은 아니다. 나는 진찰실에서 쫓겨나와 신발을 다시 찾아 막사로 돌아온다.

카임이 내게 축하인사를 한다. 부상당하길 잘한 것이다. 상태가 위험해 보이지는 않지만 어느 정도의 휴식이 보장될 것이다. 오늘은 막사에서 다른 사람들과 함께 밤을 보내지만 내일 아침이면 일하러 가는 대신 정확한 진찰을 받기 위해 다시 의사들 앞으로 가야 한다는 것이다. 이것이 바로 아르츠트포어멜더의 의미이다. 카임은 이런 일들에 빠삭하다. 그래서 내일이면 내가 카베에 가게 될 거라고 생각한다. 카임은 나와 침대를 함께 쓰는 동료로, 나는 그에게 맹목적인 믿음을 가지고 있다. 그는 폴란드인이고 신앙심 깊은 유대인이며 율법을 공부했다. 내 또래이며 시계공이다. 이곳 부나에서는 정밀 기계공으로 일한다. 그러니까 존엄성을, 그리고 숙련된 기술을 사용하는 데서 생기는 자신감을 간직하고 있는 몇 안 되는 사람 중 한 명이다.

그의 말대로 되었다. 기상을 하고 빵을 배급받은 뒤 그들이 와서 나와 다른 세 사람을 막사 밖으로 불렀다. 그들은 우리를 점호 마당의 구석으로 데려갔다. 거기에 오늘의 아르츠트포어멜더가 길게 한 줄로 서 있었다. 한 남자가 오더니 내 반합, 숟가락, 모자, 그리고 장갑을 가져갔다. 다른 사람들이 웃었다. 그것들을 숨겨놓거나, 다른 사람에게 맡기거나, 아니면 모두 팔아버렸어야 한다는 걸, 카베에는 그것들을 가져갈 수 없다는 걸 몰랐단 말이야? 그들이 내 번호를 보더니 고개를 저었다. 이렇게 번호가 높은 사람이라면 이런 어리석은 행동을 할 가능성이 충분했기 때문이다.

그들이 우리 수를 셌다. 그 추위에 한데서 옷을 벗게 하고 신발을 가져갔다. 다시 수를 셌고 우리의 머리와 수염을 깎았다. 또다시 숫자를 세고 샤워를 하게 했다. 이윽고 SS 대원 하나가 왔다. 그는 전혀 관심 없는 눈으로 우리를 바라보았다. 커다란 수종 있는 사람 앞에서 걸음을 멈추더니 그 남자를 한쪽으로 따로 서게 했다. 그러고 난 뒤 다시 한 번 우리의 수를 셌고, 아까 한 샤워의 물기가 채 마르지도 않았는데 다시 샤워를 시켰다. 그런 까닭에 추위로 몸을 떠는 사람도 있었다.

이제 우리는 최종 진찰을 받을 준비를 한다. 창밖으로는 하얀 하늘이 보이고 가끔 해도 보인다. 이 지역에서는 구름을 통해 해를 똑바로 쳐다볼 수도 있다. 마치 뿌연 김이 서린 유리를 통해 해를 보는 것 같다. 해의 위치로 보아 오후 2시가 지난 게 틀림없다. 죽하고는 이미 작별이다. 우리는 열 시간을 그렇게 서 있었고 여섯 시간 동안 알몸이다.

의사의 두번째 진찰도 놀랄 만큼 빠르게 진행된다. 의사(그는 우리처럼 줄무늬 옷을 입었지만 그 위에 하얀 가운을 입고 있다. 상의에는 번호가 새겨져 있고 우리보다 훨씬 살이 쪘다)가 부어오르고 피가 맺힌 내 발을 눈으로 보고 만져본다. 그가 만질 때 나는 통증으로 비명을 지른다. 의사가 말한다. "Aufgenommen, Block 23."(수용, 23번 블록) 나는 다른 지시를 기다리며 입을 벌린 채 거기 가만히 서 있지만 누군가 거세게 나를 뒤로 잡아당긴다. 그는 아무것도 걸치지 않은 내 어깨 위에 겉옷을 던지고 샌들 한 켤레를 내민 뒤 밖으로 쫓아버린다.

100여 미터 거리에 23번 블록이 있다. 그 위에는 'Schonungsblock'이라고 적혀 있다. 무슨 뜻인지 알 게 뭐람? 안에 들어가자 누군가가 내 겉옷과 샌들을 벗긴다. 나는 다시 한 번 알몸이 된다. 해골 같은 알몸들의 대열 맨 꼴찌에 서 있다. 오늘의 환자들이다.

나는 오래전부터 이해하고자 하는 노력을 포기했다. 나 자신만 해도 치료도 받지 못한 상처 난 발로 몸을 지탱하는 데 너무나 지쳐 있었고 너무 배가 고프고 추워서 더 이상 아무것에도 관심이 없었다. 이게 내 인생의 마지막 날이 될 수도 있고 이 방이 사람들이 말하던 그 가스실일지도 모른다. 하지만 내가 무엇을 할 수 있겠는가? 벽에 몸을 기대고 눈을 감고 기다리는 게 나을 것이다.

내 옆에 있는 이는 틀림없이 유대인이 아니다. 할례를 받지 않았고, 게다가 피부가 희고 얼굴과 몸집이 좋았는데, 그건 유대인이 아닌 폴란드인의 특징이다(이건 내가 그때까지 배운 몇 안 되는 사실 중 하나다). 그는 나보다 머리 하나만큼 키가 더 컸지만 아주 친절해 보이는 인상이다. 배고픔을 겪지 않은 사람만이 그런 인상을 지닐 수 있다.

나는 언제 우리를 들여보내줄지 아느냐고 그에게 물어보았다. 그가 간호사를 향해 돌아섰다. 그와 쌍둥이처럼 닮은 남자 간호사는 구석에서 담배를 피우고 있다. 두 사람은 이야기를 나누고 웃어대기만 할 뿐 내 말에 대답을 하지 않았다. 꼭 내가 그 자리에 없는 것 같았다. 이윽고 그들 중 하나가 내 팔을 잡더니 팔뚝에 새겨진 숫자를 보았다. 그러더니 더 크게 웃었다. 17만 4,000번대가 이탈리아 유대인이라는 걸 모두 알고 있다. 두 달 전 도착한 이 유명한 이탈리아 유대인들은 모두 변호사, 대학 졸업자들이었는데, 처음엔 100명이 넘었으나 어느새 40명밖에 남지 않았다. 일할 줄 모르고, 빵을 도둑맞고, 아침부터 밤까지 얻어맞는 사람들이다. 독일인들은 이들을 'zwei linke Hände'(왼손만 두 개)라고 부른다. 심지어 폴란드 유대인들까지 이들을 무시하는데, 그건 이들이 이디시어를 할 줄 모르기 때문이다.
간호사가 남자에게 내 갈비뼈를 가리킨다. 내가 해부실의 시체라도 되는 듯이. 이어서 내 눈꺼풀과 부은 뺨, 가느다란 목을 가리켰고, 몸을 구부려 내 정강이뼈를 검지로 누른 뒤 밀랍처럼 창백한 내 살에 남은, 푹 들어간 손가락 자국을 보여준다.
폴란드인에게 말을 걸지 말았어야 했다. 내 평생 이보다 더 무례한 짓은 당해본 적이 없는 것 같다. 그 사이 간호사는 알아들을 수 없어 끔찍하게만 들리는 자신의 언어로 실연 설명을 다 끝낸 것 같다. 폴란드인이 내게 돌아서더니 독일어 비슷한 말로 너그럽게 요점만 정리해준다. "Du Jude, kaputt. Du schnell Krematorium fertig."(유대인, 너는 끝이다. 너는 금방 화장터로 간다. 끝이다)

★ 다시 몇 시간이 흐른 뒤에야 환자들이 모두 수용되고, 셔츠를 받고, 자기 카드를 작성했다. 나는 보통 때와 마찬가지로 맨 꼴찌다. 완전히 새것인 줄무늬 옷을 입은 어떤 남자가 내게 태어난 곳이 어디인지, '민간인'이었을 때 무슨 일을 했는지, 자식이 있는지, 어떤 병에 걸렸는지 등 아무 소용이 없을 게 분명한 여러 가지 질문을 했다. 이건 우리를 조롱하기 위한 복잡한 쇼다. 이걸 병원이라고 할 수 있을까? 환자를 알몸으로 세워놓고 수도 없이 질문을 한다.
드디어 내게도 문이 열렸고, 나는 숙소로 들어갈 수 있었다.
다른 곳과 마찬가지로 이곳도 3층짜리 침대가 세 줄로 막사를 온통 차지하고 있고 그 사이로 좁은 복도 두 개가 나 있다. 침대는 150개인데 환자는 250명이다. 그러니 거의 모든 침대를 둘이 함께 써야 한다. 위쪽 침대의 환자들은 천장에 거의 눌릴 지경이라 앉아 있을 수도 없다. 환자들은 오늘 새로 도착한 환자들을 보기 위해 호기심 어린 눈으로 몸을 밖으로 내밀고 있다. 하루 중 가장 흥미로운 순간으로, 아는 사람이 그 속에 섞여 있을 가능성이 늘 있다. 내게는 10번 침대가 배당되었다. 기적이다! 침대가 비어 있다. 나는 기분 좋게 침대에 눕는다. 수용소에 들어온 뒤로 침대를 독차지해보기는 처음이다. 배가 고팠지만 나는 10분도 안 돼 잠에 곯아떨어졌다.

★ 카베의 삶은 림보*의 삶이다. 굶주림과 질병 본래의 아픔 말고는 불편함이 상대적으로 적다. 춥지도 않고 일도 안 한다. 심각한 잘못을 저지르지 않는 한 구타를 당하지도 않는다.

환자들도 새벽 4시에 기상한다. 침대를 정리하고 씻어야 하지만 그리 서두를 것도 엄격하게 할 것도 없다. 5시 30분이면 빵을 나눠주는데, 얇게 잘라 침대에 편안히 누워 평화롭게 먹을 수 있다. 그러고 나서 정오에 죽이 배급될 때까지 다시 잘 수 있다. 점심식사 후 4시까지는 미탁스루에Mittagsruhe, 오후 휴식이다. 이때 의사의 진찰과 치료를 받는다. 침대

* 여기서는 『신곡』의 지옥을 구성하는 아홉 개의 원 중 가장 형벌이 가벼운 제1원을 말한다. 세례받지 못한 순진한 아이나 덕망 있는 이교도 등의 영혼이 죽어서 가는 곳. 육체적 고통은 없지만 영원히 천국에 오를 수 없다는 정신적 형벌을 받는다.

에서 내려와 셔츠를 벗고 의사 앞에 줄을 서야 한다. 저녁식사도 침대로 배급이 된다. 그러고 나면 밤 9시에 야간 경비를 위한, 갓을 씌운 램프 하나만 남기고 불이 전부 꺼진다. 침묵이 찾아온다.

★ …… 그리고 수용소에 들어온 후 처음으로 깊은 잠에 빠진 나를 기상 사이렌이 공격한다. 잠에서 깨는 것은 무無에서 돌아오는 것이다. 멀리 창 밖에서, 어둠 속에서 빵을 배급하는 소리와 악대의 연주 소리가 들린다. 건강한 동료들이 일터로 가기 위해 분대를 이뤄 수용소를 나가고 있다.

카베에서는 음악 소리가 잘 들리지 않는다. 북소리와 심벌즈 소리가 지속적으로 단조롭게 들리지만, 악구樂句는 이러한 씨실을 바탕으로 바람의 변덕에 따라 간헐적으로만 천을 짤 뿐이다. 우리는 모두 이 음악을 끔찍하게 생각하기 때문에 각자 침대에서 서로를 쳐다본다.

음악의 곡조는 열두 개 정도밖에 되지 않고, 매일 아침저녁으로 똑같다. 행진곡이나 독일인이라면 누구나 좋아하는 민요다. 그 곡조들은 우리의 머릿속에 새겨져 있다. 아마 수용소의 기억 중 우리가 가장 나중까지 잊지 못할 것일 게다. 그것은 수용소의 목소리이고 그 기하학적 광기를 지각 가능한 형태로 표현한 것이다. 그것은 먼저 인간으로서의 우리를 말살시킨 다음 나중에서야 서서히 우리를 죽여버리려는 그들의 결단을 예리하게 표현한다.

그 음악이 울릴 때 우리는 밖에, 안개 속에 있는 동료들이 로봇처럼 행진을 시작한다는 것을 알고 있다. 그들의 영혼은 죽어 있다. 음악은 바람이 낙엽을 날리듯 그들을 떠밀며 그들에게서 의지를 몰아낸다. 의지 같은 것은 이제 없다. 북소리의 박자가 걸음이 되고, 반사작용으로 지친 근육을 잡아당긴다. 독일인들은 이 점에서 성공했다. 1만 명의 동료들은 단 하나의 회색 기계들이다. 그들은 정확할 정도로 결연하다. 생각하지도 원하지도 않는다. 그저 걸을 뿐이다.

나가고 들어오는 행진에 SS가 빠지는 일은 결코 없다. 자신들이 안무한 이 발레, 꺼져가는 불꽃 같은 인간들이 반별로 안개에서 나와 다시 안개로 나아가는 모습을 구경할 권리를 마다할 이가 있겠는가? 그들의 승리를 이보다 더 구체적으로 증명하는 것이 무엇이겠는가?

카베의 동료들도 일터로 나가고 들어오는 것, 생각을 죽이고 고통을 완화시키는 끝없는 이 박자의 최면 효과를 알고 있다. 그들은 이미 그것을 경험했고 다시 경험하게 될 것이다. 그러나 이런 마법에서 깨어나 밖에서 그 음악을 들어볼 필요가 있었다. 카베에서처럼, 그리고 자유의 몸으로 다시 태어나 복종하거나 인내할 필요 없이 그것이 무엇이었는지 이해하기 위해 다시 그 음악에 대해 생각해보고 있는 지금처럼 말이다. 독일인들이 어떤 깊은 뜻에서 그런 소름끼치는 의식을 만들었는지 이해하기 위해서, 그리고 도대체 왜 지금까지도 그 무해한 노랫가락이 기억 속에 되살아나면 혈관 속의 피가 얼어붙는지, 그리고 우리가 아우슈비츠에서 살아 돌아온 것이 결코 작은 행운이 아니었음을 깨닫게 되는지 이해하기 위해서.

★ 내 침대 옆에는 두 사람이 있다. 둘 다 온종일, 밤새도록 황도십이궁의 물고기자리처럼 엇갈린 채, 한 사람의 발이 다른 사람의 머리에 닿게 등을 맞대고 옆으로 누워 있다.
한 사람은 발터 본이라는 네덜란드 사람으로, 상당히 교양 있고 예의 바르다. 그는 내게 빵 자를 만한 게 아무것도 없음을 알고 자기 칼을 빌려준다. 그리고 자기 빵의 반을 팔겠다고 제안한다. 나는 값을 흥정하다가 포기한다. 이곳 카베에서는 항상 뭔가를 빌려줄 사람을 만날 수 있을 거라고 생각한다. 밖에서는 뭐든 한번 빌리려면 배급받은 것의 3분의 1을 주어야 한다. 내가 제안을 거절했지만 그렇다고 발터가 불친절해진 것은 아니다. 정오에 자기 죽을 먹고 나자 그는 입술로 숟가락을 깨끗이 닦은 뒤(이것은 숟가락을 빌려주기 전에 지켜야 할 좋은 규정으로, 숟가락을 깨끗이 닦고 거기 달라붙어 있을 죽의 흔적을 과도하게 남기지 않기 위한 것이다) 즉시 내게 빌려주었다.
"어디가 아파서 왔습니까, 발터?"
"Körperschwäche." 신체허약. 심각한 병이다. 치료될 수도 없다. 이런 진단을 받고 카베에 들어오는 건 매우 위험하다. 발목의 부종 때문에 일을 나갈 수 없는 상황이 아니었다면(그가 내게 발목을 보여준다) 카베에 들어오는 것도 매우 어려웠을 것이다.
이런 종류의 위험에 대해 나는 아직도 혼란스럽기만 할 뿐이다. 모두 우회적으로, 암시적으로만 말한다. 내가 뭔가 물어보면 모두 나를 물끄러미 바라보며 입을 다물어버린다.

그러니까 선발, 가스, 화장터에 관한 게 모두 사실일까?
화장터. 발터 옆에 있던 다른 사람이 갑자기 잠에서 깨 일어나 앉는다. 화장터 이야기한 게 누구야? 무슨 일이야? 잠자는 사람 좀 가만히 놔둘 수 없어? 그는 선량해 보이는 여윈 얼굴의 폴란드 유대인으로 알비노albino*다. 젊지는 않다. 이름은 슈물렉이고 대장장이다. 발터가 간단히 설명한다.
그러니까, 'der Italeyner'(그 이탈리아 사람)가 선발을 믿지 않는다는 거야? 슈물렉은 독일어로 말하려다가 이디시어로 말한다. 나는 그의 말을 그가 이해시키려고 할 때에만 힘겹게 겨우 알아들을 수 있다. 그가 발터에게 입 다물라는 신호를 보낸다. 나를 설득시키는 일은 그가 알아서 할 생각이다.
"자네 번호 좀 보여줘봐. 자네 174517번이군. 이렇게 번호를 매기기 시작한 건 18개월 전부터야. 아우슈비츠와 거기 딸린 수용소를 위한 거지. 지금 여기 모노비츠(부나)에 있는 우리의 수는 1만 명이지. 아우슈비츠와 비르케나우까지 하면 3만 명일 거야.** Wo sind die Andere? 다른 사람들은 어디로 갔을까?"
"혹시 다른 수용소로 옮겨갔나요……?" 내가 말해본다.
슈물렉이 고개를 젓더니 발터에게 말한다.

* 피부, 모발, 눈 등에 색소가 생기지 않는 백화현상을 나타내는 사람 및 동식물.
** 슈물렉의 견적은 너무 적었다. 이때 아우슈비츠와 비르케나우에서는 총 8만 명 정도의 수인이 있었다고 추정된다. 어느 수용소에서든지 다른 수용소에 대해서는 막연하고 불확실한 정보만을 들을 수 있었다. 하지만 그렇더라도 그의 계산법만큼은 정확했다—원주.

"Er will nix verstayen." 그는 이해하려 들지를 않아.

★ 그러나 나는 곧 운명적으로 그 말을 이해할 수 있게 되었다. 슈물렉의 희생을 통해서. 저녁에 막사 문이 열리더니 누군가 고함을 쳤다. "Achtung!"(주목) 모든 소음이 사라지고 무거운 침묵이 느껴졌다.

SS 대원 둘이 들어왔다(그중 한 명은 계급장을 굉장히 많이 달고 있었다. 혹시 장교?). 막사가 텅 빈 듯, 온 막사 안에 그들의 발소리가 울려 퍼졌다. 그들은 의료부장과 이야기를 나누었다. 의료부장은 그들에게 기록부를 보이며 여기저기를 가리켰다. 장교가 조그만 책에 메모를 했다. 슈물렉이 내 무릎을 쳤다. "Pass' auf, Pass' auf." 정신 차리고 조심해.

장교가 의사를 데리고 말없이, 그리고 건성으로 침대 사이를 돈다. 그의 손에는 작은 채찍이 들려 있다. 그가 그 채찍으로 침대 위쪽에 걸어 놓은 담요 가장자리를 친다. 환자는 재빨리 담요를 정리한다. 장교가 지나간다.

누리끼리한 얼굴의 남자가 있다. 장교가 담요를 걷어치운다. 남자가 화들짝 놀란다. 장교가 그의 배를 만져보며 말한다. "Gut, Gut."(좋아, 좋아) 그리고 지나간다.

이번엔 장교가 슈물렉을 쳐다보았다. 작은 책을 꺼내 침대 번호와 문신 번호를 확인한다. 나는 위에 있어서 전부 자세히 볼 수 있다. 그가 슈물렉의 번호에 작은 십자 표시를 했다. 그리고 지나갔다.

이제 내가 슈물렉을 본다. 그의 뒤로 발터의 눈이 보였다. 그래서 나는 더 이상 질문을 하지 않았다.

다음 날, 여느 때처럼 치료가 끝난 이들의 그룹 하나만이 아니라 이상하게도 두 그룹이 밖으로 나갔다. 첫째 그룹 사람들은 수염과 머리를 깎고 샤워를 했다. 둘째 그룹 사람들은 수염을 기른 채, 지저분한 붕대를 그대로 맨 채, 샤워도 하지 않고 그대로 나갔다. 아무도 그들에게 인사를 하지 않았다. 건강한 동료들에게 소식을 전해달라는 부탁도 하지 않았다.

이 둘째 그룹에 슈물렉이 속해 있었다.

이렇게 신중하면서도 침착하게, 눈에 띄지도 않게, 분노도 없이 매일 카베의 막사에서 학살이 자행된다. 이 사람 혹은 저 사람이 걸릴 수 있다.

슈물렉은 떠났고 내게 숟가락과 칼을 남겨주었다. 발터와 나는 서로 시선을 피했고 오랫동안 입을 떼지 않았다. 나중에 발터가 내게 어떻게 배급받은 빵을 그렇게 오랫동안 가지고 있을 수 있는지 물었다. 그리고 자기는 보통 빵 조각을 길게 내기 위해 세로로 자른다고 설명했다. 그렇게 하면 마가린을 바르기가 훨씬 쉽다고 했다.

발터는 내게 많은 것을 설명한다. 쇼눙스블록Schonungsblock은 휴식 막사를 뜻한다. 이곳에는 가벼운 병을 앓고 있거나 회복 중이거나 치료가 필요 없는 환자들만 들어간다. 하지만 이런 사람들 중에는 꽤 심각한 설사병 환자가 적어도 50여 명은 된다.

그 사람들은 사흘에 한 번씩 확인을 받는다. 복도에 길게 줄을 선다. 줄의 끝에는 두 개의 양철 대야가 있고 기록부와 시계, 연필을 든 간호사가 서 있다. 환자들은 한 번에 두 명씩 나와서 그들의 설사가 계속되고 있다는 것을 즉석에서 증명해야 한다. 이렇게 하는 데 그들에게 허용된 시간은 정확히 1분이다. 간호사에게 결과물을 제출하면 간호사는 그것을 보고 판단한다. 그들이 근처 세척통에 재빨리 대야를 씻으면 다음 두 명이 그뒤를 잇는다.

기다리는 사람들 중에는 귀중한 증거물이 나오기까지 10분, 20분을 더 참아야 하기 때문에 배를 움켜쥐고 괴로워하는 사람도 있다. 또 반대로 어떤 사람들은 꼭 필요한 순간에 결과물이 나오지 않아 근육과 힘줄을 팽팽히 긴장시킨다. 간호사는 태연히 연필을 깨물며 한눈으로 시계를 보고 다시 그의 앞에 차례로 제시되는 증거물을 지켜본다. 의심스러운 경우 대야를 들고 가 의사에게 보여준다.

……나는 예기치 않은 방문을 받았다. 로마 출신의 내 친구 피에로 손니노다. "내가 어떻게 속였는지 봤지?" 피에로는 아주 경미한 장염인데 20여 일 전부터 이곳에 있다. 그는 건강이 좋고 잘 쉬어서 살이 올랐다. 선발 같은 건 개의치 않고 겨울이 끝날 때까지 카베에 있기로 결정했다. 그가 쓰는 방법은 진짜 이질 환자 뒤에 줄을 서는 것으로, 성공을 보장해 준다. 그는 자기 순서가 되었을 때 앞의 사람에게 자기를 도와줄 수 있냐고 묻는다(물론 죽이나 빵으로 사례를 한다). 그 사람이 동의하면 간호사가 한눈을 파는 순간, 혼란한 틈을 타 대야를 바꿔버리기만 하면 된다. 피에로는 이게 위험한 일이라는 걸 알고 있다. 하지만 어쨌든 지금

까지는 별일 없었다.

★ 그러나 이것은 카베의 삶이 아니다. 선발이라는 결정적인 순간도, 설사와 이를 검사하는 기괴한 일화도, 질병조차도 카베의 삶이 아니다.

카베는 육체적으로 가장 편한 수용소다. 그래서 아직 의식의 씨앗을 가지고 있는 사람은 거기서 의식이 다시 깨어난다. 그리하여 공허하고 긴 날, 허기나 노동이 아닌 다른 것들에 대해 이야기한다. 그리고 그들이 우리를 어떤 상태로 만들려고 한 것인지, 우리 중 몇 명이나 죽었는지, 이것이 어떤 삶인지 진지하게 생각하게 된다. 상대적으로 평화로운 울타리인 카베 안에서 우리는 우리의 인간성이 아주 연약한 것이며 이 인간성이야말로 우리 생명보다 더 위태롭다는 것을 깨달았다. 그러므로 고대의 현인들은 '사람은 언젠가 죽게 마련'이라는 교훈을 남기는 대신, 지금 우리를 위협하고 있는 이런 큰 위험을 상기시키는 게 옳았을 것이다. 수용소 안에서 자유로운 인간들에게 메세지를 전하는 것이 가능했다면 그 내용은 바로 이런 것이었으리라. 지금 여기서 우리를 괴롭히는 것을 당신들 집에서 겪지 않도록 주의하시오.

일을 하면 힘이 들고 생각할 시간이 없다. 우리의 집은 기억할 거리도 못 된다. 하지만 여기서는 시간이 있다. 침대에서 침대로 이동하는 것은 금지되어 있지만 그래도 서로를 찾아다니고, 이야기를 나누고 또 나눈다. 아픈 인류로 미어터질 듯한 막사에 언어가, 추억이, 다른 아픔이 들어찬다. 다른 아픔이란 독일어로 '하임베' Heimweh(향수병)라는 것이다. '집을 향한 아픔'이라는 뜻의 아름다운 단어다.

우리는 우리가 어디서 왔는지 알고 있다. 바깥 세상에 대한 기억들은 우리의 꿈을, 깨어 있는 시간을 가득 채운다. 놀랍게도 우리가 아무것도 잊지 않았다는 사실을 깨닫게 된다. 떠오르는 모든 기억이 고통스러울 정도로 선명하게 우리 앞에 모습을 드러낸다.

그러나 우리는 어디로 가고 있는지 알지 못한다. 어쩌면 이 병을 이기고 살아남을 수도, 선발을 피할 수도, 어쩌면 우리를 소진시키는 노동과 허기까지도 이겨낼 수 있으리라. 하지만 그러고 나면? 욕설과 구타로부터 일시적으로 멀어진 이곳에서 우리는 우리들 자신 속으로 다시 들어가 생각을 할 수 있었다. 그러자 우리가 돌아갈 수 없을 거라는 사실이 또렷해진다. 우리는 아무것도 볼 수 없도록 가려진 열차에 갇혀 여기까지 왔다. 우리의 여인들과 아이들이 무無를 향해 떠나는 것을 지켜보았다. 우리는 노예가 되어, 이름 없는 죽음을 맞기 훨씬 전에 먼저 영혼이 죽어, 수백 번 행진하고 말없이 중노동을 했다. 우리는 돌아가지 못하리라. 아무도 여기서 나가선 안 된다.* 팔뚝에 새겨진 숫자를 들이대며, 아우슈비츠에서는 인간이 인간으로 하여금 무슨 짓이든 하게 만들 수 있다는 불길한 소식을 세상에 전해서는 안 된다.

* 실제로 독일의 전면적인 군사적 파국이 (적어도 히틀러 개인에게) 분명해졌을 때 수용소를 모두 청산하라는 명령이 내려졌다. 가능하면 수인을 독일의 중심부로 이송하고, 불가능하다면 그 자리에서 말살한다는 것이 원칙이었다. 이 명령은 수많은 수용소에서 충실히 이행되었다. 아우슈비츠에서 일어난 일은 이 책의 마지막 장에서 서술된다—원주.

우리의 밤

★ 몹시 유감스럽게도, 나는 카베에서 20일을 보낸 뒤, 발의 상처가 실제로 다 나았기 때문에 막사를 나오게 되었다.

의식儀式은 간단했지만 고통스럽고 위험한 재조정 단계를 포함하고 있었다. 특별한 배경이 없는 사람은 카베에서 나올 때 예전에 있던 블록 및 카포에게 돌아가지 않고 알 수 없는 기준에 의해 다른 막사로 가고 다른 일을 하게 되어 있었다. 게다가 카베에서는 알몸으로 나온다. '새' 옷과 '새' 신발(말하자면 카베에 들어갈 때 벗어둔 것이 아닌)을 받게 되는데, 그것들에 빨리, 부지런히 적응해야 했다. 그렇게 하는 데에는 노력과 비용이 든다. 먼저 숟가락과 칼을 구해야 한다. 마지막에는, 이것이 제일 심각한 문제인데, 낯선 환경 속으로, 성격을 모르기 때문에 방어하기가 어려운 카포들과 한 번도 보지 못했던 냉담한 동료들 속으로 들어가야 했다.
명백히 절망적인 상황에서조차 숨을 구덩이를 파고, 껍질을 만들어내고, 주변에 미약하게나마 방어의 울타리를 쳐놓는 인간의 능력은 놀랍기만 하다. 이에 대해서는 깊이 연구해볼 만한 가치가 있다. 그 토대는 너무나 소중한 적응 활동인데, 이는 수동적이고 무의식적인 동시에 능동적인 것이기도 하다. 가령 밤에 신발을 걸어두기 위해 침대 위에 못을 박는 것이다. 옆 사람들과 무언의 상호불가침조약을 맺는 것이다. 각 코만도와 각 블록의 습관과 규율을 감지하고 받아들이는 것이다. 이런 작업 덕분에 몇 주가 지나자 다시 일정한 균형을 찾을 수 있었고 예기치 않은 사건들 앞에서 어느 정도 자신감을 갖게 되었다. 인간이 새로 둥지를 틀면 이식의 트라우마는 극복되기 마련이다.
그러나 대부분 제대로 치료도 받지 못한 채 카베에서 알몸으로 쫓겨난 이들은 어둡고 얼음같이 차가운 우주 공간 속에 홀로 던져진 듯한 기분이 든다. 바지가 자꾸 흘러내리고, 신발이 맞지 않아 발이 아프고, 셔츠에는 단추가 없다. 사람들과 접촉을 해보려 하나 모두들 그에게 등을 돌린다. 그는 갓난아기처럼 무력하고 상처받기 쉽다. 그러나 아침이 되면 다른 이들과 마찬가지로 작업장으로 행진을 해야 한다.
내가 이런 상황에 처해 있을 때 간호사가 정해진 여러 행정적 절차를 마친 뒤 나를 45번 블록의 블록앨테스터Blockältester(블록의 최고참)에게 맡겼다. 곧 기쁨이 머릿속을 꽉 채웠다. 행운이다. 그곳은 알베르토의 블록이다!

알베르토는 내 가장 친한 친구였다. 나보다 두 살 어려 스물두 살밖에 안 되었지만 우리 이탈리아인들 중 알베르토만큼 뛰어난 적응력을 보이는 사람은 아무도 없었다. 알베르토는 당당하게 수용소에 들어왔고 상처 입지 않고 타락하지도 않은 채 수용소에 살고 있다. 그는 누구보다 빨리 이 삶은 바로 전쟁이라는 것을 이해했다. 스스로 응석 부리는 것 따위는 허락하지 않았다. 불평을 하거나 자신과 타인들을 연민하며 시간을 허비하지 않았다. 그는 첫날부터 전쟁터에 뛰어들었다. 그를 지탱하는 건 지혜와 본능이다. 그는 정확하게 사고했다. 종종 아예 생각을 안 하기도 하는데, 그것도 마찬가지로 옳은 일이다. 그는 모든 것을 즉시 이해한다. 그가 아는 건 약간의 프랑스어뿐인데 독일인이 말해도 폴란드인이 말해도 다 알아듣는다. 그는 이탈리아어와 몸짓으로 대답하고 의사를 전달해서 곧 호감을 얻어낸다. 그는 삶을 위해 이렇게 투쟁하지만 늘 만인의 친구가 된다. 그는 누구를 매수해야 하는지, 누구를 피해야 하는지, 누구의 동정심을 불러일으켜야 하는지, 누구에게 반항해야 하는지를 '안다'.

하지만 그 자신은 부패한 인간이 되지 않았다(바로 이런 그의 장점이 그에 대한 기억을 아직도 소중하고 친근하게 만든다). 나는 늘 그에게서 강하면서도 온유한, 보기 드문 인간의 모습을 보았고 지금도 보고 있다. 그는 어둠의 무기들을 무디게 만드는 힘이 있었다.*

* 악의 힘에 굴복당하지 않는다는 뜻. 『어둠의 무기』란 프랑스의 작가 베르코르(본명 장 브륄레르, 1902~1991)가 강제수용소를 무대로 쓴 유명한 소설의 제목.

그러나 나는 그와 한 침대에서 잘 수 없었다. 45번 블록에서 이미 상당한 인기를 누리고 있는 알베르토도 그것만은 해낼 수 없었다. 안타까운 일이다. 마음을 터놓을 수 있는, 아니면 적어도 서로 이해할 수 있는 침대 동료를 갖는다는 것은 더없이 소중한 선물이기 때문이다. 게다가 이제는 겨울이어서 밤이 길었다. 폭이 70센티미터밖에 되지 않는 담요 밑에서 누군가와 함께 땀, 체취, 체온을 나눌 수밖에 없었으므로 그 사람이 친구이기를 원하는 건 당연했다.

★ 겨울 밤은 길고, 꽤 오랫동안 잠을 잘 수 있다.

블록의 소음이 서서히 잦아든다. 저녁 배급이 끝난 지 한 시간이 더 지났다. 고집스러운 몇몇 사람만이 정신을 집중하려고 이마를 찡그린 채, 이제 아무것도 없이 깨끗한 반합 바닥을 전등 밑에서 조심스레 돌려보며 계속 긁어댈 뿐이다. 엔지니어인 카르도스가 침대들을 돌며 상처난 발과, 티눈이 박이거나 곪은 부위를 치료해준다. 이것이 그의 사업이다. 하루 종일 걸음을 떼어놓을 때마다 피가 나서 이제는 감각조차 없어진 상처의 통증을 덜기 위해 그에게 빵 한 쪽 건네기를 마다하는 사람은 아무도 없었다. 엔지니어 카르도스는 이런 식으로 정직하게 먹고사는 문제를 해결했다.

조그만 뒷문으로 이야기꾼이 몰래, 조심스레 주위를 살피며 들어왔다. 그는 박스만의 침대에 앉았다. 그러면 이내 그의 주위로 몇몇 사람들이 모여들어 주의 깊게, 조용히 귀를 기울였다. 그는 끝없이 이어지는 이디시어 랩소디를 노래하는데 그것은 늘 똑같은 노래로, 체념적이고 깊은 우울이 담긴 4행시였다(당시 그 장소에서 그 노래를 들었기 때문에 이렇게 기억하는 건 아닐까?). 내가 알아들을 수 있는 단어들을 통해 유추해보면 그가 직접 작곡한 노래가 틀림없었다. 그 노래에는 수용소 생활이 세세하게 모두 담겨 있다. 너그러운 사람은 담배 한 줌이나 약간의 실로 노래에 보답한다. 다른 사람들은 열심히 귀를 기울이기는 해도 아무것도 주지 않는다.

그날의 마지막 의식을 알리는 종이 갑자기 울린다. "Wer hat kaputt die Schuhe?"(신발 망가진 사람) 그러면 신발을 바꾸려는 40~50명의 후보들이 요란스럽게 소란을 피운다. 그들은 미친 듯이 빠르게 타게스라움으로 달려간다. 기껏해야 먼저 도착하는 열 명 정도만이 원하는 걸 얻는다는 것을 잘 알고 있기 때문이다.

그런 뒤엔 고요하다. 먼저 몇 초 동안 서서히 불이 꺼진다. 바느질하는 사람들에게 귀중한 바늘과 실을 제자리에 내려놓아야 한다고 경고하는 것이다. 그리고 멀리서 다시 종이 울린다. 그러면 불침번들이 자리를 잡고, 마침내 불이 완전히 꺼져버린다. 이제 옷을 벗고 눕기만 하면 된다.

★ 난 내 옆에 누가 있는지 모른다. 늘 같은 사람인지도 확실히 알 수 없다. 어수선하고 정신없는 기상 시간에 잠시 본 것을 제외하고는 정면으로 얼굴을 본 적이 없기 때문이다. 그래서 그의 얼굴보다는 등과 발을 훨씬 더 잘 안다. 그는 나와 다른 코만도에서 일하고, 소

등 시간에야 침대로 들어온다. 그는 담요로 몸을 둘둘 말고 뼈만 남은 엉덩이로 나를 밀어낸 뒤 내게 등을 돌리고 코를 골기 시작한다. 등과 등을 마주 댄 채 나는 짚북데기 매트리스 위에서 적당한 면적을 차지해 보려고 애를 쓴다. 내 등으로 서서히 그의 등을 누르다가 다시 돌아누워 무릎으로 그를 밀어본다. 그의 발목을 잡아 그의 발이 내 얼굴에 닿지 않도록 멀리 치워놓으려 한다. 하지만 다 소용없는 일이다. 그는 나보다 훨씬 무거운 데다 잠에 빠져 돌덩이처럼 꿈쩍도 않는다.

그래서 나는 이렇게 옴짝달싹 못 하는 상태로 나무가 드러난 침대 가장자리에 몸을 반쯤 걸친 채 눕는 데 익숙해지기로 한다. 그럼에도 불구하고 나는 너무 피곤하고 얼이 빠진 상태다. 나 역시 금세 곯아떨어진다. 마치 철로 위에서 잠드는 것 같다.

기차가 막 도착한다. 기관차가 씩씩거리는 소리가 들린다. 바로 내 옆에 있다. 나는 아직 깊이 잠들지 않아 그 기관차의 이중성을 알아차린다. 그것은 오늘 우리가 짐을 하역한 화차들을 끌고 온 기관차다. 아까 우리 옆을 지날 때처럼 지금도 그 검은 옆구리에서 뿜어져나오는 열기를 느낄 수 있기 때문에 그 기관차라는 것을 알아볼 수 있다. 기관차가 연기를 내뿜으며 점점 더 가까워진다. 거의 나를 칠 것 같다. 그러나 기차는 결코 도착하지 않는다. 내 꿈은 아주 가볍다. 아주 얇은 베일이다. 내가 원한다면 찢어버릴 수도 있다. 그렇게 할 것이다. 그걸 찢어버리고 싶다. 그렇게 해야 내가 철로에서 벗어날 수 있다. 난 그렇게 하고 싶었다. 그런데 잠이 깬다. 완전히 깬 것은 아니고 조금 깨어나 무의식과 의식

사이의 계단에서 한 칸 더 올라간다. 나는 눈을 감는다. 잠이 달아날까 봐 눈을 뜨고 싶지 않다. 그러나 소리는 들을 수 있다. 멀리서 들려오는 기적 소리는 현실이 분명하다. 꿈속의 기관차에서 나는 소리가 아니다. 실제로 울려 퍼지는 소리다. 드코비유* 철로 위를 지나는 기관차의 경적 소리로, 밤에도 작업을 하는 작업장에서 들려온다. 처음에는 길고 단호한 음이었다가 반음 정도 낮아지고, 다시 처음의 음으로 되돌아와 짧게 울린 후 중단된다. 이 경적 소리는 중요하고 어떻게 보면 본질적이다. 우리가 이 소리를 들은 것은 종종 노동과 수용소의 고통과 연결된 상황에서였다. 그래서 이것은 하나의 상징이 되기에 이르렀고 어떤 음악이나 냄새처럼 즉각적으로 어떤 이미지를 불러일으킨다.

여기 내 누이가 있다. 그리고 정확히 누구인지 알 수 없는 내 친구들 몇 명과 다른 사람들이 많이 모여 있다. 모두 내 이야기를 듣고 있다. 이야기는 이렇다. 세 가지 음으로 이루어진 경적 소리, 딱딱한 침대, 옆으로 밀어버리고 싶지만 나보다 훨씬 힘이 세기 때문에 잠을 깨울까 두려운 내 옆 사람 이야기다. 우리의 허기, 이 검사, 내 코를 주먹으로 때렸다가 피가 나니까 가서 씻고 오라고 한 카포에 대해 산만하게 이야기한다. 내 집에 돌아와 친한 사람들 속에서 여러 가지 이야기를 할 수 있다는 것은 강렬하고 구체적이고 말로 표현할 수 없는 기쁨이다. 그러나 청중들이 내 말을 듣고 있지 않다는 게 빤히 보인다. 그뿐 아니다. 그들은 완전히

* 1870년에 설립된 프랑스의 철도 부품, 운송, 자동차 업체 이름. 여기서 만든 협궤의 간이철도는 당시 작업장 등에서 이용되었다.

무관심하다. 그들은 내가 그 자리에 없는 것처럼, 자기들끼리 전혀 다른 이야기를 정신없이 나눈다. 누이가 나를 보더니 자리에서 일어나 아무 말 없이 그곳을 떠난다.

마음속에서 황폐한 슬픔이 서서히 자라난다. 현실감각이나, 갑자기 침입하는 외적 요인 따위에 길들여지지 않는 순순한 상태의 고통이다. 어린아이들을 울리는 것과 비슷한 아픔이다. 다시 한 번 표면으로 헤엄쳐 올라가는 것이 더 나을 것이다. 하지만 이번에는 단호히 눈을 뜬다. 내가 실제로 깨어 있음을 확인해줄 어떤 것을 내 눈앞에서 찾기 위해서.

아직도 따뜻한 꿈이 내 앞에 있다. 잠을 깨기는 했지만 여전히 그 꿈의 고통에 사로잡혀 있다. 그때 이것이 우연한 꿈이 아니라 내가 이곳에 온 이후로 이미 꿨던 꿈이라는, 상황이나 세부 사항들도 거의 바뀌지 않고 한 번이 아니라 여러 번 꿨던 꿈이라는 생각이 든다. 이제 나는 완전히 맑은 정신을 되찾는다. 이 꿈 이야기를 이미 알베르토에게 했던 것이 생각난다. 그리고 놀랍게도 그가 자기도, 또 다른 많은 사람들도 그런 꿈을 꾼다고 털어놓았던 것도 생각난다. 그는 어쩌면 모든 사람들이 그런 꿈을 꿀지도 모른다고 했다. 왜 이런 일이 일어날까? 왜 매일매일의 고통이, 우리가 이야기를 하는데 아무도 들어주지 않는 장면으로 거듭해서 꿈으로 번역되는 걸까?

나는 이런 생각을 하면서, 불면의 시간을 이용해 조금 전 꿈속의 고통스러운 잔영들을 내 몸에서 떨쳐버리려고 했다. 그래야 다음 꿈의 본질과 타협하지 않을 수 있을 테니까. 나는 어둠 속에 웅크리고 앉아 주위를 둘러보며 귀를 기울인다.

잠자는 사람들의 숨소리와 코고는 소리가 들린다. 신음을 하거나 잠꼬대를 하는 사람도 있다. 많은 사람들이 입술을 핥으며 턱을 움직인다. 음식을 먹는 꿈을 꾸는 것이다. 이 역시 집단적인 꿈이다. 가혹한 꿈이다. 탄탈로스의 신화*를 만든 사람은 틀림없이 알 것이다. 음식이 눈에 보일 뿐만 아니라 확실히 구체적으로 손에 느껴진다. 풍요롭고 강렬한 음식 냄새도 맡을 수 있다. 어떤 사람은 음식을 입술에 닿을 정도로 가까이 가져간다. 그러다 매번 다른 어떤 상황이 끼어들어 그 행위의 완성을 방해한다. 그러면 꿈은 흩어져 그 꿈을 이루던 기본적인 요소들로 나뉜다. 잠시 후 그것들이 다시 모여 비슷하면서도 어딘가 달라진 꿈이 다시 시작된다. 우리 모두에게, 매일 밤, 잠을 자는 내내 쉼 없이 이런 일이 일어난다.

★

밤 11시가 지난 게 틀림없다. 불침번 옆에 있는 통으로 오고가는 소리가 벌써 자주 들리기 때문이다. 이건 음란한 고문이며 잊혀지지 않는 수치다. 우리는 두세 시간에 한 번씩 일어나 낮에 배고픔을 면하려 죽 형태로 먹었던 엄청난 양의 물을 쏟아내야만 한다. 바로 이 물이 밤이 되면 우리의 발목과 눈을 부어오르게 하여 사람들의 얼굴

★ 탄탈로스는 신들의 비밀을 인간에게 누설하고 신들의 음식인 넥타와 암브로시아를 인간에게 건네준 죄로 허리까지 물속에 파묻혔다. 물을 마시려 허리를 굽히면 물이 없어지고 과일나무 가지를 붙잡으려 하면 가지가 없어져버려 영원한 갈증과 굶주림으로 고통받았다.

을 모두 비슷비슷한 기형으로 바꿔놓는다. 그 수분을 제거하는 것은 신장에게는 힘든 노동이다.

통을 향해 행진하는 것으로 끝나는 것이 아니다. 통을 마지막 사용한 사람이 변소에 가서 그것을 비우는 게 규정이다. 게다가 밤에는 야간 복장(셔츠와 팬티)으로만 막사 밖으로 나가야 하며, 자기 번호를 불침번에게 알려야 한다. 당연히 불침번은 자기 친구, 같은 나라 사람, 특권층*을 이런 의무에서 면제시켜주려 애쓴다. 게다가 수용소의 고참들은 감각이 상당히 예리해져서 침대에 누운 상태에서 통의 바닥에 울리는 오줌 소리만으로 오줌의 높이가 위험수위에 이르렀는지 아닌지를 기적처럼 구별해낸다. 덕분에 그들은 거의 언제나 통 비우러 가는 일을 피할 수 있다. 이런 이유로 어느 막사에서든 통을 비우는 일을 맡는 사람의 수는 대개 한정되어 있다. 한편 배출되는 총 소변량은 적어도 200리터는 되었으므로, 통은 스무 번 정도 비워져야 한다.

결론적으로 매일 밤 마지못해 소변통 쪽으로 갈 때마다, 경험도 적고 특권도 없는 우리는 심각한 위험에 노출된다. 구석에 앉아 있던 불침번이 벌떡 일어나 우리를 멈춰 세우고 우리의 번호를 아무렇게나 적은 뒤 나

* 수용소에서 특정 임무를 부여받아 고된 노역을 면제받는 수인을 가리키는 용어. 가령 앞에서 레비 일행이 수용소에 처음 도착해서 본 "두 분대의 이상한 사람들"(이 책 24쪽)은 수인의 짐 정리를 하던 작업반에 속한 수인들로 특권층에 속했으며 수인의 물건을 훔쳐 수용소 안팎에서 거래를 함으로써 부유한 특권층에 속했다. 또 그후에 만난 이발사들 역시 특권층에 속했다. 주로 비유대인들이 많았으나 아주 생존력이 강하고 잔혹한 소수의 유대인도 이런 지위를 누릴 수 있었다. 그 밖에도 간호인, 청소부, 배식당번, 화장실 당번 등 수많은 특권층이 존재했다. 독일어(Prominent/Prominenz/Prominenten)로 표기된 경우 '프로미넨트/프로미넨츠/프로미넨텐'으로, 이탈리아어(prominenti)로 표기된 경우 '특권층'으로 번역했다.

무 신발 한 켤레와 통을 넘겨준다. 그리고 우리를 눈 속으로 쫓아낸다. 우리는 잠에 취한 채 추위에 떤다. 맨발의 복숭아뼈에 부딪히는, 구역질 나게 미지근한 그 통을 변소까지 끌고 가는 게 우리 일이다. 통은 적정 용량을 넘어 아슬아슬할 정도로 꽉 차 있으므로, 흔들릴 때마다 뭔가가 우리의 발 위로 흘러내리는 건 피할 수 없다. 그래서 이런 일이 혐오스럽기는 하지만, 그래도 침대의 동료가 아니라 우리가 이 일을 명령받는 것은 오히려 다행이다.

★ 우리의 밤은 그렇게 흘러간다. 탄탈로스의 꿈과 이야기의 꿈이 점점 더 구별하기 힘든 이미지들의 천으로 짜여나간다. 굶주림과 구타, 추위와 노동, 두려움과 혼란으로 뒤범벅된 낮의 고통이, 밤이 되면 전대미문의 폭력이 담긴 무형의 악몽으로 변한다. 자유로운 삶에서는 열에 들뜬 날 밤에나 나타나는 것들이다. 매 순간 공포로 얼어붙어, 사지를 떨며, 분노에 가득 찬 목소리가 알아들을 수 없는 언어로 명령을 외치는 듯한 느낌 속에서 잠을 깬다. 통으로 이어지는 행렬, 맨발의 뒤꿈치가 나무 바닥을 무겁게 디디는 소리가 다른 상징적 행진으로 바뀐다. 우리는 회색이고, 모두 똑같고, 개미처럼 작기도 하고 달에 닿을 정도로 크기도 한데, 셀 수 없이 많은 수가 서로 딱 달라붙어 지평선까지 평야를 온통 뒤덮고 있다. 간혹 우리는 하나의 물질로 녹아내리기도 한다. 그러면 우리는 슬픔의 덩어리가 되어, 서로 뒤엉켜 숨도 제대로 쉬지 못한다. 또 때로는 시작도 끝도 없이 원을 그리며 행진을 한다.

눈이 핑핑 돌 정도로 현기증이 나고 욕지기가 가슴에서 목으로 강물처럼 밀려 올라온다. 배고픔 또는 추위, 혹은 팽창된 방광이 우리의 꿈들을 깨워 꿈의 요소들을 일상으로 되돌려놓을 때까지. 우리는 악몽 그 자체 혹은 고통이 우리를 깨웠을 때, 그 요소들을 찾아내 각각 따로따로 현재의 관심거리 밖으로 쫓아내려 한다. 우리의 잠이 다시 침입당하지 않도록 그렇게 하는 것이지만 별 소용이 없다. 눈을 감자마자 다시 한 번 뇌가 우리의 의지를 벗어나 움직이는 것이 느껴진다. 뇌는 휴식하지 못한 채 신호를 보내고 윙윙 소리를 내며 환영들과 무시무시한 기호들을 만들어낸다. 그리고 쉴 새 없이 꿈이라는 장막 위 회색빛 안개 속에 그것들의 이미지를 투사하거나 만들어낸다.

그렇게 밤새도록 자다 깨고 악몽이 교차하는 가운데, 기상 시간을 가늠하거나 그것을 두려워하느라 잠을 제대로 이루지 못한다. 많은 사람들이 경험하는 신기한 능력에 따라 우리는 시계가 없는데도 곧 기상 사이렌이 울리리라는 것을 아주 정확히 예측할 수 있다. 기상 시간은 계절에 따라 변하지만 언제나 아주 이른 새벽이다. 수용소의 사이렌이 아주 오랫동안 울린다. 그러면 각 막사의 불침번이 근무를 끝낸다. 그는 불을 켜고 일어나 몸을 쭉 편 뒤 매일 똑같은 판결을 내린다. "Aufstehen."(기상) 혹은 폴란드어로 이렇게 말하는 경우가 더 많다. "Wstawać."

'Aufstehen'까지 잠을 자는 사람은 소수다. 그것은 너무나 날카로운 고통이어서 아무리 깊은 잠이라도 그것이 다가오면 모두 흩어져 사라져버리고 만다. 불침번은 그것을 알고 있다. 명령조가 아니라 조용하고 부드러운 목소리로 기상을 알리는 건 바로 이 때문이다. 그는 아무리 작게 말을 해도 그 소리가 긴장해 있는 귀에 도달하리라는 것을, 모두가 그 소리를 듣고 복종하리라는 것을 알고 있다.

낯선 외국어가 모든 사람들의 정신의 밑바닥으로 돌덩이처럼 떨어진다. '기상'. 따뜻한 담요가 만들어내는 몽환적인 경계, 잠이라는 튼튼하지 못한 갑옷, 고통스럽기도 한 밤으로의 탈출, 이 모든 것이 산산조각난다. 우리는 다시 무자비하게 잠에서 깨어나 벌거벗고 연약한 상태에서 잔인하게 모욕에 노출된다. 이성적으로는 그 끝을 가늠할 수 없을 정도로 긴, 다른 날과 똑같은 하루가 시작된다. 너무나 춥고 너무나 배고프고 너무나 힘이 들어 그 끝은 우리와 더 멀어진다. 그러므로 회색빛 빵 한 덩이에 우리의 관심과 욕망을 집중시키는 것이 더 낫다. 빵은 작지만 한 시간 후면 틀림없이 우리 것이 된다. 그것을 집어삼키기 전까지 5분 동안 그것은 이곳에서 우리가 합법적으로 소유할 수 있는 모든 것으로 변할 수 있다.

'Wstawać' 하는 소리에 태풍이 분다. 막사 전체가 별안간 미쳐 돌아간다. 모두 위아래로 오르락내리락하고 침대를 다시 정리하면서 동시에 옷을 입는다. 방심하다 물건을 하나라도 잃지 않기 위해서다. 막사 안이 먼지로 가득 차 거의 뿌옇다. 민첩한 사람들은 줄이 길어지기 전에 샤워실과 변소로 가기 위해 팔꿈치로 사람들을 헤치고 나아간다. 곧 막사 청소부들이 등장해 고함을 치며 빗자루로 사람들을 두들겨 패 밖으로 쫓아낸다.

나는 침대를 정리하고 옷을 입은 뒤 바닥으로 내려와 신발을 신는다. 그러자 아물지 않은 발의 상처가 다시 벌어지고 새로운 하루가 시작된다.

노동

★ 레스닉이 오기 전에 나는 폴란드인과 같이 잤는데, 그의 이름을 아는 사람은 아무도 없었다. 그는 온화하고 말이 없었다. 정강이뼈에 오래된 상처 자국이 두 개 있었는데 밤이면 상처 썩는 냄새를 풍겼다. 그는 방광도 좋지 않아서 밤마다 여덟 번에서 열 번 정도 잠이 깼고, 내 잠도 깨웠다.

어느 날 저녁, 그가 내게 장갑을 맡기고 병원에 들어갔다. 나는 30분 동안 보급계 상사가 내 침대를 사용하는 사람이 나 혼자라는 사실을 잊어주길 바랐다. 그렇지만 주위가 조용해지자 침대가 흔들리더니 키가 크고 얼굴이 붉은 남자가 내 옆으로 기어올라왔다. 드랑시* 출신 프랑스인

* 독일군은 프랑스에서 체포된 유대인을 일시적으로 수용하기 위해서 파리 근교 드랑시에 대규모의 중

의 번호를 달고 있었다.

침대 동료의 키가 크다는 건 불운이고 잠자는 시간을 뺏긴다는 뜻이다. 그런데 나는 늘 키 큰 동료만 걸린다. 내가 작기 때문이다. 키 큰 사람 둘이 함께 잘 수는 없으니까. 하지만 나는 곧 레스닉이 겉보기와는 달리 나쁜 동료가 아니라는 것을 알게 되었다. 그는 말수가 적었고 공손했다. 깔끔했고 코를 골지 않았으며 밤에도 두세 번밖에 일어나지 않았다. 그것도 매우 조심스럽게 움직였다. 아침에는 자기가 침대를 정리하겠다고 자청했고—침대 정리는 복잡하고 어려운 일인 데다가 막중한 책임감이 따른다. 침대 정리를 제대로 하지 않은 사람들, 즉 'schlechte Bettenbauer'(나쁜 침대 정리자)는 필히 벌을 받는다—재빨리, 아주 훌륭히 해냈다. 그래서 조금 뒤 점호 마당에서 그가 나와 같은 코만도에 배정되는 것을 보자 살짝 반가운 마음이 스쳤다.

얼어붙은 눈밭 위에서 큰 나막신을 신고 비틀거리며 일터로 행진하는 중에 우리는 몇 마디 주고받게 되었다. 그래서 나는 레스닉이 폴란드인이라는 것을 알게 되었다. 파리에서 20년을 살았다는데, 그의 프랑스어는 믿을 만한 게 못 됐다. 그는 서른 살이었지만, 우리 모두가 그렇듯 열일곱 살로도 보이고 쉰 살로도 보였다. 그가 자기 이야기를 해주었다. 지금은 다 잊어버렸지만 분명 몹시 가슴 아프고 잔인하고 감동적인 이야기였을 것이다. 우리 모두의 이야기가 다 그랬으니까. 수천 수백 가지

계수용소를 건설했다. 그곳의 잔혹했던 상황은 프랑스의 작가 앙드레 슈바르츠 바르트André Schwarz Bart의 소설 『마지막 정의로운 사람들』에서 잘 묘사되고 있다.

이야기, 모두 다르지만 모두 끝없이 비극적이고 마음 아픈 운명의 이야기 말이다. 밤이 되면 우리는 서로 이런 이야기를 나눈다. 노르웨이, 이탈리아, 알제리, 우크라이나에서 일어난 이야기들이다. 성경에 나오는 이야기처럼 단순하고 이해할 수가 없다. 어쨌든 그것들 역시 새로운 성경 이야기라고 할 수 있지 않을까?

★

우리는 작업장에 도착해 쇠파이프를 하역하는 평지인, 아이젠뢰레플라츠Eisenröhreplatz로 안내되었다. 평상시와 다름없는 일들이 일어나기 시작했다. 카포가 다시 점호를 했다. 그는 새로 들어온 사람들에 대해 간단히 기록했고 오늘 작업에 대해 민간인 마이스터와 조율을 했다. 그런 다음 우리를 포어아르바이터Vorarbeiter(십장)에게 맡기고 연장 창고의 난로 옆으로 잠을 자러 갔다. 그는 문제를 일으키는 카포가 아니다. 그는 유대인이 아니기 때문에 자기 자리를 잃을지 모른다는 두려움이 없다. 포어아르바이터는 우리에게는 쇠 지렛대를 나눠주고 자기 친구들에게는 잭을 나눠준다. 늘 그렇듯 되도록 가벼운 지렛대를 차지하려는 사소한 다툼이 벌어진다. 오늘은 일이 잘 풀리지 않는다. 내 지렛대는 휜 것으로 족히 15킬로그램은 될 듯하다. 그 위에 아무것도 놓지 않고 그냥 들기만 해도 30분 후면 죽을 만큼 힘이 들 게 틀림없다.

우리는 각자 자기 지렛대를 들고 녹은 눈 위를 절뚝거리며 걸었다. 걸음을 옮길 때마다 눈과 진흙이 조금씩 신발 밑창에 달라붙어서, 결국에는 형체를 알 수 없는 묵직한 덩어리 두 개 위에서 불안정하게 걷고 있다. 이

덩어리에서 벗어날 수 없을 것 같다. 그러다 갑자기 덩어리 하나가 떨어져 나가면 마치 한쪽 다리가 다른 쪽 다리보다 한 뼘쯤 짧아진 것 같다.
오늘은 거대한 원통 모양의 무쇠 파이프를 화차에서 내려놓아야 한다. 내 생각에 그것은 접합용 관 같은데 무게가 몇 톤은 나갈 것 같다. 우리에겐 차라리 이게 더 낫다. 알다시피 큰 짐을 운반하는 게 작은 짐을 운반하는 것보다 훨씬 덜 힘들기 때문이다. 사실 일은 세분되어 있고 우리에게는 적절한 연장이 주어진다. 그러나 여전히 위험하므로 절대 방심해서는 안 된다. 잠깐의 실수로 짐에 깔려버릴 수도 있다.
폴란드인 작업반장인 마이스터 노갈라는 아주 엄하고 과묵한 사람으로, 하역 작업을 감독했다. 이제 원통이 바닥에 놓여 있고 마이스터 노갈라가 말한다. "Bohlen holen."
우리 마음이 무겁게 가라앉는다. 이 물렁물렁한 진흙 위에 길을 만들기 위해 "침목枕木을 운반하라"는 뜻이다. 그 길 위로 지렛대를 이용해 곧바로 쇠파이프를 굴려서 공장 안까지 운반하려는 것이다. 그러나 침목들은 땅에 박혀 있고 무게가 80킬로그램이다. 우리가 쓸 수 있는 힘의 한계에 가깝다. 우리들 중 제일 건장한 이들이 둘씩 짝을 지어 일해도 몇 시간이 걸려야 침목을 옮길 수 있을 것이다. 나에게는 고문과 같다. 거의 맹목적으로, 있는 힘을 다해 첫번째 침목을 옮기고 난 뒤 내 어깨뼈가 고장난다. 어떤 비열한 행동을 해서라도 두번째 운반은 피해야 한다.
레스닉과 짝이 되어야 한다. 그는 훌륭한 일꾼처럼 보이고, 또 키가 크기 때문에 짐 무게의 대부분을 지탱할 수 있을 것이다. 나는 레스닉이 무시하듯 나를 거절하고 다른 튼튼한 사람과 짝이 되는 게 자연스러운 이치임을 잘 알고 있다. 그렇다면 변소에 간다고 말해 허락을 받은 뒤 가능한 한 오래 그곳에 머물러 있자. 곧 발각이 되어 웃음거리가 되고 구타를 당할 것이 확실할 정도로 오래, 변소에 몸을 숨기고 있을 테다. 그렇게 하는 것이 일하는 것보다는 낫다.

하지만 아니었다. 레스닉은 나를 짝으로 받아들인다. 뿐만 아니라 혼자서 침목을 들어올려 조심스럽게 내 오른쪽 어깨 위에 올려놔준다. 그리고 다른 쪽 끝을 들어 자기 왼쪽 어깨 위에 올리고 출발한다.

눈과 진흙이 달라붙은 침목은 걸음을 옮길 때마다 내 귀를 쳐서 붙어 있던 눈이 떨어져 목으로 흘러내린다. 50걸음쯤 걷고 나자 일반적으로 인내력이라고 부르는 것의 한계에 다다른다. 무릎이 저절로 구부러지고, 어깨는 바이스로 죄는 것처럼 쑤시고, 균형을 잃을 위기에 처한다. 걸음을 떼어놓을 때마다 발이 푹푹 빠지는 진흙 속에, 내 일상을 늘 실수투성이로 만들어놓으려고 사방 어디에나 매복하고 있는 이 폴란드의 진흙 속에 신발이 빨려 들어가는 기분이다.

나는 입술을 꽉 깨문다. 작은 외적 통증을 자신에게 부과하는 것이 남아 있는 마지막 힘을 끌어 모으는 자극제가 된다는 것을 우리는 잘 알고 있다. 카포들도 그것을 안다. 몇몇 카포들은 단순히 잔인하고 폭력적이어서 우리를 구타하지만, 어떤 카포들은 사나운 말을 다루는 마부들처럼 독려의 의미로, 거의 다정하게 짐을 나르는 우리에게 주먹을 휘두르며 매질을 한다.

원통이 있는 곳에 도착한 우리는 침목을 땅에 내려놓는다. 나는 넋이 나간 눈으로 입을 헤벌리고 두 팔을 힘없이 떨어뜨린 채, 고통이 중단된 것에 대한 일시적이고 허구적인 황홀감에 빠져 있다. 소진 상태가 거의 끝나갈 때면 나는 어쩔 수 없이 다시 떠밀려 일을 하게 되기를 기다린다. 몇 초 동안 기다리는 그 순간이라도 이용해 몸속의 힘을 조금이나마 끌어내려고 애쓴다.

그러나 아무도 나를 떠밀지 않는다. 레스닉이 내 팔꿈치를 건드린다. 우리는 가능한 한 느릿느릿 침목이 있는 곳으로 돌아간다. 그곳에서는 다른 사람들이 빙빙 맴을 돌고 있다. 다들 짐을 지기 전에 최대한 미적거리려 한다.

“Allons, petit, attrape.”(자, 친구, 들자고) 이 침목은 젖지 않아 약간 가볍다. 그러나 두번째 운반을 마친 뒤 나는 포어아르바이터에게 가서 변소에 다녀오겠다고 말한다.

변소가 약간 먼 곳에 있는 것이 우리에게는 이익이다. 하루에 한 번 규정보다 조금 더 길게 자리를 비우는 것이 허락된다. 그런데 혼자 변소에 가는 건 금지되어 있기 때문에 코만도에서 제일 허약하고 일도 서툰 박스만이 샤이스베글라이터Scheissbegleiter, 즉 ‘변소 동반자’가 되어 따라간다. 박스만은 이런 임무를 맡았기 때문에, 우리들이 도주할 경우에(웃기는 가정이다!), 그리고 좀더 현실적으로는 우리가 늦게 돌아올 경우에 그 책임을 져야 한다.

내 요구가 받아들여지고, 나는 진흙과 잿빛 눈과 쇳덩이들 사이로 왜소

한 박스만의 호위를 받으며 떠난다. 나는 박스만과 대화를 할 수 없다. 그와 공통으로 알고 있는 언어가 아무것도 없기 때문이다. 그러나 그의 동료들이 이야기해준 바에 따르면 그는 랍비다. 뿐만 아니라 멜라미드 Melamed(유대인 학교의 교사)이며 토라Torah(유대교 율법) 학자라고 한다. 게다가 갈리치아에 있는 그의 고향 마을에서 병을 치료하고 기적을 행하는 사람으로 유명했다고 한다.* 이렇게 야위고 허약하고 부드러운 사람이 2년 동안 이렇게 일을 하고도 병에 걸리지도 않고 죽지도 않았으니 그 말을 믿게 된다. 그의 눈과 목소리에는 놀랄 만한 생명력이 불타고 있다. 그는 현대적인 랍비인 멘디와 함께 알아들을 수 없는 이디시어와 헤브라이어로 탈무드의 문제들을 토론하며 긴 밤을 보낸다.

변소는 평화의 오아시스다. 독일인들은 이 임시 변소를 'Nur für Engländer'(영국인 전용), 'Nur für Polen'(폴란드인 전용), 'Nur für Ukrainische Frauen'(우크라이나 여자 전용) 등등, 그리고 조금 떨어진 곳에 'Nur für Häftlinge'(해프틀링 전용)으로 다양하게 칸을 나눠놓았지만, 보통의 나무 칸막이조차 마련해놓지 않았다. 안에 들어가니 굶주린 네 명의 해프틀링이 등을 대고 앉아 있다. 그중 한 사람은 한쪽 팔뚝에 OST라고 적힌 파란 띠를 두른 러시아 노동자로, 수염이 텁수룩한 노인이다. 한 사람은 등과 가슴에 커다란 흰색 P자가 적힌 폴란드 청년이

* 이 자그마한 박스만은 오늘날에는 자취를 찾기 힘든 하시디즘 유대교의 세계에 속했다. 하시디즘이란 18세기 후반에 폴란드에서 생겨난 종파다. 때로 미신적이기까지 한 순수한 신앙심을 깊이 간직한 채 가난을 감내했던 이 신도들은, 신비로운 환희와 열광의 상태를 중시해 현실 세계나 정통 유대교로부터 고립되어 있었다—원주.

다. 또 한 사람은 눈부시게 면도를 한 장밋빛 얼굴에 다림질이 잘 된 깨끗하고 선명한 카키색 죄수복을 입은 영국인 전쟁포로다. 등에 KG(Kriegsgefangener, 전쟁포로)라는 표시만 있을 뿐이다. 넷째 해프틀링은 문가에 앉아 있는데, 민간인이 들어와 벨트를 풀 때마다 단조로운 어조로 꾸준히 묻는다. "Êtes-vous français?"(프랑스인이신가요)

다시 일하러 돌아오자 배급 트럭들이 지나가는 게 보인다. 10시라는 뜻이다. 어느새 정오의 휴식이 멀고 먼 미래의 안개 속에서 윤곽을 드러내 우리로 하여금 기대감으로 기운을 내게 만드는 소중한 시간이다.

나는 레스닉과 함께 멀리 있는 침목 더미까지 가서 되도록 가벼운 침목을 고르려고 애를 쓰며 두세 번 더 운반을 한다. 하지만 좋은 침목들은 이미 모두 운반이 되었다. 남아 있는 것은 모서리가 뾰족하고 진흙과 얼음 덩어리가 달라붙은 데다 철로에 고정시킬 때 썼던 쇳조각들이 박혀 무거운, 형편없는 것들뿐이다.

프란츠가 같이 배급을 타러 가자고 박스만을 부를 때는 11시라는 뜻이다. 이제 오전은 거의 다 지나갔다. 오후를 생각하는 사람은 아무도 없다. 다시 노역으로 돌아간다. 11시 30분에 오늘 죽은 어느 정도일지, 맛은 어떨지, 죽통의 윗부분 혹은 아랫부분 중 어느 것이 우리 차지가 될지 하는 판에 박은 질문들이 시작된다. 난 이런 질문들을 하지 않으려 애쓰지만 그래도 그 대답에 탐욕스럽게 귀를 기울이고 부엌에서 실려오는 연기에 코를 킁킁거리지 않을 수 없다.

마침내 하늘을 가르는 별똥별처럼, 신이 보내는 계시처럼, 정오의 사이렌이 초인간적이고 비인간적으로 크게 울려 퍼진다. 익명의 우리들이 만장일치로 느끼는 피로와 허기를 잠깐이나마 달래주려는 소리다. 다시 같은 일들이 일어난다. 모두 막사로 달려가 반합을 든 채 줄을 선다. 따뜻한 그 혼합물로 내장을 채우려는 생각에 모두 동물적으로 서두른다. 하지만 아무도 먼저 배급을 타려고 하지 않는다. 첫번째 사람의 죽이 가장 묽기 때문이다. 늘 그렇듯 카포가 우리의 식탐을 비웃고 경멸한다. 그리고 통을 휘젓지 못하도록 예의주시한다. 밑바닥의 것은 알다시피 그의 몫이기 때문이다. 그뒤 은총이 내려(이번 것은 배에 내려진 실질적인 은총) 배가 든든하고 따뜻해지고, 소란스럽게 타오르는 난로 주변의 오두막이 따뜻해진다. 담배를 피우는 사람들은 탐욕스러우면서도 경건한 동작으로 가느다란 담배를 만다. 난롯불 때문에 진흙과 눈에 흠뻑 젖은 사람들의 옷에서 김이 나면서 개나 가축 우리에서 나는 냄새가 풍긴다.

모두 말을 하지 않는다는 암묵적인 조약이 있다. 모두들 눈 깜짝할 사이에 팔을 괴고 잠이 들어 갑자기 앞으로 쓰러졌다가 다시 등을 세우곤 한다. 아직 감겨 있는 눈꺼풀 뒤로 꿈들이 사납게 등장한다. 늘 꾸는 꿈들이다. 우리 집에서 따뜻한 물로 너무나 기분 좋게 목욕을 한다. 우리 집의 식탁에 앉는다. 집에서 우리들의 이 희망 없는 노동을 이야기한다. 언제나 배가 고프고 노예처럼 잠을 잔다고.

그러다가 제대로 소화되지 않은 죽 내용물 가운데 하나의 핵이 고통을 가져다준다. 그것은 점점 농밀해지면서 우리를 찌르고 점점 더 커져서 곧 의식의 문지방을 넘게 만든다. 수면의 기쁨을 우리에게서 앗아가는 것이다. 'Es wird bald ein Uhr sein.' 거의 1시다. 이것은 빠르게 파괴적으로 번져가는 암세포처럼 우리의 잠을 압살하고 예정된 고통을 일깨워 우리를 짓누른다. 우리는 밖에서 부는 바람 소리에, 유리창에 눈들이 부딪혀 흩날리는 가벼운 소리에 귀를 기울인다. 'Es wird schnell ein Uhr sein.'(곧 1시가 된다) 잠에서 깨고 싶지 않아 모두 잠에 매달려 있다. 모든 감각들은 다가오고 있는 신호에 대한 공포로 팽팽하게 긴장되어 있다. 그것은 이제 문 밖에 있다. 그리고 안으로…….
바로 이것이다. 둔탁하게 유리를 두드리는 소리. 마이스터 노갈라가 눈덩이를 창문으로 던진다. 지금 그는 밖에 똑바로 서 있다. 시곗바늘이 우리 쪽에서 보이도록 시계를 들고 있다. 카포가 일어나 몸을 쭉 편다. 그가 복종을 의심하지 않는 사람답게 낮은 목소리로 말한다. "Alles heraus." 모두 밖으로.

★ 오, 눈물이라도 흘릴 수 있다면! 예전에 그랬던 것처럼 대등하게 바람과 맞설 수 있다면! 영혼이 없는 텅 빈 벌레로 사는 이곳에서는 그럴 수 없다.
우리는 밖으로 나온다. 각자 자기 지렛대를 든다. 레스닉이 어깨를 잔뜩 움츠리고 고개를 푹 숙인 뒤 모자를 눈까지 내려 쓴다. 그리고 회오리치듯 냉혹하게 눈발이 휘날리는 낮은 잿빛 하늘을 향해 얼굴을 든다. "Si j'avey une chien, je ne le chasse pas dehors."(내게 개가 있다면, 이런 날 밖으로 내보내지 않을 거야)

맑은 날

★ 삶의 의미에 대한 믿음은 인간의 모든 힘줄 속에 뿌리 박혀 있다. 이것이 인간 본질이 지닌 속성이다. 자유로운 인간들은 이러한 목적에 많은 이름을 부여하며 그 성질에 대해 깊이 생각하고 토론한다. 하지만 우리에게 이 문제는 훨씬 더 단순하다.

오늘 그리고 여기서 우리의 목표는 봄에 도달하는 것이다. 지금은 다른 것은 전혀 신경 쓰지 않는다. 이제 이런 목표 뒤에 다른 목표는 아무것도 없다. 아침에 우리는 점호 마당에 줄을 서서 일하러 떠날 시간을 한없이 기다린다. 바람이 일 때마다 찬 공기가 옷 속으로 들어와 무방비 상태의 우리 몸속을 타고 내려간다. 주위의 모든 것이 회색이다. 우리도 회색이다. 새벽이 되면 우리는 사방이 아직 어둑어둑한데도 따뜻한 계절을 알리는 최초의 흔적들을 찾아보려고 동쪽 하늘을 자세히 살핀다. 매일 해가 뜨는 시간에 대해 이런저런 의견을 말한다. 오늘은 어제보다 조금 일찍 떴어. 오늘은 어제보다 약간 더 따뜻한데. 두 달 후, 한 달 후, 추위가 휴전을 선포할 것이고, 그러면 우리의 적이 하나 사라지는 것이다.

오늘 처음으로 해가 진흙의 지평선 위로 환하고 선명하게 떴다. 폴란드의 태양은 차갑고 하얗고 멀기만 해서 피부에 온기만 살짝 전해질 뿐이지만 마지막 안개가 사라졌을 때, 웅성거림이 창백한 우리 다수를 관통했다. 나 역시 옷을 뚫고 들어오는 온기를 느꼈을 때 인간이 왜 태양을 숭배하는지 이해하게 되었다.

"Das Schlimmste ist vorüber."(최악의 상황은 지나갔어) 치글러가 뼈가 툭 튀어나온 어깨를 해 쪽으로 돌리며 말한다. 최악의 상황은 지나갔다. 우리 옆에는 그리스인들이 모여 있다. 무시무시하면서도 감탄할 만한 테살로니키의 유대인들이다. 그들은 강인하고 도둑질을 잘하며 재주가 많고 잔인하고 연대감이 강해서, 생존을 향한 결연한 의지를 갖고 있고 생존을 위한 투쟁에서 적수들에게 매우 가혹하다. 바로 이 그리스인들이 식당과 작업장을 자신들의 손에 넣어버렸는데, 독일인들은 그들을 존경하며 폴란드인들은 두려워한다. 그들은 수용소 생활이 3년째이다. 수용소가 어떤 곳인지 그들보다 더 잘 아는 사람은 없다. 지금 그들은 서로 어깨를 맞대고 둥글게 모여 있다. 길고 긴 그들의 노래 중 하나를 부르고 있다.

그리스인 펠리치오가 나를 알아본다. "L'année prochaine à la maison!"(내년에는 집에 갈 수 있을 거야) 그가 내게 소리치며 덧붙인다.

"……à la maison per la Cheminée!"(굴뚝을 통해서 말이야)* 펠리치오는 비르케나우에 있었다. 그리스인들은 계속 노래를 부르며 발로 박자를 맞춘다. 노래에 취해 있다.

우리가 마침내 수용소의 큰 문을 나서게 되었을 때는 해가 꽤 높이 떠 있었다. 하늘은 맑았다. 정오쯤에는 산들이 보였다. 서쪽으로는 친근하면서도 왠지 어울리지 않는 아유슈비츠의 종탑(이곳에 종탑이 있다!)이 보이고 우리 주변에는 방공기구防空氣球들이 보였다. 부나의 연기가 차가운 공기 중에 고여 있었다. 푸른 나무들이 숲을 이룬 낮은 언덕들도 보였다. 우리는 가슴이 아팠다. 우리 모두 그곳이 비르케나우라는 것을 알기 때문에, 바로 그곳에 우리의 여자들이 있다는 것을 알기 때문에, 그리고 우리도 곧 그곳으로 가게 되리라는 것을 알기 때문에. 하지만 우리는 그것을 바라보는 데 익숙하지 않았다.

길 양쪽의 풀밭을 보고 처음으로 우리는 여기서도 풀밭이 초록색이라는 것을 알게 되었다. 해가 없을 때 풀밭은 초록색 같은 건 존재하지도 않는 듯 보였기 때문이다.

부나는 아니었다. 부나는 절망적으로 그리고 본질적으로 불투명하고 잿빛이다. 쇠와 시멘트와 진흙과 연기가 뒤엉켜 있는 그 거대한 장소는 아름다움을 부정한다. 부나의 길들, 부나의 건물들은 우리처럼 숫자나 알파벳으로, 혹은 비인간적이고 음울한 이름으로 불린다. 부나의 경계 안

* 비르케나우에 있는 소각로 굴뚝을 가리킨다. 이 말은 수천 년을 전해 내려온 유대인의 송년 축제 인사 "내년은 예루살렘에서"라는 말을 비꼰 것이다—원주.

에는 풀 한 포기 자라지 않는다. 땅은 석탄과 기름 같은 유해물질로 젖어 있다. 기계와 노예들 말고는 살아 있는 게 아무것도 없다. 그리고 기계가 노예보다 더 오래 산다.

부나는 하나의 도시처럼 거대하다. 독일인 감독과 기술자들 외에 4만 명의 외국인이 그곳에서 일하고 15~20개의 언어가 사용된다. 외국인들은 모두 부나를 둥글게 에워싸고 있는 여러 수용소에 살고 있다. 영국인 전쟁포로 수용소, 우크라이나 여자 수용소, 프랑스 의용군 수용소, 그리고 우리가 알지 못하는 다른 여러 수용소들이다. 우리 수용소—유덴라거Judenlager(유대인 수용소), 페어니히퉁스라거Vernichtungslager(절멸수용소), 카체트KZ(수용소, Konzentrationslager의 줄임말)—는 유럽 각국에서 온 1만 명의 노동자로만 구성되어 있다. 우리는 노예 중의 노예여서 모두 우리에게 명령을 할 수 있다. 우리의 이름은 팔뚝에 새겨진 문신이고 옷에 수놓인 번호이다.

부나 한가운데 서 있는, 꼭대기가 거의 항상 안개 속에 가려져 있는 카바이드 탑을 쌓은 건 바로 우리다. 부나의 벽돌들은 mattoni, Ziegel, briques, tegula, cegli, kamenny, bricks, téglak이라고 불렸다. 그것을 쌓아올린 건 증오였다. 바벨탑처럼 증오와 반목이었다. 그래서 우리는 그 탑을 바벨투름, 보벨투름이라고 불렀다. 그리고 그 탑에 담긴, 우리의 주인들이 꿈꾸는 위대함을, 신과 인간, 우리 인간들에 대한 그들의 멸시를 증오한다.

오래된 신화에서처럼 오늘날 우리도, 그리고 독일인 자신들도 초월적이고 신적인 것이 아닌, 내적이고 역사적인 저주가 오만불손한 건물 위에 드리워져 있음을 느낄 수 있다. 혼란스러운 언어에 바탕한 그 건물 위에, 불경스러운 돌로서 하늘에 도전하듯 높이 솟은 그 탑 위에.

나중에 말하겠지만, 독일인들이 4년 동안이나 사용했고 수많은 우리들이 고통스럽게 일하다 죽어나갔던 부나 공장에서는 단 1킬로그램의 합성고무도 생산되지 않았다.

그러나 오늘은 무지갯빛의 가벼운 기름이 둥둥 떠다니는, 변함없는 물웅덩이 위로 맑은 하늘이 비친다. 간밤의 추위 때문에 아직도 차가운 파이프, 철로, 보일러들에 물방울이 맺혀 떨어진다. 구덩이를 파 쌓아놓은 흙더미, 석탄 더미, 시멘트 더미들이 겨울의 습기를 가벼운 증기로 뿜어낸다.

오늘은 맑은 날이다. 우리는 시력을 되찾은 맹인처럼 주위를 둘러본다. 서로의 얼굴을 본다. 한 번도 밝은 태양 아래에서 얼굴을 본 적이 없다. 어떤 사람은 웃기도 한다. 배만 고프지 않다면!

인간의 본성에 따르면 슬픔과 아픔은 여러 가지를 동시에 겪더라도 우리의 의식 속에서 전부 더해지는 것이 아니라, 정확히 원근법에 따라 앞의 것이 크고 뒤의 것이 작다. 이것은 신의 섭리이며, 그래서 우리가 수용소에서도 살아갈 수 있는 것이다. 자유로운 삶에서, 인간이 만족할 줄 모르는 존재라는 말을 그토록 자주 듣는 것도 바로 이 때문이다. 사실 이것은 인간이 애초에 완전한 행복의 상태를 누릴 수 없어서라기보다 불행의 상태가 지니는 복잡한 성질을 늘 충분히 인식하지 못하기 때문이다. 그래서 수없이, 차례대로 늘어선 그 불행의 이유들이 단 하나의 이름을, 가장 큰 이유의 이름을 갖게 된다. 그 이유가 힘을 잃어버릴 때까지 말이다. 그런데 그때 우리는 그 뒤로 또 다른 이유가 등장하는 것을 본다. 비탄에 잠길 정도로 충격을 받는다. 하지만 실제로는 그뒤로 또 다른 이유들이 줄을 서 있다.

그리하여 겨우내 우리의 유일한 적이었던 추위가 가시자 우리는 배가 고프다는 것을 느끼게 된다. 그리고 똑같은 오류를 범하며 오늘 "배만 고프지 않다면!" 하고 말하는 것이다.

그러나 어떻게 배가 고프지 않기를 바랄 수 있단 말인가? 수용소 **자체가** 배고픔**이다**. 우리 자신이 배고픔, 살아 있는 배고픔이다.

길 건너편에서 증기삽차가 작업을 하고 있다. 케이블들에 매달려 있는 삽이 톱니 모양의 아가리를 딱 벌리고 잠시 선택을 주저하듯 균형을 잡고 서 있다. 그러더니 부드러운 점토에 달려들어 게걸스럽게 한 입 퍼올린다. 그 사이 운전석에서는 만족스러운 듯 하얀색의 짙은 연기가 훅 하고 퍼져나온다. 증기삽은 흙을 담아올린 뒤 반 바퀴 정도 돌아 입 안의 무거운 것을 뒤쪽에 토해놓고 다시 시작한다.

우리는 우리 삽에 몸무게를 지탱하고 서서 홀린 듯 그 광경을 구경한다. 증기삽이 흙을 퍼올릴 때마다 우리의 입이 반쯤 벌어지고, 가죽만 남은 살밑에서 목젖이 가여울 정도로 도드라진 채 위아래로 춤을 춘다. 우리는 증기삽이 식사하는 그 광경에서 눈을 뗄 수가 없다.

시지는 열일곱 살로, 매일 저녁 공평무사해 보이지 않는 그의 보호자로부터 약간을 죽을 더 받는데도 다른 사람들보다 훨씬 더 배가 고프다. 그가 비엔나에 있는 자기 집과 어머니 이야기를 시작한다. 그러다가 화제가 자연스레 부엌으로 옮겨가서, 이제는 결혼식 피로연인지 뭔지 모를 이야기를 끝도 없이 한다. 그는 순진하게도 완두콩 수프를 세 접시 먹지 못한 것을 애석해한다. 모두들 그에게 입을 다물라고 한다. 그런데 10분도 채 지나지 않아 벨라가 우리에게 헝가리의 들녘과 옥수수 밭을 묘사한다. 그리고 구운 옥수수와 돼지기름과 향신료를 넣어 만드는 부드러운 죽 요리법을 이야기한다. 그리고…… 그리고 그가 욕을 얻어먹는다. 그러고 나면 세번째 사람이 다시 이야기를 시작한다…….

우리의 육체는 얼마나 허약한지! 나는 배고픔으로 인한 이런 환상들이 얼마나 허무한 것인지 정확히 알고 있지만 그래도 일반적인 법칙에서 벗어날 수가 없다. 내 눈앞에 방금 요리한 파스타가 어른거린다. 반다, 루치아나, 프랑코와 내가 이탈리아의 집결지에 있다. 그때 갑자기 내일 우리가 이곳으로 떠나게 될 거라는 소식이 전해진다. 그때 우리는 파스타(너무나 맛있고, 노르스름하고 단단한)를 먹고 있었다. 우리는 어리석게도 생각 없이 식사를 중단했다. 만약 그때 우리가 알았더라면! 만약 다시 한 번 그런 상황이 벌어진다면……. 터무니없는 생각이다. 세상에 확실한 것이 있다면 바로 우리에게 다시는 그런 일이 벌어지지는 않을 거라는 사실이다.

가장 신참인 피셔가 주머니에서 꾸러미를 꺼낸다. 헝가리인답게 꼼꼼하고 정성스럽게 포장한 꾸러미다. 안에는 배급받은 빵 반쪽이 들어있다.

아침식사 때 받은 빵의 반이다. 주머니에 빵을 보관하는 건 번호가 높은 사람들뿐이라는 사실은 잘 알려져 있다. 우리처럼 오래된 사람들은 한 시간 동안 빵을 그대로 가지고 있을 수 없다. 우리의 이런 무능력을 옹호하는 여러 이론들이 떠돈다. 빵을 한 번에 조금씩 먹으면 전혀 흡수가 안 된다. 빵을 먹지 않아 배가 고픈데도 빵을 간직하기 위해 신경을 긴장시키면 건강이 몹시 상하고 허약해진다. 빵은 굳으면 즉시 영양가가 손실되므로 빨리 먹으면 먹을수록 영양섭취에 좋다. 알베르토는 배고픔과 주머니 속의 빵은 서로를 상쇄시키는 음수와 양수라고 말한다. 그것들은 만나자마자 자동적으로 사라져버리며, 한 개인 속에 동시에 존재할 수 없다. 마지막으로 대부분의 사람들은 위가 도둑과 강탈을 막아줄 가장 튼튼한 금고라고 당연히 생각한다. "Moi, on m'a jamais volé mon pain!" (나는 빵을 도둑맞은 적이 한 번도 없어) 다비드가 불룩 나온 배를 손으로 두드리며 고함친다. 그러나 그는 천천히 질서 있게 빵을 씹고 있는 피셔에게서, 아침 10시까지 배급받은 빵을 가지고 있는 '운 좋은 남자'에게서 눈을 떼지 못한다. "Sacré veinard, va!" (빌어먹을, 운 좋은 놈 같으니)

★ 그런데 해가 뜬 것 말고도 오늘은 기쁜 날이다. 정오에 놀라운 일이 우리를 기다리고 있었다. 평상시의 오전 배급 말고도 막사 안에 50리터짜리 멋진 통이 놓여 있었던 것이다. 죽이 거의 가득 든, 공장 부엌에 있는 통들 중 하나다. 템플러가 의기양양하게 우리를 바라

본다. 이 '조직'*이 그의 작품이기 때문이다.

템플러는 우리 코만도에서 공식으로 인정한 '조직꾼'이다. 그는 꽃을 찾는 벌처럼, 민간인들의 죽 냄새를 맡는 데 놀라운 후각을 지니고 있다. 나쁜 카포가 아닌 우리의 카포는 그에게 일을 맡기지 않는데, 그게 다 이유가 있다. 템플러는 블러드하운드(영국산 경찰견)처럼 우리가 감지할 수 없는 자취들을 따라갔다가 귀중한 소식을 가지고 돌아온다. 여기서 2킬로미터 정도 떨어진 곳에 있는 메타놀의 폴란드인들이 악취가 난다며 죽 40리터를 남겼다거나 순무를 실은 트럭이 공장 식당 근처의 측선側線 위에 방치되어 있다는 소식 같은 것들이다.

오늘 죽은 50리터다. 우리는 카포와 포어아르바이터를 포함해 열다섯 명이다. 각자 3리터씩 먹을 수 있다. 정오에 원래 배급되는 죽 이외에 1리터를 먹을 수 있고, 나머지 2리터는 오후에 막사에 교대로 들어가서 먹을 수 있다. 그렇게 하기 위해 특별히 5분 동안 허락을 받아 작업을 중단할 수 있을 것이다.

더 이상 바랄 게 뭐 있겠나? 걸쭉하고 따뜻한 죽 2리터가 막사에서 우리를 기다릴 거라고 생각하니 노동도 그리 힘들게 느껴지지 않는다. 카포

* 불법적으로 일을 꾸미는 것, 혹은 그렇게 해서 얻은 것. 제2차 세계대전 시기에 수용소에서뿐만 아니라 전 유럽에서 이 말을 이렇게 기묘한 의미로 썼다고 한다. 유명한 독일군 '조직'이 자주 도둑질을 하고 사기를 쳐서 피점령국에 손해를 입힌 것을 비꼬아서 말한 것이다—원주. [독일어(Organisator)로 표기된 경우는 '오르가니자토어'로, 폴란드어(organisacja)로 표기된 경우는 '오르가니자챠'로, 이탈리아어(organizzatore)로 표기된 경우에는 '조직꾼'으로 번역했지만 모두 같은 뜻이다. '조직'은 이탈라이어 'organizzazione'의 번역어다. 뒤에 나오는 헝가리어 '콤비나챠'(kombinacja)나 독일어 '콤비나토어'(Kombinator) 등도 원래는 '재분배' 혹은 '재분배자'라는 뜻이지만 여기서의 '조직'과 비슷한 뜻으로 쓰인다.]

가 규칙적인 간격으로 우리에게 와서 묻는다. "Wer hat noch zu fressen?"(누가 처먹을 거냐)
이 말은 우리를 비웃는 것도, 놀리는 것도 아니다. 실제로 우리들은 선 채로, 숨 쉴 겨를도 없이 입천장과 목구멍을 데어가며 정신없이 먹는다. 그것은 'essen', 경건하게 식탁에 앉아 먹는 인간의 식사법이 아니라 'fressen', 짐승의 식사법이다. 'Fressen'은 우리끼리도 일반적으로 사용하는 단어다.
마이스터 노갈라가 우리를 지켜보며, 잠깐 동안 우리가 일터를 떠나는 것을 눈감아준다. 마이스터 노갈라도 배가 고픈 것 같다. 사회적 지위만 아니라면 아마 그도 우리의 따뜻한 죽 1리터를 먹는 것쯤은 마다하지 않았을 것이다.
템플러 차례가 된다. 그에게는 통 밑바닥에서 푼 죽 5리터를 주기로 만장일치로 결정했다. 템플러가 훌륭한 조직꾼일 뿐 아니라 보기 드물게 많이 먹는 대식가이기 때문이다. 정말 특이하게도, 그는 많은 양의 죽을 보면 미리 자기 의지대로 장을 비워놓을 수 있다. 이것은 그의 놀라운 소화력에 기여한다.
그는 자신의 재능을 당연히 자랑스러워한다. 모두들, 마이스터 노갈라까지 그 점을 인정한다. 은인 템플러는 동료들의 감사인사를 받으며 잠시 변소로 들어갔다가 준비된 환한 얼굴로 나온다. 그리고 화기애애한 분위기 속에서 자신이 이뤄낸 일의 결실을 즐기러 간다.
"Nu, Templer, hast du Platz genug für die Suppe gemacht?"(템플

러, 죽 들어갈 자리는 충분히 만들어두었나)

해질녘 작업 종료를 알리는 파이어아벤트Feierabend(종업)의 사이렌이 울린다. 우리 모두 적어도 몇 시간은 배가 부를 것이므로 싸움 같은 건 일어나지 않는다. 모두 기분이 좋다. 카포도 우리를 구타할 이유가 없다. 우리는 어머니를, 아내를 생각한다. 보통은 이런 일이 일어나지 않는다. 몇 시간 동안 우리는 자유로운 인간들 식으로 불행할 수 있다.

선과 악의 차안此岸에서

★ 우리는 모든 사건에서 상징과 기호를 찾으려는 고집스러운 성격을 갖고 있다. 이미 70일 전부터 사람들은 배셔타우셴 Wäschetauschen, 즉 속옷 교환 의식을 기다렸다. 그런데 이미 전선이 가까워지고 있어서 독일인들이 아우슈비츠로 들어올 새 물품들을 모을 수 없고, 그래서 교환할 속옷이 부족하다는 소문이 끊임없이 떠돌았다. '그러니까' 해방이 멀지 않은 것이다. 속옷의 배급이 늦어진다는 것은 수용소의 일소一消가 다가왔다는 분명한 표시라는 정반대의 해석도 있었다. 하지만 속옷 교환은 진행되고, 보통 때처럼 그 일이 불시에, 그리고 동시에 전 막사에서 진행되도록 수용소 소장이 온갖 신경을 쓴다.

사실 수용소에는 천이 부족하고 귀하다는 것을 알아두어야 한다. 코를 풀 천 쪼가리나 발에 감쌀 천을 구하는 유일한 방법은 속옷을 교환할 순간에 속옷 자락을 자르는 것이다. 속옷 소매가 길면 소매를 잘라버린다. 그러지 않으면 밑에서 사각형으로 잘라내는 것으로 만족하거나 여러 천 조각을 잇는 솔기의 실을 풀어 천 조각 가운데 하나를 뜯어버린다. 어쨌든 옷을 넘겨줄 때 훼손 부위가 너무 눈에 띄지 않게 만들기 위해 바늘과 실을 준비하고 서툰 솜씨로 바느질을 할 시간이 어느 정도 필요하다. 더럽고 찢어진 속옷은 수용소 재봉실로 아무렇게나 전달된다. 거기서 대충 수선이 되어 증기 소독(세탁이 아니라!)을 받은 뒤 다시 배급된다. 그러므로 위에서 말한 훼손으로부터 속옷을 보존하려면 교환은 필연적으로 불시에 이루어져야 한다.

그러나 언제나 그렇듯 소독을 받고 나오는 수레의 천막들을 간파하는 몇몇 약삭빠른 사람의 시선을 피할 수는 없다. 그래서 불과 몇 분 사이에 수용소 사람들이 배셔타우센이 닥쳤음을 알게 되었다. 게다가 이번에는 사흘 전 헝가리에서 운송되어온 새 속옷이라는 것까지.

이 소식은 즉시 파문을 일으켰다. 훔친 것이든 가로챈 것이든, 혹은 그저 추위를 피하기 위해 정직하게 빵을 주고 산 것이든, 혹은 여유 있는 시기에 투자 개념으로 마련한 것이든 여분의 속옷을 불법으로 소유하고 있던 수용소 사람들이 모두 시장으로 달려갔다. 그들은 새로운 속옷들이 넘쳐나, 혹은 속옷 도착이 너무 확실해져서 물건 가격이 회복 불가능할 정도로 급락하기 전에 때를 놓치지 않고 보유하고 있던 속옷을 다른 소비품들과 교환하길 바란다.

시장은 항상 활기가 넘친다. 모든 교환(아니, 모든 형태의 소유)이 명백히 금지되어 있음에도, 그리고 카포들과 블록앨테스터의 잦은 급습이 상인, 손님, 그리고 구경꾼들을 종종 쫓아버리긴 해도, 작업반들이 일터에서 돌아오기가 무섭게 수용소의 북동쪽 한구석으로(의미심장하게도 수용소 막사에서 가장 멀리 떨어진 구석) 떠들썩하게 사람들이 몰려드는데, 여름에는 밖에서 겨울에는 세면실 안에서 모인다.

배고픔 때문에 절망에 빠진 사람들 수십 명이 눈을 반짝이며 입을 반쯤 벌린 채 이곳을 배회한다. 본능적인 욕구에 현혹되어 진열된 상품들이 꼬르륵 소리가 나는 위를 더욱 자극하고 지속적으로 타액을 분비시키는 이곳으로 그들을 떠민다. 그들은 기껏해야 보잘것없는 배급받은 빵 반 덩어리를 가지고 있다. 아침부터 피눈물 나는 노력을 하며 먹지 않고 아껴둔 것이다. 이 빵으로 순진하고 시세에 어두운 사람과 유리한 거래를 할 기회를 잡을 수 있을 거라는 어리석은 희망을 품고서. 이들 중 몇몇은 인간의 것이라 할 수 없는 인내심을 발휘하여 반 덩어리의 빵으로 죽 1리터를 얻는다. 죽을 받아든 그들은 바닥에 감자가 몇 조각 가라앉아 있는지 꼼꼼하게 건져올려본다. 그런 절차를 거친 뒤 죽은 빵과 교환되고 빵은 1리터의 죽으로 성질이 변한다. 이러한 일은 지쳐서 기진맥진해질 때까지, 혹은 현장에서 급습을 당해 몇몇 희생자가 사람들 앞에서 공개적으로 망신을 당하고 엄벌을 받을 때까지 계속된다. 하나밖에 없는 속옷을 팔러 시장에 온 사람들도 이와 같은 부류에 속한다. 그들은 나중에 상의 밑에 아무것도 입고 있지 않다는 것을 카포에게 들키면 어떤 일이 벌어질지 너무나 잘 알고 있다. 카포는 그들에게 속옷은 어떻게 되었냐고 물을 것이다. 물론 순전히 수사修辭적인 질문이고, 본론으로 들어가기 위해 필요한 형식적인 절차일 뿐이다. 그들은 세면장에서 도둑맞았다고 대답할 것이다. 이 대답 역시 상투적인 것으로, 그 말을 믿어줄 거라 기대하지도 않는다. 사실 배가 고파서 속옷을 팔아버렸을 확률이 99퍼센트이며, 어쨌든 그 속옷은 수용소에 속한 물건이고, 속옷 주인이 책임을 져야 한다는 건 수용소의 돌멩이들도 알고 있는 사실이다. 그러므로 카포는 그들을 구타할 것이고, 그들에게 다른 속옷이 배급될 것이며, 조만간 똑같은 일이 다시 되풀이될 것이다.

직업적인 장사꾼들은 시장에서 평상시 차지하는 모퉁이가 있어 각각 그곳에 자리를 잡는다. 제일 먼저 등장하는 사람들 중에 그리스인들이 있다. 그들은 스핑크스처럼 미동도 하지 않고 말도 없이, 된죽이 담긴 반합을 앞에 놓고 땅바닥에 웅크리고 앉아 있다. 그 죽은 그들의 노동·단결·동포적 연대의 산물이다. 그리스인들은 이제 소수에 불과했지만 그들은 수용소의 특징적인 인상을 만들어내고 국적을 초월해 수용소를 떠도는 은어를 만드는 데 제일 중요한 기여를 했다. 'caravana'가 반합이며 'la comedera es buena'가 '죽이 맛있다'라는 뜻임을 모르는 사람은 없다. 절도에 대한 일반적인 개념을 표현하는 단어는 'klepsiklepsi'인데, 그리스어에 그 어원이 있는 게 분명하다. 테살로니키의 유대인 거주지에서 온 사람들 중 이제 몇 명 남지 않은 생존자들은 스페인어와 그리스어, 이 두 개의 언어를 사용했고 활발한 활동을 했는데, 그들의 존재야말로 구체적이고 현실적이고 의식적意識的인 지혜의 보고로, 그 지혜

속에 지중해 문명의 모든 전통이 뒤섞여 있다. 이 지혜가 수용소에서는 체계적이고 과학적인 도둑질 및 자리 강탈, 물물교환 시장의 독점으로 변형되었지만, 이유 없는 잔인성에 대한 그들의 혐오감, 적어도 잠재된 인간의 존엄성을 지켜내려는 그들의 놀라운 의식이 그리스인들을 수용소에서 가장 민족적인, 그리고 이런 점에서 가장 문명화된 집단으로 만들었다는 것을 잊어서는 안 될 것이다.

시장에서 우리는 이상하게 부풀어오른 상의를 입은 부엌 전문 도둑을 만날 수 있다. 죽값은 거의 고정되어 있는 반면(죽 1리터에 배급받은 빵 반 덩어리) 순무, 당근, 감자의 가격은 변동이 매우 심한데, 그것은 여러 요인들 중에서도 특히 창고를 교대로 지키는 당번들의 근면성과 부패성에 달려 있다.

마호르카Mahorca가 팔린다. 마호르카는 나무껍질 같은, 질이 좋지 않은 담배다. 칸티네에서 한 갑에 50그램씩 넣어 공식적으로 판매하는데, 부나에서 최고의 일꾼들에게 상으로 나눠주는 '쿠폰'을 주고 산다. 그 쿠폰은 비정기적으로, 매우 인색하게, 그리고 당연히 불공평하게 주어진다. 대부분은 합법적으로나 권력의 남용에 의해 카포와 특권층의 손에 들어가고 만다. 그렇기는 해도 부나의 쿠폰은 수용소 시장에서 현금과 같은 가치로 유통된다. 그 가치는 정확히 고전경제학파의 법칙을 따라 높아지거나 낮아진다.

쿠폰 하나가 빵 한 개의 가치를 갖는 시기가 있고, 빵 한 개와 4분의 1, 혹은 빵 한 개와 3분의 1의 가치를 갖는 시기도 있다. 어느 날은 한 개 반으로 값이 정해졌다가 칸티네에 마호르카의 보급이 중단되었다. 쿠폰과 교환할 것이 없어졌기 때문에 쿠폰 값이 갑자기 빵 4분의 1로 폭락했다. 기이한 이유로 인해 값이 상승하는 시기도 있다. 프라우엔블록에 튼튼한 폴란드 처녀 부대가 새로 도착해 옛 수감자와 교대를 할 때이다. 사실 쿠폰은 프라우엔블록에 들어가는 데에도 쓸 수 있기 때문에(이건 범죄자와 정치범들 이야기고 유대인들은 해당이 안 되지만, 유대인들이 이런 제약 때문에 괴로워한 건 아니었다) 관심 있는 사람들이 재빨리 적극적으로 쿠폰을 사재기했다.

보통 해프틀링 중에서 마호르카를 피우기 위해 개인적으로 그것을 구하는 사람은 그리 많지 않다. 대개 마호르카는 수용소에서 나와 부나의 민간인 노동자들 손에 들어간다. 이것이 바로 매우 널리 퍼져 있는 '콤비나차' kombinacja(재분배)의 형태이다. 이러저러하게 배급 빵을 아낀 해프틀링이 그것을 마호르카에 투자한다. 그는 조심스럽게 민간인 '애연가'와 접촉을 하는데, 이 사람은 해프틀링이 처음 투자한 것보다 더 많은 양의 빵으로, 당장에 그 값을 지불한다. 해프틀링은 이윤으로 남은 부분을 먹은 뒤 남은 배급 빵은 다시 시장에 유통시킨다. 이런 식의 투기는 수용소 내부 경제와 외부 세계의 경제 생활을 연결한다. 크라쿠프* 민간인들 사이에서 담배 유통이 우연히 중단되었을 때, 민간인들이 일반 사회와

* 폴란드 남부 비수아강 양안에 걸친 폴란드 3대 도시 중 하나. 유구한 역사와 문화를 가진 도시지만 제2차 세계대전 때 독일에 점령되었다. 이 도시에서만 5만 5,000여 명의 유대인이 아우슈비츠-비르케나우 수용소로 끌려갔다. 수용소에서 동쪽으로 50킬로미터 떨어져 있다.

우리를 갈라놓은 가시 철망을 뛰어넘은 일은 수용소에 즉시 커다란 반향을 불러일으켰고 마호르카 값을, 나아가 쿠폰 값을 천정부지로 올려놓았다.
위에 설명한 경우는 아주 단순한 예에 불과하다. 훨씬 더 복잡한 경우도 있다. 해프틀링은 혐오스럽고 찢어지고 더러운 누더기지만 그래도 팔과 머리를 대충 끼울 수 있는 구멍 세 개가 있는 속옷을, 마호르카나 빵을 주고 사거나 민간인에게 선물로 받을 수 있다. 자연스럽게 닳아 해진 티가 나고 일부러 손상시킨 흔적만 없다면 그와 같은 물건은 배셔타우셴 때 속옷으로 취급되어 교환 권리가 주어진다. 기껏해야 그것을 배셔타우센에 내놓은 사람이 수용소에서 배급한 의류를 제대로 보관하지 못한 죄로 구타 몇 대 당하는 것이 전부일 수 있다.
그러니까 수용소 안에서는 멀쩡한 속옷이나 여기저기 기운 누더기나 그 가치면에서는 큰 차이가 없다. 위에서 묘사한 해프틀링은 거래할 만한 좋은 상태의 속옷을 가진 동료를 찾기가 그리 어렵지 않을 것이다. 그 동료란 일하는 장소 때문에, 혹은 언어소통 문제로, 혹은 타고난 무능력 때문에 민간인 노동자들과 관계를 맺을 수 없고 그래서 자기가 가진 속옷의 시가를 계산할 수 없는 사람일 것이다. 이 사람은 얼마 되지 않는 빵으로도 만족하며 교환을 받아들일 것이다. 사실 다음 배셔타우셴 때 무작위로, 완전한 우연에 의해 새 속옷이나 낡은 속옷이 배급되기 때문에 어느 정도 다시 균형이 맞춰질 것이다. 그러나 첫번째 해프틀링은 이 좋은 속옷을 부나 공장에 몰래 가지고 가서 처음의 그 민간인 노동자에게(혹은 다른 누군가에게) 빵 네 개, 여섯 개, 혹은 열 개까지 받고 팔 수도 있다. 이런 고수익은 입고 있는 속옷 이외의 속옷을 수용소에서 가지고 나오거나 속옷을 입지 않고 수용소에 들어갈 때의 심각한 위험성을 반영한다.

이러한 주제로 변형된 이야기들은 수도 없이 많다. 부나에서 빵이나 담배를 받고 팔기 위해 금니를 빼는 걸 주저하지 않는 사람이 있다. 하지만 이와 같은 거래는 일반적으로 중개인에 의해 성사된다. '높은 수인번호', 즉 수용소에 온 지 얼마 되지 않았지만 배고픔과 수용소 생활의 긴장감 때문에 완전히 이성을 잃은 신참은 값비싼 그의 의치 때문에 '낮은 수인번호'의 주목을 받는다. '낮은 번호'가 '높은 번호'에게 발치拔齒의 대가로 즉시 빵 세 개나 네 개를 주겠다고 제안한다. 높은 번호가 받아들이면 낮은 번호는 값을 지불하고 금을 부나로 가져간다. 그가 고발이나 사기의 위험이 없는 믿음직한 민간인과 접촉할 경우, 배급 빵 열 개에서 스무 개 정도까지의 이윤을 취할 수 있는데, 빵은 하루에 한 개나 두 개씩 나누어서 지불된다. 부나에서와는 달리 수용소 **내에서** 이뤄지는 모든 거래의 최대 총액은 배급 빵 네 개라는 점에 주목해야 한다. 수용소에서는 신용거래도, 많은 양의 빵을 다른 이들의 식탐과 허기로부터 지켜내는 일도 현실적으로 불가능하기 때문이다.

민간인들과의 거래는 아르바이츠라거의 특징적 요소이며, 이미 보았듯이 이 수용소의 경제 생활을 결정한다. 한편으로 이것은 수용소의 규정이 명시한 범죄 행위이며, '정치적' 범죄 행위와 유사해 특별히 가중 처벌된다. 'Handel mit Zivilisten'(민간인들과의 거래)을 한 것이 확실한 해프틀링은 영향력 있는 후원자가 있지 않은 한, 글라이비츠 3, 야니나, 하이데브렉의 석탄 광산으로 보내진다. 이것은 몇 주간의 노역에 지쳐 죽는다는 뜻이다. 한편 그와 공범인 민간인 노동자는 독일 당국에 고발 당할 수 있으며 페어니히퉁스라거에서 우리와 똑같은 조건으로 일정 기간 생활하라는 판결을 받을 수 있다. 내가 확인한 바에 따르면 그 기간은 보름에서 8개월까지 다양하다. 이런 종류의 보복을 당하게 된 노동자들은 우리처럼 수용소 입구에서 옷을 다 벗지만 그들의 개인 물품은 특별 창고에 보관된다. 문신도 하지 않으며 머리가 잘리지도 않는다. 이로 인해 그들은 쉽게 구별이 되지만, 벌을 받는 기간 동안은 우리와 똑같은 노동을 하고 우리의 규율을 따른다. 물론 선발에서는 제외된다.

그들은 특별 코만도에서 일하며 일반 해프틀링들과 어떤 종류의 접촉도 하지 않는다. 사실 그들에게 수용소는 벌을 받는 곳이다. 너무 힘이 들어서, 혹은 병이 들어서 죽는 경우를 제외하고는 인간들 속으로 다시 돌아갈 가능성이 상당히 많다. 만약 그들과 우리의 대화가 가능하다면 그것은 세상에 우리의 죽음을 선언하는 벽에 틈새를 낼 것이며, 우리의 상황에 대해 자유인들 사이에 널리 퍼진 비밀에 빛을 비춰주었을 것이다. 그러나 우리에게 수용소는 벌을 받는 곳이 아니다. 우리에게는 끝이 정해져 있지 않다. 수용소는 게르만식 사회구조 한가운데에서 시간 제한 없이 우리에게 부과된 존재방식일 뿐이다.

수용소의 한 구역은 바로 이런 여러 국적의 민간인 노동자들에게 할당되어 있다. 그들은 해프틀링과의 불법적인 관계를 속죄하기 위해 일정 한 기간 동안 그곳에 머물러야만 한다. 그 구역은 철조망으로 수용소와 분리되어 있으며 E-수용소라고 불린다. 그리고 거기 머무는 사람들은 E-해프틀링이라고 불린다. 'E'는 'Erziehung'의 약자로, '교화'를 뜻한단다.

지금까지 열거한 이 모든 것은 수용소에 속한 물건들로 밀거래를 할 경우 일어나는 일들이다. 바로 그 이유 때문에 SS가 그것을 그렇게 엄하게 금지하는 것이다. 우리 이빨의 금은 그들 소유다. 산 사람이나 죽은 사람에게서 뽑아낸 금은 모두 조만간 그들 손으로 들어가게 되어 있다. 그러니 금이 수용소 밖으로 유출되지 않도록 그들이 통제하는 건 자연스러운 일이다.

그러나 도둑질 그 자체에 대해 수용소 당국은 아무런 적대감도 없다. 정반대의 암거래에 대해 SS가 보여준 관대한 묵인의 태도가 그것을 증명한다.

일반적으로 일들은 훨씬 더 단순하게 돌아간다. 여러 가지 연장, 도구, 재료, 생산품들 중 몇 가지를 훔치거나 숨기면 되는 것이다. 밤에 그것을 수용소로 몰래 가져와 고객을 찾아 빵이나 죽과 물물교환한다. 이런 거래는 빈번히 일어난다. 어떤 경우에는 수용소의 일상생활에 꼭 필요한 물건들인데도 그것을 공급받는 유일하고 정기적인 방법이 부나에서 도둑질을 해오는 것밖에 없다. 빗자루, 페인트, 전선, 구두약 같은 물건이 대표적이다. 구두약 거래를 예로 들어보는 게 좋겠다.

앞에서도 얼핏 이야기했듯이, 수용소에서는 규정상 매일 아침 신발에 약을 발라 윤을 내야 한다. 블록앨테스터는 SS 앞에 자기 막사의 인원을 전부 정렬시켜놓고 규정을 준수시킬 책임이 있다. 이렇게 말하면 모든 막사에 구두약이 정기적으로 할당되고 그걸 쓰면 되나 보다고 생각하겠지만 그렇지가 않다. 메커니즘이 전혀 다르다. 저녁이면 모든 막사에 규정된 배급의 총량보다 더 많은 죽이 할당된다는 사실을 먼저 말할 필요가 있다. 남은 죽은 블록앨테스터의 재량에 따라 분배되는데 블록앨테스터는 먼저 자기 친구와 후원자에게 죽을 나눠주고, 그 다음에는 청소부, 불침번, 이 검사하는 사람, 그리고 막사의 다른 기능직과 특권층에게 사례한다. 그런 뒤에도 남은 죽은(블록앨테스터들은 빈틈이 없어서 늘 죽이 남게 만든다) 물건을 구입하는 데 쓰인다.

나머지 일은 뻔하다. 운 좋게도 부나에서 윤활유나 기계유(혹은 다른 것 아무거나. 거무스름하고 기름기 있는 물질이면 어느 것이나 목적에 부합한다고 여겨진다)를 반합에 담을 수 있었던 해프틀링들은 저녁에 수용소에 도착하자마자 기름을 준비하지 못했거나 미리 준비해놓으려는 블록앨테스터를 만날 때까지 이 막사 저 막사 기웃거린다. 뿐만 아니라, 대개 각 막사마다 항시 기름을 제공해주는 사람이 있는데, 매번 비축한 기름이 다 떨어질 때쯤 기름을 공급해준다는 조건으로 이 사람에게 매일 정해진 답례를 하도록 되어 있다.

매일 저녁 타게스라움 문 옆에 공급자 몇 명이 느긋하게 모여 있다. 그들은 비가 오나 눈이 오나 몇 시간이고 그렇게 가만히 서서 낮은 목소리로 다양한 물건 값과 쿠폰 값에 관련된 문제들을 열심히 이야기한다. 가끔씩 그 무리에서 이탈해서 시장을 잠깐 둘러본 뒤 최신 소식을 가지고 돌아오는 사람이 있다.

이미 언급했던 것들 외에도 블록 생활에서 유용하거나 블록앨테스터를 기쁘게 해줄 수 있는 것, 혹은 특권층의 흥미나 호기심을 끌 수 있는 물품들은 부나에 셀 수 없이 많다. 전등, 칫솔, 일반 비누나 면도용 비누, 손톱줄, 펜치, 부대자루, 못 같은 것들 말이다. 음료 대용인 메틸알코올과 원시적인 라이터에 쓰이는 가솔린을 팔기도 한다. 라이터는 수용소 기술자들이 비밀 공장에서 만들어내는 경이로운 물건이다.

SS 지휘부와 부나의 민간 관리국 사이의 소리없는 적의를 양분으로 삼고 있는 이와 같은 절도와 반反 절도의 복잡한 그물망 속에서 가장 중요한 역할은 하는 건 카베다. 카베는 저항이 가장 적은 장소이고, 규정을 가장 쉽게 피하고 카포의 감시를 받지 않아도 되는 일종의 진공관이다. 죽은 사람, 그리고 선발되어 비르케나우를 향해 알몸으로 떠난 사람의 옷과 신발을 낮은 가격으로 시장에 내놓는 사람이 바로 간호사들이라는 것은 누구나 다 알고 있다. 배급받은 술폰아미드계의 항생제를 부나로 가져가 먹을 것을 받고 민간인들에게 파는 사람도 간호사와 의사들이다. 간호사들은 또 숟가락을 팔아 막대한 이익을 챙긴다. 숟가락이 없으면 물이 반인 죽을 먹을 도리가 없는데도 수용소에서는 새로 들어온 사람에게 숟가락을 주지 않는다. 대장장이와 양철공 코만도에서 일했던 해프틀링들이 부나에서 은밀히, 그리고 틈틈이 숟가락을 제작한다. 망치로 양철을 두드려 만들기 때문에 숟가락은 조잡하고 모양이 형편없으며, 종종 손잡이가 매우 날카로워 빵을 자르는 칼로 사용할 수도 있다. 숟가락을 만든 사람들은 그것을 새로 들어온 사람들에게 직접 판다. 그냥 숟가락의 값은 배급받은 빵의 반이고 칼 겸용 숟가락은 빵 4분의 3이다. 지금은 카베에 숟가락을 갖고 들어갈 수는 있지만 갖고 나올 수는 없도록 규정되어 있다. 회복된 사람들이 카베를 나와 옷을 입기 전에 간호사들이 숟가락을 압수한다. 간호사들은 그것을 다시 시장에 내놓는다. 회복된 사람들의 숟가락에 죽은 사람들과 선발된 사람들 것을 더해 간호사들은 매일 판매용 숟가락 50여 개를 손에 넣는다. 따라서 카베에서 퇴원한 환자는 어쩔 수 없이 처음 수용소에 들어왔을 때처럼 새 숟가락을 사기 위해 배급받은 빵 반 덩어리를 따로 떼어놓아야 하는 불리한 상태에서 다시 시작한다.

마지막으로 카베는 부나에서 도둑질해온 물건의 중요한 소비자이자 취급자다. 카베에 할당되는 죽 가운데 매일 20리터가 전문가들이 만든 다양한 물건들을 구입하기 위한 절도기금으로 비축된다. 가느다란 고무관을 훔쳐오는 사람도 있는데, 이것은 카베에서 관장을 할 때 사용하거나 위관胃管으로 쓰인다. 카베 사무실의 복잡한 회계장부에 필요한 색연필과 잉크를 제공하는 사람도 있다. 온도계, 유리관, 화학약품들이 부나의 창고에서 나와 해프틀링의 주머니에 비축되고 진료소에서 위생장비로 사용된다.

이런 상황에서, 건조부의 온도 기록용 그래프 용지 몇 두루마리를 훔쳐와 의료과장에게 맥박과 체온 기록표를 만들 때 사용할 수 있다며 슬그머니 건네준 것이 우리 생각, 그러니까 알베르토와 나의 생각이었다고 덧붙인다고 해서, 우리가 누군가에게 천박하다고 비난받을 이유는 없을 것이다.

결론은 이렇다. 민간 관리국은 부나에서 도둑질하는 것을 벌주지만, SS는 오히려 허용하고 조장한다. SS가 엄금하는 수용소 안에서의 도둑질이 민간인들에게는 정상적인 교환 행위로 간주된다. 해프틀링들 간의 도둑질은 일반적으로 처벌을 받으며, 도둑과 피해자가 동일한 강도의 벌을 받는다. 나는 '선'과 '악', '옳음'과 '그름'이라는 단어가 수용소에서 어떤 의미를 지닐지 한번 생각해보라고 여러분에게 권하고 싶다. 우리가 스케치한 그림과 위에 예시한 예들을 토대로 세상의 일반적인 도덕이 철조망 이쪽 편에서 얼마나 효력을 발휘할 수 있을지 각자 판단해 보시기를.

가라앉은 자와 구조된 자

★ 나는 이제까지 수용소에서의 모호한 삶에 관해 이야기했고, 앞으로도 그럴 것이다. 당시 많은 사람들이 비참하게, 바닥에 짓눌린 상태로 살았지만 그 기간은 상대적으로 짧았다. 그런 까닭에, 이러한 특수한 인간 상황에 대한 기억들을 과연 간직할 필요가 있는지, 이렇게 하는 게 잘하는 일인지 자문해볼 수도 있을 것이다.

나는 이러한 질문에 긍정적으로 답할 수 있을 것 같다. 우리는 사실 인간의 모든 경험이 의미가 있고 분석할 만한 가치가 있다고 확신한다. 지금 우리가 이야기하고 있는 이런 특별한 세계에서 근본적인 가치들을—그것이 항상 긍정적인 것은 아닐지라도—추론해낼 수 있을 것이다. 우리는 또한 수용소가 뚜렷하고도 거대한, 생물학적·사회학적 실험이었다는 점을 여러분이 생각해보기를 바란다.

나이·사회적 지위·출신·언어·문화와 습관이 전혀 다른 수천 명의 개인이 철조망 안에 갇힌다. 그곳에서 그들은 규칙적으로 되풀이되고 통제당하는, 만인에게 동등한 삶, 그 어떤 욕구도 충족되지 않는 삶에 종속된다. 이 삶은 생존을 위한 투쟁 상태에 놓인 인간이라는 동물의 행동에서 본질적인 것이 무엇인지, 후천적으로 습득되는 것이 무엇인지를 입증하기 위해 만들어낼 수 있는 가장 정확한 실험장이다.

우리는 명백하고 손쉬운 추론을 믿지 않는다. 모든 문명적 상부구조가 제거되면 인간의 행동은 기본적으로 잔인하고 이기적이고 우둔하다는 추론 말이다. 이러한 추론에 따르면, '해프틀링'은 거리낌이 없는 인간일 뿐이다. 하지만 우리 생각에 도출될 수 있는 유일한 결론은, 궁핍과 지속적인 육체적 고통 앞에서 수많은 사회적 습관과 본능이 침묵에 빠진다는 것뿐이다.

하지만 다음 사실도 관심을 기울일 만하다. 인간들을 뚜렷하게 구별짓는 두 개의 범주가 존재한다는 것 말이다. 그것은 구조된 사람과 가라앉은 사람이라는 범주다. 상반되는 다른 범주들(선한 사람과 악한 사람, 지혜로운 사람과 멍청한 사람, 비겁한 사람과 용기 있는 사람, 불행한 사람과 운 좋은 사람)은 그다지 눈에 띄게 구별되지 않고 선천적인 요소가 적어 보이며, 무엇보다 복잡하고 수많은 중간 단계들을 허용한다.

물론 이러한 구분이 보통의 삶에서는 그리 뚜렷하게 나타나지 않는다. 보통의 삶에서는 한 사람이 완전히 혼자서 길을 잃는 일이 자주 일어나지 않는다. 사람은 보통 혼자가 아니기 때문에, 성공하거나 추락할 때

옆 사람들의 운명과 연결된다. 그러므로 누군가가 한없이 힘을 키워나가거나, 실패를 거듭하다가 파멸의 나락에 떨어지고 마는 일은 아주 예외적이다. 게다가 보통 사람들은 정신적, 육체적, 그리고 재정적인 면에서 나름의 방책을 가지고 있다. 그래서 난파를 당하거나 삶과 직면하여 완전히 빈털터리가 될 가능성 역시 아주 적다. 또 인간이 스스로에게 부여한 법률인 양심이 중요한 완충작용을 한다는 점도 고려해야 한다. 실제로 한 국가가 문명화될수록, 비참한 사람은 너무 비참해지지 않도록, 힘 있는 사람은 지나치게 많은 힘을 갖지 못하도록 하는 지혜롭고 효과적인 법률들이 더욱더 많아진다.

그러나 수용소 안의 사정은 이와는 다르다. 여기서는 생존을 위한 투쟁을 한시도 쉴 수가 없다. 모두 절망적일 정도로, 잔인할 정도로 혼자이기 때문이다. 눌아흐첸이 비틀거린다 해도 그에게 손을 내미는 사람은 아무도 없는 것이다. 한쪽에서 누가 그를 죽여버린다 해도 마찬가지다. 매일 몸을 끌고 일터로 나가는 '무슬림'*에게 관심을 갖는 사람은 아무도 없기 때문이다. 그리고 만일 누군가가 놀라울 정도로 원시적인 인내심과 약삭빠름을 발휘해 몹시 힘든 노동에서 살짝 빠져나올 수 있는 새로운 방법, 빵 몇 그램을 얻어낼 수 있는 기술을 발견했다면 그는 그 방법을 숨기려 무진 애를 쓸 것이다. 그는 이 때문에 높은 평가를 받고 존경받을 것이고, 거기서 독점적이고 개인적인 이익을 얻어낼 수 있을 것

* 어떤 이유에서인지 모르지만 수용소의 고참들은 힘없고 무능력하고 선발을 당할 가능성이 농후한 불운한 사람들을 가리킬 때 이 '무슬림'이라는 용어를 썼다—원주.

이다. 그는 더욱 강해질 것이고 그래서 두려운 존재가 될 것이다. 두려운 존재는 그 자체로 생존 후보자이다.

역사와 삶 속에서 '누구든지 가진 사람은 더 받을 것이며 못 가진 사람은 그 가진 것마저 빼앗길 것이다'*라는 잔인한 법칙을 실감하게 되는 경우가 종종 있다. 인간이 홀로 존재하며 삶을 위한 투쟁이 원초적인 메커니즘으로 축소되어버리는 수용소에서, 이 불공평한 법칙은 공공연히 효력을 발휘하며 모두에게 인정을 받았다. 적응이 빠른 사람들, 강하고 튼튼한 사람들에게는 우두머리들이 직접 접촉을 하며, 때로는 거의 동료 같은 관계가 된다. 나중에라도 그들을 통해 이익을 얻어낼 수 있길 바라기 때문이다. 그러나 무슬림과 쇠약한 인간들에게는 말 한마디 건넬 가치도 없다. 그런 자들은 한탄이나 하며 집에서 먹던 음식 이야기를 늘어놓을 게 뻔하기 때문이다. 친구가 될 만한 가치도 없다. 그들은 수용소에서 특별히 알고 지내는 유명한 사람이 있는 것도 아니고, 배급 이외의 것을 사먹지도 않고, 유리한 코만도에서 일하는 것도 아니고, '조직'의 비법 하나 알고 있는 게 없기 때문이다. 이런 사람들은 그저 이 수용소에 잠깐 들른 것뿐으로, 몇 주일 후면 여기서 멀지 않은 어느 수용소에서 한 줌 재로 변해 기록부 번호 위에 X표로만 남게 되리라는 것을 모두 잘 알고 있다. 그들은 자신들과 비슷한, 셀 수 없이 많은 사람들과 뒤섞여 쉴 새 없이 끌려다니면서 어둡고 은밀한 고독으로 괴로워하며, 그

* 「마가복음」 4장 25절에 나오는 구절이다.

러한 고독 속에서 어느 누구의 머릿속에 기억 하나 남기지 않은 채 죽거나 사라져간다.

이런 가혹한 자연도태의 결과는 수용소 인원 통계에서도 볼 수 있다. 1944년 아우슈비츠에 오래 수용되어 있던 유대인 포로(다른 포로들은 언급하지 말도록 하자. 그들의 상황은 또 달랐으니까) 'kleine Nummer'(낮은 번호)는 15만 명이 조금 안 되었는데, 그중 수백 명만 생존했다. 그들 중 일반 코만도에서 정상적인 배급을 받으며 무기력하게 살았던 일반 해프틀링은 단 한 명도 없었다. 살아남은 사람들은 모두 의사, 재봉사, 구두 수선공, 음악가, 요리사, 매력적인 젊은 동성애자, 수용소 권력자의 친구거나 동향 사람이었다. 혹은 카포나 블록앨테스터나 기타 등등에 임명되었던(SS 당국이 임명했다. 이런 자리에 선택되었다는 것은 그에게 악마의 인맥이 있다는 것을 보여준다), 특별히 잔인하고 가혹하고 비인간적인 사람들이었다. 마지막으로 특별한 임무를 부여받지는 못했지만 영리함과 힘으로 늘 성공적으로 일을 조직해서 물질과 명성을 얻어내는, 수용소 권력자들로부터 특혜와 호평을 받은 사람들이 있다. 이렇게 오르가니자토어Organisator(조직꾼), 콤비나토어Kombinator(재분배자), 프로미넨트Prominent(이 얼마나 위협적인 표현인가!)가 되지 못한 사람은 무슬림이 되고 만다. 삶에는 제3의 존재방식이 있다. 그것은 곧 법칙이다. 그러나 강제 수용소에는 그것이 존재하지 않는다.

가장 간단한 방법은 굴복하는 것이다. 명령을 그대로 따르기만 하면 된다. 일터와 수용소의 규율에 따라서만 배급을 먹으면 된다. 하지만 이런 식으로 3개월 이상 버티는 건 이례적인 일임을 경험이 입증했다. 가스실로 가는 무슬림들은 모두 똑같은 사연을 갖고 있다. 아니, 더 정확히 말하면 아무런 사연도 갖고 있지 않다. 그들은 바다로 흘러가는 개울물처럼 끝까지 비탈을 따라 내려갔다. 근본적인 무능력 때문에, 혹은 불운해서, 아니면 어떤 평범한 사고事故에 의해 수용소로 들어와 적응을 하기도 전에 학살당했다. 그들은 그 자리에서 쓰러졌다. 독일어를 배우기도 전에, 규율과 금지가 지옥처럼 뒤얽힌 혼돈 속에서 뭔가를 구별해내기도 전에 그들의 육체는 가루가 되었다. 선발에서, 혹은 극도의 피로로 인한 죽음에서 그들을 구할 수 있는 건 아무것도 없다. 그들의 삶은 짧지만 그들의 번호는 영원하다. 그들이 바로 '무젤매너'Muselmänner(무슬림), 익사자, 수용소의 척추다. 그들은 끊임없이 교체되면서도 늘 똑같은, 침묵 속에 행진하고 힘들게 노동하는 익명의 군중·비인간들이다. 신성한 불꽃은 이미 그들의 내부에서 꺼져버렸고 안이 텅 비어서 진실로 고통스러워할 수도 없다. 그들을 살아 있다고 부르기가 망설여진다. 죽음을 이해하기에는 너무 지쳐 있기 때문에 죽음을 두려워하지 않는 그들 앞에서, 그들의 죽음을 죽음이라고 부르기조차 망설여진다.

얼굴 없는 그들의 존재가 내 기억 속을 가득 채우고 있다. 우리 시대의 모든 악을 하나의 이미지로 형상화할 수 있다면, 나는 내게 친근한 이 이미지를 고를 것이다. 고개를 숙이고 어깨를 구부정하게 구부린, 뼈만 앙상한 한 남자의 이미지이다. 그의 얼굴과 눈에서는 생각의 흔적을 찾을 수 없다.

가라앉은 사람들의 이야기가 없다면, 그리고 죽음으로 이르는 길이 단 하나의 드넓은 길이라면, 구원의 길은 이와는 반대로 수없이 많고 험하고 가파르며, 실제로 있을 것 같지 않다.

앞에서 언급했듯이, 고속도로는 프로미넨츠의 길이다. 해프틀링 반장(라거앨테스터Lagerältester〔수용소 최고참〕라고도 불린다)에서부터 카포, 요리사, 간호사, 불침번, 막사 청소부와 샤이스미니스터Scheissminister(변소 감독), 바데마이스터Bademeister(샤워실 감독)에 이르기까지 수용소의 모든 관리들을 '프로미넨텐' Prominenten이라고 부른다. 여기서 특히 흥미로운 건 유대인 특권층이다. 다른 인종의 사람들은 수용소에 들어오면 타고난 우월성 때문에 자동적으로 그런 임무를 맡는 반면, 유대인들은 그 자리를 얻기 위해 술수를 부리고 힘겹게 싸워야 하기 때문이다.

유대인 특권층들이 만들어내는 인간상은 슬프면서도 주목할 만하다. 현재·과거·고래古來의 고통들, 이방인에 대한 전승되고 학습된 적개심이 그들 안에서 하나가 되며, 이 모든 것들이 그들을 비사교적이고 무례한 괴물로 만든다.

그들은 독일 수용소가 구조적으로 만들어낸 전형적인 작품이다. 노예 상태에 있는 몇몇 개인에게 특권을 누릴 수 있는 자리, 어느 정도의 편안함과 높은 생존 가능성이 제공되는데, 대신 그들은 동료들과의 자연스러운 연대감을 배신하라는 요구를 받는다. 물론 몇몇은 그 요구를 받아들인다. 그 사람은 일반 규정을 면제받고 아무도 건드릴 수 없는 존재가 될 것이다. 그래서 밉살스럽다. 사람들로부터 증오를 받으면 받을수록 그에게는 더 큰 힘이 주어질 것이다. 불행한 사람들의 소대를 지휘하는 책임이 그에게 맡겨져 그가 그들의 삶과 죽음에 대한 권리를 갖게 되면 그는 잔인하고 포악해질 것이다. 그러지 않으면, 그 자리에 훨씬 더 적합하다고 판단되는 다른 사람이 자기 자리를 차지한다는 것을 알고 있다. 게다가 그는 자신을 압제하는 사람들에 대한 욕구불만의 찌꺼기를 자신이 압제하는 사람들에게 비이성적으로 퍼붓는다. 위에서 받은 모욕을 밑에 있는 사람에게 증오의 형태로 폭발시키면서 쾌감을 느끼는 것이다.

이 모든 것은 사실 우리가 일반적으로 피억압자들에 대해 갖는 이미지와는 일치하지 않는다. 이 피억압자들은 저항을 하면서, 그게 아니라면 적어도 고통을 참으면서 서로 결속한다. 억압이 일정한 한도를 넘지 않았을 때, 혹은 억압자가 경험이 없거나 관대해서 그것을 용인하거나 조장했을 경우에 이런 일이 벌어질 수도 있음을 우리는 부인하지 않는다. 그러나 우리 시대에, 이민족의 침략을 받은 모든 나라에서, 지배를 당한 사람들끼리 적대감과 증오심을 느끼는 유사한 상황이 전개된 것은 사실이다. 다른 인간적 특성들과 마찬가지로, 이 역시 수용소에서 특별히 잔혹한 증거들을 포착할 수 있다.

특권층 중 유대인이 아닌 사람은 그 수가 훨씬 더 많았지만('아리아인' 해프틀링 중 아무리 보잘것없는 임무라도 맡지 않는 사람은 아무도 없었다.) 그들에 대해서는 별로 할말이 없다. 그들은 대개 일반 범죄자들로, 유대인 수용소의 감독자로 근무하기 위해 독일 감옥에서 뽑혀왔다는 것을 생각해보면 그들이 어리석고 잔인한 것은 당연하다. 우리들은 이런 선택이 매우 신중하게 이루어졌을 거라고 생각한다. 우리가 작업 중에 본 그 비열한 인간의 표본들이 평균적인 인간 모습이 아니라고, 이들이 일반적인 독일인이 아니라 특별한 독일 범죄자들이라고 생각하기 때문이다. 아우슈비츠에서 어떻게 독일, 폴란드, 러시아 정치범들이 일반 죄수들과 그렇게 잔인하게 경쟁할 수 있었는지 설명하기는 더욱 힘들다. 그러나 독일에서는 암거래, 유대인 여자와의 불법적인 관계, 당의 장교들에게 피해를 입힌 절도 행위들도 정치범죄로 간주한다는 사실은 너무나 잘 알려져 있다. '진짜' 정치범들은 슬프게도 유명한 이름의 다른 수용소에서, 악명 높을 정도로 처참한 상황 속에서, 그렇지만 여기서 묘사한 것과는 다른 여러 가지 상황 속에서 살고 죽었다.

엄밀한 의미의 관리들 외에, 처음에는 운명의 호의를 받지 못했지만 오로지 자신의 힘으로 생존을 위해 투쟁하는 다양한 부류의 포로들이 있다. 그들은 흐름에 역행해야 한다. 매일 전투를 벌이고, 매 시간 노역, 허기, 추위, 그리고 거기서 유래하는 무기력과 싸워야 한다. 적에게 저항해야 하고 경쟁자를 동정하지 말아야 한다. 재치를 갈고닦아야 하며, 인내심을 쌓아야 하고, 의지력을 키워야 한다. 또는 체면을 모두 눌러버리고, 의식의 빛을 꺼버리고, 짐승들이 싸우는 싸움터로 내려가 잔인한 시기에 일족과 개인들을 지탱해주는 비밀스러운 힘들의 안내를 받아야 한다. 죽지 않기 위해 우리가 고안해내고 실행한 방법들은 수없이 많았다. 인간들의 다양한 성격만큼이나 많았다. 그 방법들은 모두 전체를 향한 개인의 힘겨운 투쟁을 담고 있다. 그중 많은 수가 적지 않은 일탈과 타협을 수용하고 있다. 자신의 도덕 세계의 한 부분이라도 포기하지 않은 채 생존하는 것은, 강력하고 직접적인 행운이 작용하지 않는 한, 순교자나 성인의 기질을 타고난 소수의 뛰어난 사람들에게만 허용될 뿐이었다.

그래서 나는 솁셀, 알프레드 L, 엘리아스와 앙리의 이야기를 하며 구원에 이를 수 있는 방법이 얼마나 많은지를 증명해 보이고자 한다.

★ 솁셀은 4년 전부터 수용소에 살고 있었다. 그는 포그롬*(이것이 갈리치아의 고향 마을에서 그를 쫓아냈다) 때부터 당시까지 자신과 같은 사람 수만 명의 죽음을 지켜보았다. 그는 아내와 아들 다섯이 있었다. 그는 부유한 마구馬具 제조상이었지만, 생활에 정기적으로 필요한 것들을 어떻게 자루 가득 채워놓아야 하는가 하는 문제 외에는, 자기 자신에 대해 생각하는 일에 익숙해지지 않았다. 그는 그다지 건장하지도 용감하지도 악하지도 않았다. 게다가 특별히 영리한 것도 아니어서 조금이라도 숨을 돌릴 방법을 찾지 못한다. 그래서 그는 콤비나체kombinacje라고 부르는, 이따금씩 기회가 오는 자잘한 방편들로 눈을 돌렸다.

그는 가끔 부나에서 빗자루를 훔쳐와 블록앨테스터에게 팔았다. 그렇게

★ 대학살. 원래 러시아어로 '약탈'이라는 뜻. 차르 시대의 러시아에서 민중이 소수 민족이었던 유대인을 잔혹하게 공격하고 약탈했던 것을 가리킨다. 이런 행위는 자연발생적인 경우도 있었지만, 종종 정부나 교회에 고무되어 무서운 학살로 이어졌다.

해서 자본이 되는 빵이 조금 모이자 동향 사람인 구두 수선공에게 연장을 빌려 몇 시간 동안 혼자 뭔가를 만들었다. 그는 전선을 꼬아 걸쇠를 만들 줄 안다. 점심 휴식 시간에 그가 슬로바키아 노동자들의 막사 앞에서 노래하고 춤추는 것을 보았다고 시지가 내게 말해주었다. 슬로바키아 노동자들은 그 대가로 남은 죽을 가끔 그에게 준다.

지금까지 말한 것으로만 보면, 셉셀에 대해 관대하고 동정 어린 생각을 하고 싶어질 것이다. 그의 정신 속에는 살고자 하는 초라하고 기본적인 욕망만이 자리잡고 있을 뿐이며, 굴복하지 않기 위해 작은 전쟁을 용감히 치르고 있는 가여운 사람이라고 말이다. 그러나 셉셀도 아주 특별한 사람은 아니다. 그는 기회가 생기자 주저 없이 부엌에서 같이 도둑질을 했던 공범 모이슐이 구타를 당하게 만들었다. 블록앨테스터의 눈에 들어 케셀배셰Kesselwäscher(통 닦는 자리)에 지원하려는 헛된 희망을 품고 있었기 때문이다.

★ 엔지니어인 알프레드 L의 이야기는 인간이 평등하다는 신화가 얼마나 공허한 것인지 보여준다.

L은 고향에서 화학 제품을 생산하는 아주 중요한 공장의 책임자였다. 그의 이름은 전 유럽의 공장에 알려져 있었다(지금도 그렇다). 그는 50대의 건장한 남자였다. 난 그가 어떻게 체포되었는지 모르지만, 그는 다른 사람들과 똑같이, 그러니까 알몸으로 혼자, 아무에게도 알려지지 않은 채로 수용소에 들어왔다. 내가 그를 처음 알았을 때 그는 몹시 쇠약해

보였다. 그러나 얼굴에는 잘 훈련되고 질서 정연한 에너지의 흔적들이 그대로 남아 있었다. 그때 그가 누리는 특권은 매일 폴란드 노동자들의 통을 닦는 것에 제한되어 있었다. 그가 어떻게 이런 특권을 얻게 되었는지는 모르지만, 이 일로 그는 하루에 죽 반 그릇을 얻었다. 물론 그것으로 배고픔을 충분히 가시게 할 수는 없었다. 그렇지만 그가 불평하는 것을 들어본 사람은 아무도 없었다. 뿐만 아니라 그의 입에서 나오는 몇 안 되는 말들은 놀랍고 비밀스러운 지략들, 확실하고 수익이 높은 '조직'들을 내비쳤다.

이것은 그의 외모에서도 확인되었다. L은 '방침'이 있었다. 손과 얼굴은 항상 완벽할 정도로 깨끗했고, 두 달에 한 번 있는 속옷 교환을 기다릴 것도 없이 보름에 한 번씩 직접 속옷을 빨아 입었다(속옷을 빤다는 것은 비누를 구해야 하고, 시간을 내야 하고, 사람들로 붐비는 세탁실에서 공간을 마련해야 한다는 의미임을 짚고 넘어가야 할 것이다. 젖은 속옷에서 한시도 눈을 떼지 않고 주의 깊게 감시해야 하고, 물론 아직 젖은 상태에서, 불이 다 꺼진 조용한 시간에 그 속옷을 다시 입는 일에 적응되어야 한다는 의미이기도 하다). 그는 샤워실에 갈 때 사용하는 나무 신발 두 켤레를 갖고 있었다. 심지어 줄무늬 옷까지도 희한하게 그의 체형에 딱 맞았고 새것처럼 깨끗했다. L은 특권층이 되기 훨씬 전에 이미 완벽하게 특권층의 외모를 준비해두었다. 오랜 시간이 흐른 뒤에야 나는 L이 부유해 보이는 모습을 유지하기 위해, 믿을 수 없는 강인함을 발휘하여 자신의 배급 빵을 지불하고 필요한 모든 것을 손에 넣었고 또 그래서 더더욱 궁핍한 기간을 견뎌냈음을 알게 되었다.

그의 계획은 아주 긴 호흡이 필요했다. 그것은 근시안적인 사고가 지배적이었던 수용소 안에서 계획되었기 때문에 중요성이 훨씬 더 크다. L은 엄격한 내적 규율을 가진 채, 자기 자신에게도, 자신의 길을 가로막는 동료들에게도(특히 이들에게는 한층 더) 전혀 연민을 느끼지 않은 채 계획을 실행했다. L은 존경받고 힘있는 사람과 실제로 그렇게 되는 것 사이의 거리가 짧다는 것, 그리고 어디에서나, 특히 일반적으로 사람들의 수준이 평준화되는 수용소 같은 곳에서 존경받을 만한 외모는 실제로 사람들의 존경을 받을 수 있는 가장 큰 보증금이라는 것을 잘 알고 있었다. 그는 다른 떼거지들과 한 덩어리가 되지 않으려고 심혈을 기울였다. 그는 기회 있을 때마다 설득력 있고 비난하는 듯한 어조로 게으른 동료들을 격려하고 과시하듯 열심히 일했다. 그는 배급 줄에서 좋은 위치를 차지하려고 벌이는 일상적인 싸움을 피했다. 먼저 푸는 죽이 가장 묽다는 것을 모르는 이가 없는데도 매일 첫번째로 배급을 받았다. 이런 그의 자제력을 블록앨테스터가 주목하게 되었다. 그는 동료들과의 거리를 유지하기 위해 자신의 에고티즘에 걸맞게 최대한 정중하게 행동했고, 그것은 완벽했다.

앞으로 말하게 되겠지만 화학 코만도가 만들어졌을 때 L은 자기의 시대가 왔다는 것을 알았다. 우둔하고 지저분한 동료들 떼거지 속에서, 카포와 아르바이츠딘스트에게 자신이 진짜 구제되어야 하는 잠재적인 특권층이라는 확신을 심어주는 데에는 깔끔한 의복과 여위었지만 단정하게 면도된 얼굴 외에 다른 건 필요 없었다. 그래서(가진 자는 더 갖게 될 것이다) 그는 당장에 '전문가'로 승진했고, 코만도의 기술반장으로 임명되었으며, 부나 민간 관리국에 의해 스티렌* 부서 연구실의 분석가로 고용되었다. 그뒤 서서히 화학 코만도에서 새로 채용하는 사람들의 전문적인 능력을 평가할 때 그들을 심사하는 임무를 맡았다. 그는 특히 장래의 경쟁상대가 될 가능성이 있는 사람들을 매우 엄격하게 심사했다.
그뒤 그가 어떻게 되었는지 나는 모른다. 다만 죽음을 피해 단호하게, 기쁨을 모르는 지배자로서의 냉담한 삶을 살아가고 있을 가능성이 아주 많다고 생각한다.

★ 141565번 엘리아스 린친은 어느 날 화학 코만도에 이상한 방식으로 등장했다. 그는 키가 1미터 50센티미터도 안 될 만큼 작았지만, 나는 그와 같은 근육을 한 번도 본 적이 없었다. 옷을 벗으면 피부 밑의 모든 근육들의 움직임이 구별된다. 그 근육들은 마치 각기 다른 동물들처럼 힘있게 움직인다. 비율을 바꾸지 않고 그의 몸을 그대로 확대시키면 헤라클레스의 훌륭한 모델이 될 수 있을 것이다. 그러나 머리는 보면 안 된다.
그의 머리 가죽 밑에는 꿰맨 자국이 크게 불거져 있다. 두개골이 거대해서 쇳덩이나 돌 같은 인상을 준다. 눈썹과 밀어버린 머리의 검은 경계선

* 자극적인 냄새가 나는 무색 액체. 스티렌 수지, 합성고무 등의 원료로 쓰인다.

사이가 겨우 손가락 한 마디 정도밖에 안 된다. 코, 턱, 이마, 광대뼈는 다부지고 단단하며, 얼굴 전체는 들이받기에 적절한 도구인 성벽 파괴용 망치 같다. 그의 몸에서는 야수 같은 활력이 발산된다.

엘리아스가 일하는 광경을 보면 당혹스럽다. 폴란드인 마이스터들, 종종 독일인들까지도 걸음을 멈추고 일하는 엘리아스를 감탄 어린 눈으로 쳐다본다. 그에게 불가능이란 없어 보인다. 우리가 시멘트 부대 한 개를 겨우 옮기는 동안 엘리아스는 두 개, 세 개, 네 개를, 어떤 방법을 쓰는지는 모르지만 균형을 유지하며 옮긴다. 그리고 짧고 통통한 다리로 종종걸음 치며 짐 밑에서 얼굴을 찡그리고, 웃고, 욕하고, 고함치고, 쉴 새 없이 노래 부른다. 폐가 강철로 만들어진 것 같다. 엘리아스는 나막신을 신고도 원숭이처럼 날쌔게 비계 위를 오르고 공중에 매달린 들보 위를 자신 있게 달린다. 그는 머리 위에 벽돌 여섯 개를 균형 있게 얹어 운반한다. 양철 조각으로 숟가락을 만들고, 자투리 강철로 칼을 만든다. 비가 와도 어딘가에서 종이, 장작, 마른 석탄을 찾아내 순식간에 불을 피운다. 그는 재봉사이자 목수, 구두 수선공이자 이발사다. 믿기 어려울 정도로 멀리 침을 뱉는다. 낮으면서도 듣기 싫지 않은 목소리로 노래를 하는데, 한 번도 들어본 적 없는, 폴란드어와 이디시어로 된 노래다. 그는 죽을 6리터, 8리터, 10리터를 먹고도 토하거나 설사하지 않고 소화시킨다. 심지어 그러고 나서 즉시 다시 일을 시작할 수도 있다. 양 어깨 사이로 혹이 툭 튀어나오게 만들 수도 있다. 그는 등을 구부리고 괴이한 모습으로 막사를 돌아다니다가 기뻐하는 특권층들 사이에서 알 수 없는 소리를 지르거나 연설을 한다. 나는 그가 자기보다 머리 하나는 더 큰 폴란드인과 싸우는 것을 목격했다. 그는 상대를 붙잡고 투석기보다 더 세고 정확하게 머리로 배를 가격했다. 나는 그가 쉬는 모습을 한 번도 보지 못했다. 조용히 혹은 가만히 있는 것도 보지 못했다. 다치거나 앓는 것도 보지 못했다.

자유인 시절의 그에 대해서는 아는 사람이 아무도 없다. 뿐만 아니라 자유인의 옷을 입은 엘리아스를 상상하려면 엄청난 상상과 추리의 노력이 필요하다. 그는 폴란드어와 퉁명스럽고 흉하게 변형된 바르샤바식 이디시어밖에 할 줄 모른다. 그를 일관성 있는 대화에 끌어들이기란 불가능하다. 나이는 아마 스무 살에서 마흔 살 사이일 것이다. 그는 자신이 서른세 살이며 자식 열일곱을 두었다고 말한다. 진짜일 것 같기도 하다. 그는 서로 연관성도 없는 주제로 계속 말을 한다. 늘 우레 같은 목소리로, 연설하는 듯한 말투로, 미친 사람 흉내를 내며 계속 말한다. 마치 많은 청중을 향해 말하는 것 같다. 물론 청중이 없는 경우는 없다. 그의 언어를 이해하는 사람들은 배를 잡고 웃으며 그의 연설을 재미있게 들으며, 열광적으로 그의 어깨를 두드린다. 이야기를 계속하도록 그를 자극한다. 그러면 그는 잔인하게, 얼굴을 찌푸리며 야수처럼, 둥글게 원을 그린 청중 쪽으로 돌아서서 어떨 때는 이 사람을, 어떨 때는 저 사람을 부른다. 그러다가 갑자기 그 작은 갈고리 같은 손으로 한 사람의 가슴을 움켜잡고 그가 저항할 수 없게끔 자기 쪽으로 끌어당긴다. 놀란 그 사람의 얼굴을 향해 이해할 수 없는 독설을 토해낸다. 그런 다음 나뭇가지

던지듯 그를 다시 던져버린다. 그리고 박수갈채와 폭소 속에서 작은 예언자 괴물처럼 두 팔을 하늘로 뻗은 채 분노에 찬 연설을 미친 듯이 계속한다.

그가 뛰어난 일꾼이라는 소문이 금방 퍼져나갔다. 덕분에 그는 수용소의 이상한 법칙에 따라 그때부터 일을 하지 않게 되었다. 그는 마이스터들로부터 직접 일을 요청받았다. 그런 일에는 기술과 특별한 힘이 필요했다. 그런 일들을 할 때를 빼면 그는 건방지고 난폭하게 우리들의 일상적이고 지루한 노역을 감시하다가 자주 사라져버리곤 했는데, 작업장 뒤쪽인지 어딘지는 모르지만 수상쩍은 태도로 그곳을 드나들고 대담한 모험을 했다. 거기서 돌아올 때 보면 주머니가 불룩했고, 어떨 때는 눈에 띄게 배가 나와 있기도 했다.

엘리아스는 자연스럽고도 천진난만한 도둑이었다. 그는 그런 식으로 야생동물의 본능적인 영리함을 보여주었다. 그는 현장에서 잡히는 일이 없다. 확실한 기회가 왔을 때만 도둑질을 하기 때문이다. 하지만 기회가 왔다 하면 엘리아스는 마치 돌이 위에서 툭 떨어지듯 운명적으로 당연하게 도둑질을 한다. 그런 그를 잡기가 힘들기도 하지만, 그의 절도에 대해 벌을 주려 해도 아무 소용 없을 것이다. 절도는 그에게 숨을 쉬거나 잠을 자는 것처럼 생명에 관계된 행동이기 때문이다.

이제 이 엘리아스라는 사람이 어떤 사람인지 질문을 해볼 수 있다. 그는 미치광이에 이해할 수 없는 돌연변이 인간으로, 어쩌다 우연히 수용소에 들어오게 된 것일까. 우리의 현대사회와는 어울리지 않는, 좀더 정확히 말하자면 수용소의 원시적인 삶에 어울리는 원시인이 아닐까. 혹은 수용소의 산물이 아닐까.우리가 죽지 않는다면, 수용소 자체가 사라지지 않는다면 우리 모두가 그렇게 변할지도 모르는 새로운 유형의 인간이 아닐까.

위의 세 가지 가정이 모두 약간의 진실을 담고 있다. 엘리아스는 육체적으로 파괴될 수 없는 사람이기 때문에 외부로부터의 공격에서 살아남는다. 미치광이이기 때문에 내부로부터의 절멸에 저항한다. 그래서 제일 먼저 생존자가 된다. 그는 이런 식의 생존방식에 가장 적합하고 표본적인 인간이다.

만일 엘리아스가 다시 자유를 찾게 된다면 인간사회의 가장자리에, 감옥이나 정신병원에 갇혀 살게 될 것이다. 하지만 여기, 이 수용소에는 범죄자도 정신병자도 없다. 지켜야 할 도덕률이 없기 때문에 범죄자가 없으며, 우리가 하는 행동이 우리가 상상할 수 있는 모든 것일 뿐, 우리에게 자유의지란 존재하지 않기 때문에 정신병자도 없다.

수용소에서 엘리아스는 성공하고 의기양양하다. 그는 훌륭한 일꾼이며 훌륭한 조직꾼이다. 이 두 가지 이유 때문에 그는 카포와 동료들에게 확실하게 선택되고 존경을 받는다. 확고한 내적 지혜를 갖지 않은 사람에게, 삶에 뿌리를 내리는 데 필요한 힘을 자신의 의식으로부터 끌어낼 줄 모르는 사람에게, 유일한 구원의 길은 엘리아스에게로, 어리석은 행동으로, 그리고 음흉한 잔인성으로 이어진다. 다른 길들은 모두 막다른 골목이다.

혹자는 여기서 결론을, 혹은 우리의 일상생활에 적용할 수 있는 법칙들을 끌어내보려 할지도 모르겠다. 우리 주위에도 엘리아스를 닮은 사람들, 그 씨앗을 지닌 사람들이 있지 않을까? 목적도 없이, 모든 형태의 자기절제와 양심을 결여한 채 살아가는 개인들을 볼 수 있지 않을까? 그런데 그들은 자신들의 이런 결함들에도 **불구하고**가 아니라, 정확히 말하면 엘리아스처럼 그런 결함들 **덕분에** 살아간다.

아주 진지한 물음이다. 그런데 지금은 수용소 이야기를 하고 싶기 때문에 더 이상 이 이야기를 전개할 수 없다. 수용소 밖의 인간에 대해서는 이미 많은 이야기들이 있다. 하지만 한 가지만 더 덧붙이고 싶다. 외부에서 판단한 바에 따르면, 그리고 그 말에 어떤 의미가 있다면, 엘리아스는 틀림없이 행복한 사람이었을 것이다.

★ 반대로 앙리는 아주 예의 바르고 분별력이 있다. 그는 수용소에서 살아남는 방법들에 관한 완벽하고도 체계적인 이론을 지니고 있다. 그는 스물두 살밖에 되지 않았다. 아주 똑똑하고, 프랑스어, 독일어, 영어와 러시아어를 한다. 과학과 고전에 관한 최고의 지식을 갖고 있다.

그의 형제가 지난 겨울 부나에서 죽었다. 그날 이후 앙리는 모든 감정적 관계를 잘라버렸다. 그는 갑옷 속에 숨듯 자신 속에 틀어박혔다. 그는 영리한 지식과 세련된 교육에서 끌어낼 수 있는 모든 기지를 이용해, 한눈팔지 않고, 살아남기 위해 투쟁한다. 앙리의 이론에 따르면 집단학살을 피하기 위해, 인간이 인간이라는 이름에 합당한 상태를 유지하면서 사용할 수 있는 방법이 세 가지 있다. 조직을 꾸미는 것과 동정을 얻는 것, 그리고 도둑질이다.

그는 이 세 가지를 모두 사용한다. 영국인 전쟁포로들을 유혹하는 게("관계를 돈독히 하는 것"이라고 그는 말한다) 최고의 방법이다. 그의 손아귀에 들어간 영국인들은 정말이지 황금알을 낳는 암탉들이다. 영국 담배 한 개비를 물물교환해서 수용소에서 하루 동안 배부를 수 있다고 생각해보라. 한번은 앙리가 진짜 삶은 달걀을 먹고 있는 것도 봤다.

영국 제품의 물물교환은 앙리가 독점한다. 여기까지는 '조직'이다. 그러나 그가 영국인들과 다른 사람들 속으로 침투할 수 있는 도구는 동정심이다. 앙리는 소도마*가 그린 성 세바스티아누스처럼 우아하고 알 듯 모를 듯 퇴폐적인 얼굴과 몸을 가지고 있다. 그의 눈은 검고 깊으며 아직 수염도 나지 않았다. 그는 힘없이 우아한 자태로 자연스럽게 움직인다(필요할 때는 고양이처럼 달리거나 점프할 줄도 안다. 그의 소화력은 엘리아스 바로 다음이다). 앙리는 자신의 천부적인 소질을 완벽하게 파악하고 있으며, 실험 도구를 다루는 사람처럼 침착하게 그것들을 이용할 줄 안다. 그 결과는 놀랍다. 본질적으로는 발견의 문제다. 앙리는 동정심이란 원초적이고 본능적인 감정이기 때문에, 우리를 지배하는 짐승 같은

* Il Sodoma(1479~1549): 이탈리아 피에몬테 출신의 화가. 본명은 지오반니 안토니오 바치 Giovanni Antonio Bazzi. 대표적인 작품으로 〈성 세바스티아누스의 순교〉, 〈성 카타리나의 성혼〉이 있다. 피렌체의 우피치 미술관에 있는 그의 성 세바스티아누스는 무척 여성스러운 모습을 하고 있다.

사람들, 이유 없이 주먹으로 우리를 때려눕히고 때로는 땅바닥에서 짓밟아버리길 주저하지 않는 그 사람들의 원초적 마음속으로 재주 있게 잘 파고들 수만 있다면 쉽게 뿌리를 내린다는 사실을 발견했다. 이런 발견이 현실적으로 지니는 크나큰 중요성을 그는 놓치지 않았다. 그리고 그 토대 위에서 자신의 사업을 시작했다.

말벌이 커다란 쐐기벌레의 약점인 신경절을 공략해 사냥감을 마비시키듯, 앙리는 단 한 번의 눈길로 대상을, 'son type'(자기 타입)를 평가한다. 그리고 그에게 간단히 말을 거는데, 상대에 따라 적절한 언어를 사용한다. 이 'type'는 그의 손에 들어온다. 그 사람은 점점 호감을 느끼며, 그의 말을 듣고 불행한 젊은이의 운명에 가슴이 뭉클해진다. 오래지 않아 그 사람은 도움을 주기 시작한다.

앙리가 작정하기만 하면 뚫고 들어가지 못할 정도로 냉혹한 사람은 없다. 수용소에, 그리고 부나에 그의 보호자들은 수도 없이 많다. 영국인 포로들, 프랑스, 우크라이나, 폴란드 민간인 노동자들, 독일 '정치범'들 등이다. 네 명 정도의 블록엘테스터, 요리사, 심지어 SS 대원까지 있다. 그러나 그가 제일 좋아하는 구역은 카베다. 앙리는 카베에 자유롭게 드나든다. 닥터 치트론과 닥터 바이스는 그의 보호자일 뿐만 아니라 친구다. 그래서 앙리가 원할 때 입원을 시켜주고 원할 때 진단을 해준다. 특히 선발이 있기 전에, 그리고 중노동 시기에. 그는 "겨울을 나기 위해서"라고 말한다.

이렇게 중요한 사람들과 우정을 쌓고 있기 때문에 앙리가 셋째 방법인 절도에 의존하는 일은 당연히 드물다. 게다가 두말할 필요 없이 이 문제에 대해서는 속내를 털어놓으려 하지 않는다.

휴식 시간에 앙리와 이야기하는 건 아주 기분 좋은 일이다. 생활에 도움이 되기도 한다. 그가 모르는 수용소 문제가 하나도 없고 그 문제들에 대해 치밀하면서도 일관성 있는 자신만의 방식으로 사고한다. 자신이 손에 넣은 것에 대해 예의 바르고 겸손하게, 그 희생자들이 별것 아니라는 듯이 말한다. 하지만 한스에게 다가가 전선에 있는 아들 소식을 묻고, 오토에게 정강이에 난 상처를 보여준 자신의 계산에 대해 장황하게 설명하기도 한다.

앙리와 이야기하는 것은 유용하고 기분 좋다. 종종 따뜻하고 가까운 사람으로 느껴지기도 한다. 의사소통도, 심지어 정을 주고받는 것도 가능해 보인다. 일반적이지 않은 그의 개성에 담긴 인간적이고 쓸쓸하며 의식적인 깊이를 감지할 수 있을 것 같기도 하다. 그러나 다음 순간 그의 쓸쓸한 미소가, 마치 거울을 보고 연구한 듯한 냉담한 찌푸림으로 얼어붙는다. 앙리는 예의 바르게 양해를 구한다("j' ai quelque chose à faire"〔할 일이 있어요〕, "j' ai quelqu' un à voir"〔만나야 할 사람이 있어요〕). 다시 사냥과 투쟁 준비를 완전히 끝낸 그가 여기 있다. 그는 다루기 힘들고, 멀리 떨어져 있고, 갑옷으로 무장을 했고, 모두의 적이며 창세기의 뱀처럼 비인간적일 정도로 교활하고 이해 불가능한 존재다.

앙리와 대화를 하고 나면, 아무리 그의 이야기가 친절했다고 해도 늘 가벼운 패배감 같은 걸 맛보게 된다. 나 역시, 이유는 알 수 없지만, 그의 앞에 한 인간으로서 존재한 게 아니라 그의 손에 좌우되는 도구였던 건 아닌지 혼란스러운 의심이 든다.

내가 알기로 지금 앙리는 살아 있다. 자유인으로서의 그의 삶이 어떨지 몹시 궁금하지만 그를 다시 만나고 싶지는 않다.

화학 시험

★ 화학 코만도라 불리는 98번 코만도는 전문가들의 부서가 틀림없었다.

이 코만도가 편성되었다는 사실이 공식으로 알려진 날, 초라한 열다섯 명의 해프틀링으로 구성된 그룹이 잿빛 새벽에 점호 마당에서 새로운 카포 주위에 모였다.

처음에 느낀 것은 실망감이었다. 그는 '초록 삼각형', 전문 범죄자였다. 아르바이츠딘스트는 화학 코만도의 카포가 꼭 화학자여야 한다고 생각하지 않았던 것이다. 그에게 질문을 해봐야 아무 소용 없을 것이다. 그는 대답을 못 하거나, 더 나쁘게는 고함이나 발길질로 대답할 것이다. 한편으로는 그리 튼튼해 보이지 않는 그의 외모와 평균보다 작아 보이는 키 때문에 안심이 되었다.

그가 막사에서 쓰는 조악한 독일어로 간단히 연설을 했다. 실망감이 더 뚜렷해졌다. 그러니까 저 사람들이 화학자들이다. 좋다, 카포는 알렉스다. 만약 저들이 천국에 들어왔다고 생각한다면 잘못 생각한 것이다. 먼저, 생산을 시작하는 첫날까지 98번 코만도는 염화마그네슘 창고에 속한 일반 코만도에 불과할 것이다. 둘째로, 그들이 인텔리겐텐Intelligenten, 지식인들이랍시고 그를 바보로 만들려고 할 경우 그가 본때를 보여줄 것이다. 그는 이렇게 할 것이다……. (그가 주먹을 꽉 쥐고 둘째 손가락을 펴더니 독일인들이 위협을 할 때처럼 공기를 가로로 갈랐다.) 그리고 마지막으로 그들이 자격이 안 되는데 화학자로 지원했다고 해도 누구를 속일 생각을 해서는 안 된다. 시험은 물론 가까운 시일 안에 볼 것입니다, 여러분. 중합重合반응부의 심사위원 세 사람, 즉 독토어Doktor(닥터) 하겐, 독토어 프롭스트, 독토어 인제니외Ingenieur(엔지니어) 판비츠 앞에서 화학 시험을 볼 거예요.

그리고 'meine Herren'(신사 여러분), 벌써 시간을 많이 낭비했습니다. 96번 코만도와 97번 코만도는 벌써 일터로 갔습니다. 앞으로 갓. 박자나 열을 못 맞추는 사람은 먼저 그와 담판을 지어야 할 것이다.

그는 다른 카포들과 똑같은 카포였다.

★ 군악대와 SS의 검문소 앞을 지나 수용소에서 나올 때는 손에 모자를 들고 두 팔을 옆구리에 축 늘어뜨린 채 고개를 세우고 다섯 명씩 줄을 지어 행진해야 하며 말을 하면 안 된다. 그 뒤로는 셋씩 열

을 짓는다. 그러면 1만여 켤레의 나막신이 달그락거리는 속에서 몇 마디 말을 주고받아보려는 시도를 할 수 있다.

내 동료인 이 화학자들은 어떤 사람이지? 내 옆에서 걷고 있는 사람은 알베르토다. 대학 3학년이고, 이번에도 우리는 함께 있게 되었다. 내 왼쪽에 있는 세번째 남자는 처음 보는 사람이다. 매우 젊어 보이고 밀랍처럼 창백하다. 네덜란드 유대인의 번호를 달고 있다. 내 앞에서 등을 보이고 있는 세 사람들도 처음 본다. 뒤를 돌아보는 건 위험한 일이다. 박자를 놓치거나 발에 걸려 넘어질 수도 있다. 그래도 잠깐 시도를 해보았고 이스 클라우스너의 얼굴을 보았다.

걷는 동안은 생각할 시간이 없다. 앞에서 절뚝거리는 사람의 나막신을 밟아서 벗기지 않도록 신경을 써야 하고 뒤에서 절뚝거리는 사람 때문에 내 나막신이 밟혀서 벗겨지지 않게 조심해야 하기 때문이다. 가끔은 뛰어넘어야 할 구덩이, 피해가야 할 기름 웅덩이가 나온다. 난 우리가 지나가는 곳을 안다. 내가 전에 일하던 코만도를 지났다. 창고 거리인 H-슈트라세H-Strasse(H-거리)다. 내가 알베르토에게 말한다. 우리는 정말로 염화마그네슘 창고로 가고 있어. 적어도 이건 거짓말은 아니었다.

도착했다. 우리는 눅눅하고 바람이 숭숭 들어오는 넓은 지하실로 내려간다. 여기가 코만도 본부, 부데Bude(관청)라고 불리는 곳이다. 카포는 우리를 세 팀으로 나눈다. 네 사람은 화차에서 자루들을 내리는 일을, 일곱 사람은 그것을 아래로 끌어오는 일을, 나머지 네 사람은 창고에 쌓는 일을 맡는다. 나는 알베르토와 이스, 그리고 네덜란드인과 한 팀이 된다.

마침내 말을 할 수 있다. 알렉스가 했던 말은 우리 모두에게 정신병자의 꿈으로만 느껴진다.

이렇게 공허한 얼굴로, 이렇게 머리를 빡빡 민 채, 이렇게 부끄러운 옷차림으로 화학시험을 보다니. 물론 독일어로 볼 것이다. 시험 볼 동안 코를 풀게 되지 않기를 바라면서 금발의 아리아인 독토어 앞으로 나가야 할 것이다. 어쩌면 그 독토어가 우리에게 손수건이 없다는 것을 모를 수도 있고, 또 분명 우리는 그에게 그것을 설명하지 못할 테니까. 또한 우리는 배고픔이라는 오래된 친구를 데리고 갈 것이다. 따라서 무릎을 꿇고 가만히 있는 것이 아주 힘들 것이다. 그리고 그는 분명 우리들의 냄새를 맡을 것이다. 지금은 우리도 익숙해졌지만 처음 얼마 동안은 그것 때문에 몹시 괴로웠다. 날것, 익힌 것, 또는 소화되어버린 순무와 양배추 냄새다.

정말 그래. 클라우스너가 수긍한다. 그러니까 독일인들은 화학자가 그렇게 필요한 걸까? 아니면 이건 또 다른 속임수, "pour faire chier les Juifs"(유대인들을 멸시하기 위한) 새로운 음모일까? 그들은 이제 더 이상 살아 있다고 할 수 없는 우리에게, 무無에 대한 황량한 기다림 속에서 이미 반쯤 미쳐버린 우리에게 이런 시험을 보게 한다는 게 그로테스크하고도 부조리하다는 걸 알까?

클라우스너가 자기 반합 바닥을 내게 보여준다. 다른 사람들이 거기에 자기들 번호를 새겨놓았다. 나와 알베르토는 우리의 이름을 새겼고, 클라우스너는 이렇게 써놓았다. 'Ne pas chercher à comprendre.'(이해

하려 애쓰지 마라)

비록 우리가 하루에 몇 분 이상 생각을 하지 않았지만, 그리고 그때에도 이상하게 냉정하면서도 피상적으로 생각을 하긴 했지만, 우리는 스스로가 결국 선발되어 종말을 맞으리라는 것을 너무나 잘 알고 있었다. 나에겐 저항하는 사람의 소질이 전혀 없고, 너무 공손하고, 아직도 너무 생각을 많이 하며, 노동으로 지쳐 있다. 그런데 지금 전문가가 되면 살아날 수 있을 것이며 화학 시험을 통과하면 전문가가 되리라는 걸 알게 되었다.

오늘, 책상에 앉아 글을 쓰고 있는 바로 이 순간, 나 자신도 정말 그런 일들이 일어났다는 걸 믿을 수가 없다.

★ 사흘이 흘렀다. 보통 때처럼 별로 기억할 거리가 없는, 지나가는 동안에는 너무나 길었으나 지나간 뒤에는 너무나 짧은 사흘이었다. 모두들 진짜 화학 시험을 볼 거라고 믿는 데 지쳐버렸다.

코만도는 열두 명으로 인원이 줄었다. 세 명은 수용소에서 흔히 일어나는 방식대로 사라져버렸다. 옆 막사로 갔을 수도 있고 이 세상에서 흔적이 지워졌을 수도 있었다. 열두 명 중 다섯 명은 화학자가 아니었다. 다섯 명 모두 알렉스에게 예전 코만도로 돌아가겠다고 청했다. 발길질당하는 것을 피할 수는 없었다. 하지만 뜻밖에도, 어떤 권력이 작용했는지는 모르겠으나, 그들은 화학 코만도의 조수로 그대로 남기로 결정되었다.

알렉스가 염화마그네슘 지하창고로 와서 우리 일곱 명을 불렀다. 시험을 보러 가기 위해서였다. 우리는 암탉을 따라가는 일곱 마리의 볼품없는 병아리들처럼 알렉스를 따라 폴리메리자치온스 뷔로Polimerisations-Büro(중합〔重合〕반응부)의 좁은 계단 위로 올라갔다. 우리는 복도에 있었다. 문에는 유명한 세 사람의 이름이 적힌 문패가 걸려 있다. 알렉스가 공손히 문을 두드린다. 그리고 베레모를 벗고 안으로 들어간다. 침착한 목소리가 들린다. 알렉스가 다시 나온다. "Ruhe, jetzt. Warten." 조용히 기다려.

우리는 이 사실이 기뻤다. 기다리면 시간이 평온하게 흐른다. 시간을 빨리 보내기 위해 무슨 일인가를 하지 않아도 된다. 이와는 달리 일을 할 때는 매 순간이 힘들게 흘러가서 부지런히 그것을 쫓아버려야만 한다. 우리는 늘 기다리는 것을 좋아한다. 우리는 낡은 거미줄에 매달린 거미들처럼 완전히 무디고 무기력하게 몇 시간이고 기다릴 수 있다.

알렉스는 초조해하며 왔다갔다한다. 그때마다 우리는 그가 지나가도록 길을 비켜준다. 우리도 각자 자기 방식대로 초조해한다. 멘디만이 그렇지 않다. 멘디는 랍비다. 멘디는 여러 민족들이 뒤엉켜 살아서 누구나 최소한 3개 국어는 하는, 우크라이나 카르파티아 산맥 아래 지방 출신이다. 그는 일곱 가지 언어를 구사한다. 그는 아는 게 정말 많다. 랍비이기도 하지만 그 밖에도 시온주의 무장 단체의 일원이고 비교문헌학자이기도 하다. 전에 그는 유격대원이었으며 법대를 졸업했다. 그는 강인하고 용감하고 날카로운, 자그마한 남자다.

발라가 연필을 한 자루 가지고 있어서 모두들 그에게로 몰려든다. 우리가 아직 글을 쓸 수 있는지 확실히 알 수는 없지만, 한번 써보고 싶다. Kohlenwasserstoffe(탄화수소), Massenwirkungsgesetz(질량작용의 법칙). 화합물과 화학법칙의 독일 이름들이 내 머리를 스쳐 지나간다. 내 뇌에 고마운 마음이 든다. 뇌에 거의 신경을 써주지 못했는데도 아직도 이렇게 쓸모가 있다니.

여기 알렉스가 있다. 나는 화학자이다. 내가 알렉스라는 이 남자와 무슨 상관이 있단 말인가? 그는 내 앞에 떡 버티고 선다. 그는 내 상의의 칼라를 거칠게 매만진다. 내 모자를 벗기더니 그것을 머리에 다시 눌러 씌운다. 그리고 한 걸음 물러나서 불만스러운 듯 자신의 행동의 결과를 바라보더니 어깨를 돌리며 투덜거린다. "Was für ein Muselmann Zugang!"(꾀죄죄한 무슬림이군)

문이 열렸다. 세 명의 박사들은 오전에 후보 여섯 명에게 시험을 치르게 하기로 결정했다. 일곱째 후보는 아니다. 일곱째 후보는 나다. 나는 번호가 가장 높다. 나는 다시 일터로 돌아가야 한다. 오후가 되어서야 알렉스가 나를 데리러 온다. 운도 없지. 다른 사람들에게 '무슨 질문을 받았는지' 물어볼 수도 없으니.

이번에는 진짜 내 차례다. 계단에서 알렉스가 나를 노려본다. 그는 내 초라한 외모에 어떤 식으로든 책임감을 느끼고 있다. 그는 내가 이탈리아인이기 때문에, 유대인이기 때문에, 그리고 내 모습이 그가 생각하는 이상적인 남성상에서 가장 거리가 멀기 때문에 나를 좋아하지 않는다. 그는 아무것도 이해하지 못하는 상태에서 단지 유추에 의해, 그리고 심지어 이런 무지함에 대해 매우 자랑스러워하며, 시험에서 내가 기회를 잡을 수 있을지에 대한 깊은 불신을 고스란히 드러낸다.

우리는 들어갔다. 독토어 판비츠만 있다. 알렉스가 모자를 손에 들고 그에게 조그맣게 말한다. "이탈리아인입니다. 수용소에 겨우 석 달 전에 들어왔습니다. 반쯤 kaputt(망가진)입니다. ……Er sagt er ist Chemiker (자기 말로는 화학자래요)……." 하지만 알렉스는 거기에 별다른 의미를 두는 것 같지 않다.

알렉스는 잠깐 비켜서서 한쪽으로 물러났다. 나는 스핑크스 앞에 선 오이디푸스가 된 기분이다. 내 생각들은 또렷하다. 지금 이 자리가 너무나 중요하다는 것을 이 순간에도 자각하고 있다. 하지만 사라져버리고 싶은, 이 시험을 피하고 싶은 정신 나간 충동이 인다.

판비츠는 키가 크고 마른 금발의 남자다. 눈과 머리와 코가 전형적인 독일인의 특징을 보여준다. 그는 복잡한 책상 뒤에 무시무시한 모습으로 앉아 있다.* 나, 해프틀링 174517은 그의 연구실에, 깨끗하고 반짝반짝 윤이 나며 정리가 잘 된 진짜 연구실에 서 있다. 내가 건드린 곳에 더러운 자국이 남을 것만 같다.

그가 뭔가를 다 쓰고 나자 눈을 들어 나를 보았다.

그날 이후로 나는 여러 번, 여러 각도로 독토어 판비츠에 대해 생각했

* 여기서 작가는 『신곡』 지옥편 제5곡 3~5행의 다음 시구를 염두에 두고 있다. "눈물을 짜낼 만한 고통이 훨씬 더하였다. 거기에 무섭게 서 있는 미노스, 이를 갈며 들어오는 입구에서 죄과를 조사하여" 작가는 판비츠 박사를 자신의 운명을 결정할 지옥의 법관으로 인정했다. 뒤에 나오듯 판비츠 역시 미노스처럼 말로 판결하는 것이 아니라 "전혀 이해할 수 없는 기호"로 했다—원주.

다. 인간으로서 그가 실제로는 어떻게 움직이고 기능할지 자문했다. 중합반응부 밖에서, 그리고 인도게르만적 의식 밖에서 그가 자신의 시간을 어떻게 보낼지 자문했다. 무엇보다 내가 다시 자유인이 되었을 때 그를 다시 한 번 만나고 싶었다. 보복하기 위해서가 아니라, 인간의 정신에 대한 내 호기심 때문이었다.

그 시선은 두 명의 인간 사이에 흐르는 시선이 아니었다. 전혀 다른 세계에 사는 두 존재 사이에 놓인, 수족관의 유리를 통해서 바라보는 것 같은 그 시선의 성질을 속속들이 설명할 수 있다면, 나는 제3제국의 그 거대한 광기의 본질도 설명할 수 있을 것이다.

나는 우리 모두가 독일인에 대해 생각하고 말했던 것을 바로 그 순간, 그 자리에서 직접적으로 느낄 수 있었다. 파란 눈과 세련된 그 손들을 감독하는 뇌가 이렇게 말하고 있었다. '내 앞에 있는 이 무엇인가는 분명 억압해 마땅한 종에 속해. 하지만 특별한 경우 먼저 어떤 유용한 요소를 가지고 있는지 확인할 필요가 있지.' 그리고 내 머릿속에는 텅 빈 호박 속의 씨앗처럼 이런 생각이 떠올랐다. '파란 눈과 금발머리는 본질적으로 사악하지. 어떤 소통도 불가능해. 난 광산 화학 전문가야. 유기 합성물 전문가야. 난…….'

그리고 심문이 시작되었다. 한쪽 구석에서 제3의 동물표본인 알렉스가 하품을 하며 이를 드러냈다.

"Wo sind Sie geboren?"(당신 어디서 태어났소) 내게 'Sie', 당신이라고 한다. 독토어 인제니외 판비츠는 유머감각이 없다. 젠장, 상대가 독일어를 조금이라도 알아들을 수 있게 하려는 노력도 전혀 하지 않는다.

"1941년 토리노에서 최우등으로 대학을 졸업했습니다." 이렇게 말하는 동안 나는 그가 내 말을 믿지 않는 것 같은 확신이 든다. 솔직히 나 자신도 믿기지 않는다. 더럽고 상처투성이인 내 손, 진흙이 덕지덕지 달라붙은 포로복만 봐도 충분하다. 하지만 나는 정말로 토리노에서 대학을 졸업한 그 사람이다. 사실 특히 이 순간에는 내가 그 사람이라는 사실에 대해 의심하는 것이 불가능하다. 유기화학의 기억저장소가 그렇게 오랜 시간 동안 무기력한 상태에 있었는데도 뜻밖에 고분고분 요구에 응한 것이다. 투명하고 기분 좋은 이 느낌, 피를 따뜻하게 해주는 이 흥분. 나는 이게 무엇인지 안다. 시험에 대한 열광, **나의** 시험에 대한 **나의** 열광이며, 모든 논리적인 능력과 모든 개념들을 자연스럽게 동원하게 해주는 바로 그 힘이다. 이것은 동창들이 그렇게도 부러워하던 것이기도 하다.

시험은 제대로 진행되고 있다. 그 사실을 차츰 눈치채자, 마치 키가 자란 것 같은 기분이다. 이번엔 그가 내 졸업 논문 주제에 대해 묻는다. 너무나 멀리, 깊이 파묻혀버린 일련의 기억들을 되살리기 위해 나는 필사적으로 노력해야만 한다. 전생의 사건이라도 기억해내듯.

무엇인가가 나를 지켜준다. 보잘것없이 오래된 내 '전기절연상수측정'이 안전한 삶을 누리고 있는 이 금발의 아리아인의 흥미를 끈다. 그는 영어를 할 수 있냐고 묻고는 내게 가터만의 논문을 보여준다. 철조망 너머 바로 여기에, 내가 이탈리아의 우리집에서 4년 동안 공부했던 그 사람과 똑같은 사람인 가터만의 논문이 존재한다는 이 사실 역시 불가능하고 기이한 일 같다.

이제 끝났다. 시험 내내 나를 지탱해주었던 흥분이 갑자기 사라졌고, 나는 알 수 없는 표시로 하얀 종이 위에 내 운명을 기록하는 창백한 그의 손을 놀란 눈으로, 멍청하게 물끄러미 바라본다.

"Los, ab!"(자, 출발) 알렉스가 다시 무대에 등장한다. 나는 다시 그의 관할권으로 들어간다. 그는 소리가 나게 발을 붙였다 떼며 판비츠에게 인사한다. 그리고 아주 가벼운 눈짓을 답례로 받는다. 나는 잠시 적절한 인사말을 찾아보려 한다. 소용없는 일이다. 내가 할 줄 아는 독일어는 '먹다', '일하다', '훔치다', '죽다'가 전부다. '황산', '기압', 그리고 '단파발생기'도 안다. 하지만 중요한 인물에게 어떻게 인사하는지는 정말 알 수가 없다.

우리는 다시 계단에 있다. 알렉스가 계단을 날듯이 내려간다. 그는 유대인이 아니기 때문에 가죽 신발을 신고 있고, 말레볼제*의 악마들처럼 발이 가볍다. 밑에 도착한 그는 몸을 돌리고 나를 노려본다. 나는 노인처럼 난간을 움켜쥐고 짝짝이인 큰 나막신을 신고 쩔쩔매며, 요란한 소리를 내며 계단을 내려간다.

일은 잘된 것 같았지만 나는 그것을 믿을 정도로 무분별하지는 않다. 아

* 『신곡』 지옥편 제8곡에 나오는 악의 구렁. 단테가 묘사하는 지옥은 입구 지옥 외에 아홉 개의 원으로 구분된다. 원들은 아래로 내려갈수록 좁아지고 형벌도 더 고통스러워지는데 제8곡에서 묘사되는 원은 제8원이다. 이곳은 다시 열 개의 구렁(말레볼제)으로 나뉘어 있는데, 각각 뚜쟁이와 유혹자, 아첨꾼, 성직 매매자, 점쟁이와 마술사, 탐관오리, 위선자, 도둑, 사기꾼, 분열 조장자, 화폐 및 문서 위조범의 순서대로 형벌을 받고 있다.

무리 낙관적일지라도 그 어떤 예측도 해서는 안 된다는 것쯤은 이해할 정도로 수용소에 대해서 이제 알 만큼 알았다. 분명한 것은 내가 일을 하지 않고 하루를 보냈다는 것이다. 그러므로 오늘 밤은 배가 좀 덜 고플 것이다. 구체적으로 얻은 이익은 바로 이것이다.

부대에 다시 들어가려면 대들보와 금속틀들을 잔뜩 쌓아놓은 공터를 지나가야 한다. 기중기의 강철 케이블이 길을 가로막는다. 알렉스가 뛰어넘으려고 그것을 잡는다. 'Donnerwetter'(제기랄), 그는 자기 손에 검은 기름이 묻은 것을 본다. 그 사이 내가 그에게 다가갔다. 알렉스는 증오의 말도 조소도 하지 않은 채 내 어깨에 손바닥과 손등을 문질러 깨끗이 닦는다. 만일 누군가 알렉스에게 내가 오늘날 바로 그 행동을 토대로 그를, 판비츠를, 그리고 아우슈비츠와 도처에 있던 수많은 사람들을, 크고 작은 그 사람들을 판단하고 있다고 말해준다면, 그 가엽고 잔인한 알렉스는 굉장히 놀랄 것이다.

오디세우스의 노래

★ 우리 여섯 명은 지하 기름탱크 안을 문지르며 청소했다. 햇빛이라고는 입구의 작은 문에서 비추는 게 전부였다. 기분 좋은 노동이었다. 아무도 우리를 감독하지 않았기 때문이다. 하지만 춥고 눅눅했다. 녹 때문에 눈이 따가웠고 녹이 목과 입에 달라붙어 거의 피비린내가 나는 것 같았다.

문에 매달린 줄사다리가 흔들렸다. 누군가 오고 있었다. 도이추가 담뱃불을 껐고, 골드너는 시바디얀을 깨웠다. 우리는 다함께 소리가 잘 울리는 강철 바닥을 힘차게 문지르기 시작했다.

포어아르바이터가 아니라 우리 코만도의 '피콜로'인 장이었다. 장은 알자스 출신 학생이었다. 스물네 살이나 먹었지만 화학 코만도에서 가장 젊은 해프틀링이었다. 그래서 피콜로의 임무, 말하자면 막사 청소를 하고, 연장들을 정리하고, 반합을 씻고, 코만도의 작업 시간을 기록하는 잔심부름이 그의 차지가 되었다.

장은 프랑스어와 독일어를 유창하게 했다. 사다리 위쪽에 그의 신발이 보이자마자 우리는 바닥 닦던 일을 모두 멈췄다.

"Also, Pikolo, was gibt es Neues?"(그래, 피콜로, 뭐 새로운 소식이라도 있어)

"Qu'est-ce qu'il y a comme soupe aujourd'hui?"(오늘 죽은 어떤 거야)

……카포 기분은 어때? 슈테른은 채찍 스물다섯 대를 맞아야 한다더니 어떻게 됐어? 바깥 날씨는 어때? 신문 읽었어? 민간인 식당에서는 무슨 냄새가 나? 지금 몇시야?

장은 코만도에서 인기가 좋았다. 피콜로는 특권층에서 아주 높은 단계에 있다는 것을 알아둘 필요가 있다. 피콜로(대개는 나이가 열일곱 살을 넘지 않는다)는 육체노동을 하지 않는다. 배급통 바닥에 남은 음식을 자기 마음대로 할 수 있고 하루 종일 난로 옆에 있을 수 있다. 또한 추가로 배급 빵 반 덩어리를 더 가질 권리가 있고 카포의 친구가 되고 신뢰를 얻을 가능성이 있다. 카포로부터 안 입는 옷과 신발을 공식적으로 지급받는다. 장은 특별한 피콜로였다. 그는 빈틈없고 튼튼하고 온화하며 친절했다. 수용소와, 죽음과, 강인하게, 용기 있게, 개인적으로 비밀스럽게 싸우고 있기는 하지만 특권을 가지지 못한 동료들과의 관계도 소홀히 하지 않았다. 게다가 그는 유능하고 끈기가 있어서 카포인 알렉스의 신임을 얻어낼 수 있었다.

알렉스는 자신의 약속을 모두 지켰다. 그는 직감과 노련한 감시자로서의 기교를 발휘하는 것 외에도, 자신이 무지와 어리석음이라는 단단하고 치밀한 갑옷으로 무장한 포악하고 신뢰할 수 없는 악당이라는 것을 스스로 증명했다. 그는 기회가 있을 때마다 자신이 순수 혈통이며 초록색 삼각형이라고 자랑스럽게 밝혔다. 그는 누더기를 걸친 채 배를 곯고 있는 자기 밑의 화학자들을 거만한 태도로 무시했다. "Ihr Doktoren! Ihr Intelligenten!"(너희 독토어들! 너희 지식인들) 그는 매일 배급을 타려고 반합을 들고 모여 있는 화학자들을 볼 때마다 비웃었다. 그러나 민간인 마이스터들에게는 아첨을 하며 순종했고 SS 대원들과는 매우 친근한 우정을 쌓았다.

그가 코만도 기록부와 매일의 작업보고서를 두려워한다는 것은 분명히 알 수 있었다. 바로 이 때문에 피콜로가 그에게 없어서는 안 될 존재로 선택되었다. 이것은 코만도 전체가 한 달 동안 숨을 죽이고 진행한, 더디고 조심스럽고 까다로운 일이었다. 그러나 결국 호저豪猪*의 방어가 뚫렸고, 피콜로는 관련자들이 모두 흡족해하는 가운데 자신의 위치를 확고히 했다.

장이 자신의 권력을 남용하지는 않았지만 우리는 이미 적절한 순간에 적절한 톤으로 말하는 그의 말 한마디가 큰 힘을 지닌다는 것을 확인했

* 앞니가 튼튼하며 등과 꼬리에 뾰족한 바늘가시가 있는 동물. '호저 딜레마'는 사이가 가까울수록 이기주의 때문에 상처를 입게 되는 현상을 지칭한다.

다. 우리들 중의 누군가가 매를 맞게 되었거나 SS에 고발당하게 되었을 때 장이 여러 번 그 사람을 구해주었다. 일주일 전부터 나는 장과 친구가 되었다. 우리는 익숙지 않은 공습경보 때 알게 되었지만 그후 고달픈 수용소 생활의 리듬을 따라가느라 변소나 세면장에서 서둘러 인사를 하는 것이 고작이었다.

★ 장이 흔들리는 사다리 계단을 한 손으로 잡고 나를 가리켰다. "Aujourd'hui c'est Primo qui viendra avec moi chercher la soupe."(오늘은 프리모가 나하고 같이 죽을 타러 가도록 해요)

어제까지는 트란실바니아* 출신의 사시斜視 슈테른이 그 일을 맡았다. 지금 슈테른은 불행히도 내가 정확히 알지 못하는, 창고에서 빗자루를 훔친 사건에 연루되어 있다. 그래서 피콜로는 '에센홀렌'Essenholen, 즉 배급당번의 조수 후보로 나를 선택한 것이다.

그가 사다리를 타고 밖으로 나갔고, 나는 눈부신 대낮의 햇살에 눈을 껌벅이며 그 뒤를 따랐다. 밖은 따뜻했다. 기름으로 더럽혀진 땅이 햇빛을 받아 페인트와 타르 냄새가 희미하게 스며올랐다. 어린 시절 여름을 보냈던 어느 바닷가를 떠올리게 하는 냄새였다. 피콜로가 장대 하나를 내게 주었다. 우리는 6월의 맑은 하늘 밑을 걸었다.

나는 그에게 고맙다고 말하려다가 그만두었다. 그럴 필요가 없었다. 눈

* 루마니아 중부의 한 지방. 원래 헝가리의 일부였고 제2차 세계대전 후 루마니아 땅이 되었다.

덮인 카르파티아 산맥이 보였다. 나는 시원한 공기를 들이마셨다. 이상하게도 마음이 가벼워지는 것 같았다.

"Tu es fou de marcher si vite. On a le temps, tu sais."(그렇게 빨리 걷다니 당신 바보네요. 우린 시간이 있잖아요) 배급은 1킬로미터 정도 떨어진 곳에서 했다. 50킬로그램이나 나가는 통을 나무 장대에 끼워서 들고 돌아와야 했다. 상당히 힘든 일이었지만 아무것도 들지 않고 기분 좋게 거기까지 걸어갈 수 있었고 늘 가보고 싶던 부엌에 접근할 수 있는 기회이기도 했다.

우리는 천천히 걸었다. 피콜로는 노련했다. 그는 영리하게도 멀리 돌아서, 누구의 의심도 사지 않고 적어도 한 시간쯤은 걸어갈 수 있는 길을 택했다. 우리는 집, 스트라스부르와 토리노, 우리가 읽은 책들, 공부 이야기를 나누었다. 어머니들에 대해서도, 두 어머니가 어찌 그리 닮았던지! 그의 어머니도 그가 주머니에 돈이 얼마 있는지도 모른다고 그를 나무라곤 했다는 것이다. 그의 어머니도 그가 잘 해냈다는 것을, 하루하루 잘 해내고 있다는 것을 알면 깜짝 놀랄 거라고 했다.

자전거를 탄 SS 대원이 지나갔다. 블록퓌러Blockführer(블록지도자, 공장을 감독하던 SS 병사)인 루디다. 정지, 차렷, 모자 벗어. "Sale brute, celui-là. Ein ganz gemeiner Hund."(더러운 짐승아, 비열한 개야) 장에게는 프랑스어로 말하든 독일어로 말하든 상관이 없는 걸까? 상관없다. 그는 두 언어로 생각할 수 있다. 그는 한 달간 이탈리아 북부의 리구리아 지방에서 생활한 적이 있었다. 그는 이탈리아를 좋아한다. 그래서 이탈리아어를 배우고 싶어한다. 나도 그에게 이탈리아어를 가르치면 정말 기쁠 것이다. 우리가 그렇게 할 수 있을까? 할 수 있다. 당장이라도. 이것을 하나 저것을 하나 매한가지다. 중요한 것은 시간을 허비하지 않는 것, 이 한 시간을 낭비하지 않는 것이다.
로마 출신의 리메타니가 상의에 반합을 숨긴 채 다리를 질질 끌며 지나간다. 피콜로가 주의 깊게 듣더니, 우리 두 사람의 대화에서 몇 마디 단어를 알아듣고는 웃으면서 그대로 흉내를 낸다. "주-파, 캄-포, 아-쿠아."(죽, 수용소, 물)
스파이인 프랭클이 지나간다. 우리는 걸음을 재촉한다. 아무도 모르지만 그는 악 그 자체를 위해 악을 행하는 자다.

★ ……오디세우스의 노래. 어떻게, 무엇 때문에 그 생각이 내 머리에 떠올랐는지 알 수 없다. 하지만 우리에겐 선택할 수 있는 시간이 없다. 이미 한 시간에서 시간이 얼마쯤 흘렀다. 장이 똑똑하다면 이해할 것이다. **이해할 것이다**. 오늘 나는 그가 충분히 그럴 것이라 느낀다.
……단테는 어떤 사람인가. 『신곡』은 무엇인가. 『신곡』이 무엇인지를 간단하게 설명하려 애쓰다 보면 어느새 신선하고 낯선 감정이 생겨난다. '지옥'이 어떻게 나뉘어 있는지, 거기서 어떤 벌을 받는지. 베르길리우스는 이성이고 베아트리체는 신학이다.
장이 매우 주의 깊게 듣는다. 나는 천천히, 정확하게 시작한다.

오래된 불꽃의 가장 높은 뿔은 중얼거리면서
펄럭거리기 시작했는데, 이는 마치
바람을 지치게 하는 불꽃인 듯했다.
그리해 끄트머리를 이리저리 내저으며
마치 말을 하는 입인 듯 꼭 그와 같이
소리를 내 말하였다.
"아이네아스가……"

— 단테, 『신곡』 지옥편, 제26곡 85~91행*

나는 여기서 멈추고 번역을 해보려고 했다. 절망적이다. 가여운 단테, 형편없는 프랑스어! 하지만 경험에서 가망이 보이는 듯하다. 장은 희한할 정도인 언어의 유사성에 감탄한다. 그리고 '오래된'으로 옮길 수 있는 적절한 단어를 일러준다.

그런데 '그때' 다음이 뭐지? 아무것도 생각나지 않는다. 기억에 구멍이 뚫렸다. "아에네아스가 그를 가리켜 가에타라 이르기 전에……." 그 다음 또다시 구멍. 별 쓸모 없는 단편적인 문장 몇 개가 떠오른다. "늙은 아버지에 대한 효성도 또 아내 페넬로페를 틀림없이 기쁘게 해주었을

* 『신곡』 지옥편 제26곡은 단테가 지옥의 제8원에서 벌을 받고 있는 오디세우스와 디오메데스를 만나는 장면이다. 이들은 트로이를 약탈한 목마 계략과 아킬레우스의 연인을 가로채고 그를 전쟁에 내보낸 일, 트로이인들의 구세주인 팔라디움을 납치한 일 때문에 벌을 받고 있다. 단테의 간청에 의해 베르길리우스가 이들에게 마지막 항해 이야기와 죽음에 관한 이야기를 해달라고 하고 오디세우스는 거침없이 그 이야기를 들려준다. 이하의 인용문들은 레비가 기억을 더듬으며 말하는 것이라 정확하지 않은 것도 있고 이탈리아어와 우리말 어순 차이 때문에 정확한 번역을 따르지 않았다.

마땅하고도 어엿한 사랑도……" 이게 맞나? 그 다음이 정확히 뭘까?

그리하여 깊고 광활한 바다를 향해 나를 던졌다.

이거다. 이것이 분명하다. 피콜로에게 설명할 수 있다. 왜 'misi me'(나를 던졌다)가 'je me mis'(나를 놓다)가 아닌지를 지적할 수 있다. 이것이 훨씬 더 강하고 대담하며, 이미 깨져버린 관계를 나타내며, 자기 자신을 경계 너머로 던져버리는 것이다. 우리는 이런 충동을 잘 알고 있다. 깊고 광활한 바다. 피콜로는 바다를 여행한 적이 있고, 그래서 이게 무엇을 뜻하는지 안다. 수평선이 저절로, 자유롭게, 일직선으로 단순하게 뻗어나가는 때를 의미한다. 그때는 이미 바다 냄새밖에 나지 않는다. 달콤한 것들이지만, 잔인할 만큼 멀리 있다.
우리는 케이블 설치 코만도가 일하는 크라프트베르크Kraftwerk(작업장)에 도착했다. 틀림없이 엔지니어 레비가 있을 것이다. 그가 있다. 구덩이 밖으로 머리만 보인다. 그가 내게 손짓을 한다. 그는 용감한 사람이다. 나는 그가 도덕적으로 비난받을 만한 행동을 하는 것을 한 번도 본 적이 없다. 먹는 이야기도 절대 하지 않는다.
'광활한 바다.' '광활한 바다.' 나는 '나를 떠나지 않았다'라는 구절과 압운까지 맞는다. '적은 길벗들은 나를 떠나지 않았다' 그러나 이 구절이 먼저인지 나중인지 기억이 나지 않는다. 여행, 헤라클레스의 기둥 너머로의 그 무모한 여행도, 나는 산문으로 들려줄 수밖에 없다. 신성모독이다. 겨우 한 구절밖에 살려내지 못했는데, 그래도 그 구절은 머물러 음미할 가치가 있다.

그 누구도 넘어 나아가지 못하도록

'나아가다'(si metta). 나는 이 말이 조금 전의 그 표현 'misi me'와 같다는 것을 알기 위해 이 수용소에 들어온 게 틀림없었다. 하지만 나는 장에게는 아무 말도 하지 않는다. 이것이 중요한 발견인지 확신이 없다. 해야 할 다른 말들이 얼마나 많은가. 해가 벌써 중천에 떴다. 정오가 가깝다. 나는 서두른다. 미친 듯이 서두른다.
이거야, 잘 들어 봐, 피콜로. 귀와 머리를 열어야 해. 날 위해 이해해줘야 해.

그대들이 타고난 본성을 가늠하시오.
짐승으로 살고자 태어나지 않았고
오히려 덕德과 지知를 따르기 위함이라오.

마치 나 역시 생전 처음으로 이 구절을 들은 것 같았다. 날카로운 트럼펫 소리, 신의 목소리가 들리는 듯했다. 잠시 나는 내가 누구인지, 어디 있는지 잊을 수 있었다.
피콜로가 다시 들려달라고 간청한다. 피콜로는 얼마나 착한 사람인지.

그는 지금 이렇게 하는 게 나를 위한 일임을 알고 있다. 어쩌면 그 이상일지도 모른다. 어쩌면 보잘것없는 번역과 진부하고 성급한 해석에도 불구하고 그가 메시지를 들었는지도 모른다. 그게 자신과 관련된 이야기라고 느꼈을지도 모른다. 고된 노동을 하는 인간, 특히 수용소의 우리들과, 죽통을 걸 장대를 어깨에 지고 이런 이야기를 나누는 우리 두 사람과 관련된 이야기라고 느꼈을지 모른다.

나의 길벗들은 무던히도 가고 싶은 욕망에 불타

'가고 싶은 욕망에 불타'가 뜻하는 것들을 설명해보려 애썼지만 허사였다. 여기서 다시 공백이 생긴다. 이번에는 어떻게 메울 수가 없다. '달님 아래의 빛이었다.' 뭐 이런 것이었나? 그런데 그 앞 구절은……? 전혀 생각이 나지 않는다. 이곳에서 말하듯 'keine Ahnung'(모른다)이다. 용서해줘, 피콜로. 최소한 네 줄은 잊어버렸어.
"Ça ne fait rien, vas-y tout de même."(괜찮아요, 하여튼 계속해요)

산이, 거리 때문에 희끄무레하게
내 눈앞에 나타났다. 내가 한 번도 본 적이
없을 정도로 그렇게 높아 보였다.

그래, 그래. 'molto alta'(굉장히 높아)가 아니라 'alta tanto'(그렇게 높

아)야. 결과를 나타내는 문장이야. 멀리 보이는 산들…… 산들…… 오, 피콜로, 피콜로, 뭐라고 말 좀 해봐, 말해봐. 내가 밀라노에서 토리노로 기차를 타고 돌아갈 때 희끄무레하게 보였던 그 산들 생각에 빠져들게 내버려두지 말아줘!

됐다, 계속해야지. 이런 것들은 생각은 하지만 말하지는 않는 것들이다. 피콜로가 기다리며 나를 바라본다.

'그렇게 높아 보였다' 다음과 맨 마지막 행들이 어떻게 연결되는지 알 수 있다면 오늘 먹을 죽을 포기할 수도 있을 것이다. 나는 운韻을 통해 행을 재구성해보려고 애를 쓴다. 눈을 감고 손가락을 깨문다. 그러나 소용이 없다. 나머지 행들은 잠잠하다. 다른 구절들이 머릿속에서 춤을 춘다. '비에 젖은 땅에서 바람이 일고……' 아니다, 이건 다른 부분이다. 늦었다, 늦었어. 부엌에 도착했다. 결론을 내려야 한다.

> 세 번이나 그것이 물로 완전히 뒤덮여버리더니
> 네번째에는 선미가 위로 치켜올라가
> 뱃머리가 밑으로 가라앉았다. 그분이 원하는 대로.

나는 피콜로를 붙잡는다. 이 구절을 꼭, 그것도 빨리 들어야만 한다. 내일 그가, 아니면 내가 죽을 수도 있고 우리가 다시 만나지 못할 수도 있으니 너무 늦기 전에 "그분이 원하는 대로"의 뜻을 이해해야 한다. 그에게 말해야 한다. 중세에 대해, 그토록 인간적이고 필연적이고 그럼에도 불구하고 전혀 뜻밖인 그 시대착오에 대해 설명해야만 한다. 그리고 나 자신도 이제야 순간적인 직관 속에서 목격한, 이 거대한 무엇인가를, 어쩌면 우리의 운명을, 우리가 오늘 여기 있어야 하는 이유를 설명해야 한다…….

★ 우리는 이미 죽을 타려는 사람들, 다른 코만도에서 죽을 가지러 온 누더기를 걸친 지저분한 사람들 속에 있다. 새로 도착한 사람들이 우리 뒤로 모여든다. "Kraut und Rüben?"(양배추와 순무) "Kraut und Rüben." 오늘의 죽에는 양배추와 순무가 들었다고 공표된다. "Choux et navets." "Káposzta és répak."

마침내 바다가 우리 위를 덮쳤다.

그 여름의 사건들

★ 봄 내내 헝가리에서 포로들이 호송되어왔다. 포로 둘 중 한 명은 헝가리인이었다. 헝가리어는 이디시어 다음으로 수용소의 제2언어가 되었다.

1944년 8월, 다섯 달 전에 들어온 우리는 이제 고참에 속하게 되었다. 그래서 98번 코만도의 우리들은 그들이 우리에게 했던 약속과 화학 시험에 통과한 것이 아무런 결과를 가져다주지 않았어도 놀라지 않았다. 놀라지도, 지나치게 슬퍼하지도 않았다. 간단히 말해 우리 마음속 깊은 곳에는 변화에 대한 어떤 두려움이 있었다. '변화란 무조건 나쁜 것이다', 수용소의 격언 중 하나였다. 좀더 일반적으로 말하자면, 경험은 우리에게 모든 예측이 헛되다는 것을 수도 없이 보여주었다. 우리의 그 어떤 행동도, 그 어떤 말도 미래에 눈곱만큼의 영향도 미치지 않는데 뭐하러 고통스럽게 앞일을 예측하려 하겠는가? 우리는 고참 해프틀링이었다. '이해하려 애쓰지 마라, 미래를 상상하지 마라, 모든 게 어떻게 언제 끝나게 될지 생각하며 괴로워하지 마라'는 게 우리의 지혜였다. '다른 사람에게 질문하지도, 스스로 자문하지도 말라'는 것이다.
우리는 이곳에 오기 전 삶에 대한 기억들을 간직하고 있었지만 그것들은 흐릿했고 아득했다. 그래서 몹시 달콤하고 슬펐다. 각자의 유년 시절에 대한, 이미 끝나버린 모든 일들에 대한 기억처럼. 반면 수용소에 들어오는 순간 각자 전혀 다른 일련의 기억들이 시작되었다. 이것들은 날카롭고 가까웠다. 또한 매일 상처가 덧나듯 현재의 경험에 의해 계속 상기되었다.
작업장에서 알게 된 소식들, 즉 연합군이 노르망디에 상륙했다는 것과 러시아의 공격, 히틀러 암살 기도 실패에 대한 소식들은 거센 파도와 같은 희망을 불러왔지만 일시적이었다. 하루가 다르게 기운이 빠져나가고, 살고자 하는 의지가 약해지고, 정신이 흐릿해지는 것을 우리 모두 느꼈다. 노르망디와 러시아는 너무나 먼 반면 겨울은 가까이에 다가와 있었다. 배고픔과 절망감은 너무나 구체적이었고 그 외의 나머지 것들은 너무나 비현실적이었다. 그래서 진흙창인 우리의 세상과 이제는 그 끝을 상상하기도 힘든 황량하고 정체된 우리의 시간 외에 다른 세상과 시간이 존재할 것 같지 않았다.
살아 있는 인간들에게 시간의 단위들은 항상 어떤 가치를 지닌다. 그것을 통과해 살아가는 사람이 거기서 내적 자원을 많이 얻으면 얻을수록 가치도 더욱 커진다. 그러나 우리에게 한 시간, 하루, 한 달은, 즉 우리가 가능한 한 빨리 제거하고 싶었던 이 무가치한 잉여의 물질은 생기 없이, 그리고 항상 너무 느리게 미래로부터 과거로 내려앉았다. 하루하루 생기 있게, 소중하게, 돌이킬 수 없이 흘러가던 시기가 끝나고 잿빛의 불투명한 미래가 우리 앞에, 마치 넘을 수 없는 장벽처럼 서 있었다. 우리에게 이야기는 정지되어 있었다.

★ 그러나 1944년 8월 상슐레지엔에 폭격이 시작되었다. 폭격은 불규칙하게 중지되었다가 다시 시작되며 그 여름 내내, 가을의 그 결정적인 위기가 닥칠 때까지 계속 이어졌다.

소름끼칠 정도로 일사분란하게 계획된 부나의 노역이 갑자기 중단되더니, 산만하고, 광기 어리고, 발작적인 활동으로 변질되었다. 8월에는 합성고무(부나)를 생산할 것 같았는데 그날이 조금씩 연기되었고, 독일인들은 더 이상 그 이야기를 하지 않았다.

건축 작업도 중단되었다. 수없이 많은 노예들의 노동력은 다른 곳으로 돌려졌다. 그리고 그 힘은 하루가 다르게 방종하고, 수동적으로나마 적대적인 성격을 띠었다. 기습 폭격이 있을 때마다 뭔가 파손이 되어 새로 고쳐야 했다. 며칠 전 힘들게 조립한 섬세한 기계를 다시 분해하고 철거해야 했다. 서둘러 피신처와 방어물을 세웠는데, 아이러니하게도 이것들은 바로 그 다음 공습 때 불안정하고 쓸모없는 것으로 드러났다.

우리는 늘 똑같고 가혹할 정도로 긴 단조로운 하루하루보다, 그러니까 그 체계적이고 질서정연하게 더러운 부나에서의 노동보다 나쁜 것은 아무것도 없다고 생각했다. 하지만 우리가 내뱉었던 저주가 우리들 자신까지 덮쳐버려서, 부나가 무너지기 시작했을 때 우리는 생각을 바꿔야만 했다. 우리는 먼지와 뜨거운 건물 잔해 사이에서 땀을 흘려야만 했다. 우리는 분노한 전투기들을 피해 땅에 납작 엎드려 겁에 질린 짐승처럼 몸을 떨었다. 우리는 밤에 노역으로 만신창이가 된 채 갈증에 시달리며 수용소로, 바람이 많은 폴란드의 길고 긴 여름밤 속으로 돌아왔다. 우리의 수용소는 엉망진창이었다. 마실 물도, 씻을 물도 없었다. 텅 빈 배를 채워줄 죽도 없었다. 다른 사람에게 빵을 도둑맞지 않을 만큼의 불빛도, 어둡고 고함 소리 요란한 블록의 아침에 신발과 옷을 찾을 만큼의 불빛도 없었다.

부나의 독일 민간인들은 오랜 지배의 꿈에서 깨어나 자신의 파멸을 보고 있었지만, 그것을 이해하지 못하는 확신에 찬 인간 특유의 분노를 품은 채 한없이 포악스러워졌다. 정치범을 포함해 수용소의 라이히스도이체들은 위험의 시간들 속에서 혈연과 지연을 확인했다. 이 새로운 요소가 증오와 몰이해의 복잡한 얽힘을 아주 원초적인 수준으로 되돌려놓았고 그래서 수용소 내부의 전선은 다시 그어졌다. 정치범들은 초록색 삼각형과 SS들과 함께, 우리들 각자의 얼굴에서 보복의 비웃음과 사악한 복수의 기쁨을 보았다. 아니, 그랬다고 생각했다. 그들은 이 점에 자기들끼리 만장일치로 동의했고 두 배로 잔혹해졌다.

이제 우리가 다른 편에 있다는 것을 잊고 지낼 수 있는 독일인은 아무도 없었다. 모든 방어벽 위에, 마치 농부처럼 노련한 솜씨로 독일 하늘에 이랑을 짓는 이들 편에, 독일 건물들의 살아 숨 쉬는 듯한 금속을 휘어놓는 이들 편에, 매일 그들의 집안에서, 지금껏 한 번도 침범당한 적이 없는 독일인들의 집안에서까지 참극을 벌이는 가공할 만한 공포의 폭격자들 편에 우리가 있다는 것을.

우리는 어땠는가 하면, 너무나 지쳐 있어서 진짜 두려움을 느끼지도 못했다. 아직 올바르게 생각하고 느낄 수 있는 소수의 사람들은 폭격을 보며 힘과 희망을 끌어냈다. 아직 허기로 인한 완전한 무기력 상태에 이르지 않은 사람들은 종종 다른 사람들이 전체적으로 공황 상태에 빠져 있는 순간을 이용해 공장 식당과 창고에서 두 배로 무분별한(위급 상황에서 절도를 저지르면 교수형에 처해지게 되어 있었다) 모험을 감행했다. 그러나 대부분의 사람들은 새로운 위험과 새로운 불편을 평소와 다름없는 무관심으로 참아냈다. 의식적으로 체념했기 때문이 아니라 더 이상 아픔을 느끼지 않을 정도로 구타에 길들여진 짐승들처럼 감각이 마비되어 있었기 때문이다.

우리는 콘크리트 방공호로 들어가는 게 금지되어 있었다. 땅이 흔들리기 시작하면 우리는 주변을 짙게 에워싼 포연을 뚫고 놀라서 다리를 절뚝거리며 부나의 울타리 안에 포함된, 아무렇게나 방치되어 더러운 불모의 황야까지 몸을 끌고 갔다. 그곳에 도착하고 나면 기운 없이, 마치 죽은 사람들처럼, 그러나 쉴 수 있다는 사실에 일시적으로나마 기쁨을 느끼며 몸을 포갠 채 땅에 엎드렸다. 우리는 주변에서 타오르는 불기둥과 연기를 무기력한 눈으로 바라보았다. 잠시 폭격이 멈추고 전 유럽인이 다 알고 있는 위협적인 굉음이 멀리서 공중을 가득 메울 때면, 우리는 제대로 자라지 못한 치커리와 카모마일을 땅에서 꺾어 수백 번 밟은 뒤 아무 말 없이 오랫동안 씹었다.
그리고 공습이 끝나면 인간과 세상사의 분노에 익숙한 수많은 가축 떼처럼 아무 소리 없이 각자 자기 자리로 돌아갔다. 그리고 늘 하던 우리의 일을, 언제나 변함없이 증오하던 그 일을, 게다가 이제는 아무 소용도 없고 무의미한 게 분명한 그 일을 다시 시작했다.

★ 옆으로 바짝 다가온 종말 때문에 하루가 다르게 전율하며 흔들리는 이 세계에서, 새로운 공포와 희망 속에서, 그리고 그 중간중간 간헐적으로 이어지는 광포한 노예 생활 속에서, 나는 로렌초를 만났다.
나와 로렌초의 관계에 대한 이야기는 길면서도 짧고, 평범하면서도 불가사의한 이야기다. 그것은 이미 현재의 모든 현실에 의해 지워져버린 시간과 상황에 관한 이야기다. 나는 로렌초의 이야기가 전설 속이나 먼 태곳적 이야기에 등장하는 사건들처럼 그렇게 이해될 수밖에 없으리라고 생각한다.
구체적으로 말하면 간단한 이야기이다. 이탈리아 민간인 노동자가 여섯 달 동안 매일 내게 빵 한 쪽과 자기가 먹고 남은 배급을 갖다주었다. 누덕누덕 기운 자기 스웨터를 선물로 주었다. 나를 위해 이탈리아로 엽서를 보내주었고 내게 답장을 전해주었다. 이 모든 일에 대해 그는 어떤 보답도 바라지 않았다. 착하고 단순한 사람이었기 때문에, 그리고 자기가 보답을 받을 만한 선행을 베풀었다고 생각하지 않았기 때문에.

하지만 이 모든 일이 사소한 것이라고 생각해서는 안 된다. 이런 일은 나에게만 해당되는 것은 아니었다. 앞에서 말했듯이 우리들 중에는 민간인들과 여러 종류의 관계를 맺어 생존을 위한 물건을 얻는 사람들이 있었다. 그러나 그 관계는 성질이 달랐다. 그런 관계를 맺는 사람들은 세상 남자들이 여자와의 관계에 대해 말할 때와 똑같은, 모호하고 함축적인 말투로 그 관계를 이야기했다. 자랑스러워할 만하고 만인의 질투를 받아 마땅한 모험에 대해 이야기하듯이. 그러나 그 관계들은 매우 속물적인 의식을 가진 사람에게도 어쨌든 합법성과 정직함의 제일 가장자리에 남아 있었다. 그러므로 그 이야기를 지나치게 만족스러운 말투로 하는 건 부정직하고 부당한 행위일 수 있었다. 따라서 해프틀링들은 자신들의 민간인 '보호자'와 '친구'들 이야기를 이런 식으로 한다. 되도록 신중함을 과시하면서, 그들을 위태롭게 만들지 않기 위해, 그리고 무엇보다도 원치 않는 경쟁자를 만들지 않기 위해 이름을 언급하지 않은 채로. 앙리처럼 노련하고 전문적인 유혹자들은 아예 그들을 입에 올리지도 않는다. 그런 사람들은 자신들의 성공을 모호하고 신비한 후광에 휩싸이게 만든다. 자신들이 매우 힘있고 헤아릴 수 없을 정도로 관대한 민간인들의 은총을 받는다는 힌트와 암시만 주어, 청중으로 하여금 혼란스럽고도 심란한 전설 이야기를 듣는 듯한 기분을 느끼도록 하려는 계산인 것이다. 목표는 분명하다. 앞에서도 말했듯이 운이 좋다는 명성이 자자하면 그 명성을 제 것으로 누릴 줄 아는 사람에게 근본적으로 큰 도움이 된다.

유혹자, 조직꾼으로서의 명성은 질투, 비웃음, 경멸과 감탄을 동시에 불러일으킨다. 가령 '조직'해낸 음식을 먹고 있다가 들키면 아주 평판이 나빠진다. 어리석은 것은 두말할 것도 없고 염치와 요령이 심각하게 부족하다는 판단 말이다. "그걸 누가 줬지? 어디서 찾았어? 어떻게 구했어?"라고 물어보는 것 역시 똑같이 어리석고 무례한 질문이다. 수용소 규칙을 전혀 모르는, 바보 같고 쓸모도 없고 무방비 상태인 높은 번호들만이 이런 질문을 한다. 이런 질문에는 아무도 대답하지 않는다. 혹은 'Verschwinde, Mensch', 'Hau' ab', 'Uciekaj', 'Schiess' in den Wind', 'Va chier'라고 대답한다. 간단히 말해 '꺼져!'와 같은 의미를 지닌 수용소의 수없이 많은 은어들 중 하나를 골라 대답하는 것이다.

어떤 민간인이 혹은 어떤 민간인 무리가 그 사람과 관련이 있는지 확인하기 위해 복잡하면서도 인내심을 요하는 스파이 활동을 전문적으로 하는 사람도 있다. 그러고 나서는 그 사람의 자리를 대신 차지하려고 애를 쓴다. 그리하여 서로 우선권을 주장하는 끝없는 말다툼이 벌어지게 된다. 싸움에 진 사람들은 거의 언제나 이미 '입증된' 민간인이 훨씬 더 도움이 되고 무엇보다 우리와 처음 접촉하는 민간인보다 훨씬 더 안전하다는 씁쓸한 교훈을 얻는다. 먼저 명확한 감정적·기교적 이유에서 매우 가치 있는 사람일 것이다. 그는 이미 '조직'의 원칙, 규율과 그 위험을 알고 있을 테고, 게다가 계급의 장벽을 넘을 수 있는 사람이라는 것도 증명되었다.

사실 민간인에게 우리는 불가촉천민이다. 민간인들은 대체로 노골적으로, 경멸과 동정이 뒤섞인 뉘앙스로, 이와 같은 삶을 선고받고, 이런 상황으로 떨어진 걸 보면, 우리가 알 수 없는 매우 심각한 죄를 지은 게 틀림없다고 생각한다. 그들은 알아들을 수 없고 그저 동물의 소리처럼 그로테스크하게 들리는 우리의 다양한 언어를 듣는다. 머리카락도 없이, 이름도 없이, 체면도 없이 노예처럼 비천하게 일하고, 매일 얻어맞고, 매일 굴욕을 당하는 우리를 본다. 그러나 결코 우리의 눈에 담긴 반항이나 평온 혹은 믿음의 빛을 읽어내지 못한다. 그들은 우리를 진흙투성이의 누더기를 입은 굶주린 도둑으로, 사기꾼으로 간주한다. 그리고 원인과 결과를 뒤섞어, 우리가 이런 굴욕을 당해 마땅한 사람들이라고 판단한다. 그들 중 우리의 얼굴을 구별할 수 있는 사람이 있을까? 그들에게 우리는 '카체트', 중성 단수 명사일 뿐이다.

물론 이것이 그들 중 많은 사람이 가끔 빵이나 감자 하나를 우리에게 던져주거나 작업장에서 '치빌주페' Zivilsuppe(민간인의 죽)가 배급된 후 자기들 반합을 우리에게 넘겨 찌꺼기를 긁어먹고 깨끗하게 돌려주게 하는 일을 막지는 않는다. 그들은 약간 성가신 굶주린 시선을 피하기 위해, 혹은 일시적인 인간적 충동에 의해 그런 행동을 한다. 혹은 그저 서로 죽 한 입 더 먹겠다고 사방에서 짐승처럼 달려들었다가 제일 힘센 사람이 그것을 허겁지겁 삼켜버리면 나머지 사람들은 모두 낙담에 빠져 절룩거리며 돌아가는 모습을 지켜보려는 호기심 때문에 그런 행동을 한다.

나와 로렌초 사이에서는 이런 일이 전혀 일어나지 않았다. 나와 비슷한, 수많은 다른 사람들 중에서 내가 시련을 견뎌낼 수 있었는지 그 이유를 구체적으로 따져보는 것도 의미는 있겠지만, 나는 지금 내가 이렇게 살아 있게 된 것이 로렌초 덕분이라고 생각한다. 물질적인 도움 때문이라기보다는 그의 존재 자체가 나에게 끝없이 상기시켜준 어떤 가능성 때문이다. 선행을 행하는 너무나 자연스럽고 평범한 그의 태도를 보면서 나는 수용소 밖에 아직도 올바른 세상이, 부패하지 않고 야만적이지 않은, 증오와 두려움과는 무관한 세상이 존재할지 모른다고 믿을 수 있었다. 정확히 규정하기 어려운 어떤 것, 선善의 희미한 가능성, 하지만 이것은 충분히 생존해야 할 가치가 있는 것이었다.

이 책에 등장하는 인물들은 인간이 아니다. 그들의 인간성은 땅에 묻혔다. 혹은 그들 스스로, 모욕을 당하거나 괴롭힘을 줌으로써 그것을 땅에 묻어버렸다. 사악하고 어리석은 SS 대원들, 카포들, 정치범들, 범죄자들, 크고 작은 일을 맡은 특권층들, 서로 구별되지 않으며 노예와도 같은 해프틀링까지, 독일인들이 만든 광적인 위계질서의 모든 단계들은 역설적이게도 균등한 내적 황폐감에 의해 연결되어 있었다.

하지만 로렌초는 인간이었다. 그의 인간성은 순수하고 오염되지 않았다. 그는 이 무화無化의 세상 밖에 있었다. 로렌초 덕에 나는 내가 인간이라는 사실을 잊지 않을 수 있었다.

1944년 10월

★ 우리는 겨울을 맞지 않으려고 온힘을 다해 싸웠다. 우리는 따뜻한 시간에 매달렸다. 해질녘이면 아직 하늘에 남아 있는 해를 조금이라도 더 잡아보려고 애썼지만 다 부질없는 짓이었다. 어제 저녁, 해는 복잡하게 뒤섞인 공장 굴뚝과 전선들, 지저분한 안개 속으로 어쩔 도리 없이 가라앉아버렸다. 그리고 오늘 아침은 한겨울이었다.

지난 겨울을 여기서 났기 때문에 우리는 이게 무슨 뜻인지 알고 있다. 다른 사람들도 곧 알게 될 것이다. 이것은 앞으로 몇 달 동안, 그러니까 10월부터 내년 4월까지 우리들 열 명 중 일곱 명은 죽는다는 뜻이다. 죽지 않은 사람은 매 순간, 매일매일, 하루하루 고통 속에 살아갈 것이다. 이른 새벽부터 저녁 죽이 배급될 때까지 끊임없이 근육을 긴장시키고, 이리 뛰고 저리 뛰고, 추위에 저항하기 위해 두 손을 겨드랑이 안에 끼워야 할 것이다. 빵을 주고 장갑을 장만해야 할 것이고, 장갑이 해지면 수선하느라 밤잠을 설쳐야 할 것이다. 밖으로 먹을 것을 가지고 나갈 수 없기 때문에 막사에서 각자 손바닥만 한 바닥을 차지하고 서서 식사를 해야 할 것이다. 침대에 기대어 먹는 것도 금지되어 있기 때문이다. 모두 손이 터질 것이고, 붕대를 얻으려면 매일 밤 눈보라 속에 서서 몇 시간씩 기다려야 할 것이다.

우리의 배고픔이 한 끼를 굶은 사람의 그것과 같지 않듯이, 우리의 추위에도 특별한 이름이 필요할 것이다. 우리는 '허기'라는 말을 쓴다. '피로', '공포', '고통'이라는 말도 쓴다. '겨울'이라는 말도. 하지만 이것은 전혀 다른 것들이다. 자기 집에서 기쁨을 즐기고 고통을 아파하며 살아가는 자유로운 인간들이 만들어내고 사용하는 자유로운 단어들이다. 만일 수용소들이 좀더 오래 존속했다면 새로운 황량한 언어들이 탄생했을 것이다. 영하의 날씨에 바람 속에서 셔츠와 팬티, 올이 성긴 천으로 만든 윗도리와 바지만 입은 채, 더할 수 없이 허약해지고 굶주린 육체로, 종말이 다가와 있다는 것을 의식하면서 하루 종일 노동하는 것의 의미를 설명하려면 새로운 언어가 필요하다.

★ 희망의 끝이 보이듯, 그날 아침 겨울이 찾아왔다. 씻으려고 막사를 나간 순간 우리는 그것을 알았다. 하늘에는 별 하나 없었고, 차갑고 깜깜한 대기에서는 눈이 내릴 것 같은 분위기가 감지되었다. 첫새벽에 일을 위해 점호 마당에 모였을 때 아무도 입을 열지 않았다.

첫 눈발이 휘날리는 것을 보고 우리는 작년 이맘때, 이 수용소에서 다시 겨울을 맞을 거라고 그들이 말해줬다면 아마도 전류가 흐르는 철조망을 건드려보려 했을 거라는 생각을 했다. 그리고 우리가 논리적이라면, 무의미하고 무모해서 고백할 수도 없는 희망의 잔재가 남아 있지 않다면 지금도 철조망 쪽으로 갈 수 있을 거라는 생각을 했다.

'겨울'은 또 다른 것을 의미하기 때문이다.

지난 봄 독일인들은 우리 수용소 공터에 거대한 천막 두 개를 세웠다. 여름 내내 각각의 천막 안에 1,000명이 넘는 사람들이 머물렀다. 이제 천막이 해체되었고, 2,000여 명이 우리 막사로 몰려들었다. 우리 고참 포로들은 독일인들이 이런 변칙적인 상황을 좋아하지 않기 때문에 곧 포로 수를 줄이기 위한 어떤 일이 벌어질 거라는 것을 알고 있다.

선발이 다가오고 있음을 느낄 수 있다. '셀렉챠.' Selekcja(선발) 라틴어와 폴란드어의 합성어인 이 말이 외국인들의 대화 속에 뒤섞여 한 번, 두 번, 수없이 들린다. 처음에는 그 말을 구별할 수 없는데 곧 주의를 기울이게 되고 그 말은 마침내 우리를 괴롭힌다.

오늘 아침 폴란드인들이 '셀렉챠'라고 말한다. 폴란드인들이 소식을 제일 먼저 알게 되는데, 대개는 그런 소식을 다른 이들에게 전하려 하지 않는다. 다른 사람들이 모르는 어떤 사실을 알고 있다는 것은 언제나 득이 될 수 있기 때문이다. 선발이 목전에 와 있다는 것을 모두 알게 될 때쯤이면, 선발을 피하기 위해 시도할 수 있는 극소수의 방법들(빵이나 담배로 의사나 특권층을 매수하는 것, 막사에서 카베로 가거나 반대로 정확한 순간에 퇴원하는 것)을 벌써 폴란드인들이 독점하고 있을 것이다.
그뒤, 수용소와 작업장의 분위기는 '셀렉챠'로 꽉 차 있다. 정확한 것을 아는 사람은 아무도 없지만, 우리가 작업장에서 은밀히 보았던 폴란드, 이탈리아, 프랑스 민간인 노동자들까지 모두 그 이야기를 한다. 절망이 흘러넘쳤다고 말할 수는 없다. 우리의 집단적 사기는 너무 흐리멍덩하고 단조로워서 불안을 느끼지도 못할 정도다. 배고픔, 추위, 그리고 노동과의 싸움 때문에 생각을 위한 여백이 거의 남아 있지 않다. 그것이 '셀렉챠'에 대한 생각일지라도 말이다. 각자 자기 식대로 다양하게 반응했다. 하지만 가장 그럴듯하고 가장 현실적인 태도들, 즉 체념이나 절망을 보이는 사람은 거의 없다.
준비할 수 있는 사람은 준비를 한다. 하지만 그 수는 아주 적다. 선발을 피하기가 몹시 힘들고 독일인들이 아주 진지하게, 부지런하게 그 일을 진행하기 때문이다.
실질적인 준비를 할 수 없는 사람은 다른 방어책을 강구한다. 변소에서, 세면실에서, 우리는 서로에게 가슴과 엉덩이와 허벅지를 보여준다. 그러면 동료들이 우리를 안심시킨다. "자넨 안심해도 되겠어. 자네 차례는 아닐 거야. Du bist kein Muselmann(자네는 무슬림이 아니야). 오히려 내가 걱정이지……." 그리고 이번엔 그들이 바지를 내리고 셔츠를 들어올린다.
다른 사람들에게 이런 자비를 베풀기를 거절하는 사람은 아무도 없다. 다른 사람의 운명에 대해 판결을 내릴 정도로 자신의 운명에 대해 확신을 가진 사람도 없다. 나 역시 뻔뻔스럽게 베르트하이머에게 거짓말을 했다. 나는 그에게 만일 독일인들이 나이를 물어보면 마흔다섯 살이라고 대답하고, 자기 전에 배급 빵 4분의 1을 주더라도 면도를 거르지 말라고 말했다. 그 밖에도, 두려움을 키우지 말라고, 이번 선발이 가스실로 가는 선발인지도 확실하지 않다고 말해주었다. 선발된 사람들이 회복기 환자 수용소인 야보르츠노로 가게 될 거라는 블록앨테스터의 이야기도 못 들었어?

베르트하이머가 희망을 품는 건 어리석은 일이다. 그는 예순 살처럼 보였고 정맥류가 심해서 이제 허기조차 거의 느끼지 못한다. 하지만 그는 침착하게 조용히 침대로 간다. 그리고 그에게 의견을 구하는 사람에게 내가 했던 말 그대로 대답해준다. 그것은 요즈음 수용소의 명령어이다. 나도, 세세한 이야기는 빼놓더라도, 카임이 내게 말해준 대로 나 자신에게 같은 말을 되풀이했다. 카임은 3년 전부터 수용소에 있었고 강하고 튼튼했기 때문에 놀랄 만큼 자신감이 넘쳤다. 나는 그를 믿었다.

이런 보잘것없는 근거를 바탕으로 1944년 10월, 상상도 할 수 없을 정도로 침착하게 그 엄청난 선발을 겪어냈다. 나는 나 자신을 충분히 속일 수 있었기 때문에 침착할 수 있었다. 사실 내가 선발이 되지 않았던 건 그저 우연 때문이었을 뿐, 내 믿음이 근거 있었다는 증거는 아니다.

무슈 핑케르도 미리 선고를 받은 것이나 다름없었다. 그의 눈만 봐도 알 수 있다. 그가 고갯짓으로 나를 부른다. 그리고 은밀하게, 출처를 밝힐 수 없는 곳에서 알게 된 정보를 내게 말해준다. 사실은 이번에 뭔가 새로운 것이 있다는 것이다. 교황청이, 국제적십자사를 통해서 어쩌고저쩌고……. 요약하자면 그는 개인적으로 자신과 내가 모든 위험에서 제외될 거라고 장담한다. 알다시피 그는 민간인이었을 때 바르샤바 주재 벨기에 대사관에서 근무했었다.

그러니까 인간의 한계를 완전히 넘어설 정도로 고통스러워야 할 것 같은, 죽음을 앞둔 나날들도 다른 날들과 다름없이, 다양한 방식으로 흘러간다.

수용소와 부나의 규칙은 전혀 느슨해지지 않는다. 노동, 추위와 배고픔은 우리들의 관심을 하나도 남김 없이 완전히 쏟아부을 만큼 엄청나다.

오늘은 일하는 일요일, 아르바이츠존탁Arbeitssonntag이다. 오후 1시까지 일을 한 뒤 수용소로 돌아가 샤워를 하고, 면도를 하고, 전체적으로 피부병과 이 검사를 받는다. 그런데 오늘 작업장에서 선발이 있을 거라는 사실을 은밀히 알게 되었다.

늘 그렇듯, 소식은 모순과 추측의 후광에 싸여 전해진다. 바로 오늘 아침에 병동에서 선발이 있었다. 전 수용소 인원의 7퍼센트고 환자 중에서는 30~50퍼센트다. 비르케나우 화장터 굴뚝에서는 열흘 전부터 연기가 나고 있다. 포즈난 게토에서 수송되어올 엄청난 수의 유대인들의 자리를 마련해야 하는 게 틀림없다. 젊은이들끼리는 노인들이 모두 선발될 거라고 말한다. 건강한 사람들끼리는 병든 사람만 선발될 거라고 말한다. 전문가들은 제외될 것이다. 독일 유대인도 제외될 것이다. 낮은 번호들도 제외될 것이다. 너는 선발될 것이고 나는 제외될 것이다.

규칙대로 정각 오후 1시부터 작업장이 비었고, 회색의 끝없는 줄들이 두 시간 동안 두 개의 검문소 앞을 지난다. 검문소에서는 매일 그러듯이 우리의 수를 세고 또 센다. 그리고 매일 그러듯 두 시간 동안 쉬지 않고 행진곡을 연주하는 악대 앞을 지난다. 우리는 수용소에서 나가고 들어올 때 그 행진곡에 박자를 맞춰야 한다.

모든 게 여느 날과 똑같이 진행된다. 식당 굴뚝에서는 보통 때처럼 연기가 피어오른다. 벌써 죽 배급이 시작된 것이다. 그러나 곧 종소리가 들렸다. 그래서 우리는 때가 되었다는 것을 알았다.

이 종소리는 항상 새벽에 들렸기 때문이다. 그러니까 기상종인데, 이 종이 대낮에 울린다는 것은 '블록슈페레'Blocksperre, 즉 막사 봉쇄를 뜻한다. 그리고 이것은 선발이 있을 때 일어나는 일이다. 아무도 그것을 피하지 못하게 하기 위해서다. 그리고 선발자들이 가스실로 떠날 때 아무도 그들을 보지 못하게 하기 위해서다.

★ 우리 블록앨테스터는 자기가 할 일을 알고 있다. 그는 우리가 모두 들어왔는지 확인한 뒤 열쇠로 문을 잠그고 각자에게 번호, 이름, 직업, 나이와 국적이 적힌 카드를 나눠주었다. 그리고 신발만 신고 옷을 모두 벗으라고 명령했다. 이제 우리는 알몸이 되어 손에 카드를 들고 위원회가 우리 막사에 도착하기를 기다린다. 우리 막사는 48호였지만 위원회가 1호 막사에서 시작할지 60호 막사에서 시작할지는 아무도 예측할 수 없었다. 어쨌든 적어도 한 시간 정도는 편안히 있을 수 있

다. 그리고 몸을 따뜻하게 하기 위해 침대의 이불 속으로 들어가지 못할 이유가 없다.

★ 많은 사람들이 졸고 있을 때, 갑자기 터져나오는 명령과 욕설과 구타가 위원회의 도착을 알린다. 블록앨테스터와 그의 조수들이 주먹질을 하고 고함을 치며 사람들을 침대가 놓인 숙소 안에서 막사반장의 사무실인 타게스라움 안으로 밀어넣는다. 타게스라움은 면적이 7평방미터인 작은 방이다. 그 안으로 모두 밀려들어가 따뜻한 알몸들로 서로를 누르며 빽빽하게 늘어섰다.* 안으로 몰려들어온 사람들이 발 디딜 틈도 없이 구석구석 비집고 서서 나무 벽에 압력을 가했기 때문에 벽이 삐걱거릴 정도였다.

이제 우리는 모두 타게스라움 안에 있다. 공포를 느낄 시간이 없을 뿐만 아니라 그럴 공간조차 없다. 사방에서 짓누르는 따뜻한 몸의 감촉은 독특하면서도 불쾌하지 않다. 숨을 쉬려면 조심스럽게 코를 들어야 했으며, 손에 들고 있는 카드를 구기거나 놓치지 않도록 신경을 써야 한다.

블록앨테스터가 타게스라움과 침대가 놓인 숙소 사이의 문을 닫았다. 그리고 타게스라움과 숙소에서 바깥쪽으로 난 다른 문 두 개를 열었다. 여기, 두 개의 문 앞에 우리 운명의 결정자, SS 하급장교가 서 있다. 그의 오른쪽에는 블록앨테스터가, 왼쪽에는 막사반장이 서 있다. 알몸인 채

★ 『신곡』 지옥편 제24곡 92행에의 다음 시구를 염두고 두고 있다. "벌거벗은 망자亡者들이 겁에 질린 채 도망칠 구멍이나 몸을 감출 요술 보석을 바라지 않고 달려갔다."

로 타게스라움에서 10월의 차가운 공기 속으로 나온 우리들은 두 개의 문 사이를 몇 걸음에 달려가서 SS 대원에게 카드를 넘기고 다시 숙소의 문으로 들어가야 한다. SS 대원은 두 행동이 이어지는 불과 몇 초 사이에 우리의 얼굴과 등을 한눈에 보고 각자의 운명을 결정한다. 그렇게 하여 자기가 받은 카드를 오른쪽 남자에게, 혹은 왼쪽 남자에게 건네준다. 이게 우리들 각자의 죽음과 삶을 가르는 것이다. 3~4분 사이에 200명이 수용된 한 막사의 선발이 '완료'되고, 오후에 1만 2,000명이 수용된 전 수용소의 선발이 끝난다.

복잡한 타게스라움에 끼어 있던 나는 주위에서 나를 누르던 사람들의 압력이 차츰 약해지는 것을 느꼈다. 곧 내 차례였다. 모두 그렇듯 힘있게 그리고 유연하게, 고개를 꼿꼿이 세우고 가슴을 쫙 펴고 근육을 모두 긴장시켜 불거지게 하려고 애쓰며 지나갔다. 나는 뒤쪽을 보려고 곁눈질을 했다. 내 카드가 오른쪽으로 넘어간 것 같았다.

우리는 숙소로 다시 들어가 옷을 입는다. 아직은 아무도 자신의 운명을 확실히 알지 못한다. 무엇보다 선발된 쪽이 오른쪽으로 넘어간 것인지, 왼쪽으로 넘어간 것인지 확인할 필요가 있다. 서로에게 자비를 베풀거나 미신적인 배려를 할 때는 아니었다. 모두들 제일 나이 많은 사람들, 제일 여윈 사람들, '무슬림'들 옆으로 모여든다. 그들의 카드가 왼쪽으로 갔다면 왼쪽이 선발되는 게 틀림없다.

선발이 끝나기도 전에 모두들 왼쪽이 '슐레흐테 자이테'schlechte Seite, 즉 불길한 쪽이라는 것을 알게 된다. 물론 예외도 있다. 예를 들어 르네는 너무나 젊고 건장한데 카드가 왼쪽으로 갔다. 그가 안경을 쓰고 있기 때문일 수도 있고, 근시들이 다 그렇듯 구부정하게 걷기 때문일 수도 있다. 단순한 실수일 가능성도 많다. 르네는 바로 내 앞에서 위원회를 통과했다. 어쩌면 내 카드와 바뀌었는지도 모른다. 나는 이에 대해 알베르토와 이야기를 한다. 우리는 내 가정이 맞을 거라는 데 동의한다. 내일이 되고 모레가 되면 그 문제에 대해 어떻게 생각할지 난 모른다. 하지만 오늘은 이런 가정이 내게 어떤 감정도 불러일으키지 않는다.

똑같은 실수가 자틀러에게도 일어난 게 틀림없다. 그는 트란실바니아 출신의 건장한 농부로, 20일 전만 해도 자기 집에 있던 사람이다. 자틀러는 독일어를 모른다. 자신에게 무슨 일이 일어났는지 전혀 알지 못한 채 한쪽 구석에서 셔츠를 깁고 있다. 내가 그에게 가서 이제 셔츠가 필요 없게 될 거라고 말해줘야 하나?

이런 실수들은 전혀 놀라운 것이 아니다. 검사는 매우 빠르고 간단하게 이루어진다. 게다가 수용소의 운영상 정해진 일정한 수의 빈자리를 빨리 만들어야 할 때, 가장 불필요한 사람이 제거되느냐 아니냐가 그리 중요한 문제도 아니다.

★ 우리 막사에서는 이미 선발이 끝났다. 그러나 다른 막사에서는 진행 중이기 때문에 우리는 계속 감금되어 있다. 하지만 그 사이 죽통이 도착했고, 블록앨테스터는 즉시 죽을 배급하기로 결정한다. 선발된 사람에게는 두 배의 죽이 배급될 것이다. 그것이 블록앨테스터의

터무니없는 자비심에서 나온 생각인지 SS의 분명한 명령인지는 알 수 없었다. 어쨌든 선발과 출발 사이의 2~3일 동안(훨씬 길어질 때도 종종 있었다) 모노비츠-아우슈비츠의 희생자들은 이런 특권을 누린다.
치글러가 반합을 내밀고 보통 양의 배급을 받은 뒤 가만히 기다리고 서 있다. "왜 그러는 거야?" 블록앨테스터가 묻는다. 치글러에게 두 배의 죽을 줘야 한다고 생각하지 않기 때문에 그는 치글러를 밀쳐 쫓아버리지만 치글러는 다시 돌아와 불쌍하게 계속 고집을 부린다. 그의 카드는 왼쪽으로 넘겨졌고 모두 그것을 보았다. 블록앨테스터가 카드를 확인하러 간다. 치글러는 두 배의 배급을 받을 권리가 있다. 배급이 정확히 주어지자 치글러는 죽을 먹으러 조용히 침대로 간다.

★ 이제 각자 마지막 한 모금의 죽이라도 긁어내려고 수저로 조심스레 반합 바닥을 긁고 있다. 그리하여 혼란스러운, 무질서한 쇳소리가 울려 퍼지는데 이것은 하루가 끝났다는 것을 의미한다. 침묵이 서서히 주변을 압도한다. 그때 나는 3층에 있는 내 침대에서 쿤 노인이 머리에 모자를 쓰고 상체를 거칠게 흔들며 큰 소리로 기도하는 모습을 본다. 그 소리를 듣는다. 쿤은 자신이 선발되지 않은 것을 신께 감사하고 있다.
쿤은 생각이 없는 사람이다. 그는 옆 침대의 그리스인, 스무 살 먹은 베포가 내일모레 가스실로 가게 되었다는 걸 모른단 말인가? 베포 자신이 그것을 알고 아무 말도 없이 침대에 누워 아무 생각도 하지 않은 채 작은 전등만 뚫어지게 바라보고 있는 게 보이지 않는단 말인가? 다음 선발 때는 자기 차례가 올 것임을 모른단 말인가? 그 어떤 위로의 기도로도, 그 어떤 용서로도, 죄인들의 그 어떤 속죄로도, 간단히 말해 인간의 능력 안에 있는 그 무엇으로도 절대 씻을 수 없는 혐오스러운 일이 오늘 벌어졌다는 것을 쿤은 모른단 말인가?

내가 신이라면 쿤의 기도를 땅에 내동댕이쳤을 것이다.

크라우스

★ 비가 오면 우리는 울고 싶어진다. 11월이다. 벌써 열흘 전부터 비가 내린다. 땅은 마치 늪의 밑바닥 같다. 나무로 된 모든 물건에서 버섯 냄새가 난다.

지붕이 있는 곳까지 왼쪽으로 열 걸음만 옮길 수 있다면 비를 피할 수 있을 텐데. 어깨를 덮을 부대자루 하나만 있어도 좋을 텐데. 아니, 나중에 몸을 말릴 불이 있을 거라는 희망만으로도 충분할 것 같다. 그것도 아니면 속옷과 등 사이에 마른 헝겊이라도 댈 수 있다면. 삽질을 하면서 나는 이런 생각을 한다. 그리고 마른 헝겊이야말로 실질적인 행복이라고 믿어버린다.

이보다 더 비에 흠뻑 젖는 일은 있을 수 없을 것이다. 다른 신체부위가 비에 젖어 얼어붙은 옷들과 쓸데없이 접촉하는 일이 없도록 가능한 한 적게 움직이려고, 그리고 무엇보다 새로운 움직임을 만들어내지 않으려고 애써볼 필요가 있다.

오늘은 바람이 불지 않는 게 그나마 다행이다. 이상하게도 인간은 어떻게 해서든 자신이 운이 좋다고 생각한다. 어떤 상황이, 어쩌면 아주 보잘것없을 수도 있는 상황이 우리로 하여금 절망의 문턱을 넘지 않도록 해주고 계속 살아가게 해준다. 비가 오지만 바람이 불지 않는다. 혹은 비가 오고 바람이 분다. 하지만 오늘 저녁 내가 추가로 죽을 배급받을 차례라는 것을 안다. 혹은 상황이 더 안 좋아서 비가 오고, 바람이 불고, 보통 때와 다름없이 배가 고프다. 그러면 정말로 바닥에 누워 있는 것 같을 때마다 종종 그렇듯 정말로 마음속에 고통과 지루함밖에 느껴지지 않는데, 그러면 우리는 이렇게 생각할 것이다. 좋다, 나는 내가 원한다면 언제라도 전류가 흐르는 철조망을 건드리거나 달리는 기차에 뛰어들 수 있다. 그러면 비는 끝이 날 것이다.

★ 오늘 아침부터 우리는 진흙 속에 두 다리를 벌린 채 서 있다. 우리 발은 끈적끈적한 땅의 두 구멍 속으로 점점 빠져들어간다. 삽질을 할 때마다 엉덩이를 움직이면서. 나는 구덩이의 중간쯤에 있고, 크라우스와 클라우스너는 바닥에, 구낭은 내 위에, 땅에 서 있다. 구낭만이 주위를 둘러볼 수 있다. 그는 가끔씩 길에 누가 지나갈 때마다 크라우스에게 속도를 내야 할 때라고 간단하게 경고하거나 잠시 쉴 수 있는 기회라고 알린다. 클라우스너는 곡괭이로 흙을 파고, 크라우스는

흙을 한 삽씩 내게 올려주고, 내가 그것을 천천히 구낭에게 올려주면 구낭이 한쪽에 흙을 쌓아놓는다. 다른 사람들은 외바퀴 수레를 밀고 바삐 왔다갔다하며 어딘지 모를 곳으로, 관심도 없는 곳으로 흙을 옮긴다. 오늘 우리들의 세계는 이 진흙 구덩이다.

크라우스가 삽질을 잘못했다. 진흙 한 덩어리가 날아와 내 무릎 위로 떨어져 짓이겨진다. 처음이 아니다. 나는 그에게 조심하라고 경고하지만 별로 기대는 않는다. 그는 헝가리인으로 독일어를 거의 알아듣지 못하고 프랑스어는 한 마디도 모른다. 키가 매우 크고 안경을 쓰고 있으며 작고 굽은 얼굴에는 호기심이 잔뜩 담겨 있다. 웃을 때는 마치 어린아이 같은데, 자주 웃는다. 일을 너무 많이, 너무 힘차게 한다. 그는 아직 모든 것을, 숨쉬는 것, 움직이는 것, 심지어 생각하는 것까지 아끼는 우리의 비법을 배우지 못했다. 차라리 매를 맞는 게 더 낫다는 것을 그는 모른다. 매를 맞아 죽는 경우는 별로 없지만, 고된 노역으로는 죽는 경우도 많고 병이 들 수도 있기 때문이다. 그리고 그 사실을 알았을 때는 이미 늦다. 그는 아직 생각을 한다……. 오, 안 돼, 가엾은 크라우스. 그의 행동은 이성적인 생각에 의한 게 아니다. 보잘것없는 피고용인의 어리석은 정직함 때문이다. 그는 그 정직함을 이 안까지 가지고 왔다. 지금 그는 마치 수용소 밖에 있는 것 같다. 그 세계에서는 일을 하는 것이 정직하고 논리적이며, 유리하기까지 하다. 모두 말하듯이 일을 많이 할수록 돈을 더 많이 벌고 더 많이 먹을 수 있기 때문이다.

"Regardez-moi ça! Pas si vite, idiot!"(날 좀 봐. 그렇게 빨리 말고, 바보

야) 위에서 구낭이 욕을 한다. 그러다가 독일어로 번역해야 한다는 사실을 생각해낸다. "Langsam, du blöder Einer, langsam, verstanden?" (천천히, 이 멍청아, 천천히, 알아들었어) 자기가 원한다면 크라우스는 일하다가 지쳐 죽어도 된다. 하지만 오늘은 안 된다. 오늘 우리는 같은 구덩이에서 일을 하고 있고, 우리 일의 박자를 조정하는 것은 바로 크라우스다.

그때, 카바이드 공장의 사이렌 소리가 들린다. 이제 영국인 포로들이 공장을 떠난다. 4시 30분이다. 잠시 후 우크라이나 처녀들이 지나갈 것이다. 그러면 5시이고 우리는 등을 펼 수 있을 것이다. 휴식과 우리 사이에는 수용소로 돌아가는 행군, 점호와 이 검사만 남아 있다.

점호 시간이다. 사방에서 "안트레텐"Antreten(정렬) 하고 외치는 소리가 들린다. 사방에서 진흙 범벅이 된 꼭두각시들이 느릿느릿 걸어와 마비된 팔다리를 펴고 연장들을 막사에 갖다놓는다. 우리는 진흙 속에 나막신이 빨려 들어가지 않도록 조심하며 구덩이에서 발을 뺀다. 그리고 몸을 흔들어 물방울을 떨어뜨리며 수용소로 돌아가는 행진을 위해 줄을 선다. 'Zu dreine', 세 명씩. 나는 알베르토 옆에 서려고 용을 썼다. 오늘 우리는 온종일 떨어져 있었기 때문에 상황이 어땠는지 서로 물어봐야 한다. 그런데 누군가 손바닥으로 내 배를 쳤다. 나는 결국 알베르토 뒤, 크라우스 바로 옆에 서고 말았다.

이제 출발이다. 카포가 딱딱한 목소리로 박자를 맞춘다. "Links, links, links."(왼쪽으로, 왼쪽으로, 왼쪽으로) 처음에는 발이 아프다가 차츰 몸이 따뜻해지면서 긴장이 풀린다. 오늘도 우리는, 아침에는 영원처럼 까마득해 보였던 하루의 분초를 통과했다. 이제 오늘 하루는 끝이 났고 곧 잊혀진다. 이제 그것은 더 이상 하루가 아니며 그 누구의 기억 속에도 남아 있지 않으리라. 우리는 내일도 오늘과 같으리라는 것을 안다. 어쩌면 비가 더 올 수도 있고 덜 올 수도 있다. 혹은 땅을 파는 대신 카바이드 공장에 가서 벽돌을 나르지도 모른다. 아니면 내일 전쟁이 끝날 수도 있고 우리 모두 학살당하거나 다른 수용소로 이송될 수도 있다. 혹은 수용소가 수용소가 된 때부터 금방이라도 닥칠 듯, 확실한 것처럼 늘상 예고되어온 다른 격변 중 하나가 진짜로 일어날 수도 있다. 그렇지만 내일에 대해 진지하게 생각할 수 있는 사람이 누가 있겠는가?
기억이란 희한한 도구다. 수용소에 있는 동안 아주 오래전 내 친구가 내게 써줬던 시 두 구절이 머릿속을 맴돌았다.

어느 날, '내일'이라고 말하는 게
아무 의미를 갖지 않을 때까지.

이곳이 바로 그렇다. 수용소의 은어들 중 **결코** 사용하지 않는 말이 무엇인지 아는가? 'Morgen früh', 내일 아침이다.

★ 이제 '링크스, 링크스, 링크스 운트 링크스'의 시간, 박자를 놓쳐서는 안 될 시간이다. 크라우스는 서투르다. 제대로 줄을 서

서 걷지 못하기 때문에 벌써 카포에게 한 번 걷어차였다. 그러고 나서 이제는 손짓 발짓을 해가며 형편없는 독일어를 중얼거리기 시작한다. 이봐, 이봐, 아까 진흙 한 삽 던진 것을 사과하고 싶어한다. 그는 우리가 어디에 있는지 아직 이해하지 못했다. 헝가리인들은 정말 독특하다고밖에 할 말이 없다.

박자를 맞춰 걸으며 독일어로 복잡한 대화를 나누는 것은 너무 힘들다. 이번에는 내가 그에게 박자가 틀렸다고 경고한다. 나는 그를 보았다. 빗방울이 떨어지는 안경 너머 그의 눈을 보았다. 그것은 크라우스라는 인간의 눈이었다.

그때 중요한 일이 벌어진다. 지금 그 이야기를 하는 건 충분히 그럴 만한 가치가 있다. 바로 이런 이유 때문에 그때 그런 일이 벌어졌는지도 모른다. 나는 크라우스에게 아주 긴 이야기를 했다. 서툰 독일어지만 천천히, 또박또박, 한 문장마다 그가 이해했는지 확인하며 이야기를 했다. 나는 우리 집에서, 내가 태어난 그 집에서 가족들과 함께 식탁 밑에 두 다리를 펴고 앉아 있는 꿈을 꾸었다고 말했다. 식탁 위에는 먹을 게 굉장히 많았다고. 여름이었고 이탈리아였다. 나폴리 말이야? ……아 그래, 나폴리야. 시시콜콜 말할 상황은 아니다. 그런데 바로 그때, 초인종 소리가 났다. 나는 불안감에 휩싸인 채 자리에서 일어나 문을 열었다. 그런데 문 앞에 누가 있었게? 바로 크라우스 팔리였다. 머리를 기르고 영양 상태가 좋은 그가 민간인의 옷을 깨끗하게 입고 손에 빵을 든 채 서 있었다. 2킬로그램짜리 빵으로 아직 따뜻했다. "Servus, Páli, wie geht's?"(잘 있었나, 팔리, 잘 지냈어) 나는 너무나 기뻤다. 난 그를 잡아끌어, 내 가족들에게 소개했다. 부다페스트에서 왔다고. 왜 이렇게 비에 흠뻑 젖어 있는지도 설명했다. 지금 우리처럼 이렇게 비에 흠뻑 젖어 있는 이유를. 그에게 먹을 것과 마실 것, 그리고 따뜻한 잠자리를 마련해 주었다. 밤이었지만 놀랄 만큼 따뜻해서 잠시 동안 우리 두 사람 모두 몸을 말릴 수 있었다(그렇다, 나 역시 흠뻑 젖어 있었다).

선량한 청년 크라우스는 부르주아 출신이 분명했다. 그는 이 안에서 오래 살 수 없을 것이다. 그건 첫눈에 알 수 있고 수학의 정리定理처럼 증명 가능하다. 헝가리어를 알아들을 수 없어 유감이다. 지금 그의 감정의 둑이 무너져내렸다. 희한한 헝가리 말들이 홍수처럼 터져나온다. 내 이름 외에는 한마디도 알아들을 수 없지만 그의 몸짓으로 보아 약속과 예언의 말인 것 같다.

가엾고 어리석은 크라우스. 이게 거짓말이라는 것을 그가 안다면. 내가 그의 꿈을 꾸지 않았다는 것을, 나에게도 그는 이 잠깐 동안을 제외하면 아무것도 아니라는 것을, 저 수용소 안의 배고픔, 추위와 주위에 내리는 비 이외의 나머지 모든 것들처럼 아무것도 아니라는 것을 그가 안다면.

실험실의 세 사람

★ 우리가 수용소에 들어오고 몇 달이나 지났을까? 내가 카베에서 나오고 난 뒤로 며칠이나 지났을까? 화학 시험을 본 뒤로는? 10월의 선발이 있은 뒤로는?

알베르토와 나는 종종 이런 질문이나 다른 여러 가지 것들을 서로 묻곤 했다. 수용소에 처음 들어왔을 때, 174000번대에 속하는 우리 이탈리아인들은 96명이었다. 그중 10월까지 생존한 사람은 불과 29명이었고 이들 중 8명은 선발되어 갔다. 이제 우리는 21명이고 겨울이 시작되었다. 우리들 중 몇 명이 새해를 볼 수 있을까? 봄까지 몇 명이 살아남을까?

이미 몇 주 전부터 공습이 중단되었다. 11월의 비는 눈으로 바뀌었고, 눈은 폐허를 덮어주었다. 독일인과 폴란드인들은 고무장화를 신고, 털로 된 귀 가리개를 하고 솜이 두둑이 든 작업복을 입고 일을 하러 왔고,

영국인 포로들은 좋은 가죽점퍼를 입었다. 우리 수용소에서는 특권층 몇몇에게 말고는 외투를 배급하지 않았다. 게다가 우리는 특별 코만도였다. 이론상으로 이 코만도는 실내에서만 일을 하게 되어 있다. 그래서 우리는 여름옷을 그대로 입고 있다.

우리는 화학자들이다. 그래서 페닐베타 자루들을 맡아 일한다. 한여름 처음 공습이 있고 나서 우리는 창고를 모두 치웠다. 페닐베타는 옷 속으로 들어와 땀에 젖은 우리 몸에 달라붙어 나병처럼 우리를 괴롭혔다. 얼굴에서 화상을 입은 비늘처럼 피부 껍질이 벗겨져 나왔다. 그러다가 공습이 중단되었다. 우리는 다시 창고로 자루들을 옮겼다. 그러다가 창고가 공격을 받았다. 우리는 다시 자루들을 스티렌 부서의 지하실로 옮겨 놓았다. 이제 창고 수리가 끝났기 때문에 다시 한 번 자루들을 창고에 쌓아야 한다. 우리의 단벌 포로복에 밴 페닐알라닌의 자극적인 냄새가 그림자처럼, 밤이고 낮이고 우리를 따라다닌다. 화학 코만도에 들어가서 지금까지 얻은 것이라고는 이런 것뿐이다. 그러니까, 다른 사람들은 외투를 받았는데 우리는 받지 못했다. 다른 사람들은 50킬로그램짜리 시멘트 부대를 옮기는데, 우리는 60킬로그램짜리 페닐베타 부대를 옮긴다. 화학 시험과 당시의 착각을 어떻게 생각해야 할까? 여름 동안 적어도 네 번 정도는 939 건물에 있는 독토어 판비츠의 실험실에 대한 이야기가 있었다. 그리고 중합반응부의 분석자로 우리들 중 몇 명이 뽑힐 거라는 소문이 돌았다.

이제는 그만할 때다. 이제 다 끝났다. 이게 최후의 막이다. 겨울이 시작되었고, 우리는 겨울과 마지막 사투를 벌여야 한다. 이게 마지막 전투가 되리라는 데 의심을 품을 이유가 없다. 하루 중 그 어느 때든 우리 몸에 귀를 기울이고 우리 팔다리에 질문을 해야 하는 사태가 벌어진다. 답은 하나다. 이제 더 이상 버틸 힘이 없다는 것. 우리 주변의 모든 것이 파멸과 종말을 말한다. 939 건물의 절반이 휘어진 양철판과 뭉개진 콘크리트 더미이다. 예전에 요란한 소리를 내며 뜨거운 증기를 내뿜던 거대한 파이프들에는 기둥처럼 굵은 파란색의 흉측한 고드름들이 바닥에 닿을 정도로 길게 매달려 있다. 부나는 이제 조용하다. 바람이 적절히 불 때 귀를 기울이면 땅이 약하게 진동하는 소리가 들린다. 전선이 다가오고 있는 것이다. 로츠 게토에서 300명의 포로가 수용소에 도착했다. 러시아군이 진군하자 독일인들이 그들을 이송한 것이다. 그 포로들이 바르샤바 게토에서 있었던 전설적인 투쟁에 관한 소식을 전해주었다. 벌써 1년 전 독일인들이 루블린 수용소를 어떻게 일소했는지 이야기해주었다. 모퉁이에 기관총 네 대가 배치되었고 막사들은 불태워졌다. 일반 사회에서는 그 사실을 절대 모를 것이다. 우리 차례는 언제일까?

오늘 아침 카포가 보통 때와 다름없이 반을 나누었다. 염화마그네슘 부서의 열 명은 염화마그네슘 부서로. 그리하여 열 명이 발을 질질 끌면서, 되도록 느릿느릿 떠난다. 염화마그네슘 부서의 일이 제일 힘들기 때문이다. 하루 종일 복사뼈까지 닿는 얼음같이 찬 소금물 속에 있어야 한다. 소금물이 신발과 옷과 피부를 적신다. 카포가 벽돌을 집어 그 사람들 한가운데로 집어던진다. 사람들은 어색하게 벽돌을 피하지만 걸음을 재촉하지는 않는다. 이것은 거의 습관처럼 매일 아침 벌어지는 일로, 카포가 벽돌로 사람들에게 상처를 주려는 분명한 의도를 갖고 하는 짓이라고 볼 수만은 없다.

샤이스하우스Scheisshaus(변소) 담당 네 명은 그들 일자리로. 그래서 새 변소 짓는 일을 맡은 네 명이 떠난다. 로츠와 트란실바니아 수송차의 도착으로 막사의 해프틀링 정원이 50명을 넘긴 뒤로 이런 일을 감독하는, 이해할 수 없는 독일 관료는 우리에게 'Zweiplatziges Kommandoscheisshaus', 즉 우리 코만도만 사용할 수 있는 2인용 변소를 세울 권한을 주었다. 우리는 우리의 코만도를 소수의 특별한 코만도, 자랑스런 소속감을 느낄 수 있는 그런 코만도의 하나로 만들어주는 이런 특별대우에 무감각하지 않다. 그러나 이로 인해, 일을 빼먹거나 민간인들과 함께 일을 하기 위한 가장 간단한 핑곗거리가 없어지리라는 것도 명백한 사실이다. "노블리스 오블리주." 앙리가 말한다. 그에게는 이미 다른 대책이 서 있다.

벽돌 일 열두 명. 마이스터 담에게 다섯 명. 지하에 두 명. 지금 이 자리에 없는 사람은? 세 명이다. 호몰카가 오늘 아침 카베에 들어갔고, 대장장이는 어제 죽었고, 프랑수아는 무슨 이유 때문인지 아무도 모르는 채 어딘가로 이송되었다. 이제 남아 있는 사람은 코만도의 특권층을 제외한 페닐베타 부서의 우리 열여덟 명뿐이다. 바로 이때 전혀 예상하지 못했던 일이 벌어진다.

카포가 말한다. "독토어 판비츠가 해프틀링 세 명을 골라 실험실로 보내

달라고 아르바이츠딘스트에게 알려왔다. 169509, 브라키어, 175633, 칸델, 174517, 레비." 잠시 내 귀에 윙 소리가 들린다. 부나가 내 주위에서 빙빙 돈다. 98번 코만도에 레비는 세 명이지만 'Hundert Vierundsiebzig Fünf Hundert Siebzehn'(174517)은 바로 나다. 의심의 여지가 없다. 난 이 세 명 중 한 명이다.

카포가 적의에 불타는 미소를 지으며 우리를 쳐다본다. 벨기에인, 루마니아인, 그리고 이탈리아인. 간단히 말해 세 명의 '프란초젠' Franzosen(형편없는 녀석들)이다. 이 세 명의 프란초젠이 실험실이라는 천국에 뽑힌다는 게 과연 있을 수 있는 일일까?

많은 동료들이 축하인사를 한다. 특히 알베르토는 티끌만큼의 질투도 없이 진심으로 기뻐해준다. 내게 찾아온 행운에 대해 알베르토는 이러쿵저러쿵할 생각이 전혀 없다. 오히려 친구로서, 또 자기도 이를 통해 뭔가 이익을 얻어낼 수 있기 때문에 매우 기뻐한다. 사실 우리 두 사람은 이미 동맹으로서 강하게 결속되어 있어서 '조직'을 통해 먹을 게 한 입 생기면 똑같이 반씩 나눈다. 실험실에 들어간다는 것은 그의 희망사항이 아니었기 때문에 그는 나를 질투할 이유가 전혀 없었다. 길들여지지 않는 내 친구 알베르토는 어떤 체제 속에 적응하기에는 기질이 너무 자유롭다. 그의 본능은 그를 다른 곳으로, 다른 해결책을 향해, 예기치 못한 일, 즉흥적이고 새로운 일로 이끈다. 알베르토는 주저 없이 좋은 일자리보다는 불확실함을, '자유로운 직업'에서의 전투를 택한다.

★ 나는 아르바이츠딘스트가 준 표를 주머니에 가지고 있다. 거기에는 해프틀링 174517이 전문 노동자로서 새 셔츠와 팬티를 받을 권리가 있고 매주 수요일 면도를 해야 한다고 적혀 있다.

파괴된 부나는 첫눈에 덮인 채, 거대한 시체처럼 조용히, 꼼짝하지 않고 누워 있다. 매일 플리거알람Fliegeralarm(공습경보)이 요란하게 울려댄다. 러시아군이 80킬로미터 떨어진 곳에 있다. 발전소는 멈췄고 메탄올 정제탑은 이제 존재조차 하지 않으며 아세틸렌 가스 계량기 4분의 3은 못쓰게 되었다. 매일 폴란드 동쪽 수용소 전역에서 '구조된' 포로들이 마구잡이로 우리 수용소로 몰려온다. 소수의 사람들만 일터로 가고 대다수 사람들은 즉시 비르케나우와 화장터로 간다. 배급은 자꾸 줄어들었다. 카베는 사람들이 넘쳐나고 E-해프틀링들은 성홍열, 디프테리아, 출혈성 발진티푸스들을 수용소로 옮겼다.

그러나 174517 해프틀링은 전문가로 승진을 했다. 그는 새 셔츠와 속옷을 받을 권리가 있고 매주 수요일마다 면도를 해야 한다. 독일인들을 이해한다고 으스댈 수 있는 사람은 아무도 없을 것이다.

★ 우리는 대도시에 들어온 세 마리의 들짐승처럼 주뼛거리며, 믿을 수 없다는 듯 어리둥절한 채 실험실로 들어갔다. 바닥이 어찌나 매끄럽고 깨끗하던지! 그곳은 다른 실험실들과 놀랄 만큼 비슷했다. 친숙한 수백 가지 물건들이 놓인 작업대가 세 줄로 놓여 있다. 한쪽 구석에는 물방울이 떨어지는 유리 시험관들, 정밀 저울, 헤라에우스

난로, 회플러 자동온도조절장치가 있다. 실험실 냄새 때문에 나는 채찍을 맞은 듯 몸을 떤다. 유기 화학 실험실에서 나던 희미한 냄새다. 대학의 어둑어둑한 큰 강의실, 대학 4학년 5월 이탈리아의 따뜻한 공기가 갑자기 잔인하게 떠올랐다가 곧 사라졌다.

헤르 스타비노가가 우리에게 일자리를 배당한다. 스타비노가는 아직 젊은 독일계 폴란드 청년으로, 얼굴은 활기차 보이면서도 슬픔과 피곤에 젖어 있다. 그 역시 독토어이다. 화학이 아니라 비교문헌학 박사다. 'Ne pas chercher à comprendre.'(이해하려 애쓰지 마라) 그렇지만 그가 실험실장이다. 우리와 별로 말을 섞고 싶어하는 것 같진 않지만 그리 불친절하지도 않다. 우리를 '무슈'라고 부르는데, 우습고 당황스럽다.

실험실 안의 온도는 굉장하다. 온도계가 24도를 가리키고 있다. 우리는 이 실험실 안에 있기 위해서라면 시험관을 씻든 바닥을 쓸든 수소 플라스크를 옮기든 무엇이건 할 수 있다고 생각한다. 그러면 겨울이라는 문제는 해결이 될 것이다. 그러고 나면 둘째 문제인 배고픔을 해결하는 것도 그리 어렵지 않을 것이다. 정말로 실험실에서 나갈 때마다 매일 몸수색을 할까? 그건 그렇다 해도, 우리가 화장실에 간다고 할 때마다 몸수색을 할까? 물론 아니다. 이곳에는 비누, 석유, 알코올이 있다. 상의 안에 비밀 주머니를 달아놓을 것이다. 작업장에서 일하며 석유를 거래하는 영국인과 협력할 수 있을 것이다. 감시가 얼마나 삼엄할지는 두고 봐야 할 것이다. 하지만 난 이미 수용소 생활 1년째다. 어떤 사람이 도둑질할 작정을 하고 진지하게 그 일에 몰두하면 아무리 감시가 심해도, 아무리 몸수색이 심해도 그를 막을 수 없다는 것을 알고 있다.
그러니까 운명이 뜻밖의 새로운 길을 닦아놓아, 우리 세 사람은 1만여 포로들의 질투를 한몸에 받으며 이번 겨울에 추위도 배고픔도 겪지 않을 수 있을 듯 보인다. 이것은 중병을 앓지 않고, 동상에 걸리지 않고, 선발을 피할 가능성도 매우 높다는 것을 의미한다. 이런 상황에서, 우리보다 수용소 경험이 적은 사람들은 아마도 생존에 대한 희망과 자유에 대한 생각을 품을 수도 있을 것이다. 그러나 우리는 아니다. 우리는 일이 어떻게 굴러가는지 알고 있다. 이 모든 것은 운명의 선물이다. 운명의 선물은 단번에, 가능한 한 철저히 즐기면 된다. 내일에 대해서는 전혀 확신할 수 없으니까. 내가 깬 첫번째 유리 때문에, 첫번째 측정 실수 때문에, 첫번째 부주의 때문에 다시 눈과 바람 속으로 돌아가 기운을 빼다가 굴뚝으로 갈 준비를 하게 될지도 모른다. 게다가 러시아군이 오면 무슨 일이 벌어질지 누가 알겠는가?
러시아군은 틀림없이 올 거다. 우리 발밑의 땅은 밤낮으로 진동한다. 우르릉거리는 낮은 대포 소리가 부나의 조용한 공간 속에 끊임없이 울려 퍼진다. 긴장된 공기, 결연한 공기를 마실 수 있다. 폴란드인들은 이제 일을 하지 않는다. 프랑스인들은 다시 고개를 들고 걷는다. 영국인들은 우리에게 윙크를 하고 검지와 중지로 은밀히 'V'자를 만들어 보이는데, 늘 은밀하지는 않다.
그러나 독일인들은 귀가 먹고 눈이 멀어서 고집과 흔들림 없는 무지의 갑옷 속에 갇혀 있다. 그들은 다시 한 번 합성고무 생산 시작일을 정했다. 1945년 2월 1일이 될 것이다. 그들은 방공호와 참호를 만들고 피해 입은 곳을 수리하고 건설한다. 전투를 하고, 명령하고, 조직하고 학살한다. 달리 무슨 일을 할 수 있었겠는가? 그들은 독일인들이다. 그들의 이런 행동은 깊이 숙고되고 신중하게 계획된 것이 아니라 그들의 본성과 이미 선택된 운명에 따른 것이다. 그들은 달리 행동할 수 없었을 것이다. 죽어가는 사람의 몸에 상처가 나도 그 상처는 어찌 되었든 아물게 된다. 비록 그 사람은 하루 안에 죽겠지만.

★ 이제 매일 아침 반을 나눌 때 카포는 실험실로 가는 우리 세 사람, 'die drei Leute von Labor'(실험실의 세 사람)을 제일 먼저 부른다. 저녁부터 아침까지 나는 수용소에서 다른 많은 사람들과 구별이 되지 않는다. 그러나 낮에 나는 따뜻한 실내에서 일한다. 아무도 날 때리지 않는다. 별다른 위험 없이 비누와 석유를 훔쳐다 판다. 어쩌면 가죽신을 살 쿠폰을 손에 넣을지도 모른다. 그런데 이런 내 일을 뭐라고 부를 수 있을까? 일을 한다는 것은 수레를 밀고, 침목을 나르고, 돌을 부수고, 땅을 파고, 맨손으로 얼음같이 찬 쇳덩이를 집는 것이다. 하지만 나는 하루 종일 의자에 앉아 노트와 연필을 들고 있다. 그들은 심지어 분석방식들에 대한 기억을 되살리라고 내게 책을 주기도 했다. 모자와 장갑을 넣어둘 수 있는 내 서랍도 있다. 나가고 싶을 때에는 헤르 스타비노가에게 알리기만 하면 되는데, 그는 한 번도 안 된다고 말한 적이 없고 늦게 들어와도 질문을 하지 않는다. 그는 파괴되어가는 주변상

황 때문에 괴로워하는 것 같다.

코만도의 동료들은 나를 부러워한다. 그러는 게 당연하다. 어떻게 내가 만족하지 않을 수 있겠는가? 하지만 아침에 내가 사나운 바람을 피해 실험실의 문지방을 넘어서는 순간 바로 내 옆에 한 친구가 등장한다. 내가 휴식을 취하는 순간마다, 카베에서나 쉬는 일요일마다 나타나던 친구다. 바로 기억이라는 고통이다. 의식이 어둠을 뚫고 나오는 순간 사나운 개처럼 내게 달려드는, 내가 인간임을 느끼게 하는 잔인하고 오래된 고통이다. 그러면 나는 연필과 노트를 들고 아무에게도 말할 수 없는 것을 쓴다.

그리고 여자들이 있다. 여자를 못 본 게 몇 달이나 되었지? 부나에서 우크라이나와 폴란드 여자 노동자들을 만나는 일은 드물지 않았다. 그녀들은 바지와 가죽점퍼를 입었고 남자들처럼 크고 거칠었다. 그녀들은 여름에는 땀에 흠뻑 젖었고 머리가 헝클어져 있었으며 겨울에는 솜을 넣은 두꺼운 옷을 입었다. 삽과 곡괭이를 들고 일을 해서 옆에 있어도 여자로 느껴지지 않았다.

그러나 여기서는 다르다. 실험실의 여자들 앞에서 우리 세 사람은 깊은 수치심과 당혹스러움을 느낀다. 우리는 우리 꼴이 어떤지 알고 있다. 서로의 모습을 볼 수 있고, 때로는 깨끗한 거울에 우리 모습이 비치기도 한다. 우리의 외모는 우스꽝스럽고 혐오감을 일으킨다. 월요일에 우리 머리는 완전히 대머리였다가 토요일에는 갈색 곰팡이가 핀 것처럼 짧은 머리카락에 뒤덮인다. 얼굴은 누렇게 뜨고 부어 있으며 성급한 이발사들 때문에 생긴 지워지지 않을 상처가 여기저기 나있다. 때로는 시퍼런 멍이 들어 있기도 하고 감각이 없을 정도로 깊은 상처가 나 있기도 하다. 우리의 목은 털 빠진 닭처럼 길고 뼈만 앙상하다. 우리가 입고 있는 옷은 믿기지 않을 정도로 더럽고 진흙과 피와 기름에 얼룩져 있다. 칸델의 바지는 종아리의 반 정도까지밖에 오지 않아, 뼈가 툭 튀어나오고 털이 부숭부숭한 발목이 그대로 드러난다. 내 상의는 마치 나무 옷걸이에 걸어둔 것처럼 어깨에서 축 늘어져 있다. 온몸에는 벼룩이 득실거려서 우리는 가끔 부끄러운 줄도 모르고 몸을 벅벅 긁는다. 우리는 부끄러울 정도로 자주 변소에 가겠다고 청한다. 우리들의 나막신은 참을 수 없을 정도로 요란한 소리를 내며, 진흙과 규정대로 바른 기름이 교대로 더덕더덕 붙어 있다.

우리는 우리들 몸에서 나는 악취에 이미 익숙해 있지만 여자들은 아니다. 그녀들은 기회 있을 때마다 그것을 표시한다. 우리에게서 나는 냄새는 잘 씻지 않아서 나는 일반적인 악취가 아니라, 들치근하고 불쾌한 해프틀링의 냄새다. 우리가 수용소에 도착할 때 우리를 맞아준, 숙소에서, 식당에서, 세면실에서, 그리고 수용소 변소에서 끊임없이 풍기는 냄새다. 그 냄새는 금방 몸에 배어 절대 사라지지 않는다. "이렇게 젊은데 벌써 악취가 나다니!" 이게 우리가 새로 도착한 사람들을 맞이하는 인사법이다.

그 여자들은 우리를 세상 밖의 사람처럼 생각한다. 그들은 젊은 독일 여자 세 명과, 폴란드 여자로 창고지기인 프로일라인 리츠바(리츠바 양),

그리고 비서인 프라우 마이어(마이어 부인)이다. 그녀들의 피부는 장밋빛으로 윤이 나며 긴 금발머리는 단정하게 손질되어 있다. 멋진 색깔의 아름다운 옷을 입었고, 깨끗하고 따뜻하다. 그녀들은 아주 우아하게, 그리고 침착하게 말한다. 그녀들은 자신들의 임무인 실험실을 정리하고 청소하는 것 대신 구석에 서서 담배를 피우고, 공개적으로 빵에 잼을 발라 먹고, 손톱 손질을 하고, 유리 도구들을 깨고는 우리에게 그 죄를 덮어씌우려고 한다. 비질을 하면서 우리 발을 비로 쓸기도 한다. 그녀들은 우리와 말을 하지 않는다. 그녀들은 우리가 핏기 없이 비에 젖어, 나막신 때문에 꼴사납고 불안한 걸음으로 실험실에 들어서는 것을 보고 코를 움켜쥔다. 한 번은 내가 프로일라인 리츠바에게 뭔가를 물었다. 그랬더니 그녀는 내게 대답을 하지 않고 짜증난다는 얼굴로 스타비노가에게 돌아서서 그에게 재빨리 대답했다. 그 말을 알아듣지는 못했지만 '슈팅크유데'Stinkjude(더러운 유대인)라는 말은 분명히 들었다. 그러자 피가 얼어붙는 것 같았다. 일에 관한 모든 문제는 자기에게 직접 말해야 한다고 스타비노가가 내게 말했다.

세상의 다른 실험실에 있는 여자들이 모두 그렇듯, 이 여자들도 수다를 떠는데, 이게 우리를 정말 불행하게 만든다. 여자들은 자기들끼리 대화를 한다. 배급, 약혼자, 집, 다음에 열릴 파티들에 대해 이야기한다.

"일요일에 집에 가니? 난 못 가. 여행하기가 너무 불편해서!"

"난 크리스마스에 갈 거야. 2주만 지나면 크리스마스잖아. 거짓말 같아. 올해가 이렇게 빨리 지나가다니 말이야!"

……올해가 빨리 지나간다. 작년 이맘때 나는 자유인이었다. 법의 울타리 밖에 있었지만 자유인으로서 이름이 있고 가족이 있었다. 끊임없이 움직이는 욕심 많은 정신이 있었고, 건강하고 민첩한 육체를 갖고 있었다. 나는 까마득히 멀어져버린 수많은 것들에 대해 생각했다. 나의 일, 전쟁의 종식, 선과 악, 사물의 성질, 인간의 행동을 지배하는 법률을 생각했다. 그 외에도 산, 노래, 사랑, 음악, 시를 생각했다. 나는 운명의 호의에 대해 어마어마하고, 뿌리 깊고, 어리석은 믿음을 갖고 있었다. 누군가가 죽고 죽이는 일이 나와는 관련이 없는, 문학적인 허구로 보였다. 나의 하루하루는 행복하면서도 슬펐지만 그 모든 날들이 아쉬웠다. 모든 날들이 충만하고 긍정적이었다. 풍요로운 미래가 내 앞에 있었다. 당시의 내 인생 중 오늘 내게 남아 있는 것은 배고픔과 추위로 인한 고통뿐이다. 자살하려면 어떻게 해야 하는지 알아낼 기운도 없다.
내가 독일어를 좀더 잘 할 수 있었다면 프라우 마이어에게 이 모든 것을 설명할 수 있었을 것이다. 하지만 그녀는 분명 이해하지 못했으리라. 설령 그녀가 똑똑하고 선량해서 이해를 했다 해도 내 접근을 참아내지는 못했을 것이다. 불치병 환자 혹은 사형수와의 접촉을 피하듯 나를 피했을 것이다. 어쩌면 일반 죽 반 리터 정도를 받을 수 있는 쿠폰을 선물로 줬을지도 모른다.
올해는 빨리 지나간다.

마지막 사람

★ 크리스마스가 가깝다. 알베르토와 나는 회색의 긴 행렬 속에서 어깨를 나란히 한 채 되도록 바람을 피해보려고 앞으로 몸을 구부린 채 걷고 있다. 깜깜한 밤이고 눈이 온다. 똑바로 서 있는 것이 힘드니, 열을 지어 박자에 맞춰 걷기는 더욱 힘들다. 매번 우리 앞에 있는 누군가가 발이 걸려 검은 진흙 속에 나뒹군다. 그를 조심스레 피해서 다시 행렬 속에서 우리 자리를 차지해야 한다.

내가 실험실로 간 뒤부터 알베르토와 나는 서로 떨어져 일하고 있다. 그래서 돌아오는 행진 시간에 해야 할 이야기들이 한 보따리다. 대개는 일이나 동료들, 빵, 추위 등 별로 중요하지 않은 이야기들이다. 하지만 일주일 전부터 새로운 뭔가가 있다. 로렌초가 매일 밤 우리에게 이탈리아 민간인 노동자들의 죽 3~4리터를 가져다준다. 운송 문제를 해결하기 위해 '메나슈카'menaschka라고 불리는 것을 준비해야 했다. 메나슈카는 특별 주문제작한 아연반합으로, 반합이라기보다는 양동이에 가깝다. 양철공인 질버루스트가 빵 세 개를 받고 홈통 두 개를 이용해 우리에게 만들어준 것이다. 그것은 신석기시대의 도구처럼 개성이 뚜렷한, 튼튼하고 커다란 멋진 통이다.

전 수용소를 통틀어 우리보다 더 큰 메나슈카를 가진 사람은 그리스인 몇 명뿐이다. 메나슈카는 물질적인 이익 외에도 우리의 사회적 위치를 눈에 띄게 개선시켰다. 우리가 가진 메나슈카는 귀족의 작위이고 문장紋章이다. 앙리는 우리와 친구가 되었으며 우리와 대등하게 대화를 나눈다. L은 아버지 같으면서도 너그러운 태도를 취한다. 엘리아스로 말하자면 영원히 우리 편이다. 그는 한쪽에서는 우리 '오르가니자차'organisacja의 비밀을 밝히기 위해 끈덕지게 우리를 감시하며, 또 다른 한편으로는 유대감과 애정이 담긴 이해할 수 없는 말을 우리에게 퍼붓는다. 그리고 어디서 누구에게 배웠는지 모를 이탈리아어와 프랑스어가 뒤섞인 음담패설과 욕을 지루하게 늘어놓아 우리의 귀를 아프게 한다. 그는 그것이 우리를 칭찬하는 말이라고 믿고 있는 게 분명하다.

이런 새로운 상황을 도덕적 측면에서 보자면 알베르토와 내가 자랑스러워할 것은 아무것도 없다는 사실을 받아들여야만 할 것이다. 그러나 변명거리를 찾기가 얼마나 쉬운지! 게다가 다른 모든 걸 떠나서 새로운 이야깃거리가 생겼다는 건 무시할 수 없는 이득이다.

우리는 두번째 메나슈카를 만들어 첫번째 것과 교대로 사용할 계획을 세운다. 그렇게 하면 지금 로렌초가 일하고 있는 멀리 떨어진 모퉁이까지 하루에 한 번만 통을 보내도 충분할 것이다. 우리는 로렌초에 대해, 그리고 그에게 보답할 방법에 대해 이야기한다. 나중에, 물론 돌아갈 수 있다는 가정하에서만, 그를 위해 우리가 할 수 있는 일은 뭐든 할 것이다. 그런데 이런 말을 하는 게 무슨 소용이 있지? 로렌초도 우리도 우리가 돌아가기 힘들다는 걸 너무나 잘 알고 있다. 당장 뭔가를 할 필요가 있다. 우리 수용소의 구두 수선소에서 그의 신발을 수선해다 주도록 해볼 수 있다. 그곳에서 수선은 무료다(역설적으로 보이지만 수용소에서는 모든 것이 무료다). 알베르토가 시도를 해볼 것이다. 그는 구두 수선소 반장과 친구다. 어쩌면 죽 몇 리터로도 충분할 것이다.

우리는 아주 새로운 세 가지 모험에 대해 이야기를 나눈다. 명백한 직업상 비밀이므로 누설되어서는 안 된다는 점에 동의한다. 유감스럽지만, 우리의 개인적 명성이 그로 인해 큰 덕을 보게 될 것이다.

첫번째 모험은 내 독창적인 계획이다. 나는 44번 블록 블록앨테스터의 빗자루가 닳았다는 것을 알고 있다. 그래서 작업장에서 빗자루를 하나 훔쳤다. 여기까지는 특별할 게 전혀 없었다. 어려운 부분은 수용소로 돌아오는 행진 중 빗자루를 어떻게 숨길까 하는 것이었다. 나는 아무도 사용한 적이 없다고 생각되는 방법으로 그 문제를 해결했다. 훔친 빗자루의 손잡이 부분과 아랫부분을 분해하고 손잡이를 두 부분으로 잘라 각각 따로따로 가지고(손잡이 부분 두 개를 바지 안의 허벅지에 묶어서) 돌아온 후 수용소에서 다시 조립한 것이다. 손잡이 부분을 단단하게 고정하기 위해 양철 조각과 망치, 못을 찾아야 했다. 이 모든 일을 하는 데 나흘 밖에 걸리지 않았다.

내가 걱정했던 것과는 달리 물건을 구입한 사람은 내가 만든 빗자루를 낮게 평가하지 않았을 뿐만 아니라, 신기해하며 다른 친구들에게도 그것을 보여주었다. 그 친구들이 내게 '똑같은 모델'의 빗자루 두 개를 정식으로 주문했다.

그러나 알베르토는 전혀 다른 계획을 가지고 있다. 먼저 그는 '줄 작전'을 준비하고 있었다. 이미 두 번이나 성공한 작전이었다. 알베르토는 연장 창고로 가서 줄을 달라고 해서 큰 줄을 고른다. 창고지기는 그의 번호 옆에 '줄 1개'라고 쓰고, 알베르토는 그곳을 떠난다. 알베르토는 즉시 믿을 만한 민간인에게 간다. 그는 트리에스테 출신의 대단한 악당으로 악마처럼 빈틈이 없는데, 알베르토를 돕는 것도 이익이나 박애심 때문이라기보다는 술책을 좋아하기 때문이다. 그 민간인이 자유 시장에서 큰 줄 하나를 값이 똑같이 나가거나 더 적게 나가는 작은 줄 두 개로 바꾸는 일은 그리 어렵지 않다. 알베르토는 창고에 '줄 1개'를 반납하고 나머지 한 개는 판다.

마지막 모험은 알베르토가 이뤄낸 업적들 중에서도 걸작으로 얼마 전 완수되었으며, 대담하고, 새롭고, 보기 드물게 우아한 작전이라고 칭찬할 만했다. 먼저 몇 주 전부터 알베르토에게 특별 임무가 맡겨졌다는 것을 말해둘 필요가 있다. 아침에 작업장에서 그에게 펜치, 스크루드라이버, 여러 가지 색깔의 셀룰로이드 라벨 수백 개가 든 양동이가 맡겨진다. 그는 중합반응부 구석구석으로 뻗어나가는 찬물과 더운물 파이프, 증기와 압축 공기 파이프, 가스 파이프, 나프타 파이프, 진공 파이프 등등의 길이와 숫자들을 표시하기 위해 적당한 클립을 가지고 그 라벨들을 붙여놓아야 한다. 또 알아두어야 할 것은(이 두 가지는 전혀 상관이 없어 보이기도 한다. 하지만 겉으로 보기에는 아무 상관이 없는 생각들 속에서 연관성을 찾거나 만들어내는 게 바로 재주 아니겠는가?) 우리 해프틀링들은 여러 가지 이유로 샤워를 매우 꺼린다는 사실이다(물이 잘 나오지 않고 차갑다. 혹은 펄펄 끓는다. 탈의실이 없다. 수건이 없다. 비누도 없다. 어쩔 수 없이 자리를 비울 경우 도둑을 맞기 쉽다). 그러나 샤워는 의무다. 따라서 블록앨테스터에게는 샤워에서 빠지는 사람에게 벌을 줄 수 있는 감독 체계가 필요하다. 대개 블록앨테스터가 블록에서 가장 신임하는 사람이 문가에 서서, 마치 폴리페모스*처럼, 밖으로 나가는 사람이 샤워를 했는지 손으로 더듬어 알아낸다. 몸이 젖어 있는 사람은 표를 받고 건조한 사람은 곤봉으로 다섯 대를 맞는다. 표를 보여줘야만 다음 날 아침 빵을 배급받을 수 있다.

알베르토의 관심은 바로 그 표에 집중되었다. 대개 표는 보잘것없는 종이로 만들어져서 회수할 때는 축축하게 젖고, 구겨지고, 알아볼 수 없게 된다. 알베르토는 독일인들이 어떤 사람들인지 잘 안다. 그리고 블록앨

* 그리스 신화에 나오는 외눈박이 거인족. 트로이 전쟁을 마치고 귀국하던 오디세우스와 그 부하들을 동굴에 가두고 한 사람씩 잡아먹었으며, 오디세우스의 공격을 받아 장님이 되었다. 그는 오디세우스 일행을 포로로 잡아 양떼와 함께 동굴에 가둬놓고 포로가 도망칠까봐 아침마다 동굴 입구를 가로막은 채 양을 하나하나 손으로 더듬어 확인한 후 내보냈다.

테스터는 모두 독일인이거나 독일 교육을 받은 사람들이다. 그들은 질서, 체계, 관료 제도를 사랑한다. 게다가 그들은 거칠고 화를 잘 내기는 해도 반짝이는 총천연색 물건에 대한 어린아이 같은 사랑을 마음속에 간직하고 있다.

이제 주제를 잡았으므로, 눈부시게 전개시키는 일만 남았다. 알베르토는 같은 색 라벨을 조직적으로 빼내 각각의 라벨로 세 개의 작은 원판을 만들었다(이때 필요한 구멍 뚫는 기계는 내가 실험실에서 조직했다). 한 블록에 필요한 개수인 200개의 원판이 완성되자 블록앨테스터에게 갔다. 그에게 배급 빵 열 개라는 미친 가격에 '슈페치알리테트' Spezialität(특별한 물건)를 넘겨주겠다고 제안했다. 분납도 가능하다고 했다. 구입자는 기꺼이 수락했다. 알베르토는 이제 각 막사별로 한 색깔씩 모든 막사에 제공될, 이 경이로운 유행 제품을 독점하게 된다(인색하거나 새로운 것을 기피하는 사람으로 인식되길 원하는 블록앨테스터는 아무도 없다). 중요한 것은 경쟁자가 생기는 걸 걱정할 필요가 없다는 것이다. 그 원료에 접근할 수 있는 사람은 알베르토뿐이니까. 정말 기발하지 않은가?

★ 이런 이야기들을 하며 검은 하늘과 진흙땅 사이를 비틀거리며 우리는 웅덩이와 웅덩이를 넘는다. 우리는 이야기를 하며 걷는다. 나는 빈 반합 두 개를 들고 있고, 알베르토는 죽이 가득 담긴 무거운 메나슈카를 기분 좋게 들고 간다. 다시 한 번 악대의 음악이 들리고 '뮈첸 아프' Mützen ab(모자 벗어), SS 앞에서 모자를 벗는 의식이 치러진다.

다시 한 번 Arbeit Macht Frei, 그리고 카포의 보고. "Kommando 98, zwei und sechzig Häftlinge, Stärke stimmt." 포로 62명, 정원 이상 없음. 그러나 대열은 해체되지 않았다. 그들은 우리를 점호 마당까지 행진시켰다. 점호가 있는 걸까? 점호는 아니다. 우리는 탐조등의 차가운 불빛과 너무나 익숙한 교수대의 형체를 보았다.

꽁꽁 언 눈 위에서 나막신을 덜거덕거리며 힘들게 수용소로 들어오는 작업반들의 행렬이 한 시간 넘게 이어졌다. 코만도의 포로들이 모두 돌아오자 악대가 갑자기 연주를 멈췄다. 독일인이 쉰 목소리로 조용히 하라고 명령했다. 갑자기 사방이 조용해지자 다른 독일인의 목소리가 들렸다. 깜깜하고 험악한 공기 속에서 독일인은 화난 듯 오랫동안 말을 했다. 마침내 사형수가 탐조등 불빛 속으로 끌려나왔다.

이런 과시적인 행위, 이런 무자비한 의식은 우리에게 새로운 것이 아니다. 수용소에 들어온 이후 나는 이런 공개적인 교수형을 열세 번이나 목격해야 했다. 죄목은 대부분 평범한 범죄—식당에서의 도둑질, 태업, 탈출 시도 같은 것이었다. 그러나 오늘은 달랐다.

지난 달 비르케나우 화장터의 소각로 하나가 폭파되었다. 그렇게 대담한 일이 어떻게 성공했는지 정확히 아는 사람은 우리 중에 아무도 없었다(어쩌면 이 일은 영원히 비밀로 남을 것이다). 사람들은 가스실과 소각로를 맡은 특별 코만도인 존더코만도Sonderkommando*가 벌인 일일 거라

* 유대인 포로들로 구성된 특수작업반으로 시체처리반이라고 불리기도 했다. 이들이 가스실에서 시체들을 끌어내는 일, 시체들의 금니를 뽑는 일, 시체들을 소각로에 넣는 일 등을 담당했기 때문이다. 이

고들 말했다. 이 코만도는 주기적으로 몰살을 당했고, 다른 수용소와 용의주도하게 격리되어 있었다. 비르케나우에 있는 우리처럼 무기력하고 지친 노예 인간들 수백 명이 스스로 행동할 힘을 찾았고 증오의 결실을 맺게 되었던 것이다.

오늘 우리 앞에서 처형될 남자는 모종의 방식으로 그 반란에 가담했다. 그는 비르케나우의 반역자들과 접촉하고 우리 수용소로 무기를 옮겼으며, 우리 수용소에서도 즉시 반란을 일으킬 음모를 꾸몄다는 것이다. 그는 오늘 우리가 보는 앞에서 죽을 것이다. 독일인들은 이 외로운 죽음이, 그를 위해 마련된 인간의 죽음이, 그에게 치욕이 아닌 영광을 가져다주리라는 사실을 모를 수도 있다.

아무도 이해할 수 없었던 독일인의 연설이 끝나자 다시 처음의 쉰 목소리가 들렸다. "Habt ihr verstanden?"(알아들었나)

여기에 "야볼"이라고 대답한 사람은 누굴까? 모두이자 아무도 아니었다. 대답하지 않은 사람은 아무도 없었다. 마치 우리들의 저주받은 체념이 하나의 형체를 부여받은 듯했다. 그것이 우리들의 머리 위에서 하나의 목소리로 변하기라도 한 듯했다. 그러나 우리는 죽어야 할 사람의 고함 소리를 들었다. 그 소리는 무기력과 복종의 두텁고 낡은 장막을 뚫고 들어와 우리들 내부에 살아남은 인간의 마음을 뒤흔들어놓았다.

"Kamaraden, ich bin der Letzte!"(동지들, 내가 마지막이오)

들 구성원 중 일부가 '가스실 및 화장터 4호'를 파괴하는 아우슈비츠 수용소 역사상 유일한 무장 투쟁을 감행했다.

비굴한 무리인 우리들 속에서 어떤 목소리, 어떤 신음 소리가 들렸다고, 동의의 신호들이 나타났다고 말할 수 있었으면 좋겠다. 그러나 아무 소리도 나지 않았다. 우리는 구부정하게, 음울하게 고개를 숙이고 서 있었다. 독일인이 명령을 할 때까지 모자를 벗지 않았다. 뚜껑문이 열렸고 남자의 몸이 무시무시하게 덜렁거렸다. 악대가 다시 연주를 시작했다. 우리는 숨을 거두기 전 마지막으로 전율하는 사람 앞으로 열을 지어 다시 행진했다.

교수대 밑에서 SS 대원들이 무심한 눈으로 지나가는 우리를 지켜보았다. 그들은 임무를 완수했다. 아주 훌륭하게. 지금 러시아인들이 올 수도 있다. 우리들 중 힘이 있는 사람은 더 이상 없다. 힘이 있던 마지막 사람은 지금 우리들의 머리 위에 매달려 있다. 나머지 사람들은 교수용 밧줄 몇 개만 있으면 충분할 것이다. 러시아인들이 올 수 있다. 그들은 여기서 다만 노예들, 우리를 기다리는 무기력한 죽음에 어울리는 기운이 다 빠진 우리만을 발견하게 될 것이다.

인간을 파괴하는 것은 창조하는 것만큼이나 어려운 일이다. 쉬운 일도, 간단한 일도 절대 아니지만 독일인, 당신들은 그 일에 성공했다. 당신들의 눈앞에 온순한 우리가 있다. 우리 때문에 두려워할 필요는 전혀 없다. 반란 행위도, 도전적인 말도, 심판의 눈길조차 없을 테니까.

★ 알베르토와 나는 다시 막사에 들어왔다. 우리는 서로의 얼굴을 볼 수 없었다. 우리를 이토록 망가뜨린 이런 상황에 굴복하지

않은 것을 보면 그 남자는 강인한 남자였던 게 틀림없다. 우리들과는 다른 금속으로 만들어진 게 틀림없다.

우리는 망가지고 패배했다. 이 수용소에 적응할 수 있었다 해도, 마침내 우리의 식량을 마련하는 법을 배우고 고된 노동과 추위를 견디는 법을 배웠다 해도, 그리고 우리가 다시 돌아갈 수 있다 해도 그 사실은 바뀌지 않는다.

우리는 침대 위로 메나슈카를 들어올렸다. 우리는 죽을 나누었고 배고픔이라는 일상적인 분노를 가라앉혔다. 그리고 이제는 수치심이 우리를 짓눌렀다.

열흘간의 이야기

★ 이미 여러 달 전부터 간헐적으로 러시아군의 대포 소리가 들려오고 있던 1945년 1월 11일, 나는 성홍열에 걸려 다시 카베에, '인펙치온스압타일룽' Infektionsabteilung(감염 병동)에 들어가게 되었다. '인펙치온잡타일룽'은 2층 침대 열 개가 놓인 아주 깨끗한 작은 방이다. 옷장, 의자 세 개, 생리적 욕구를 해결할 양동이가 딸린 실내 변기가 있다. 침대 2층으로 올라가기는 쉽지 않았다. 계단이 없었다. 그래서 환자의 병이 심각해지면 아래 침대로 옮겨졌다.

그 방에 들어갔을 때 나는 열세번째 환자였다. 다른 열두 명의 환자들 중 네 명이 성홍열을 앓고 있었다. 프랑스인 '정치범' 두 명과 헝가리 유대인 청년 두 명이었다. 그리고 디프테리아 환자 세 명, 발진티푸스 환자 두 명, 얼굴에 소름끼치는 단독丹毒이 생긴 환자 한 명이 있었다. 나머지 두 사람은 두 가지 이상의 병을 앓고 있어서 믿기지 않을 정도로 쇠약해져 있었다.

나는 열이 높았고 운 좋게 혼자 침대 하나를 차지하게 되었다. 나는 안도하며 침대에 누웠다. 40일간 이곳에 격리될 것이다. 그러니까 휴식을 취할 수 있다는 뜻이다. 한편으로 나는 내가 성홍열 후유증이나 선발을 걱정하지 않아도 될 만큼 충분히 튼튼하다고 생각했다.

나는 오랫동안 수용소의 여러 가지 일들을 경험했고, 덕분에 내 개인 물건들을 가지고 들어올 수 있었다. 전선을 꼬아 만든 벨트, 칼 겸용 숟가락, 세 번 정도 쓸 분량의 실과 바늘, 단추 다섯 개, 그리고 마지막으로 실험실에서 훔친 부싯돌 열여덟 개였다. 이 부싯돌을 칼로 가늘게 깎으면 일반 라이터 크기에 맞는 작은 라이터 돌 세 개를 만들어낼 수 있었다. 이것들은 빵 여섯 개나 일곱 개의 값어치가 있었다.

나는 평화롭게 나흘을 보냈다. 밖에는 눈이 내렸고 추웠지만 방 안은 따뜻했다. 강력한 술폰아미드계 신경안정제를 투약했기 때문에 구역질이 심해서 식사도 제대로 할 수 없었다. 그래서 말을 하고 싶지 않았다.

성홍열을 앓고 있는 두 명의 프랑스인은 호감이 가는 사람들이었다. 그들은 보주 지방 출신으로, 얼마 전 로렌에서 퇴각하던 독일인들이 수많은 민간인들을 소탕해 이송시켰을 때 수용소에 들어왔다. 나이가 많은 사람은 이름이 아르튀르고 농부였는데 작고 마른 체형이었다. 그와 한 침대를 쓰는 다른 사람의 이름은 샤를이었다. 그는 교사였고 32세였다. 셔츠 대신 우스꽝스러운 짧은 여름옷이 그에게 배급되었다.

5일째 되는 날 이발사가 왔다. 테살로니키 출신의 그리스인이다. 그는 자기 지방 사람들이 쓰는 멋진 스페인어밖에 할 줄 모르지만 수용소에서 사용되는 모든 언어를 몇 마디씩 알고 있었다. 그의 이름은 아스케나지였고 3년 전부터 수용소에 살았다. 그가 어떻게 카베의 '프리죄어' Frisör(이발사)가 되었는지 나는 모른다. 사실 그는 독일어도 폴란드어도 못했다. 그렇다고 특별히 비인간적인 것도 아니었다. 그가 병실로 들어오기 전 복도에서 몹시 흥분해서 그와 같은 나라 사람인 의사와 이야기를 나누는 소리가 들렸다. 그의 표정이 보통 때와는 달라 보였지만, 레반트* 사람들의 표정은 우리와는 다르기 때문에, 그가 놀란 것인지 기쁜 것인지 아니면 그냥 흥분한 것인지 알 수가 없었다. 그는 나를 알고 있었다. 아니, 적어도 내가 이탈리아인이라는 것은 알았다.

내 차례가 되었을 때 나는 힘들게 침대에서 내려왔다. 나는 그에게 뭔가 새로운 소식이 있냐고 이탈리아어로 물었다. 그가 면도를 멈추고 엄숙하게, 그리고 넌지시 윙크를 했다. 턱으로 창을 가리키더니 동쪽을 향해 한 손을 크게 움직였다.

"Morgen, alle Kamarad weg."(내일, 모두 퇴각이야)

그는 내가 놀라기를 기다리는 듯 눈을 크게 뜨고 잠시 나를 바라보다가 덧붙였다. "Todos, Todos"(모두, 모두) 그러더니 다시 면도를 하기 시작했다. 그는 내가 부싯돌을 갖고 있다는 걸 알고 있었고 그래서 정성

* 동쪽에 있는 나라라는 뜻. 그리스와 이집트가 포함된다.

들여 면도를 해주었다.

그 소식은 내게 그 어떤 직접적인 감정도 불러일으키지 않았다. 몇 달 전부터 나는 수용소의 특징인, 한 발 물러선 객관적인 방식으로만 고통·기쁨·두려움을 느꼈다. 그런 방식을 '조건부적인 것'이라 할 수 있을 것이다. 만약 내가 예전의 감수성을 가지고 있었다면(그때 이런 생각을 했다) 감동적인 순간이었을 것이다.

내 생각은 완벽할 정도로 분명했다. 오래전부터 알베르토와 나는 수용소가 철수되고 자유의 순간이 되었을 때 발생할 위험들을 예측하고 있었다. 게다가 아스케나지가 가져온 소식은 며칠 전부터 떠돌던 소문의 확인에 불과했다. 러시아인들이 여기서 북쪽으로 100킬로미터 지점인 첸스토호바에 와 있다는 것이다. 남쪽 100킬로미터 지점인 자코파네에 와 있다는 것이다. 부나의 독일인들이 벌써 방해 공작을 위해 폭약을 설치했다고 했다.

나는 병실의 동료들 얼굴을 하나씩 바라보았다. 이들 중 누구와도 그 문제에 대해 의견을 나눌 수 없을 게 분명했다. 그들은 아마 내게 이렇게 말할 것이다. "그래서?" 그리고 그게 끝일 것이다. 프랑스인들은 다르다. 그들은 아직 기운이 있다.

"얘기 들었어요?" 그들에게 물었다. "내일 수용소가 철수한대요."

사람들이 내게 질문을 퍼부었다. "어디로? 걸어서? ……환자들도? 걸어갈 수 없는 사람들도?" 그들은 내가 고참 포로라는 것과 독일어를 알아듣는다는 것을 알고 있다. 그들은 내가 이 문제에 대해, 겉으로 시인하는 것보다 훨씬 더 많이 알고 있다고 결론내렸다.
하지만 난 다른 것은 알지 못했다. 내가 그렇게 말했지만 그들은 계속 질문을 해댔다. 짜증나는 일이었다. 얼마나 성가신지. 그러나 그들은 수용소에 불과 몇 주 전에 들어왔기 때문에 수용소에서는 질문해서는 안 된다는 것을 아직 배우지 못했다.

★ 오후에 그리스인 의사가 왔다. 그는 환자들 중에서도 걸을 수 있는 사람들은 모두 신발과 옷을 받을 것이고 다음 날 건강한 사람들과 함께 20킬로미터 행군을 떠날 거라고 했다. 다른 사람들은 심각하지 않은 환자들 중에서 선택된 조수와 함께 카베에 남을 것이다.
의사는 보기 드물게 기분이 좋아 보였다. 술에 취한 것 같았다. 나는 그를 알았다. 그는 교양 있고 똑똑하고 자기중심적이고 계산적인 남자였다. 그는 모두 똑같이 세 배의 빵을 배급받게 될 거라고 말했고, 이 말을 들은 환자들은 눈에 띄게 기뻐했다. 우리는 그에게 우리에 관한 몇 가지 질문을 했다. 그는 아마도 독일인들이 우리를 우리 운명에 맡기게 될 것 같다고 대답했다. 아니, 우리를 죽일 것 같지는 않다고 했다. 그는 정반대로 생각하고 있다는 것을 숨기려고 애쓰지 않았다. 그의 기쁨은 의미심장했다.
그는 이미 행군을 위한 준비를 마쳤다. 병실 밖으로 나가자마자 헝가리인 청년 두 명이 흥분해서 자기들끼리 떠들기 시작했다. 그들은 상당히 회복되어 있었지만 몹시 쇠약했다. 그들은 환자들과 같이 남게 될까 봐

두려워하는 게 분명했고, 건강한 사람들과 함께 떠나기로 결정한 것 같았다. 이성과 관련된 문제가 아니었다. 나도 내가 이렇게 허약하다고 느끼지 않았다면 사람들의 본능에 따랐을 것이다. 공포는 극도로 전염성이 있다. 공포에 질린 사람은 제일 먼저 도망을 치려고 애쓴다.

막사 밖이 보통 때와 달리 동요하고 있었다. 헝가리인 한 명이 자리에서 일어나서 밖으로 나갔다가 30분 뒤 더러운 누더기들을 가지고 돌아왔다. 소독해야 할 옷을 창고에서 빼온 게 틀림없었다. 그와 그의 동료는 잔뜩 흥분해서 누더기 위에 다른 누더기를 열심히 걸쳤다. 두려움이 그들을 체념으로 이끌기 전에 서둘러 옷을 입으려 한다는 것을 알 수 있었다. 그들처럼 허약한 사람들은 한 시간도 걸을 수 없다는 생각을 하는 건 무의미했다. 게다가 눈 속에서, 최후의 순간에 구한 다 떨어진 신발을 신고 말이다. 나는 그 점을 설명해보려고 애썼지만 그들은 대답 없이 나를 바라보았다. 그들의 눈은 공포에 질린 동물의 눈 같았다.

잠깐 동안이었지만 내 머릿속에 그들이 옳을 수도 있다는 생각이 스쳐 지나갔다. 그들이 꼴사납게 창문으로 나갔다. 나는 형체 없는 짐 보따리 같은 그들이 창문 밖 어둠 속에서 비틀거리는 것을 보았다. 그들은 돌아오지 않았다. 그들이 사람들을 따라갈 수 없었기 때문에 행군을 시작하고 몇 시간 뒤에 SS에 의해 사살되었다는 걸 나중에 알게 되었다.

나에게도 신발이 한 켤레 필요할 것이다. 분명했다. 하지만 구토와 고열과 무기력을 이기는 데 한 시간이나 걸렸다. 나는 복도에서 신발을 찾았다(건강한 사람들이 환자들의 신발 보관소를 약탈했고 제일 튼튼한 것들을 가져가버렸다. 갈라지고 짝이 맞지 않는 신발들이 사방에 널려 있었다).
바로 그때 알자스 사람인 코스만을 만났다. 그는 민간인이었을 때 클레르몽페랑에서 『로이터』 특파원으로 일했다. 그 역시 흥분해 있었고 행복해했다. 그가 말했다. "당신이 나보다 먼저 돌아가면 메스 시장에게 내가 돌아오는 중이라고 말해줘요."
코스만은 특권층들을 많이 알고 있는 것으로 유명했다. 그래서 그의 이런 낙관주의가 좋은 징조로 보였다. 나는 그것을 근거로 삼아 내 무기력을 스스로 변명했다. 나는 신발을 숨기고 침대로 돌아왔다.
밤이 깊어졌을 때 그리스인 의사가 어깨에 배낭을 메고 발라클라바 모자*를 쓰고 다시 왔다. 그는 내 침대에 프랑스 소설책 한 권을 던졌다. "이거 받아, 읽어봐, 이탈리아인. 다시 만났을 때 돌려주면 돼." 바로 이 말 때문에 오늘까지도 나는 그를 증오한다. 그는 우리가 죽을 수 밖에 없다는 것을 알고 있었다.
그리고 마침내 알베르토가 인사를 하러 찾아왔다. 금지된 일이었지만 그는 창문으로 들어왔다. 그는 나와 떨어질 수 없는 친구였다. 우리는 "두 명의 이탈리아인"이었고 대부분의 외국인 동료들은 우리 둘의 이름을 혼동했다. 여섯 달 전부터 우리는 같은 침대를 썼다. 배급 외에 얻게 되는 빵 한 조각도 늘 나눴다. 그는 어린 시절에 이미 성홍열을 앓았기 때문에 전염이 되지 않았다. 그래서 그는 떠났고 나는 남았다. 우리는

* 눈만 내놓고 얼굴과 귀 전체를 덮는 방한 모자.

인사를 했다. 많은 말들이 필요하지 않았다. 해야 할 말은 이미 수도 없이 다 했기 때문이다. 우리는 그리 오래 떨어져 있지 않을 거라 생각했다. 그는 상태가 좋은 튼튼한 가죽 신발을 구했다. 그는 자기에게 필요한 것을 금방 찾아내는 사람 중의 하나였다.

출발하는 사람들이 다 그렇듯이 그도 기분이 들떠 있었고 자신이 넘쳤다. 이해할 수 있는 일이었다. 어마어마하고 새로운 무슨 일인가가 벌어지고 있었다. 마침내 주변에서 독일의 것이 아닌 힘이 느껴졌다. 저주받은 이 세계 전체의 붕괴가 임박했음을 구체적으로 느낄 수 있었다. 아니, 적어도 지치고 배가 고프긴 해도 움직일 수는 있는 건강한 사람들은 그렇게 느꼈다. 너무 허약하거나 헐벗었거나 신발이 없는 사람들이 다른 식으로 생각하고 느낀 건 두말할 필요도 없다. 그러니까 우리의 마음을 지배한 것은 우리가 완전히 속수무책이며 운명의 손에 맡겨졌다는 무력감이었다.

건강한 사람들은 모두(마지막 순간에 옷을 벗고 병동의 침대로 들어가버린 아주 신중한 몇몇 사람들을 제외하고는) 1945년 1월 18일 밤에 출발했다. 여러 수용소에서 나온 사람들이 2만 명은 되었다. 그들 대부분이 퇴각 행군 중에 사라졌다. 알베르토도 그중 한 명이었다. 언젠가, 누군가가 그들의 이야기를 글로 쓸지도 모르겠다.*

* 아우슈비츠로부터의 광기 어린 퇴각 행군은 독일의 군사적 패배에 따른 혼란의 와중에 이행되었으며, 그 결과는 비참했다. 수인들은 3~4일 동안 눈 속을 쉬지 않고 걸은 후에, 중간에 덮개 없는 화물열차를 타고 마우트하우젠과 부헨발트의 수용소로 이동한 후, 다시 노동을 재개해야 했다. 실제로 이 퇴각 행군을 이야기로 쓴 사람은 아직 없다. 작가에게 보내온 편지를 근거로 계산하면 아우슈비츠 출

병을 앓는 우리는 두려움을 압도하는 무력감 속에서 우리끼리 침대에 누워 있었다.
카베 전체에 800여 명쯤 되었을 것이다. 우리 병실에 남은 사람은 열한 명이었다. 같은 침대를 쓰는 샤를과 아르튀르를 제외하고는 각자 침대를 하나씩 차지하고 있었다. 거대한 기계인 수용소의 리듬이 사라지고 난 뒤, 세상과 시간이 사라진 열흘이 우리에게 시작되었다.

★ **1월 18일.** 퇴각이 있던 날 밤 수용소의 식당은 계속 일을 했다. 다음 날 아침 병동에 마지막 죽을 배급해야 했다. 중앙난방 장치는 방치되었다. 막사 안에는 약간의 온기가 남아 있었으나 시간이 지날수록 기온이 내려가서 우리가 곧 추위에 떨게 될 거라는 사실을 알 수 있었다. 밖의 기온은 적어도 영하 20도는 되었을 것이다. 환자들 대부분은 셔츠만 입고 있었고 몇몇은 그마저도 없었다.
우리의 운명이 어떻게 될지는 아무도 몰랐다. SS 대원 몇 명이 남아서 아직 몇몇 감시탑들을 지키고 있었다.
자정 무렵, SS 장교가 순찰을 돌았다. 그는 각각의 막사에 남아 있는 비유대인 중 한 명을 골라 막사반장에 임명했고, 유대인과 비유대인으로 구별된 환자 목록을 즉시 만들라고 명령했다. 일이 어떻게 될지는 자명

신의 수인들 중에서 추위와 기아, SS의 사격에서 살아남은 사람은 전체의 4분의 1밖에 안 되는 듯하다. SS는 한 사람도 산 채로 두어서는 안 된다는 명령을 상부로부터 받았다. 이 책의 등장인물 중에서는 피콜로 장과 랍비 멘디가 살아남았다—원주.

했다. 독일인들이 마지막 순간까지도 그러한 구별에 대한 민족적 애착을 간직하고 있다는 사실에 아무도 놀라지 않았다. 그리고 다음 날까지 살아 있을 거라고 진심으로 기대하는 유대인도 없었다.
두 명의 프랑스인은 독일어를 알아듣지 못해서 몹시 놀란 것 같았다. 내가 마지못해 그들에게 통역을 해주었다. 그들이 겁을 내고 있다는 사실 때문에 화가 났다. 그들은 수용소 생활이 한 달도 채 안 되었다. 아직은 배고픔이 무엇인지도 거의 몰랐고 유대인도 아니었다. 그런데 그토록 겁을 내고 있었다.
다시 빵이 배급되었다. 나는 의사가 던져놓고 간 책을 읽으며 오후를 보냈다. 매우 흥미로운 책이었고 나는 이상하게도 그 내용을 정확히 기억하고 있다. 나는 담요를 찾아 옆 막사에도 가보았다. 그 막사의 환자들이 많이 나갔기 때문에 그들의 담요가 그대로 남아 있었다. 나는 두툼한 담요 여러 장을 가져왔다.
그 담요를 이질 막사에서 가져왔다는 것을 알고 아르튀르가 싫은 티를 냈다. "Y-avait point besoin de le dire."(말할 필요도 없지) 사실 담요들이 얼룩덜룩했다. 어쨌든 우리를 기다리고 있는 게 무엇인지 알고 있으므로 되도록 따뜻하게 덮고 자는 게 좋을 거라고 생각했다.
곧 밤이 되었다. 전기는 아직 들어왔다. 우리는 막사 한모퉁이에 서 있는 무장한 SS 대원을 공포에 질린 눈으로 조용히 바라보았다. 나는 말을 하고 싶지 않았다. 앞에서 말한 외부적이고 조건부적인 방식의 두려움 말고는 전혀 겁이 나지 않았다. 나는 늦은 시간까지 계속 책을 읽었다.

시계가 없었지만 감시탑의 반사등까지 모두 꺼진 것을 보면 11시가 틀림없었다. 멀리서 탐조등 불빛이 보였다. 강렬한 불꽃송이*들이 하늘에서 꽃을 피우더니 꼼짝 않고 잔인하게 땅을 비추었다. 비행기 소리가 들렸다.
그러더니 폭격이 시작되었다. 새로운 일이 아니었다. 나는 땅으로 내려가 맨발에 신발을 신고 기다렸다.
먼 곳에서, 아마도 아우슈비츠(아우슈비츠 제1수용소)에서 폭격이 시작된 것 같았다.
아니, 이 근처였다. 제대로 생각을 정리하기도 전에 두번째, 세번째 폭격으로 귀청이 떨어져나갈 것만 같았다. 유리창이 깨지고 막사가 흔들렸다. 나무 벽에 꽂아놓은 내 숟가락이 떨어졌다.
폭격이 끝난 것 같았다. 또 한 명의 보주 출신인 젊은 농부 카놀라티는 공습을 처음 겪은 게 틀림없었다. 그는 알몸으로 침대에서 뛰어내려 구석에 납작 엎드리며 비명을 질렀다. 우리 수용소가 폭격을 당했다는 것이 몇 분 뒤 분명한 사실로 드러났다. 막사 두 개가 거센 불길에 휩싸였고 다른 막사 두 개는 산산조각나버렸다. 하지만 그 막사들은 모두 비어 있었다. 불길에 위협을 받는 막사에서 옷도 제대로 입지 못한 10여 명의 비참한 환자들이 우리 병실로 건너왔다. 그들은 자기들을 받아달라고 청했다. 그들을 받아준다는 건 불가능했다. 그들은 여러 언어로 애원하

* 낙하산에 단 조명탄을 가리킨다. 야간 폭격 때 목표를 비추기 위해 사용했다—원주.

고, 위협하고, 고집을 부렸다. 우리는 문에 바리케이드를 쳤다. 그들은 환한 불빛을 받으며, 맨발로 눈을 녹이며 다른 곳으로 몸을 끌었다. 대부분의 사람들이 너덜너덜한 붕대를 매달고 있었다. 바람의 방향이 바뀌지 않는 한 우리 막사는 위험하지 않았다.

★ 이제 독일인들은 한 명도 없었다. 감시탑은 텅 비었다.

★ 지금 나는 아우슈비츠가 존재했었다는 사실만으로, 우리 시대에 그 누구도 신의 섭리에 대해 말할 수 없으리라 생각한다. 그러나 그 시간, 극한 상황에서 구원을 받는 성서의 모든 일화들이 바람처럼 모두의 머릿속을 스쳤던 것은 사실이다.
우리는 잠을 잘 수 없었다. 유리가 깨져 몹시 추웠다. 불을 피울 수 있는 난로를 찾고 석탄과 장작과 식량을 마련해야만 한다고 생각했다. 나는 이 모든 일이 꼭 필요하다는 것을 알았다. 하지만 누군가의 도움 없이 그것을 실행에 옮길 힘이 내게는 남아 있지 않았다. 나는 두 명의 프랑스인에게 그것에 대해 말했다.

★ **1월 19일.** 프랑스인들이 동의했다. 우리 세 사람은 새벽에 일어났다. 난 몸이 아프고 기운이 없었다. 춥고 두려웠다.
다른 환자들이 호기심과 존경이 담긴 눈으로 우리를 보았다. 카베에서 나가는 게 금지되어 있다는 걸 모르는 거 아냐? 독일인들이 아직 남아 있을지도 모르는데? 그러나 그들은 아무 말도 하지 않았다. 그들은 오히려 누군가 시도를 해보려 한다는 사실에 기뻐했다.

프랑스인들은 수용소의 지형을 전혀 알지 못했다. 그렇지만 샤를은 용기가 있고 튼튼했으며 아르튀르는 통찰력이 있고 농부로서 현실감각이 뛰어났다. 우리는 담요로 대충 몸을 둘둘 만 채 안개가 끼고 바람이 부는, 얼음같이 차가운 공기 속으로 나왔다.

우리가 본 것은 지금껏 본 적도, 들은 적도 없는 광경이었다.

방금 파괴당한 수용소는 이미 해체되어버린 듯 보였다. 물도, 전기도 없었다. 부서진 창문과 문은 바람에 덜거덕거렸고, 여기저기 떨어져나간 양철 지붕들은 날카로운 소리를 냈으며, 타고 남은 재들이 하늘 높이, 멀리 날아갔다. 폭탄이 시작한 작업을 인간의 작업이 완성한 꼴이었다. 해골같이 마르고 쇠약한 환자들이 누더기를 걸친 채 사방으로 돌아다녔다. 꽁꽁 언 땅 위로 벌레들이 습격을 한 것 같았다. 그들은 먹을 것과 불 땔 것을 찾아 막사들을 모두 뒤졌다. 그들은 무의미한 분노를 품은 채 증오하던 블록앨테스터의 방으로 쳐들어갔다. 전날까지만 해도 일반 해프틀링의 출입이 금지되어 있던, 기괴하게 장식된 방들이었다. 자신들의 내장을 더 이상 통제할 수 없게 된 그들은 사방을 더럽혀놓았고 전 수용소를 통틀어 물을 구할 수 있는 유일한 원천인 눈을 오염시켰다.

불에 타 연기에 휩싸인 막사 잔해들 주위에 한 무리의 환자들이 모여앉아 마지막 온기를 빨아들이고 있었다. 다른 환자들은 어디선가 감자를 찾아냈고 잔인한 눈으로 주위를 살피며 타다 남은 불에 그것을 구웠다.

진짜 불을 피울 기운이 남아 있는 소수의 사람들은 급조한 그릇에 눈을 넣어 자신들이 피운 불 위에서 녹였다.

우리는 할 수 있는 한 서둘러 식당으로 향했지만 감자는 거의 바닥나고 없었다. 우리는 자루 두 개에 감자를 가득 담은 뒤 아르튀르에게 그것을 지키게 했다. 프로미넨츠블록의 잔해들 속에서 샤를과 나는 마침내 우리가 찾던 것을 발견했다. 아직 쓸 만한 연통이 달린, 주철로 만든 무거운 난로였다. 샤를이 수레를 가지고 달려왔고 우리는 거기에 난로를 실었다. 샤를은 그것을 막사로 가져가는 책임을 내게 맡기고 감자 자루를 가지러 뛰어갔다. 자루를 지키던 아르튀르가 추위 때문에 정신을 잃고 쓰러져 있었다. 샤를은 자루 두 개를 짊어져 안전한 곳에 옮겨놓은 뒤 친구를 돌보았다.

그 사이 나는 겨우 내 몸을 지탱하며 무거운 수레를 있는 힘을 다해 움직여보려 했다. 바로 그때 엔진 떨리는 소리가 들리더니 오토바이를 탄 SS가 수용소에 들어왔다. 그들의 딱딱한 얼굴을 볼 때마다 늘 그랬듯, 공포와 증오로 온몸이 얼어붙는 것 같았다. 몸을 숨기기에는 너무 늦었고, 난로를 포기하고 싶지도 않았다. 수용소의 규정에는 SS 앞에서는 차려 자세를 하고 모자를 쓰도록 되어 있었다. 난 모자가 없었고 담요를 거추장스럽게 두르고 있었다. 나는 수레에서 몇 발짝 떨어져서 약간 우스꽝스럽게 목례를 했다. 독일인은 나를 보지도 않고 지나쳤고, 막사 주위를 한 바퀴 돌고는 떠났다. 얼마나 위험한 상황이었는지는 나중에야 깨달았다.

드디어 우리 막사의 입구에 도착한 나는 샤를에게 난로를 넘겼다. 너무 힘을 써서 숨을 쉴 수도 없었다. 눈앞에서 커다란 검은 점들이 춤을 추었다.

난로를 피우는 게 문제였다. 우리 손은 마비되어 있었고 주철은 얼어붙어 있어서 손을 대면 쩍쩍 달라붙었다. 그렇지만 몸을 덥히고 감자를 익히려면 난로를 피우는 게 급선무였다. 우리는 장작과 석탄을 구해왔고 화재가 난 막사에서 불씨가 조금 남은 나무도 가져왔다.

부서진 창문이 수리되고 난로가 온기를 퍼뜨리기 시작하자 우리의 마음도 조금 누그러지는 것 같았다. 그러자 토바로프스키(23세의 프랑스계 폴란드인으로 발진티푸스 환자)가 이런 일을 해낸 우리 세 사람에게 빵 한 조각씩을 주자고 제안했고 다른 환자들이 제안을 받아들였다.

불과 하루 전만 해도 이런 일은 벌어질 수 없었다. 수용소에는 이런 불문율이 있었다. "네 빵을 먹어라. 그리고 할 수 있으면 네 옆 사람의 빵도 먹어라." 그리고 감사의 마음을 갖지 마라. 지금 이 일은 수용소가 죽었다는 분명한 증거였다.

우리 사이에서 일어난 최초의 인간적인 제스처였다. 나는 바로 그 순간이 어쨌든 살아 있던 우리가 해프틀링에서 다시 서서히 인간으로 변모한 그 변화 과정의 시작으로 기록될 수 있을 거라 생각한다.

아르튀르는 다시 기운을 차렸지만 그때부터 추위에 노출되는 것을 피했다. 그는 난롯불이 꺼지지 않게 지키고, 감자를 삶고, 병실 청소를 하고, 환자들을 돕는 일을 맡았다. 샤를과 나는 여러 가지 바깥일을 나누어서

했다. 아직은 한 시간 정도 전깃불이 들어왔다. 정찰을 나갔다가 누군가 눈에 버린 알코올 반 리터와 맥주 효모 한 통을 손에 넣었다. 우리는 삶은 감자와 효모를 한 사람당 한 숟가락씩 나눠주었다. 효모가 결핍된 비타민을 보충해줄 거라고 막연하게나마 생각했다.

어둠이 찾아왔다. 수용소를 통틀어 난로를 갖춘 막사는 우리 병실밖에 없었고 우리는 이 사실을 매우 자랑스럽게 생각했다. 다른 구역의 수많은 환자들이 우리 병실 문 앞에 모여들었지만 거구의 샤를이 그들을 막았다. 우리도 그들도, 환자들끼리 어쩔 수 없이 뒤섞이는 것이 막사에서의 생활을 몹시 위험하게 만들 거라는 생각, 그리고 이런 상황에서 디프테리아에 걸린다면 그것은 4층에서 뛰어내리는 것보다 더 치명적일 거라는 생각은 하지 않았다.

나로 말하자면 이런 점에 대해 의식하고는 있었지만 깊이 생각하지는 않았다. 나는 너무 오랫동안 병들어 죽는 것을 충분히 가능한 일로, 회피할 수 없는 상황으로, 우리가 어떻게 손을 쓸 수 없는 불가항력적인 일로 생각하는 데 길들여져 있었다. 그래서 다른 병실로, 전염의 위험이 훨씬 적은 다른 막사로 옮겨갈 수도 있다는 생각은 추호도 하지 못했다. 이곳에는 우리의 작품인, 놀랄 만큼 따스한 온기를 퍼뜨리는 난로가 있었다. 여기에는 내 침대도 있었다. 그리고 마지막으로 인펙치온잡타일룽의 우리 열한 명의 환자들을 이어주는 끈이 있었다.

요란한 대포 소리가 가까이에서 혹은 멀리서 드문드문 들렸고 간헐적으로 자동소총 소리가 들려왔다. 벌겋게 타는 나무만이 빛을 발하는 어둠 속에서 샤를과 아르튀르, 그리고 내가 앉아 식당에서 찾아낸 허브로 만든 담배를 피우며 과거와 미래의 일들을 이야기하고 있었다. 전쟁이 한창인 얼음 뒤덮인 드넓은 평야 한가운데에서, 병원균들이 우글거리는 어두운 병실에서, 우리는 우리 자신과, 세상과 화합했다고 느꼈다. 우리는 피로에 지쳐 있었지만 그토록 오랜 시간이 흐른 뒤 드디어 쓸모 있는 어떤 일을 해낸 기분이었다. 어쩌면 천지창조의 첫날을 보낸 하느님 같은 기분이었을지도 모른다.

★ **1월 20일.** 새벽이 되었다. 내가 난롯불을 피울 차례였다. 온몸이 전체적으로 허약한 것 말고도 매 순간 통증을 전하는 관절 마디마디가 성홍열이 사라지려면 아직 멀었다는 것을 상기시켰다. 다른 막사로 불을 찾아나서기 위해 찬 공기 속으로 뛰어들 생각을 하자 몸서리가 쳐졌다.

나는 내게 부싯돌*이 있다는 걸 생각해냈다. 나는 작은 종잇조각에 알코올을 뿌렸다. 그리고 끈기 있게 그 위에 검은 가루를 약간 모았다. 그런 다음 칼로 부싯돌을 더욱 세게 긁어보았다. 됐다. 불꽃이 몇 번 튀더니 검은 가루 더미에 불이 확 붙었다. 종잇조각에도 푸르스름한 알코올 불꽃이 일었다.

아르튀르가 감탄을 하며 침대에서 내려왔다. 그리고 전날 삶아놓은 감

★ 레비가 이 부싯돌을 어떻게 구했는지에 대해서는 『주기율표』의 「세륨」장에 자세한 내막이 나온다.

자를 한 사람당 세 개씩 데웠다. 잠시 후 샤를과 나는 주린 배를 안고 추위에 덜덜 떨며 폐허가 된 수용소로 다시 정찰을 떠났다.

우리에게는 겨우 이틀치 식량(감자)밖에 남아 있지 않았다. 물은 눈을 녹여 해결할 수밖에 없었다. 큰 그릇이 없어서 물을 녹이기가 힘들었다. 그나마 그렇게 녹인 물은 시커멓고 뿌예서 걸러서 사용해야만 했다.

수용소는 조용했다. 굶주린 다른 유령들이 우리처럼 정찰을 하며 돌아다니고 있었다. 이제 수염이 텁수룩했고 눈은 퀭하게 들어갔으며 누더기를 걸친 몸은 누렇게 뜨고 해골같이 말랐다. 우리는 제대로 걷지도 못하고 비틀거리며 텅 빈 막사를 드나들고 도끼, 양동이, 주걱, 못 같은 여러 가지 물건들을 날랐다. 모든 게 다 쓸모가 있을 것이다. 멀리 내다보는 사람은 벌써 주변 시골 폴란드인들과의 유리한 거래를 생각하고 있었다.

부엌에서 두 사람이 남아 있는 썩은 감자 열 개를 놓고 다투고 있었다. 그들은 상대방의 누더기 옷을 붙잡고 얼어붙은 입으로 이디시어 욕을 내뱉으며 느리고도 불분명한, 이상한 동작으로 구타를 했다.

창고 뜰에는 양배추와 순무(우리 식사의 기본 재료인 크고 맛없는 순무)가 산더미처럼 쌓여 있었다. 어찌나 꽁꽁 얼어붙어 있던지 곡괭이로도 떼어낼 수 없었다. 샤를과 나는 있는 힘을 다해 번갈아가며 곡괭이를 휘둘렀고, 거기서 50킬로그램 정도의 양배추와 순무를 얻었다. 다른 것도 있었다. 샤를이 소금 한 봉지와 거대한 얼음 덩어리로 변한 물 한 통을 찾아냈다. "Une fameuse trouvaille!"(굉장한 발견이야) 물은 50리터는 될 것 같았다.
우리는 작은 수레 위에 그것들을 전부 다 싣고(전에 막사에 배급을 할 때 사용하던 수레였다. 사방에 버려진 이런 수레들이 셀 수도 없이 많았다) 힘들게 눈 위로 수레를 밀며 다시 막사로 돌아갔다.
그날도 우리는 삶은 감자와 난로에서 구운 순무 몇 조각으로 만족해야 했다. 하지만 아르튀르가 내일은 요리에 중요한 변화를 주겠다고 약속했다.
오후에 나는 뭔가 쓸모 있는 게 있는지 보려고 예전의 진료실로 갔다. 선수를 친 사람들이 있었다. 미숙한 약탈자들에 의해 모든 게 엉망진창이 되어 있었다. 온전한 병 하나 없었고, 바닥에는 옷 조각과 오물, 더러운 붕대들이 수북이 쌓여 있었다. 빳빳하게 굳은 알몸의 시체도 한 구 있었다. 그러나 그들이 놓친 게 있었다. 트럭용 배터리였다. 나는 칼로 배터리 극을 건드려보았다. 작은 불꽃이 튀었다. 충전이 되어 있었다.
그날 밤 우리 병실에는 불이 켜졌다.

★ 나는 침대에 앉아 창밖의 길을 바라보았다. 지난 3일 동안 퇴각하는 베어마흐트Wehrmacht(독일군)들의 물결이 그 길을 지나가고 있었다. 장갑차, 흰색으로 위장한 타이거 탱크, 말 탄 독일인, 자전거 탄 독일인, 걸어가는 독일인, 무장한 독일인, 무기 없는 독일인들이었다. 밤에는 탱크가 시야에 나타나기 훨씬 전부터 요란한 바퀴 소리가 들렸다. 샤를이 물었다. "Ça roule encore?"(저게 아직 굴러다녀)

"Ça roule toujours."(언제나 굴러다니지)
행렬은 결코 끝나지 않을 것 같았다.

★ **1월 21일.** 하지만 끝이 났다. 21일 새벽에 평야는 다시 황량하고 활기가 없었으며 눈길이 닿는 곳까지 새하얬다. 그 위로는 까마귀 떼들이 너무나 슬프게 날아갔다.
움직이는 거라면 뭐든 좋으니 다시 볼 수 있으면 좋겠다는 생각이 들었다. 폴란드 민간인들도 사라져서 어딘지 모를 곳으로 숨어버렸다. 심지어 바람마저도 정지한 것 같았다. 내가 원하는 건 한 가지밖에 없었다. 이불 속에 누워 근육과 신경과 의지가 완전히 지쳐버린 상태로 나를 내버려두는 것이었다. 죽은 사람처럼 무심하게 모든 것이 끝나기를 혹은 끝나지 않기를 기다리는 것이었다.
샤를이 벌써 난로를 피워놓았다. 샤를은 활동적이고 믿음직하고 친절한 친구였다. 그가 일을 하러 가자고 나를 불렀다.
"Vas-y, Primo, descends-toi de là-haut. il y a Jules à attraper par les oreilles……"(자, 프리모, 이리 내려와요. '쥘' 손잡이를 잡으러 가야죠).
쥘Jules은 실내용 변기로 매일 아침 손잡이를 잡아 밖으로 가져가 검은 웅덩이에 쏟아버려야 했다. 이게 하루 중 제일 먼저 해야 할 일이었다. 손을 씻을 수 없으며, 우리 환자 중 세 사람이 티푸스 환자라는 것을 생각해보면 그리 유쾌한 일은 아니었다.

우리는 양배추와 순무를 요리해야 했다. 내가 장작을 구하러 간 사이 샤를이 녹일 눈을 모았고, 아르튀르는 앉아 있을 수 있는 환자들을 동원했다. 순무 깎는 일을 돕게 하려는 것이었다. 토바로프스키, 세르텔레, 알칼레, 그리고 솅크가 부름에 응답했다.

세르텔레도 보주 출신 농부로 스무 살이었다. 그는 상태가 좋아 보였지만 하루하루 목소리가 음산한 콧소리로 변해가면서 디프테리아에 걸린 사람이 살아남는 경우가 아주 드물다는 사실을 우리에게 상기시켜주었다.

알칼레는 툴루즈 출신의 유대인으로 유리공이었다. 그는 매우 조용했고 사려 깊었다. 얼굴에 단독丹毒을 앓고 있었다.

솅크는 슬로바키아의 상인으로 유대인이었다. 발진티푸스를 앓은 뒤 회복기에 있는 그는 식욕이 왕성했다. 그것은 토바로브스키도 마찬가지였는데, 그는 프랑스-폴란드계 유대인으로 어리석고 말이 많지만 전염성 강한 낙관주의로 우리 공동체에 도움을 주었다.

그래서 환자들이 각자 자기 침대에 앉아 칼을 들고 순무를 깎는 동안 샤를과 나는 요리하기에 적당한 장소를 찾아보러 가기로 했다.

말로 형언할 수 없을 만큼 더러운 오물들이 수용소 전역을 뒤덮고 있었다. 변소는 이제는 아무도 신경을 쓰지 않아 차고 넘쳤고 이질 환자들(100명이 넘었다)이 카베 구석구석을 더럽혔다. 양동이들과 배급에 쓰이던 통, 반합들도 오물로 넘쳐났다. 발밑에 신경을 쓰지 않고는 한 발짝도 움직일 수 없었다. 어두워지면 이동하는 것이 불가능했다. 변함 없이 살을 엘 듯한 추위 때문에 고통스럽기는 했지만 얼음이 녹았을 때 벌어질 일을 생각하면 몸서리가 쳐졌다. 불가피하게 전염병이 퍼질 것이고 악취 때문에 숨을 쉬지 못할 것이다. 게다가 눈이 녹아버리면 물 한 방울 없이 지내야 할 것이다.

오랜 탐색 끝에 우리는 마침내 바닥 일부분이 그리 더러워지지 않은 채 남아 있는, 조리실로 사용할 만한 장소를 찾아냈다. 시간을 절약하고 복잡한 일을 피하기 위해 거기서 불을 피웠다. 그리고 눈과 클로라민(청소·소독용 살균제의 일종)을 섞어 두 손에 문질러 소독을 했다.

죽을 만들었다는 소식은 반쯤 죽어 있는 사람들 사이로 순식간에 퍼져나갔다. 굶주린 얼굴들이 문 앞에 떼를 지어 모여들었다. 샤를이 국자를 들고 그들에게 간단하면서도 단호하게 말했다. 프랑스어였지만 통역은 필요 없었다.

대부분의 사람들이 흩어진 뒤 한 사람이 앞으로 나왔다. 그는 파리 출신이고 (그의 말에 따르면) 일류 재단사인데 폐병을 앓고 있었다. 죽 1리터만 주면 수용소에 굴러다니는 담요들을 이용해 우리에게 맞는 옷을 만들어줄 수 있다고 했다.

막심이 정말 유능한 재단사라는 게 증명되었다. 다음 날 샤를과 나는 촉감은 거칠지만 빛깔은 화려한 재킷과 바지, 장갑을 갖게 되었다.

첫번째 죽을 기쁘게 나누어 허겁지겁 먹고 난 뒤, 저녁 평야의 고요한 침묵이 깨졌다. 불안감을 깊이 느끼기에는 너무나 지쳐 있던 우리는 지평선의 어느 지점에 배치되어 있는 듯한 기관총들이 이상하게 우르릉쾅쾅

거리는 소리와 우리 머리 위로 날아가는 총탄 소리에 귀를 기울였다.
나는 수용소 밖의 삶이 아름다웠고 여전히 아름다울 것이며 지금 우리가 사라지게 된다면 정말 안타까울 거라고 생각했다. 난 졸고 있는 환자들을 깨웠다. 그리고 모두 내 말을 듣고 있다고 확신했을 때 그들에게 말했다. 처음에는 프랑스어로, 그뒤에는 독일어로 최선을 다해 말했다. 우리는 이제 집으로 돌아갈 생각을 해야만 한다고, 우리에게 달려 있는 문제들에 대해서는 몇 가지 꼭 해야 할 일이 있고 꼭 피해야 할 일이 있다고 말했다. 각자 자기 반합과 숟가락을 잘 보관해야 한다. 죽이 남아도 다른 사람들에게 죽을 줘서는 안 된다. 변소에 갈 때가 아니면 누구도 침대에서 내려와서는 안 된다. 뭔가 필요하면 우리 세 사람에게 말해라. 다른 사람에게 말하면 안 된다. 특히 아르튀르는 규율과 위생을 감시하는 임무를 맡았다. 발진티푸스 환자의 숟가락과 디프테리아 환자의 숟가락을 씻다가 서로 바뀔 위험이 있으므로 반합과 숟가락을 더러운 채로 내버려두는 게 낫다는 점을 아르튀르가 잊어서는 안 되었다.
환자들은 이제 모든 것에 너무나 무관심해져서 내가 말하는 것에 별 신경을 쓰지 않는 분위기였다. 그렇지만 나는 아르튀르의 근면성을 무조건 신뢰했다.

★ **1월 22일.** 심각한 위험에 가벼운 마음으로 직면할 수 있는 사람이 용감한 사람이라면 그날 아침 샤를과 나는 용감했다. 우리는 전류가 흐르는 철조망 바로 밖에 있는 SS 본부까지 정찰 영역을 넓

혔다.
본부의 보초들은 몹시 서둘러 떠난 게 틀림없었다. 우리는 식탁 위에 죽이 반쯤 담긴 그릇들이 놓여 있는 것을 발견했다. 죽은 얼어붙어 있었다. 그러나 우리는 너무나 기쁜 마음으로 허겁지겁 그것을 먹어치웠다. 술잔에는 누런색 얼음으로 변한 맥주가 가득 담겨 있었고, 막 게임을 시작했던 것 같은 체스판이 있었다. 숙소 안에는 귀중품들이 쌓여 있었다.
우리는 보드카 한 병, 여러 가지 약품, 신문과 잡지, 그리고 솜을 넣은 최고급 이불 네 개를 실었다. 그 이불 중 하나는 지금 토리노의 우리 집에 있다. 우리는 기뻐 어쩔 줄 모르며, 아무 생각 없이 우리 정찰의 전리품들을 병실로 가져와 아르튀르에게 맡겼다. 그날 저녁에야 우리는 낮에 30분만 늦었어도 무슨 일이 벌어졌을지 알게 되었다.
해산된 것으로 보였던, 그래도 무기를 가지고 있던 SS 대원 몇 명이 버려진 수용소에 잠입했다. 그들은 SS-바페SS-Waffe(전투용 SS 부대)의 식당에 프랑스인 열여덟 명이 머물고 있는 것을 발견했다. SS들은 프랑스인들의 목에 질서 정연하게 총을 한 방씩 쏘아 모두 죽였고, 꿈틀거리는 시신들을 눈 덮인 길에 죽 늘어놓았다. 그리고 떠났다. 열여덟 구의 시신들은 러시아인들이 올 때까지 그렇게 놓여 있었다. 그들을 묻어줄 만한 기운이 있는 사람은 아무도 없었다.
그뿐이 아니었다. 나무처럼 뻣뻣해진 시체들이 각 막사의 침대들을 차지하고 있었다. 아무도 그들을 옮길 생각을 하지 않았다. 땅이 너무 꽁꽁 얼어붙어 있어서 파기도 힘들었다. 대부분의 시체들은 참호에 쌓여 있었지만, 처음 며칠이 지난 뒤 그 시체 더미가 구덩이 위로 올라와서 부끄럽게도 우리 창문에서도 쉽게 볼 수 있었다.

우리는 이질 환자들의 병실과 나무 벽 하나만 사이에 두고 있었다. 그쪽에서는 많은 사람들이 죽어가고 있었고 이미 수많은 사람이 죽었다. 바닥에는 얼어붙은 배설물이 두껍게 얼어붙어 있었다. 먹을 것을 구하러 담요 밖으로 나갈 기운이 있는 사람이 아무도 없었고, 먹을 것을 구한 사람은 동료들을 구하러 돌아오지 않았다. 저쪽 나무 벽 바로 옆에 두 명의 이탈리아 사람이 같은 침대를 쓰며 추위를 이겨보기 위해 서로 꽉 껴안고 있었다. 내가 프랑스어로만 말했기 때문에 두 사람은 오랫동안 내 존재를 눈치채지 못했다. 그들은 샤를이 이탈리아식으로 발음한 내 이름을 우연히 듣고는 그때부터 끊임없이 신음을 하며 애원했다.

물론 나는 그럴 만한 수단과 힘이 있다면 그들을 도와주고 싶었다. 다른 건 제쳐두고라도 그들의 집요한 외침을 멈추게 하기 위해서라도. 밤이 되어 모든 일을 끝냈을 때 나는 피로와 몸서리를 억누르며 물과 그날 우리가 먹고 남은 죽이 담긴 반합을 들고 더럽고 깜깜한 복도를 더듬거리며 그들이 있는 곳까지 가게 되었다. 결과는 이랬다. 그때부터 이질 환자 병실의 환자들은 얇은 나무 벽을 통해 밤이고 낮이고 내 이름을 외쳤다. 내 이름은 전 유럽의 모든 억양으로 불렸고 알아들을 수 없는 기도들이 그 뒤를 이었다. 그러나 내가 그들을 구제해줄 수 있는 방법은 하나도 없었다. 나는 울고 싶었다. 그들에게 욕을 하고 싶었다.

밤은 끔찍하게 놀라운 일을 준비하고 있었다.

내 침대 바로 밑에 있는 라크마커는 몸이 완전히 망가진, 가여운 인간이었다. 열일곱 살의 네덜란드 유대인인(이었던) 그는 키가 크고 마르고 온순했다. 석 달 전부터 침대에 누워 있었는데, 그가 어떻게 선발을 피했는지 알 수 없었다. 그는 계속 발진티푸스와 성홍열을 앓았다. 그러는 동안 심각한 심장병이 나타났고, 심한 욕창까지 생겨 이제 배를 깔고 엎드려 있을 수밖에 없게 되었다. 그렇지만 식욕은 잔인할 정도로 왕성했다. 그는 네덜란드어밖에 할 줄 몰라서 우리 모두 그의 말을 전혀 알아들을 수 없었다.

어쩌면 라크마커가 두 그릇이나 원했던 양배추와 순무 죽이 모든 것의 원인이었는지도 모른다. 한밤중에 그가 신음을 했다. 그러더니 침대에서 뛰어내렸다. 변소에 가려고 했지만 너무 기운이 없어서 땅에 쓰러져 울며 크게 비명을 질렀다.

샤를이 불을 켰다(배터리는 역시 행운의 산물이라는 것이 증명되었다). 우리는 사태가 심각하다는 것을 확인할 수 있었다. 라크마커의 침대와 바닥이 배설물로 젖어 있었다. 순식간에 참을 수 없는 악취가 작은 병실에 가득 퍼졌다. 우리는 물 한 방울 없었다. 갈아줄 담요나 짚자리도 없었다. 가여운 그 아이, 티푸스로 고생하는 그 환자는 무시무시한 전염병의 원천이었다. 신음하며 배설물 속에서 떨고 있는 그를 밤새 바닥에 놔둘 수도 물론 없었다.

샤를이 침대에서 내려왔다. 그리고 조용히 다시 옷을 입었다. 내가 전등을 들고 있는 동안 그가 칼로 짚자리와 담요의 더러워진 부분을 모두 잘

라냈다. 그리고 엄마처럼 따뜻하게 라크마커를 바닥에서 안아올렸다. 그리고 짚자리에서 꺼낸 짚으로 최대한 깨끗이 그의 몸을 닦아주었고 그 가여운 아이가 누울 수 있는 단 하나의 자리인, 다시 정리한 침대에 눕혀주었다. 그런 다음 양철 조각으로 바닥을 긁어냈다. 마지막으로 클로라민을 조금 녹였고, 모든 물건에, 그리고 자기 자신에게 그 소독약을 뿌렸다.

나는 내가 만일 그 일을 했더라면 극복해야 했을 피로에 견주어 그의 자기희생을 가늠해보았다.

★ **1월 23일.** 우리의 감자가 바닥나버렸다. 수용소에서 멀리 떨어지지 않은 가시 철조망 밖의 어느 지하에 거대한 감자 저장고가 있다는 소문이 며칠 전부터 막사에 돌았다.

알 수 없는 몇몇 개척자가 인내심을 가지고 탐색을 한 게 틀림없었다. 혹은 누군가 정확하게 그곳을 알고 있었을 것이다. 실제로 23일 아침 가시 철조망이 일부분이 절단되었다. 비참한 사람들이 두 줄로 그 구멍을 들고 났다.

샤를과 나는 바람 부는 음산한 평야로 떠났다. 그리고 쓰러진 철조망을 넘었다.

"Dis donc, Primo, on est dehors!"(이봐요, 프리모, 우리가 밖으로 나왔어요)

그랬다. 체포된 날 이후 처음으로 나는 집과 나 사이에 무장병의 감시나가로놓인 철조망 없이 자유의 몸으로 서 있었다.

수용소에서 400미터 정도 떨어진 곳에 감자가 있었다. 보물이었다. 기다란 두 개의 구덩이 속에 감자가 가득했다. 감자가 얼지 않도록 짚과 흙이 번갈아가며 덮여 있었다. 이제 굶어죽는 사람은 없을 것이다.

그러나 감자를 캐내는 일이 쉽지 않았다. 언 땅이 대리석처럼 단단했다. 힘들게 곡괭이질을 하면 땅에 구멍을 뚫고 그 속의 감자를 찾아낼 수 있었다. 하지만 대부분의 사람들은 다른 사람들이 파놓은 구멍으로 들어가 아주 깊이까지 내려가서 밖에 있는 동료들에게 감자를 던져주는 것을 더 선호했다.

헝가리 노인이 그 속에서 갑자기 숨을 거두었다. 그는 굶주린 자의 자세 그대로 꼼짝 않고 누워 있었다. 머리와 어깨가 흙에, 배는 눈에 파묻힌 채 두 손을 감자 쪽으로 뻗고 있었다. 그뒤에 온 사람이 시신을 1미터 정도 옮긴 뒤, 다시 감자를 꺼냈다.

그때부터 우리의 식생활은 개선되었다. 삶은 감자와 감자죽 외에 아르튀르의 요리법으로 만든 감자구이를 환자들에게 줄 수 있었다. 아르튀르는 날감자와 삶아서 부드러워진 감자를 함께 으깼다. 이렇게 뒤섞은 것을 불에 달군 양철판에 구웠다. 탄맛이 났다.

그러나 세르텔레는 이런 것을 즐길 수가 없었다. 그는 병세가 날로 악화되었다. 점점 더 콧소리가 심해지는 것 외에도 음식물을 전혀 삼키지 못했다. 뭔가 목에 걸린 듯, 약간의 음식만 삼켜도 목이 막히려고 했다.

나는 앞쪽 막사에 환자로 남아 있는 헝가리인 의사를 찾아갔다. 그는 디프테리아라는 말을 듣자 내게서 몇 발짝 물러섰고, 나에게 나가라고 명령했다.
단순히 안심시키려는 목적으로 나는 모든 사람의 코에 장뇌 도포제(면실유와 장뇌유를 섞은 자극 완화제)를 한 방울씩 떨어뜨렸다. 이게 도움이 될 거라고 세르텔레를 안심시켰다. 나 자신도 그렇게 믿으려고 애썼다.

★ **1월 24일.** 자유. 철조망에 난 구멍은 자유에 대한 구체적인 이미지를 우리에게 심어주었다. 조심스럽게 그것에 관심을 기울여보면 이제 더 이상 독일인도, 선발도, 노동도, 구타도, 점호도 없다는 것을, 그리고 어쩌면 조금 뒤에는 집에 돌아갈 수도 있다는 것을 거기서 읽어낼 수 있었다.
그러나 그에 대해 확신을 가지려면 노력이 필요했고, 그 누구도 그런 생각을 즐길 만한 여력이 없었다. 주위에는 온통 파괴와 죽음의 흔적뿐이었다.
우리 창문 앞에 쌓여 있는 시체 더미들은 이미 구덩이 밖으로 넘쳐났다. 감자를 적당히 먹고 있었지만 모두 극도로 허약해져 있었다. 회복되는 환자는 한 명도 없었고, 오히려 많은 환자들이 폐렴이나 설사병에 걸렸다. 움직일 수 없는 사람들, 혹은 그렇게 할 기운이 없는 사람들은 추위로 몸이 꽁꽁 언 채 무기력하게 침대에 누워 있었다. 그들이 죽어도 아무도 눈치채지 못했다
다른 사람들도 모두 믿을 수 없을 정도로 지쳐 있었다. 수용소에서 몇

달, 몇 년을 보낸 인간들이 감자만으로 기운을 되찾을 수는 없었다. 샤를과 나는 요리를 끝낸 뒤 조리실에서 병실로 오늘 먹을 죽 25리터를 끌고 가고 나면 숨을 헐떡이며 침대 위에 몸을 던져야만 했다. 그러는 사이 부지런하고 가정적인 아르튀르가 'rabiot pour les travailleurs'(일한 사람을 위한 추가분) 3인분과 'pour les italiens d'à côté'(옆 병실의 이탈리아인들*을 위한) 것을 바닥에 조금 더 남겨두려고 신경을 쓰며 죽을 나누었다.

전염병 병동의 두번째 병실, 이 병실 역시 우리 병실 옆에 있고 대부분 결핵 환자들이 묵었는데, 이곳의 상황은 전혀 달랐다. 할 수 있는 사람들은 모두 다른 막사로 옮겨갔다. 증세가 가장 심각하고 가장 허약한 환자들이 한 명씩 외롭게 죽어갔다.

아침에 나는 바늘을 빌리러 그곳에 들어갔다. 한 환자가 위층 침대에서 숨을 헐떡거렸다. 그는 내 소리를 듣고 일어나 앉았다. 그러더니 침대 가장자리에서 내 쪽으로 머리를 수그렸다. 두 눈은 희번덕거리고 팔과 흉부는 이미 빳빳해진 채, 그는 침대에 매달려 있었다. 아래 침대에 있던 사람이 그의 몸을 받치기 위해 자동적으로 두 팔을 들었고 그가 죽었다는 것을 알아차렸다. 그가 몸을 받치던 두 손을 천천히 빼냈고, 위에 있던 사람은 바닥으로 미끄러져내렸다. 아무도 그의 이름을 몰랐다.

14호 막사에서 뭔가 새로운 일이 벌어졌다. 그곳에는 수술 받은 사람들

* 이 두 이탈리아인 중 한 명은 살아남았다. 그는 작가가 귀국하는 동안 긴 여행의 동반자가 된다. 그가 바로 이 책의 속편인 『휴전』의 등장인물 중 한 명인 체사레다—원주.

이 묵고 있었다. 그들 중 몇 명은 아주 건강했다. 그들은 영국인 전쟁포로 수용소가 퇴각했을 거라는 가정하에서 그곳으로의 원정을 계획했다. 얻은 것이 많은 모험이었다. 그들은 카키색 옷을 입고 마가린, 커스터드 가루, 돼지기름, 콩가루, 위스키 같은, 수용소에서 한 번도 본 적이 없는 놀라운 물건들을 작은 수레에 잔뜩 싣고 돌아왔다.

저녁에 14호 막사에서는 노랫소리가 들렸다.

우리들 가운데 2킬로미터나 떨어진 영국인 수용소까지 가서 짐을 가지고 돌아올 기운이 있는 사람은 아무도 없었다. 하지만 운 좋은 원정의 이득이 많은 사람들에게 간접적으로 돌아왔다. 물품들의 불균등한 분배는 노동과 거래를 부추겼다. 암울한 분위기의 우리 병실은 양초 제조 공장이 되었다. 판지로 만든 틀에 밀랍을 붓고 붕산에 적신 심지를 박아 만들었다. 14호 막사의 부자들이 돼지기름과 콩가루로 값을 지불하고 우리 생산품을 전부 구입했다.

엘렉트로마가친Elektromagazin(전기용품 창고)에서 밀랍 덩이를 찾아낸 건 바로 나였다. 내가 그걸 가지고 오는 것을 본 사람들의 실망스런 표정과 그 뒤에 이어지던 질문이 생각난다.

"그걸로 대체 뭘 하려고?"

그걸로 무얼 만들지 그 비밀을 밝히는 건 현명한 일이 아니었다. 수용소의 고참들에게 종종 들었던 말, 그들이 좋아하던 자만심, 즉 자신들이 '훌륭한 포로'이며 항상 냉혹하게 자기 일을 잘 해내는 노련한 사람이라는 자만심이 담긴 그 말로 대답하는 내 목소리가 들렸다. "Ich verstehe verschiedene Sachen."(여러 가지를 만들어볼 수 있지)

★ **1월 25일.** 쇼마지의 차례였다. 그는 50대의 헝가리인 화학자로, 마르고 키가 크고 말이 없는 사람이었다. 네덜란드 청년처럼 발진티푸스와 성홍열을 앓고 있었다. 그런데 거기에 새로운 증상인 고열이 나타났다. 아마 닷새 전부터 한마디도 하지 않은 것 같았다. 이날 그가 입을 열고 단호하게 말했다.

"내 매트리스 밑에 빵이 하나 있네. 자네들 셋이 나눠 먹게. 난 이제 먹을 수가 없어."

우리는 아무 말도 하지 않았고, 당장은 빵을 건드리지 않았다. 그의 얼굴 반이 부어올랐다. 의식을 잃지 않았을 때 그는 무서울 정도의 침묵에 갇혀 있었다.

그러나 그날 저녁, 그 밤 내내, 그리고 이틀 동안 그의 침묵은 헛소리에 의해 사라졌고, 헛소리는 쉴 새 없이 이어졌다. 복종과 노예 생활로 이루어진 길고 긴 꿈을 마지막으로 꾸는 듯, 숨을 내쉴 때마다 "야볼"이라고 중얼거렸다. 그의 앙상한 갈비뼈들이 들썩일 때마다, 기계처럼 정확하게 수천 번이고 "야볼"이라고 중얼거릴 때마다 그를 흔들어 깨우거나, 목을 졸라버리거나, 하다못해 단어라도 바꿔보라고 말하고 싶은 충동이 일었다.

당시 나는 인간이 죽기가 얼마나 힘든지 알지 못했다.

밖은 여전히 쥐죽은 듯 조용했다. 까마귀들 수만 놀랄 만큼 늘어났다.

모두들 그 이유를 알고 있었다. 이따금씩, 긴 간격을 두고 잠에서 깬 양편의 대포들이 주거니 받거니 공격하는 소리가 들렸을 뿐이다.
우리는 러시아군이 곧 도착할 거라고 서로에게 말했다. 우리 모두 그렇게 공언했다. 모두 그러리라 생각했지만 진심으로 그것을 확신할 수 있는 사람은 거의 없었다. 수용소에서 지내는 동안 희망을 갖는 버릇, 자신의 이성을 신뢰하는 버릇이 사라져버렸기 때문이다. 수용소에서는 모든 일이 예측할 수 없는 방식으로 벌어지기 때문에, 생각이라는 것은 쓸모없었다. 그것은 위험하기도 하다. 고통의 원천이자, 그 고통이 일정 한계를 넘으면 자연의 섭리에 의해 무뎌져버리는 감수성이라는 것을 되살려내기 때문이다.
기쁨, 두려움, 그리고 고통과 마찬가지로 기다림도 우리를 지치게 한다. 어쨌든 하나의 세계였던 그 잔인한 세계와의 관계가 깨어지고 8일이 지난 1월 25일이 되자 우리들 대다수는 기다리는 것에도 지쳐버렸다.
밤이 되어 샤를과 아르튀르, 나, 이렇게 세 사람이 난롯가에 모이면 다시 인간이 된 것 같은 기분이 들었다. 우리는 온갖 이야기를 다 할 수 있었다. 아르튀르가 보주의 프로방셰르 사람들이 일요일을 어떻게 보내는지 이야기해줄 때면 너무 좋았다. 내가 이탈리아의 휴전과 갈피를 잡지 못한 채 절망적으로 시작한 레지스탕스의 저항, 우리를 배신한 남자, 그리고 산에서 우리가 체포된 이야기를 들려주면 샤를은 거의 울음을 터뜨리려고 했다.
어둠 속에서, 우리 뒤와 우리 위에서 여덟 명의 환자들 역시 한 마디도 놓치지 않았다. 프랑스어를 알아듣지 못하는 사람들까지도. 쇼마지만이 죽음을 향해 인정사정 없이 몰두하고 있었다.

★ **1월 26일.** 우리는 죽음과 유령들의 세계에 누워 있었다. 문명의 마지막 흔적은 우리 주위에서, 우리 내부에서 사라져버렸다. 승승장구하던 독일인들이 시작했던, 인간을 동물로 만들려는 작업은 패배한 독일인들에 의해 완성되었다.
인간을 죽이는 건 바로 인간이다. 부당한 행동을 하는 것도, 부당함을 당하는 것도 인간이다. 거리낌 없이 시체와 한 침대를 쓰는 사람은 인간이 아니다. 옆 사람이 가진 배급 빵 4분의 1쪽을 뺏기 위해 그 사람이 죽기를 기다렸던 사람은, 물론 그의 잘못은 아닐지라도, 미개한 피그미, 가장 잔인한 사디스트보다도 '생각하는 사람'이라는 전형에서 멀리 떨어진 사람이다.
우리 존재의 일부분은 우리 곁에 있는 사람의 마음속에 자리잡고 있다. 인간이 다른 인간의 눈에 하나의 사물일 뿐인 시절을 보낸 사람의 경험이 비인간적인 이유가 바로 여기에 있다. 우리 세 사람은 대부분 거기에 물들지 않았다. 우리는 서로에게 감사해야 한다. 이것이 샤를과 나의 우정이 지속될 수 있는 이유다.
그러나 우리 머리 위 수천 미터 상공의 회색 구름들 사이에서 비행기들이 공중전으로 복잡한 기적을 만들어가고 있었다. 무기력하고 힘없고 헐벗은 우리들의 머리 위에서 우리 시대의 인간들이 가장 정밀한 도구를 이용해 서로의 죽음을 구하고 있었다. 그들이 손가락만 한번 움직이면 수용소 전체가 파괴되고 수천 명의 사람을 전멸시킬 수 있었다. 반면에 우리의 힘과 의지를 모두 다 합쳐도 우리들 중 한 사람의 생명을 단 1분도 연장할 수 없었다.

사라방드는 밤이 되자 끝났다. 병실에 쇼마지의 헛소리가 다시 울려 퍼졌다.

한밤중에 나는 화들짝 놀라 잠에서 깼다. "L'pauv'-vieux."(가여운 노인)은 조용했다. 그가 숨을 거두었다. 그는 마지막 숨을 헐떡이며 침대에서 바닥으로 떨어졌다. 나는 그의 무릎, 엉덩이, 어깨, 그리고 머리가 바닥에 부딪히는 소리를 들었다.

"La mort l'a chassé de son lit."(죽음이 그를 침대 밖으로 밀어냈어) 아르튀르가 이렇게 정의했다.

우리는 한밤중에 그를 밖으로 옮길 수 없었다. 다시 잠을 자는 것밖에 할 일이 없었다.

★ **1월 27일.** 새벽. 바닥에 쇼마지의 것인 뼈와 가죽만 남은 보잘것없는 육신이 있다.

우리에겐 급히 해야 할 일들이 있다. 우리는 몸을 씻을 수 없으므로 요리를 하고 식사를 하고 난 뒤에야 그에게 손을 댈 수 있다. 게다가 "……rien de si dégoutant que les débordements."(사사로운 감정에 사로잡히는 것만큼 역겨운 일은 없어) 샤를이 온당하게 말했다. 변기를 비워야 했다. 살아 있는 사람들은 요구가 많다. 죽은 사람들은 기다릴 수 있다. 우리는 다른 날들처럼 일을 시작한다.

샤를과 내가 쇼마지를 조금 떨어진 곳으로 옮기는 동안 러시아군이 도착했다. 쇼마지는 아주 가벼웠다. 우리는 잿빛 눈 위에서 들것을 뒤집었다.

샤를이 모자를 벗었다. 내게 모자가 없는 게 유감이었다.

그 열흘 동안 인펙치온잡타일룽 병동에서 죽은 사람은 쇼마지 한 사람뿐이다. 세르텔레, 카놀라티, 토바로브스키, 라크마커와 도르제(이 사람에 대해서는 지금까지 말하지 않았다. 이 사람은 프랑스 출신 기업가인데 복막염 수술 후에 비강 디프테리아에 걸렸다)는 몇 주 뒤 러시아인이 임시로 아우슈비츠에 마련한 병사에서 숨을 거두었다. 4월에 나는 폴란드 남부의 카토비체에서 건강을 되찾은 솅크와 알칼레를 만났다. 아르튀르는 행복하게 가족에게 돌아갔고 샤를은 다시 교사 생활을 시작했다. 우리는 긴 편지를 주고 받았다. 언젠가 그를 다시 만날 수 있길 바란다.

1945년 12월~1947년 1월 토리노, 아빌리아나

부록 1 독자들에게 답한다★

아주 오래전에 어떤 사람이, 인간처럼 책에도 운명이 있다고 말했다. 인간의 운명처럼 책의 운명도 앞날을 예측하기 힘들고, 자신이 원하고 기대했던 것과 전혀 다를 수도 있다고. 나의 책 역시 이상한 운명을 가졌다. 이 책의 출생증명서는 오래전에 발부되었다. 그것은 이 책 216쪽에서 찾아볼 수 있다. 거기에 나는 "아무에게도 말할 수 없는 것을 쓴다"라고 썼다. 이야기를 해야 할 필요성을 참을 수 없을 만큼 강렬히 느꼈기 때문에 나는 그곳, 독일 연구실에서, 추위와 전쟁 속에서, 감시의 눈초리를 피해 글을 쓰기 시작했다. 최선을 다해 급히 써놓은 그 메모들을

★ 나는 1976년 청소년판 『이것이 인간인가』를 위해 이 부록을 썼다. 학생들이 계속 여러 질문을 해왔기 때문에 그에 답하기 위해서였다. 그러나 학생들과 어른들이 궁금해하는 문제가 대부분 일치하니, 청소년판 부록으로 실렸던 나의 답변들을 그대로 다시 실어도 될 것 같다.

어떤 식으로 간직해야 할지 알 수 없었고 그 메모 때문에 목숨이 위태로운 순간이 오면 당장 그것을 버려야 한다는 것을 알고 있었으면서도 말이다.

몇 달 뒤 집으로 돌아오자마자, 나는 글을 썼다. 그럴 수밖에 없을 정도로 그때의 기억들이 내 마음속에서 뜨겁게 타올랐기 때문이다. 몇몇 대형 출판사들에게 거절을 당한 뒤 내 원고는 프랑코 안토니첼리가 운영하는 조그만 출판사에서 1947년 출판되었다. 초판 2,500부가 인쇄되었고 출판사는 더 이상 책을 내지 않았다. 책은 망각 속으로 사라졌다. 전쟁이 끝난 뒤, 모두들 힘든 시기를 보내고 있었기 때문에 고통스러웠던 전쟁을 다시 떠올리고 싶어하지 않았던 것도 그렇게 된 이유 중 하나였다. 1958년에 에이나우디 출판사에서 다시 출판되면서 책은 새 생명을 얻었다. 그 이후로는 독자들의 관심이 식을 줄을 몰랐다. 50만 부가 넘게 팔려나갔고 8개 국어로 번역되었고, 라디오 드라마로 각색되고 연극으로 공연되기도 했다.*

출판사와 나의 예상을 완전히 뛰어넘어 학생과 교사들도 큰 호응을 보였다. 이탈리아 전역에서 수많은 학생이 내게 책들에 대한 의견을 편지로 혹은 개인적으로 전해왔다. 나는 힘이 닿는 대로 열심히 그 편지들에 모두 답장을 했다. 이미 두 가지 직업을 가지고 있는 내게 세번째 직업이 하나 더 생긴 셈이었다. 바로 나 자신을 소개하고 설명하는 일이었

* 이런 때늦은 성공에 고무되어 나는 『휴전』의 집필에 들어갔다. 이 책은 그 터울 많은 형의 후속편으로 그것과 자연스럽게 연결되면서도 형과 달리 나오자마자 독자와 비평가들에게 엄청난 찬사를 받았다.

다. 좀더 정확히 말하자면 아우슈비츠를 겪고 그것에 대해 이야기했던 예전의 나를 설명하는 일이었다. 나는 학생 독자들과 만나면서 수없이 많은 질문에 답해야 했다. 소박한 질문도 있고 날카로운 질문도 있고 감상적인 질문도 있고 피상적인 질문도 있고 때로 도발적인 질문도 있었다. 나는 곧 이런 의문들 중 몇 가지가 계속 되풀이되며, 빠지지 않고 등장한다는 것을 알아차렸다. 내 책에 독자들이 당연히 호기심을 느낄 만한 부분이 있는데 내가 만족스러운 해답을 주지 못했던 게 틀림없었다. 그래서 그런 질문들에 대한 답을 여기에 정리해서 싣는 것이 좋겠다고 생각했다.

1. 당신의 책에서는 독일인들에 대한 증오도 원한도 복수심도 전혀 찾아볼 수 없다. 그들을 다 용서한 것인가?

성격상 나는 쉽게 누구를 증오하지 못한다. 나는 증오란 동물적이고 거친 감정이라고 생각한다. 그리고 나는 가능한 한 이성적으로 행동하고 생각하는 것을 좋아한다. 이런 이유 때문에 마음속에 복수심 같은 원초적인 욕망이나 증오심을 키워본 적이 없고, 적이나 적으로 추정되는 이들을 괴롭히고 사적인 앙갚음을 해본 적이 없다. 덧붙여 말하고 싶은 것은, 내가 보기에 증오는 개인적인 것이고 한 사람에게, 어떤 이름에게, 어떤 얼굴에게 향해지는 것이라는 점이다. 그런데 당시 우리를 박해했던 사람들은 이름도 얼굴도 갖고 있지 않았다. 이 책에서도 그것을 알 수 있다. 그들은 멀리 있었고, 눈으로 볼 수 없었으며, 접근할 수도 없었다. 나치스 체제는 용의주도하게도 노예와 주인이 최소한의 접촉만 하도록 마련되어 있었다. 이 책에서도 주인공인 필자와 SS와의 만남은 딱 한 번 묘사되며(이 책 243쪽) 그것도 나치스 체제가 붕괴되고 수용소가 해체되던 그 마지막 며칠 사이에 일어났다. 이것은 우연이 아니다.
또 이 책이 쓰인 그 몇 달 동안, 즉 1946년에 나치스와 파시즘은 정말 얼굴이 없는 듯했다. 그것들은 무시무시한 악몽처럼, 정확하게 그리고 당연하게 다시 허공 속으로 흩어져버린 듯했다. 새벽닭이 울면 유령들이 사라져버리듯이 말이다. 그런 유령 집단을 향해 내가 어떻게 분노를 키우고 복수를 바랄 수 있겠는가?
그리 오랜 시간이 흐르지 않아 유럽과 이탈리아는 그동안 순진한 환상에 젖어 있었음을 알아차렸다. 파시즘은 죽은 것이 아니다. 그것은 단지 가면을 쓰고 모습을 숨기고 있었을 뿐이다. 파시즘은 새옷을 입고 다시 나타나기 위해 변신을 꾀하고 있다. 원래의 모습을 잘 알아볼 수 없게, 좀더 존경받을 수 있게, 그리고 파시즘으로 초래된 제2차 세계대전이라는 파국에서 벗어난 새로운 세계에 걸맞게 새로운 모습으로. 솔직히 말하면 나 역시 만일 내가 실제로 우리의 박해자들 중 한 명을, 아는 얼굴을, 그 오래전 거짓말을 다시 마주쳤다면 아마도 증오와 폭력의 유혹에 굴복했을지 모른다. 그러나 나는 파시스트가 아니다. 나는 이성과 토론이 진보를 위한 최선의 도구라고 생각한다. 그래서 정의를 증오 앞에 놓는다. 바로 이런 이유 때문에, 이 책을 쓸 때 의도적으로, 희생자의 한탄

섞인 어조나 복수심을 품은 사람의 날선 언어가 아닌, 침착하고 절제된 증언의 언어들을 사용하고자 했다. 나는 내 언어가 객관적일수록, 지나치게 흥분하지 않을수록 신뢰를 주고 유용하게 쓰일 거라고 생각했다. 그렇게 할 때에만 정당한 증언이 제 기능을 할 것이며 바로 그때 심판의 장이 마련될 것이다. 심판관은 바로 여러분이다.

그렇지만 노골적인 판단을 내리지 않으려는 나의 이런 태도가 무분별한 용서로 받아들여지지는 않길 바란다. 나는 범죄자들을 한 사람도 용서하지 않았다. 지금도, 앞으로도 그 누구도 용서할 생각이 없다. (말로만이 아니라 행동으로, 그리고 너무 늦지 않게) 이탈리아와 외국의 파시즘이 범죄였고 잘못이었음을 인정하고, 그것들을 진심으로 비판하고, 그들과 다른 사람들의 의식으로부터 그것들을 뿌리째 뽑아내지 않는 한 말이다. 그렇게 되었을 때에만 나는 용서할 수 있다. 그럴 때만 (나는 기독교도가 아니지만) 적을 용서하라는 유대교와 기독교의 가르침을 따를 준비가 되어 있다. 자신의 잘못을 깨닫고 고치려는 적은 더 이상 적이 아니기 때문이다.

2. 독일인들은 알고 있었나? 연합군은 알고 있었나? 수백만 명의 집단학살이 어떻게 유럽 한복판에서 아무도 모르게 진행될 수 있었나?

오늘날 우리 서양인들이 살고 있는 세계에는 심각한 결함과 위험들이 수없이 도사리고 있지만, 어제의 세계와 비교하면 말로 표현할 수 없을 정도로 유리한 점들이 많다. 우리는 무슨 일이 일어나든 금방 다 알 수 있다. 오늘날 정보는 '제4계급'을 만들어냈다. 적어도 신문기자와 리포터는 이론상으로 어디든 자유롭게 접근할 수 있다. 아무도 그들을 막을 수 없고, 접근을 금지할 수도 침묵을 강요할 수도 없다. 모든 게 아주 쉽다. 원한다면 당신은 어느 나라 라디오 방송이든 들을 수 있다. 신문 판매대에 가서, 광범위한 선택의 범위 내에서, 이탈리아 신문이든 미국 신문이든 소련 신문이든, 어떤 성향의 것이든 마음대로 고를 수 있다. 원하는 책도 사서 읽을 수 있다. '반국가적 행위'를 했다고 고발당할 위험도 없고 비밀경찰이 집을 압수수색할 염려도 없다. 물론 모든 광풍을 피하는 게 쉬운 일은 아니지만, 적어도 마음에 드는 바람을 선택할 수는 있다.

독재국가에서는 그렇지 않다. 진실은 위에서 명령한 한 가지밖에 없다. 신문의 내용이 모두 똑같다. 모두 똑같은 진실만 되풀이해서 말할 뿐이다. 라디오 방송도 마찬가지다. 다른 나라의 방송은 들을 수가 없다. 첫째, 그런 행동은 범죄행위여서 감옥에 끌려 가게 되기 때문이다. 둘째, 독재국가의 방송국에서 적절한 주파수를 이용해 전파를 방해하기 때문에 외국 방송과 혼선이 생겨서 들을 수가 없다. 책의 경우 국가의 마음에 드는 내용이어야만 출판과 번역이 될 수 있다. 다른 책을 보려면 외국에 나가서 위험을 무릅쓰고 몰래 자기 나라로 책을 가지고 들어와야 한다. 그런 책은 마약이나 폭발물보다 더 위험하다. 국경에서 책을 소지하고 있다가 들키면 책을 압수당하고 당신은 처벌을 받는다. 국가의 마음에 들지 않는 책, 마음에 들지 않게 된 책, 이전 시대의 책들은 광장에서 공개적으로 불태워진다. 1924년과 1945년 이탈리아에서 벌어진 일이다. 국가사회주의가 지배한 독일에서도 이런 일이 벌어졌다. 이런 일은 지금도 수많은 나라에서 자행되고 있는데, 유감스럽게도 파시즘에 맞서 영웅적으로 싸웠던 소련도 이런 국가에 포함된다. 독재국가에서는 진실을 마음대로 바꾸고, 과거를 되돌려 역사를 다시 쓰고, 사실을 왜곡하고 삭제하고 거짓을 첨가하는 게 합법적이다. 프로파간다가 정보를 대체한다. 그런 국가에서 당신은 권리를 지닌 시민이라기보다는 신민이다. 또한 당신은 광적인 충성과 맹종을 강요하는 국가(그리고 국가를 대표하는 독재자)에 복종해야 한다.

그런 상황에서는 현실이 대량으로 지워질 가능성이 분명히 존재한다(물론 이것이 쉬운 일은 아니다. 인간의 본성을 완전히 해친다는 것도 절대 쉬운 일이 아니다). 파시스트 치하의 이탈리아에서는 사회주의를 대표하는 마테오티를 암살하고 몇 달 뒤까지 침묵을 지키는 대담한 계획이 훌륭하게 실현되었다. 또 히틀러와 그의 선전장관인 괴벨스는 진실을 통제하고 위장하는 데 무솔리니보다 한 수 위였다.

그렇지만 강제 수용소라는 거대한 기관의 존재를 독일 국민에게 숨기는 것은 불가능했다. 게다가 (나치스의 관점에서 보자면) 전혀 바람직한 일도 아니었다. 한없는 공포의 분위기를 조성하고 유지하는 것이 나치즘의 목표였다. 국민들은 히틀러에게 대항하는 것이 극도로 위험한 일임을 너무나 잘 알고 있었다. 사실 나치스가 정권을 잡은 뒤 얼마 되지 않아서 수십 만의 독일인들이 수용소에 갇혔다. 공산주의자, 사회민주주의자, 자유주의자, 유대인, 프로테스탄트, 가톨릭교도들이었다. 온 나라가 그 사실을 알고 있었고 그들이 수용소에서 고통받다가 죽어간다는 것을 알고 있었다.

그렇기는 했지만 대부분의 독일인들이 여전히 수용소에서 벌어졌던 잔인한 일들을 세세히 알지 못했던 것 또한 사실이다. 수백만 명을 조직적으로 기계적으로 학살한 것, 가스실, 화장터, 비열한 시신 약탈, 이 모든 것이 밖으로 알려져서는 안 되었다. 그리고 사실 전쟁이 끝날 때까지 그런 사실까지 아는 사람은 소수에 불과했다. 비밀을 유지하기 위해 여러 방책을 강구했는데, 공식석상에서 신중하고도 냉소적인 완곡어법을 사용하는 것도 그중 하나였다. '학살'이 아니라 '최종해결책'이라 표현했고 '강제 이송'이 아니라 '이동', '가스실 살해'가 아니라 '특별처리' 등등으로 썼다. 이런 끔찍한 사실에 대한 소문이 퍼질 경우, 전 국가가 자신에게 보여주고 있는 맹목적인 신뢰와 군대의 사기가 흔들릴 수 있다고 히틀러가 두려워한 것은 근거가 없지 않았다. 연합군 측에 알려져 선전의 주제로 이용될 수도 있었다. 실제로 그런 일이 일어나서, 연합군 라디오에서 수용소의 끔찍한 실상을 여러 번 묘사했다. 하지만 너무나 잔인했기 때문에 사람들은 대개 그걸 믿지 않았다.

나는 부헨발트의 생존자로, 후에 뮌헨 대학 정치학과 교수가 된 오이겐 코곤의 『SS 제국』에서 그 당시 독일 상황을 가장 적절하게 요약한 부분을 찾아냈다.

독일인들은 수용소에 대해 얼마나 알고 있었을까? 수용소가 실제로 존재했다는 것 외에는 거의 알고 있는 것이 없었다. 오늘날에도 알려진 건 별로 없다. 확실히 공포체제의 세부 사항들을 엄격하게 비밀에 부치는 방법은, 그 고통이 미지의 것이었기에 더욱 효과를 발휘했던 것으로 드러났다. 다른 곳에서 이미 밝힌 대로, 자기 손으로 직접 포로들을 수용소로 보냈던 대다수의 게슈타포들도 그 안에서 무슨 일이 벌어졌는지 잘 몰랐다. 포로들 또한 대부분 수용소 체제가 어떻게 움직이는지, 자신들이 어떤 식으로 처리되는지 분명히 알지 못했다. 그러니 독일 국민이 어떻게 그것을 알 수 있었겠는가? 수용소에 들어간 사람은 지옥 같은 세계, 완전히 낯선 세계와 마주했다. 비밀의 힘과 그것의 효과를 가장 잘 증명해주는 것이 바로 이 부분이다.

그런데…… 그런데, 수용소의 존재를 몰랐거나 수용소를 요양원으로 생각한 독일인 역시 한 명도 없었다. 수용소에 들어간 친지나 지인이 한 명도 없거나 이런저런 사람이 수용소로 보내진다는 것을 모르는 독일인은 얼마 되지 않았다. 모든 독일인들이 여러 형태로 자행된 잔인한 반유대주의의 증인이었다. 수백만의 독일인들이 무관심하게, 혹은 호기심을 가지고, 혹은 분노해서, 어쩌면 잔인한 기쁨을 느끼며 불타는 시나고그와 진흙탕에 무릎을 꿇은 채 굴욕을 당하는 남녀 유대인들을 구경했다. 많은 독일인들이 외국의 라디오 방송을 통해 진실을 어느 정도 알고 있었고 소수의 독일인들은 수용소 밖에서 일하는 포로들과 접촉하기도 했다. 거리에서, 기차역에서 수용소 포로들의 초라한 행렬과 마주친 독일인들도 적지 않았다. 경찰국장과 국가보안처장에서부터 고위 경찰, 수용소 소장들에게 보낸 1941년 11월 9일자 회람에는 이렇게 적혀 있다. "특히 걸어서 이동할 경우, 예를 들어 역에서 수용소까지 이동할 때 상당수의 포로들이 길에서 죽거나 탈진으로 기절한다는 사실이 확인되었다 (……) 국민들에게 이와 같은 사건을 숨길 방법이 없다." 독일인들도 감옥이 초만원이고 전 지역에서 계속 사형이 집행된다는 것을 알고 있었다. 상황이 매우 심각하다는 것을 개략적으로 알고 있는 판사와 경찰, 변호사, 성직자, 사회복지사의 수가 수천을 헤아렸다. 수용소의 SS에 물자를 보급하는 수많은 사업가들, SS의 행정·재정 사무실에 가서 노예노동 인력고용 신청서를 제출하는 수많은 기업가들, 그리고 고용사무소의 직원들…… 많은 대기업이 포로들이 노예처럼 착취되고 있다는 사실을 알았다. 수용소 근처에서, 혹은 수용소 안에서 일하는 노동자들도 적지 않았다. 여러 대학의 교수들이 힘러*가 만든 의학 연구소와 협동 연구를 했고 국가 소속 의사와 개인 병원 의사들이 전문적인 살인자들과 협력했다. 상당수의 공군이 SS 소속이 되었고, 그들은 수용소에서 벌어지는 일을 알고 있었던 게 틀림없다. 고위급 장교들은 수용소에서 자행된 러시아 전쟁포로들의 학살에 대해 알고 있었고 수많은 병사와 경찰들이 수용소에서, 게토에서, 시내에서, 독일군이 점령한 동쪽 땅에서 얼마나 잔혹한 일들이 벌어졌었는지 정확히 알고 있었다. 위의 진

* Heinrich Himmler(1900~1945): 독일의 정치가, 나치스와 게슈타포의 친위대장, 내무장관 등을 지낸 유대인 학살의 주범.

술들 중 거짓이 하나라도 있을까?

내가 보기에 위의 진술들에 거짓은 하나도 없다. 하지만 이 그림을 완성시키려면 다른 하나가 덧붙여져야 할 것이다. 정보를 얻을 수 있는 가능성이 다양하게 존재했음에도 불구하고, 대부분의 독일인들은 알고 **싶지 않았기** 때문에 알지 못했다. 아니, 더 정확히 말해 모른 척하고 싶었기 때문에 알지 못했다. 물론 공포정치는 가장 강력한 무기로, 거기에 저항하기란 매우 어렵다. 그렇지만 독일 국민은 전체적으로 저항하려는 시도조차 해보지 않았던 것 역시 사실이다. 히틀러 치하의 독일에는 특별한 불문율이 널리 퍼져 있었다. 아는 사람은 말하지 않고, 모르는 사람은 질문하지 않으며, 질문한 사람에게 대답을 하지 않는다는 것이었다. 이런 식으로 해서 독일인들은 자신들의 무지를 획득하고 방어했다. 그런 무지가 나치즘에 동조하는 자신에 대한 충분한 변명이 되어주는 것 같았다. 그들은 입과 눈과 귀를 다문 채 자신들이 아무것도 모른다는 환상을 만들어갔고, 그렇게 해서 자신은 자기 집 앞에서 벌어지고 있는 일의 공범자가 아니라고 생각했다.

아는 것, 그리고 알리는 것은 나치즘에서 떨어져 나오는 방법(결국 그리 오래지 않아 위험에 처할 수밖에 없는 방법)이었다. 나는 독일 국민이 전체적으로 이런 방법에 의지하지 않았다고 생각한다. 그리고 나는 바로 이런 고의적인 태만함 때문에 그들이 유죄라고 생각한다.

3. 수용소에서 탈출한 포로들이 있었나? 집단적인 반란은 왜 일어나지 않았나?

이것은 내가 젊은 독자들에게 가장 자주 받는 질문 중 하나다. 이런 의문은 특별히 중요한 호기심이나 욕구에서 탄생한 게 틀림없다. 이에 대한 내 해석은 낙관적이다. 오늘의 젊은이들은 자유를 그 어떤 경우에도 포기할 수 없는 재산으로 생각한다. 그래서 그들에게 강제수용이라는 단어는 즉시 탈출이나 반란과 연결된다. 게다가 여러 나라의 군법에 따르면 전쟁포로들은 자신의 전투 위치로 돌아가기 위해 어떤 식으로든 탈출을 시도할 수 있다고 되어 있고, 헤이그 협약 또한 탈출 시도 때문에 처벌을 받아서는 안 된다고 밝히고 있는 게 사실이다. 도덕적 의무와 같은 탈출의 개념은 낭만주의 문학(여러분은 『몽테크리스토 백작』을 기억하시는지?), 대중소설과 영화에 의해 입지가 강화되었다. 이런 소설과 영화 속에서 보면, 부당하게(혹은 어쩌면 정당하게) 감옥에 갇히게 된 주인공은 반드시, 거의 불가능해 보이는 상황에서도 항상 탈출을 시도한다. 그리고 그 시도는 한결같이 성공의 왕관을 쓰게 된다.

어쩌면 자유가 없는 죄수의 상황을 부적절하고 비정상적인 것으로, 간단히 말해 탈출이나 저항을 통해 치유되어야 하는 병 같은 것으로 인정하는 것이 좋을지도 모르겠다. 그러나 안타깝게도 이런 그림은 수용소의 진짜 그림과는 닮은 점이 거의 없다.

이를테면, 아우슈비츠에서 탈출을 시도했던 사람들은 수백 명도 되지 않았고 그들 중 탈출에 성공한 사람은 수십 명밖에 안 되었다. 탈출은 어려울 뿐만 아니라 극도로 위험한 행동이었다. 포로들은 의욕이 없을 뿐만 아니라 굶주림과 학대 때문에 극도로 허약한 상태였다. 그들은 완전 삭발을 하고 눈에 금방 띄는 줄무늬 포로복을 입고 있었다. 소리없이 빨리 걸을 수 없도록 나무 신발을 신었다. 돈도 없었다. 그리고 대부분의 수용소가 폴란드에 있었는데 그들은 폴란드의 언어와 지리에 어두웠고 그곳에 연고가 있을 리도 없었다. 게다가 탈출을 막기 위해 잔인한 보복이 행해졌다. 탈출하다 잡힌 사람은 점호 마당에서 끔찍한 고문을 받은 뒤 공개적으로 처형되었다. 탈출이 발각되면 탈출한 사람의 친구들은 공범으로 간주되어 감옥의 독방에서 굶어죽어야 했고 그가 소속되었던 막사의 포로들은 24시간 동안 서 있어야 했다. 가끔은 '범죄자'의 부모들이 체포되어 수용소로 수송되어 오기도 했다.

탈출 중인 포로를 사살한 SS 대원은 포상 휴가를 갔다. 그래서 포상을 받을 목적으로 탈출하려는 낌새도 보이지 않는 포로에게 총을 쏘는 경우도 자주 있었다. 이 때문에 통계 자료에 공식적으로 기록되는 탈출자 수는 더 늘어났다. 이미 말했듯이, 실제 탈출자의 수는 아주 적었다. 상황이 이랬기 때문에 아우슈비츠 수용소에서 탈출하는 데 성공한 포로는 폴란드계 '아리아인'(당시에는 비유대인이라는 뜻으로 사용되었다) 몇 명뿐이었다. 이들의 집은 수용소에서 멀리 떨어지지 않은 곳에 있었기 때문에 어렵지 않게 목적지에 도달할 수 있고 주민들에게 보호를 받을 거라는 확신이 있었다. 다른 수용소에서도 상황은 비슷하게 전개되었다.

반란이 왜 일어나지 않았나 하는 것은 약간 다른 이야기다. 먼저 몇몇 수용소에서 실제로 반란이 일어났다는 것을 기억해둘 필요가 있다. 트레블링카 수용소와 소비부르 수용소, 그리고 아우슈비츠에 속한 비르케나우 수용소에서. 통계상의 숫자는 그다지 중요하지 않다. 오히려 이 반란들은 바르샤바 게토에서 일어난 반란과 마찬가지로, 아주 특별한 도덕적 힘을 표현한 것이었다. 모든 반란은 어떤 식으로든 특권을 가진, 그러니까 신체 상태나 정신 상태가 다른 일반 포로들보다 훨씬 나은 포로들에 의해 계획되고 지휘되었다. 이건 놀랄 일이 아니다. 고통을 덜 받는 사람이 반란을 일으킨다는 건 처음에는 역설적으로 보일 수 있다. 수용소 밖에서도 룸펜프롤레타리아가 투쟁을 선도하는 일은 드물다. '거지들'은 저항하지 않는다.

정치범들이 있는 수용소, 혹은 정치범이 다수 포함되었던 곳에서, 이런 사람들의 지하활동 경험은 값진 것으로 증명되었다. 그리고 노골적인 반란은 못 해도 종종 매우 효과적으로 방어활동을 주도했다. 예를 들어 공갈로 SS를 갈취하거나 매수해서 무분별하게 권력을 남용하지 못하도록 억누를 수 있었다. 독일 군수 공장에서 태업을 하기도 했고, 탈출을 계획하기도 했으며, 무선 통신기로 연합군과 연락을 취해 수용소의 끔찍한 상황을 전하기도 했다. SS 신분의 의사를 포로 신분의 의사로 바꿔 환자들의 치료를 개선시켰다. 선발을 '조종해' 스파이나 배신자들을 보내고 특별히 중요한 어떤 이유 때문에 꼭 살아남아야 하는 사람들을 구해주었다. 또한 전선이 다가오면서 나치스가 수용소를 완전히 일소해 버리기로 결정할 경우(실제로 자주 그런 일이 일어났다)에 대비해 심지어 무장을 하고 저항할 준비를 했다.

아우슈비츠의 경우처럼 유대인이 월등히 많은 수용소에서는 능동적이든 수동적이든 방어가 몹시 힘들었다. 이 수용소의 포로들은 대개 조직이나 군대의 경험이 거의 없었다. 그들은 유럽 전역에서 온 사람들로, 각기 다른 언어를 사용했다. 그래서 서로 의사소통이 되지 않았다. 무엇보다 너무나 굶주려 있었고 기운이 없었으며, 다른 포로들보다 훨씬 더 지쳐 있었다. 수용소에서 그들의 생활 조건이 더 가혹했기 때문이고, 또 그들이 게토에서부터 이미 오랫동안 허기와 박해와 굴욕에 시달려왔기 때문이기도 하다. 이 모든 것들의 결과로, 그들이 이 수용소에서 머무는 기간은 비극적일 정도로 짧았다. 간단히 말해 그들은 죽음에 의해 계속 줄어들었다가 새 수송열차의 도착으로 다시 채워지는 유동인구일 뿐이었다. 그렇게 황폐하고 그렇게 불안정한 인간 조직에서 반란의 싹이 쉽게 뿌리를 내릴 수 없었던 것은 충분히 이해할 만한 일이다.

포로들이 왜 기차에서 내리자마자 반항을 하지 않았는지, 왜 가스실에 들어갈 때까지 몇 시간 동안(종종 며칠 동안!) 가만히 기다리고만 있었는지 의문을 가질 수도 있을 것이다. 나는 여기서 독일인들이 이런 집단적인 죽음의 작업을 완수하기 위해 악마적일 정도로 빈틈없고 다양한 작전을 펼쳤다는 사실을 덧붙여야 할 것이다. 대부분의 경우, 갓 도착한 사람들은 앞으로 어떤 일이 펼쳐질지 전혀 알지 못했다. 그들은 효과적일 정도로 냉담하지만 잔인하지는 않게 수용소 안으로 들여보내졌고 '샤워'하는 거라 믿고 옷을 벗었다. 때로는 수건과 비누가 배급되기도 했고 샤워 후에 따뜻한 커피가 약속되기도 했다. 사실 가스실은 파이프와 수도꼭지, 탈의실, 옷걸이, 의자 등등이 놓인 샤워실로 위장되어 있었다. 하지만 포로들이 다가올 자신의 운명을 알거나 의심하는 낌새를 조금이라고 보이면 SS와 그의 협력자들이 기습 전략을 사용해 극도로 잔혹하게 굴었다. 고함을 치고, 위협하고, 발로 차고, 총을 쏘고, 사람을 갈기갈기 찢어 죽이도록 훈련시킨 개들을 풀었다. 밀폐된 객차에서 닷새 혹은 열흘씩 여행하면서 지칠 대로 지치고 절망에 빠져 당혹스러워하는 사람들을 상대로 말이다.

상황이 그랬기 때문에, 종종 공식적으로 표현되듯, 유대인들이 비겁해서 반항을 하지 않았다는 주장은 터무니없고 불쾌하게 들린다. 아무도 저항하지 않았다. 아우슈비츠의 가스실이 젊고 군사적 훈련을 받고 정치적 의식도 충만하던 러시아 전쟁포로 300명을 대상으로 실험된 곳이라는 것, 여자와 어린이들이 있는 것에 개의치 않았다는 것을 떠올려보기만 하면 된다. 러시아인들 역시 저항하지 않았다.

마지막으로 나는 한 가지를 덧붙이고 싶다. 억압에 굴복해서는 안 될 뿐만 아니라 저항을 해야 한다는 뿌리 깊은 의식이 파시스트 치하의 유럽에 그리 널리 퍼져 있었던 것은 아니고, 특히 이탈리아에서는 그러한 의식이 약했다는 것 말이다. 그러한 의식은 정치적 행동주의자였던 소수의 인간들이 지니고 있던 자산이었다. 그러나 파시즘과 나치즘은 그들을 고립시키고 추방하고 테러를 가하고 심지어 아예 목숨을 빼앗아버렸다. 독일 수용소에서 희생당한 수십 만 명 중 첫 희생자들이 반反 나치스 정당의 정치가들이었다는 점을 잊어서는 안 된다. 그들이 사라져버렸기 때문에, 저항하거나 그것을 조직적으로 계획하려는 민중의 의지는 훨씬 뒤에야, 무엇보다 유럽 공산당 덕택에 싹트기 시작했다. 독일이 1939년 소련과 맺은 리벤트로프-몰로토프 불가침 조약을 파기하고 1941년 6월 소련을 공격한 뒤, 이 유럽 공산당이 투쟁에 뛰어들었던 것이다. 결론적으로 저항이 부족했다고 포로들을 비난하는 것은 역사적 관점에서 보면 실수다. 이것은 오늘날 어느 정도 일반적인 자산이 되었지만 당시에는 엘리트들만 가지고 있던 정치의식을 포로들에게 요구하는 것을 의미하기 때문이다.

4. 아우슈비츠가 해방된 뒤 다시 찾아가본 적이 있는가?

나는 1965년 수용소 해방 기념식 때 아우슈비츠를 다시 찾았다. 책에서 언급한 적도 있지만, 아우슈비츠라는 수용소 제국은 하나가 아니라 40여 개의 수용소로 구성되어 있었다. 우리가 아우슈비츠 수용소라고 말하는 곳은 같은 이름의 도시(폴란드 이름은 오시비엥침) 교외에 세워졌다. 이 수용소는 약 2만 명의 포로를 수용할 수 있다. 말하자면 수용소 전체의 행정본부였다. 그리고 비르케나우 수용소(혹은 더 정확히 말하자면 경우에 따라 세 개에서 다섯 개의 수용소가 모인 수용소 단지)가 있다. 비르케나우 수용소의 수용 인원은 6만 명으로, 이중 약 4만 명이 여자들이었다. 이 수용소에는 가스실과 화장터가 있었다. 그리고 마지막으로 그 숫자가 계속 변했던 강제노역수용소가 있었다. 이 수용소는 '본부'로부터 수백 킬로미터 떨어진 곳에 자리잡고 있었다. 모노비츠라고 불린, 내가 머물렀던 수용소는 1만 2,000명의 포로를 수용하는 강제노역수용소들 중 가장 큰 규모였다. 모노비츠 수용소는 아우슈비츠 동쪽으로 700킬로미터 떨어진 곳에 위치해 있었다. 전 지역이 모두 폴란드 영토였다.

아우슈비츠 수용소를 방문했을 때 나는 별다른 느낌이 없었다. 폴란드 정부는 수용소를 일종의 국립 박물관으로 바꿔놓았다. 막사들은 깨끗이 청소가 되고 페인트가 칠해져 있었으며, 나무들이 심어져 있고 잘 가꿔진 화단도 있었다. 몇 톤은 될 듯한 머리카락, 수십 만 개의 안경, 빗, 면도용 솔, 인형, 아이들 신발 같은 가슴 아픈 유물이 전시된 박물관도 있었다. 그렇지만 그곳은 어쨌든 박물관, 정지되어 있고 질서정연하고 인공적인 어떤 것일 뿐이었다. 내 눈에는 수용소 전체가 박물관 같았다. 내가 머물던 수용소는 이제 존재하지 않았다. 수용소에 딸려 있던 합성고무 공장은 이제 폴란드인들의 손에 들어가 그 지역을 완전히 차지할 정도로 확장되었다.

그렇지만 나는 포로였을 때 한 번도 들어가본 적이 없는 비르케나우 수용소에서 심한 아픔을 느꼈다. 그곳은 변한 게 전혀 없었다. 진흙이 있었다. 아직도 진흙이 있었다. 어쩌면 여름 먼지가 쌓인 것일 수도 있었다. 불타지 않고 남아 있는 막사들은 예전 그대로 낮고 더럽고, 벽의 합판들은 제대로 맞지 않아 틈이 벌어져 있었다. 바닥은 다져진 흙이었다. 침대 대신 널빤지가 천장까지 닿아 있었다. 이곳에는 아무런 장식도 없었다. 비르케나우에서 살아남은 내 친구 줄리아나 테데스키가 내 옆에 있었다. 그녀는 내게 가로 1.8미터, 세로 2미터인 널빤지 위에서 아홉 명까지 잠을 잤다고 설명해주었다. 그녀는 또 작은 창문을 통해 보이는 화장터의 폐허를 가리켰다. 당시에는 굴뚝 위로 불꽃이 보였다고 했다. 그녀는 나이 많은 여자들에게 물었다. "저 불길은 뭐지요?" 그러자 여자들이 대답해주었다. "저기서 타고 있는 건 바로 우리야."

슬픈 추억을 되살리는 힘을 지닌 이 수용소 앞에서 살아남은 우리들은 모두 서로 다른 태도를 보였지만 대개 두 부류로 나뉘었다. 첫째 부류는 이곳으로 돌아오기를, 혹은 이런 주제로 이야기하기를 거부하는 사람들이다. 잊고 싶지만 잊을 수 없어서 악몽에 시달렸던 사람들도 여기에 속한다. 그래서 결국 다 잊어버린 사람들, 모든 것을 지우고 제로에서부터 다시 시작한 사람들이 여기 속한다. 나는 대개 이런 사람들이 불운 때문에, 그러니까 정치 활동과는 전혀 무관하게 살다가 수용소에 들어온 사람들이라는 것을 알았다. 그들에게 고통은 사고나 질병 같은 트라우마일 뿐, 의미나 가르침이 전혀 없는 경험이었다. 그들에게 기억은 낯선 어떤 것, 그들의 삶에 난입한 고통스러운 물체였다. 그들은 그 기억을 지우려고 애썼다(혹은 아직도 애쓰고 있다). 둘째 부류는 반대로 '정치적'이었던, 혹은 어찌되었든 정치적 경험이 있거나 종교적 신념 또는 강한 도덕성을 소유한 포로들이다. 이 귀환자들에게는 기억하는 것이 의무다. 그들은 잊고 싶어하지 않는다. 특히 세상이 잊어버리는 것을 원치 않는다. 그들의 경험에 의미가 있다는 걸 알고 있기 때문에. 수용소는 사고가 아니라는 걸, 단순히 예기치 못한 우발적인 역사적 사건이 아니기 때문에.

수용소는 유럽에서 파시즘이 강세를 떨치고 가장 기괴한 모습을 보일 때 가장 번성했다. 그러나 파시즘은 히틀러와 무솔리니 이전에도 존재했고, 분명한 형태로 혹은 가면을 쓰고 제2차 세계대전 이후에도 계속 살아남아 있다. 세계 어느 곳에서든지, 인간의 기본적인 자유와 평등을 부정하는 것을 용납하기 시작하면, 결국은 수용소 체제를 향해 가게 된다. 이것은 막기 힘든 과정이다. 이와 같은 끔찍한 교훈이 우리의 경험 속에 들어 있음을 제대로 이해하고 있는 많은 수용소 생존자들을 나는 알고 있다. 그들은 매년 젊은 순례자들을 데리고 '자신들의' 수용소를 찾아간다. 나 자신도 시간이 허락한다면 기꺼이 그렇게 하고 싶다. 이렇게 책을 쓰고 그것에 대해 독자들과 이야기를 나눔으로써 같은 목적에 도달할 수 있음을 몰랐다면 그렇게 했을 것이다.

5. 레비는 왜 독일 수용소 이야기만 할 뿐 러시아 수용소는 언급하지 않는가?

첫째 질문에 대한 답에서 이미 썼듯이, 나는 심판관보다는 증언자 역할이 좋다. 난 내가 경험하고 본 일들을 증언자로서 인용한다. 내 책에는 허구의 이야기가 등장하지 않는다. 나는 내가 수용소에서 돌아와 책이나 신문을 통해 알게 된 사실들을 배제하고, 직접 경험한 사건들만을 엄격하게 옮겨놓았다. 예를 들어 여러분은 내가 아우슈비츠에서 학살된 포로들의 수를 인용하지 않았다는 것을 알 수 있을 것이다. 마찬가지로 가스실과 화장터에 대한 묘사도 자세히 하지 않았다. 사실, 수용소에 있을 때 나는 그것들에 관해 전혀 몰랐고, 그후, 온 세상이 다 알게 되었을 때에야 비로소 알게 되었다.

바로 이와 같은 이유 때문에 나는 러시아 수용소에 대해 일반적으로 말할 수가 없다. 다행히도, 난 그곳에 가본 적이 없었다. 그러므로 내가 독서를 통해 알게 된 사실들, 다시 말해 이런 주제에 흥미를 가진 사람이라면 모두 알고 있는 것들을 책에 쓸 수는 없었다. 그렇지만 이런 이유를 핑계 삼아 판단을 내리고 자신의 의견을 말하는, 모든 인간이 지닌 의무를 회피하고 싶은 생각도 없고 그럴 수도 없다. 소련의 수용소와 나치스의 수용소 사이에는 분명 서로 유사한 점이 많지만, 마찬가지로 근본적인 차이점들이 눈에 띈다.

중요한 차이는 목적성에 있다. 독일 수용소는 피로 물든 인간의 역사에서 유일한 무엇인가를 만들어냈다. 정적을 제거하거나 겁을 준다는 오래된 목적과 함께, 한 인종과 문화를 이 지구상에서 완전히 제거해버리겠다는 현대적이고도 무시무시한 목표가 자리잡고 있었다. 대략 1941년부터 그 수용소는 거대한 죽음의 장치가 되어버렸다. 가스실과 화장터는 수백만 명에 이르는 인간의 삶과 육체를 파괴하기 위해 의도적으로 계획되었다. 아우슈비츠는 1944년 8월의 단 하루 동안 2만 4,000명의 포로가 사망했다는 끔찍한 초유의 기록을 가지고 있다. 소련의 수용소는 그렇지 않았다. 물론 기분 좋게 생활할 수 있는 장소는 아니었지만 철의 장막이었던 스탈린 시대에조차 수용소 안에서 드러내놓고 포로들을 죽음으로 몰려 하지 않았다. 죽음은 자주 일어나는 사고로서, 잔인할 정도의 무관심으로 묵인되었지만 본질적으로 의도한 것은 아니었다. 간단히 말해, 소련 수용소에서의 죽음은 기아, 추위, 전염병, 노역에서 기인한 것이었다. 지옥의 모델 같은 두 수용소에 대한 이런 슬픈 비교에 한 가지를 덧붙일 필요가 있다. 일반적으로 독일 수용소에는 한번 들어가면 나올 수가 없었다. 죽음 이외의 그 어떤 다른 결말도 예측할 수 없었다. 이와는 달리 소련 수용소에는 항상 끝이 있었다. 스탈린 시대에 '죄인들'은 놀랄 만큼 경미한 죄목으로 엄청나게 긴(15~20년까지도 되는) 유형을 언도받았다. 그렇기는 해도 결국은 풀려날 거라는 실낱같은 희망이 있었다.

이런 근본적인 차이에서 다른 상황들이 탄생했다. 소련에서 간수와 포로들 사이의 관계는 좀더 인간적이었다. 모두 같은 나라 사람이고 같은 언어를 사용했으며, 나치즘에서처럼 '군림하는 인간'과 '복종하는 비非인간'이 없었다. 병자들은 제대로는 아니지만 어쨌든 치료를 받기는 했다. 지나칠 정도로 고된 노동을 해야 할 경우 개인적으로 혹은 집단적으로 항의를 생각해볼 수 있었다. 육체에 가하는 형벌은 드물었고 그다지 잔인하지도 않았다. 집에서 보내는 편지와 생필품 소포를 받을 수 있었다. 간단히 말해 인격이 부인된 것도, 완전히 상실된 것도 아니었다. 이와는 반대로 독일 수용소에서는 유대인과 집시들의 대량 학살이 거의 전체적으로 실시되었다. 어린아이들도 예외는 아니었다. 수십 만의 아이들이 가스실에서 죽어갔다. 인간의 역사에서 다시 찾아볼 수 없는 잔인한 짓이었다. 당연한 결과지만, 두 수용소에서의 사망률은 전혀 다르다. 소련 수용소의 경우 가장 가혹했던 시기에 포로 사망률이 30퍼센트 주변을 맴돈다. 이 수치 역시 받아들일 수 없을 만큼 높은 것이다. 그러나 독일 수용소의 사망률은 90~98퍼센트였다.

최근 소련의 개혁은 매우 위태로워 보인다. 당과 의견을 달리하는 지식인들을 황급히 미치광이로 진단 내려 정신병원에 가두고 잔인한 고통을 안겨줄 뿐만 아니라, 정신적 기능을 마비시키고 허약하게 만드는 '치료'를 받게 하기 때문이다. 이 같은 조치는 소련 당국이 국민들의 상이한 의견을 두려워하고 있음을 증명한다. 그래서 벌을 주는 것이 아니라, 약으로(또는 약에 대한 공포로) 그것을 파괴해버리려고 하는 것이다. 어쩌면 이런 방법은 그리 자주 사용되지 않을 수도 있지만(정신병원에 입원한 정치가들의 수가 1975년에 100여 명을 넘지 않았던 것 같다), 어쨌든 이 방법은 소름끼치는 것이다. 의학을 굴욕스럽게 악용하기 때문이며, 권력에 아첨하기 위해 스스로 노예가 된 의사들이 저지른 용서할 수 없는 매춘 행위이기 때문이다.

그런데 한편으로, 양적 측면에서 보자면 소련의 수용소가 점점 쇠퇴해가고 있다는 사실에 주목해야 한다. 1950년경 정치범으로 수용소에 수용된 인원은 수백만 명이었던 것 같았다. 국제사면위원회Amnesty International의 자료에 따르면, 현재(1976년) 정치범의 수는 약 1만 명으로 감소했다고 한다.

결론적으로 소련의 수용소는 여전히 비합법성과 비인간성을 비참하게 증명하고 있다. 수용소들은 사회주의와는 아무런 관련이 없다. 아니, 오히려 그것이 사회주의 소비에트에 흉측한 오점을 남길 뿐이다. 수용소는 소련 정부와 아무 상관이 없는, 혹은 그로부터 자유로워지고 싶어하는 차르 전제주의 시대의 야만적 유산으로 간주되기도 한다. 1862년 도스토예프스키가 쓴 『죽음의 집의 기록』을 읽은 사람이라면 100년 뒤 솔제니친이 묘사한 수용소와의 유사성을 쉽게 발견할 수 있을 것이다. 우리는 수용소 없는 사회주의를 그려볼 수 있다. 그것은 그리 어려운 일도 아니다. 전 세계의 여러 지역에서 실현된 일이었다. 하지만 수용소 없는 나치즘은 상상도 할 수 없다.

6. 자유의 몸이 된 후 『이것이 인간인가』의 등장인물들 중 다시 만난 사람이 있는지?

이 책에 등장하는 인물들 대부분이 수용소 생활 중 이미 사라져버렸거나 이 책 232~237쪽에서 언급한 끔찍했던 철수 행군 중에 사망했다. 또 다른 사람들은 조금 더 뒤에, 수용 생활 중 감염된 병으로 세상을 떴다. 살아남은 사람은 소수에 불과한데, 나는 그들과 계속 연락을 하거나 연락을 시도했다.
「오디세우스의 노래」에 나오는 피콜로 장은 살아서 잘 지내고 있다. 그의 가족은 아무도 살아남지 못했지만 그는 고향으로 돌아가 결혼을 했고 지금은 두 자녀를 두고 프랑스 한 지방의 소도시에서 약사로 아주 평온한 생활을 하고 있다. 우리는 그가 이탈리아로 휴가를 올 때마다 만난다. 이상하게도 그는 모노비츠에서 보낸 한 해를 대부분 잊어버렸다. 그는 오히려 철수 행군 때의 끔찍했던 기억을 생생히 간직하고 있다. 그 행군 중 그는 친구들이 극도의 피로 때문에 죽어가는 것을 지켜보아야만 했다(그중에는 알베르토도 있었다).

내가 피에로 손니노(이 책 79쪽)라고 불렀던 인물도 자주 만나고 있다. 『휴전』에서 '체사레'로 등장하는 바로 그 인물이다. 그 역시 힘겨운 재활의 시기를 거쳐 일자리를 찾고 가정을 꾸렸다. 그는 로마에 산다. 그는 기꺼이 그리고 명랑하게 수용소에서 겪었던 일들과, 집으로 돌아오는 길에 경험한 불행한 일들을 이야기한다. 하지만 거의 연극의 독백 같은 이야기들을 통해, 그가 수동적으로 지켜보기만 했던 비극적인 사건들보다는 자신이 주인공이 되었던 모험적인 사건들을 부각시키려는 경향이 있다.

샤를도 다시 만났다. 그는 자기 집 근처 보주의 야산에서 유격대로 활동하다가 1944년 11월에 체포되었다. 불과 한 달간 수용소에 있었던 것이다. 그러나 이 한 달은 고통으로 점철된 시기였다. 그는 잔인한 사건들을 목격했고 그것들은 그의 마음속에 깊이 각인되어 삶의 기쁨과 미래를 건설하고자 하는 의지를 빼앗아가버렸다. 『휴전』에서 내가 이야기했던 것과 별로 다르지 않은 여행 끝에 고국으로 돌아가 마을의 작은 학교에서 다시 아이들을 가르치게 되었다. 그는 아이들에게 양봉과 전나무,

소나무 묘목 키우는 것도 가르친다. 몇 년 전에 퇴직을 했다. 그는 최근 그리 젊지 않은 동료 교사와 결혼했다. 두 사람은 작지만 편안하고 사랑스러운 새 집을 지었다. 나는 1951년과 1974년에 그의 집을 찾아갔다. 두번째 그를 찾아갔을 때, 샤를은 아르튀르가 근처에 살고 있다고 말해주었다. 아르튀르는 늙고 병들어서, 예전의 고통스러운 기억을 떠올리는 사람들을 만나고 싶어하지 않는다고 했다.

극적이고 전혀 예측하지 못했던, 한없는 기쁨을 안겨준 만남은 102쪽과 159쪽에서 몇 줄 언급한 '현대적인 랍비' 멘디와의 만남이었다. 멘디는 1965년에 우연히 『이것이 인간인가』 독일어판을 읽다가 책 속에서 자신을 찾아냈다. 그는 나를 기억하고 있었고, 긴 편지를 써서 토리노의 이스라엘 공동체에 보냈다. 우리는 오랫동안 편지를 주고받으며 우리가 서로 알고 있는 친구들의 운명에 대해 소식을 전했다. 1967년 나는 그를 만나러 독일연방의 도르트문트로 갔다. 당시 멘디는 거기서 랍비로 일했다. 그는 예전과 다름없이 "강인하고 용감하고 날카로웠다." 게다가 비범할 정도로 박식했다. 그는 아우슈비츠 생존자인 부인과 결혼해 이미 장성한 세 자녀를 두고 있었다. 그의 가족은 모두 이스라엘로 이주할 계획이었다.

내게 쌀쌀맞게 '화학 시험'을 보게 했던 독토어 판비츠는 다시 만나지 못했지만, 내가 『주기율표』의 「바나듐」장에서 이야기한 대로 독토어 뮐러를 통해서 소식은 듣게 되었다. 소련군의 진군이 임박하자 판비츠는 부나 공장에서 고압적이고도 비겁하게 행동했다. 그는 함께 일하던 일반인들에게 끝까지 저항하라고 명령하고 후방으로 떠나는 마지막 기차에 일반인이 타지 못하도록 막았지만, 자신은 혼란을 틈타 몰래 기차에 올랐다. 그는 1946년에 뇌종양으로 죽었다.

7. 유대인에 대한 나치스의 광적인 증오를 어떻게 설명할 수 있을까?

부적절하게도 반유대주의라고 불리는, 유대인을 향한 적대감은 아주 보편적인 현상이다. 즉 그것은 우리와 다른 사람에게 품는 적대감의 한 예다. 이는 원래 동물의 세계에서 나타나는 현상이다. 동물들은 같은 종이라도 다른 그룹에 속해 있는 동물들을 받아들이지 못한다. 이것은 가축들의 경우도 마찬가지다. 어떤 닭장에 있던 암탉이 다른 닭장에 들어가게 되면 그 닭은 며칠 동안 다른 닭들에게 주둥이로 쪼이며 거부당한다. 쥐와 꿀벌들의 세계에서도 같은 일이 벌어진다. 사회적 동물들에서 일반적으로 발견되는 현상이다. 물론 아리스토텔레스가 말했듯 인간은 사회적 동물이다. 그렇지만 이런 동물적인 불관용을 모두 용인한다면 정말 심각한 문제가 발생할 것이다! 이 때문에 인간의 법률이 그것을 제한하는 데 이용된다.

반유대주의는 전형적인 불관용을 보여주는 현상이다. 거부감이 발생하기 위해서는 접촉하는 두 그룹 사이에 눈에 뜨일 정도의 차이점이 존재해야 한다. 이것은 신체적인 차이(흑인과 백인, 금발과 갈색 머리)일 수도 있지만 복잡한 문화로 인해 우리는 언어나 방언, 혹은 악센트같이 미묘

한 차이에도 민감하게 반응할 수 있다(북부로 이주할 수밖에 없는 이탈리아 남부 사람들은 너무나 잘 알고 있는 문제일 것이다). 이러한 차이를 만드는 것 중 외적으로 완전히 표현되고, 옷을 입는 방식이나 행동방식 같은 삶의 방식과 공적·사적인 습관에 깊은 영향을 미치는 종교라는 것이 있다. 유대 민족의 고통스러운 역사로 인해 유대인들은 거의 어느 곳에서나 이런 차이들 중의 하나를 드러내게 되었다.

서로 충돌했던, 매우 복잡한 민족과 국가들이 뒤얽혀 있는 상황에서 유대 민족의 역사는 매우 특별해 보인다. 유대 민족은 종교적, 전통적으로 아주 강한 내적 유대관계를 유지해 왔다(지금도 부분적으로는 그렇다). 그 결과 수적, 군사적으로 열세인데도 로마인들의 정복에 필사적으로 저항하다 패했고, 고향에서 내몰려 뿔뿔이 흩어졌지만 이들 사이의 유대는 여전히 남아 있다. 처음에는 지중해 연안에, 그뒤에는 중동, 스페인, 라인 지방, 러시아 남부, 폴란드, 보헤미아와 기타 지역에 형성되었던 유대인 거주지들은 서로 이 유대를 고집스럽게 유지했다. 이러한 유대는 규율과 성문화된 전통, 세심하게 집대성된 종교, 일상의 모든 행동에 스며들어 있는 독특하고 화려한 의례로 만들어진 거대한 몸체 밑에서 더욱 공고해졌다. 소수인 유대인들은 그래서 자신들이 거주하고 있는 지역 사람들과 달랐고 다르다고 인정받을 수 있었으며, 종종 자신들이 다르다는 것을 자랑스러워했다(그것이 옳든 그르든). 이 모든 것이 유대인들을 몹시 공격받기 쉽게 만들었다. 거의 모든 세기, 거의 모든 지역에서 가혹하게 박해를 받았다. 유대인들은 다른 사람들과 약간씩 동화되면서, 다시 말해 주변 주민들과 융화하고 좀더 호의적인 지역으로 다시 떠나기도 하면서 이런 박해를 견뎌냈다. 그러나 유대인들은 그런 식으로 자신들의 '다름'을 새롭게 고쳐나간 것이었고, 이 때문에 새로운 제약과 박해에 다시 노출되었다.

어쨌든 반유대주의의 본질에는 거부라는 비이성적 현상이 자리잡고 있다. 기독교 국가에서 기독교가 국교로 굳어져가기 시작하던 때부터 반유대주의가 종교적인, 아니 신학적인 옷을 입게 되었다. 성聖 아우구스티누스의 주장에 따르면, 유대인은 하느님으로부터 직접 디아스포라의 형벌을 받았다고 한다. 이유는 두 가지이다. 그리스도를 메시아로 인정하지 않았기 때문에 그런 형벌을 받았다는 것이 그중 하나다. 또 하나는 유대인들이 사방에 존재하는 것이, 역시 사방에 있는 기독교 교회에 꼭 필요한 일이기 때문이라고 한다. 기독교 신자들이 도처에서 형벌을 받으며 불행하게 살아가는 유대인들을 볼 수 있게 하기 위해서라는 것이다. 그러므로 유대인들의 디아스포라는 결코 끝나지 않을 것이다. 죄를 저지른 그들은 자신들의 죄를 영원히 증명해야만 하고, 그 결과 기독교 신앙의 진리를 증명하게 될 것이라고 한다. 그러므로 유대인의 존재는 없어서는 안 되며, 유대인들은 박해는 받아도 살해되어서는 안 된다.

그렇지만 교회가 항상 이렇게 온건한 모습만 보여준 것은 아니었다. 초기 기독교 시대부터 교회는 유대인들이 예수를 십자가에 못 박히게 한 장본인, 간단히 말해 '신을 죽인 민족'이라고 심각하게 비난했고 그것은 영원히 지속되었다. 오래전 부활절 전례에서 등장했고 제2회 바티칸

공의회(1962~1965년)에서 겨우 폐지된 이런 공식적인 주장은 늘 새로운 모습으로 나타나는, 치명적이고 다양한 민중 신앙의 근거가 되었다. 유대인들이 독을 풀어 페스트를 퍼뜨렸다, 습관적으로 성체에 신성모독을 가한다, 부활절에 기독교도 어린아이들을 납치해다가 아이들의 피를 발효시키지 않은 빵에 섞어 먹는다. 이런 신앙은 수많은 피의 학살을 불러오는 핑곗거리가 되었다. 그중에서도 특히 먼저 프랑스와 영국에서 유대인들이 집단으로 추방을 당했고, 그후 스페인과 포르투갈에서 같은 일이 벌어졌다(1492~1498년).

대학살과 이주가 끊임없이 되풀이되며 19세기에 이르렀다. 국가주의적인 의식을 일반적으로 각성하게 되고 소수자의 권리를 인정하게 된 세기였다. 차르 지배하의 러시아를 제외하고 전 유럽에서 유대인들에게 피해를 주는 법적 제약들이 사라지게 되었다. 이런 제약들은 모두 기독교 교회 때문에 가해진 것들이었다(시간과 장소에 따라 게토나 특별 구역에만 머물러야 한다는 강제적인 의무, 표시가 된 옷을 입어야 할 의무, 특정한 일이나 직업에의 접근 금지, 유대인 이외의 다른 사람들과의 결혼 금지 등등). 그러나 반유대주의가 완전히 사라진 것은 아니다. 특히 저속한 종교가 그리스도 살해의 책임을 계속 유대인에게 떠넘기고 있는 나라(폴란드와 러시아), 국가적 요구 때문에 이웃 나라 사람들과 이방인들에게 일반적인 적대감을 쌓아갔던 나라(독일, 프랑스도 여기에 속한다. 19세기 말 프랑스 군대에 근무하던 유대인 장교 알프레드 드레퓌스가 간첩 행위로 고발당했을 때, 성직자들, 민족주의자들, 군인들은 격렬한 반유대주의적 감정을 퍼부었다)에서는 여전히 건재를 과시하고 있다.

특히 독일에서 지난 세기에 철학자들과 정치인들이 끊임없이 광신적인 이론을 주장했다. 이에 따르면, 너무 오랜 시간 동안 분열되어 있고 굴욕을 겪었던 독일 민족은 유럽에서, 아니 어쩌면 전 세계에서 가장 뛰어난 민족이며, 유서 깊고 고귀한 전통과 문화의 계승자이며, 본질적으로 피와 인종 면에서 순수 혈통을 간직한 개인들로 이뤄졌다는 것이다. 독일 민족은 거의 신적인 위엄을 부여받은, 강하고 전투적인 국가를 건설해 유럽의 지배권을 장악해야만 했다.

이런 국가적 사명은 제1차 세계대전의 패배에서도 살아남았다. 뿐만 아니라 굴욕적인 베르사유 강화조약으로 더 굳건해졌다. 역사상 가장 음울하고 불길한 인물 중 한 사람인 선동적 정치가 아돌프 히틀러가 독일을 장악했다. 독일 중산층과 기업가들은 그의 뜨거운 연설에 귀를 기울였다. 히틀러는 멋진 약속을 했다. 독일 프롤레타리아는 자신들을 경제적 파탄으로 내몬 계급에게 전쟁 패배의 책임을 묻고 그들에게 적대감을 돌려야 했으나, 히틀러는 그 적대감을 유대인들에게 향하게 하는 데 성공했다. 1933년부터 시작해서 몇 년 동안 히틀러는 굴욕감을 느끼고 있는 독일인들의 분노와, 루터, 피히테, 헤겔, 바그너, 고비노, 체임벌린, 니체 같은 선각자들이 북돋워놓았던 국가적 자존심을 이용해 당을 하나 만드는 데 성공했다. 그가 광적으로 집착했던 것은 먼 미래가 아니라 빠른 시일 내에 독일이 지배권을 갖는 것이었다. 문화적 사명을 통해서가 아니라 무력으로 말이다. 그가 보기에 독일적이지 않은 모든 것은 열등

할 뿐만 아니라 증오의 대상이었다. 독일의 첫번째 적은 유대인들이었는데 히틀러가 독선적인 분노를 품고 밝힌 수많은 이유들 때문이었다. 말하자면 유대인들이 '다른' 피를 가지고 있기 때문이었다. 영국, 러시아, 미국에서 다른 유대인들과 결혼해서 서로 친척이 되기 때문이었다. 복종하기 전에 사고하고 토론하는 문화의 후계자들이기 때문이었다. 이 문화에서는 우상에게 인사하는 것이 금지되어 있는데 히틀러 자신은 우상으로 숭배받기를 갈망하기 때문이었다. 그는 "우리는 지성과 의식을 불신하고 본능을 전적으로 신뢰해야 한다"고 주저 없이 선언했다. 마지막으로 독일계 유대인의 상당수가 경제·재정·예술·학문·문학 분야에서 주도적인 위치를 차지하고 있었다. 실패한 화가이고 실패한 건축가였던 히틀러는 유대인들에게 분노와 좌절로 인한 질투심을 쏟아부었다. 이런 거부의 씨앗이 비옥한 토양에 떨어지면서 믿을 수 없을 정도로 활기차게, 새로운 형태로 뿌리를 뻗어갔다. 파시스트 스타일의 반유대주의와 히틀러가 던진 말 때문에 독일 국민들에게 되살아난 그 반유대주의는 지금까지의 그 어떤 것보다 야만적이었다. 의도적으로 왜곡된 생물학적 이론이 덧붙여졌다. 이 이론에 따르면, 힘이 없는 인종은 강한 인종 앞에 무릎을 꿇어야만 한다. 상식에 의해 수세기 전에 모습을 감추었던 어리석은 민중 신앙이 되살아났고, 쉴새없는 선전 활동이 시작되었다. 이전에는 한 번도 들어보지 못했던 극단적인 것들이었다. 유대교는 세례를 통해 멀리해야 할 종교도, 다른 것을 위해 포기해야 할 문화적 전통도 아니다. 유대인은 가장 하급 인간이며 다른 인종과 다르고 그 어떤 인종보다 열등하다. 유대인들은 겉으로만 인간일 뿐이며 사실은 인간과는 다른 무엇이다. 혐오스럽고 설명하기 어려운 존재이며, "인간과 원숭이의 거리보다 독일인들과 유대인들과의 거리가 더 멀"었다. 모든 게 유대인들 탓이었다. 탐욕스러운 미국 자본주의도, 소련의 공산주의도, 1918년의 패배도, 1923년의 인플레이션도 다 유대인들 때문이었다. 자유주의·민주주의·사회주의·공산주의는 악마 같은 유대인들이 만들어낸 것으로, 나치스 국가의 단일한 결속력을 위협했다.

이론적인 설교는 실제 행동으로 신속하게, 그리고 잔인하게 이행되었다. 1933년, 히틀러가 정권을 잡은 뒤 불과 몇 달 뒤에 최초의 강제 수용소인 다하우 수용소가 세워졌다. 같은 해 5월에는 유대인 저자들 혹은 나치즘의 적들이 쓴 책이 처음으로 불태워졌다(100여 년도 더 전에 독일계 유대인인 시인 하이네는 이렇게 썼다. "책을 불태우는 사람은 조만간 인간들을 불태우게 될 것이다"). 1935년에 반유대주의는 뉘른베르크 법안이라는 기념비적이고 매우 상세한 법안으로 체현되었다. 1938년에는 상부의 명령에 따라 불과 하룻밤 사이에 191개의 시나고그가 불태워졌고 수천 개의 유대인 상점이 파괴되었다. 1939년 독일인에게 갓 점령된 폴란드의 유대인들은 게토에 갇혔다. 1940년 아우슈비츠 수용소가 문을 열었다. 1941~1942년 대학살 장치가 완전하게 작동했다. 1944년 희생자의 수는 수백만이었다.

나치스의 선전 활동으로 널리 퍼지게 된 유대인에 대한 증오와 경멸은 수용소의 일상생활에서 현실화했다. 수용소에는 죽음만 있는 것이 아니었다. 미치광이 같은 상징적인 선발부대원들이 있었다. 그들은 모두 유대인들과 집시, 슬라브 인들이 짐승이고 하찮은 쓰레기 같은 존재라는 것을 증명하고 확인하려 했다. 아우슈비츠의 문신을 생각해보라. 소에게나 새기는 문신을 인간에게 새겨놓은 것이다. 절대 문이 열리지 않는 가축용 객차를 생각해보라. 수용소로 이송되는 포로들은(남자, 여자, 아이들 모두) 어쩔 수 없이 자신들의 배설물 속에 몇 날 며칠을 누워 있어야 했다. 이름 대신 사용되는 수인번호, 숟가락도 주지 않아 개처럼 핥아먹어야 하는 배급(해방된 뒤 아우슈비츠 수용소 창고에서 엄청난 수의 숟가락이 발견되었다), 시신을 이름도 없는 물건 취급해 금이빨을 빼내고 방직 재료로 쓰기 위해 머리카락을 잘라내는 시체 약탈, 비료로 쓰는 시신의 재, 실험용 기니피그로 전락해 약물 실험의 대상이 되었다가 죽어간 남자와 여자들을 생각해보라.

(세심한 실험 후에) 학살을 위해 선택되었던 방식 역시 상당히 상징적이다. 배의 화물 창고와 빈대와 이가 들끓는 곳을 소독할 때 사용하는 독가스가 사용되어야 했고 실제로 사용되었다. 이런 것들은 가장 고통스러운 죽음의 세기에 고안된 방법들이었지만 그중 어떤 것에도 수용소에서처럼 조소와 경멸이 넘쳐나지는 않았다.

알다시피 학살 작업은 계속 진행되었다. 전투에서 악전고투하다가 수세에 몰린 나치스들은 이해할 수 없을 만큼 학살을 몹시 서둘렀다. 포로들을 가스실이나 전선에 인접한 수용소로 실어나르는 기차들이 군 수송열차들을 앞섰다. 이 일은 독일이 패배했을 때에야 끝이 났지만 자살하기 몇 시간 전 구술한 정치적 유언장에 히틀러는 이렇게 썼다. "인종법을 그대로 유지해야 하며, 전 세계 국가에 해독을 끼치는 전 세계 유대인과 끝까지 싸우라고 독일 정부와 국민에게 명한다."

그러니까 요약하자면, 반유대주의는 불관용의 특별한 예라고 단언할 수 있다. 반유대주의는 수 세기 동안 일반적으로 종교적인 특징을 띠고 있었다. 그리고 제3제국의 독일에서 독일 국민의 국가주의적, 군국주의적 성향과 유대인 특유의 '다름'에 의해 반유대주의는 더욱 격화되었다. 모든 죄를 뒤집어쓰고 분노의 대상이 될 희생양이 필요했던 나치스와 파시스트의 효과적인 선전 활동 덕택에 반유대주의는 전 독일에, 그리고 유럽 대부분 지역에 쉽게 퍼져나갔다. 그리고 이와 같은 현상은 미치광이 독재자 히틀러에 의해 발작적으로 진행되었다.

그렇지만 일반적으로 받아들여지고 있는 이런 설명이 나로서는 흡족하지 않다는 점을 인정해야 할 것 같다. 이런 설명은 의미가 너무 축소되었고, 적절하지 않으며, 설명되어야 할 사실과 균형도 맞지 않는다. 모호하게 시작해서 극단적인 종말을 맞기까지의 나치즘 역사를 다시 읽으면서, 나는 전반적으로 통제되지 않는 광적인 분위기가 나치즘에 깔려 있었다는 느낌을 지울 수 없었다. 역사에서 찾아보기 어려운 경우였다. 이런 집단적인 광기, 이런 일탈은 대개 개별적으로는 전혀 힘을 발휘할 수 없는 여러 가지 요인들이 복합적으로 작용한 것으로 설명된다. 그리고 이런 요인들 대부분은 히틀러의 성격, 독일 국민과 그의 깊이 있는 상호

작용에서 기인한 것이었다. 히틀러의 개인적 망상, 증오심, 폭력 교사가 깊은 실의에 빠져 있던 독일 국민에게 걷잡을 수 없는 반향을 불러일으켰고, 그것이 히틀러에게 두 배로 되돌아와 그 스스로 니체가 예언했던 영웅, 독일의 구원자인 초인이 되었다는 미치광이 같은 확신을 갖게 한 것도 사실이다.

유대인에 대한 히틀러의 증오심의 근원에 대해 많은 글들이 발표되었다. 일반적으로 히틀러가 전 인류에 대한 증오심을 유대인에게 쏟아냈다고 말한다. 그는 유대인들에게서 자신의 결점 몇 가지를 찾아냈다. 그래서 유대인들을 증오하면서 스스로를 증오했다는 것이다. 그의 폭력적인 적대심은 자신의 혈관 속에 '유대인의 피'가 흐를지도 모른다는 두려움에서 탄생되었다.

다시 한 번 말하지만, 나는 이런 설명이 적절하다고 생각하지 않는다. 역사적 현상의 책임을 한 개인에게 돌려(끔찍한 명령을 실행에 옮긴 자들도 결코 무죄일 수 없다!) 설명한다는 건 옳지 않은 듯하다. 게다가 한 개인의 마음속 깊이 숨어 있는 행동의 동기들을 해석한다는 것은 쉽지 않은 일이다. 지금까지 제기된 가정들은 부분적으로만 사실을 변명하며 죄의 양이 아니라 질을 설명한다. 나는 솔직히 히틀러와 그의 뒤에 있던 독일의 광적인 반유대주의를 이해할 수 없다고 고백한 몇몇 진지한 역사학자들(블록, 슈람, 브라허)의 겸손함을 좋아한다.

이와 같은 일은 어쩌면 이해할 수 없을 뿐만 아니라 이해되어서도 안 되는 것인지도 모른다. 이해한다는 것은 거의 정당화하는 것과 같기 때문이다. 내 말은 이런 뜻이다. 인간의 의도나 행동을 '이해한다'는 것은 (어원학적으로도) 그것을 수용한다는 것, 그 행동의 주체를 수용하고, 그의 입장이 되어보고, 그와 자신을 동일시한다는 것을 의미한다. 오늘날 정상적인 인간 중에서 히틀러, 힘러, 괴벨스, 아이히만 등등과 자신을 동일시하는 사람은 아무도 없을 것이다. 이것은 우리를 당황스럽게 하지만 안도감을 느끼게 하기도 한다. 그들의 말(이는 안타깝게도 행동으로 옮겨졌다)이 이해 불가능하다는 것은 다행한 일이기도 하니까. 사실, 그것들은 인간적인 말과 행동이 아니다. 역사에서 선례를 찾아볼 수 없는 것들이고, 생존을 위한 가장 잔인한 생물학적 투쟁과도 비교가 어려운 것이다. 전쟁을 이런 투쟁과 연결짓는 것은 가능할지 모른다. 그러나 아우슈비츠는 전쟁과는 아무런 관련이 없다. 그것은 전쟁의 에피소드가 아니다. 전쟁의 극단적인 형태가 아니다. 전쟁은 항상 끔찍한 사건이다. 유감스러운 사건이지만 우리의 내부에 포함되어 있다. 전쟁에는 이유가 있고, 우리는 그것을 '이해한다'.

그러나 나치즘의 증오 속에는 이유가 없다. 그 증오는 인간의 내부에 있는 것이 아니라 인간의 밖에 있다. 파시즘이라는 유해한 나무에 열린 유독한 열매지만, 파시즘 밖에 그것을 뛰어넘은 곳에 있다. 우리는 그것을 이해할 수 없다. 그러나 그것이 어디서 태어났는지는 이해할 수 있고 이해해야 하며 경계해야만 한다. 그것을 이해하는 게 불가능하다면 인식하는 것은 필수적이다. 과거에 벌어졌던 일이 되풀이될 수 있기 때문이며 의식이 또다시 유혹을 당해 명료한 상태를 잃을 수 있기 때문이다.

우리의 의식까지도.
이 때문에 벌어진 일에 대해 숙고하는 건 우리 모두의 임무다. 히틀러와 무솔리니가 공개적으로 연설을 할 때 사람들이 그들을 믿었고 박수갈채를 보냈고 감탄했으며 신처럼 경배했다는 사실을 알아야 한다. 아니, 기억해야 한다. 그들은 '카리스마 넘치는 지도자'였다. 자신들이 한 말의 신뢰성이나 정의로움을 앞세우지 않고 장황한 말로, 연극배우 같은 방법으로, 본능적으로 혹은 끈기 있는 훈련과 습득을 통해 암시적으로 말을 했으며 사람을 홀리는 비밀스러운 힘을 지니고 있었다. 그들은 항상 같은 것들을 주장하지 않았다. 그들의 생각은 대개 비정상적이거나 어리석거나 잔인했다. 하지만 그것들은 환영을 받았고 그들이 죽을 때까지 수백만의 추종자들이 그들을 따랐다. 비인간적인 명령을 부지런히 수행한 사람들을 포함한 이런 추종자들은(몇몇 예외를 제외하면) 타고난 고문 기술자들이나 괴물들이 아니라 평범한 인간들이었다는 점을 기억해야 한다. 괴물들은 존재하지만 그 수는 너무 적어서 우리에게 별 위협이 되지 못한다. 일반적인 사람들, 아무런 의문 없이 믿고 복종할 준비가 되어 있는 기술자들이 훨씬 더 위험하다. 아이히만이나, 아우슈비츠 수용소 소장이었던 회스, 트레블링카 수용소 소장이었던 슈탕글, 20년 뒤 알제리에서 학살을 자행한 프랑스 병사들, 30년 뒤 베트남에서 학살을 자행한 미군 병사들이 바로 그런 사람들이다.
그러므로 이성과 다른 도구로, 혹은 카리스마 넘치는 지도력을 앞세워 우리를 설득하려고 애쓰는 사람을 신뢰해서는 안 된다. 우리의 판단과 우리의 의지를 다른 사람에게 위임할 때에는 신중에 신중을 기할 필요가 있다. 진짜 선각자와 가짜 선각자를 구별하기란 어렵기 때문에 모든 선각자를 의심의 눈으로 보는 것이 좋다. 그들의 주장을 일단 거부하는 것이 좋다. 그것의 단순성과 눈부심이 우리를 들뜨게 한다 해도, 무상으로 그것을 얻을 수 있기 때문에 편리하다고 생각되더라도. 훨씬 더 소박하고 덜 흥분되는 진실, 차근차근, 지름길로 가지 않고 공부와 토론과 추론을 통해 얻을 수 있는 진실, 확인되고 입증될 수 있는 진실에 만족하는 게 훨씬 더 좋다.

이는 모든 경우에 적용하기엔 너무 단순한 공식임이 틀림없다. 불관용, 압제, 예속성 등을 내포하고 있는 새로운 파시즘이 이 나라 밖에서 탄생되어 살금살금, 다른 이름을 달고 이 나라 안으로 들어올 수도 있다. 혹은 내부에서 서서히 자라나 모든 방어장치들을 파괴해버릴 정도로 난폭하게 변할 수 있다. 그럴 경우 지혜로운 충고 따위는 아무 쓸모가 없다. 저항할 힘을 찾아야 한다. 이때, 그리 멀지 않은 과거에 유럽의 한복판에서 벌어졌던 일에 대한 기억이 힘이 되고 교훈이 될 것이다.

8. 수용소 포로가 되지 않았다면 지금 당신은 무엇을 하고 있을까? 당시를 떠올리면 어떤 기분인지? 어떤 요인들 덕에 생존할 수 있었다고 생각하는지?

솔직히 말해, 나는 내가 수용소에 가지 않았다면 지금 뭘 하고 있을지 알지 못하고 알 수도 없다. 자신의 미래를 알 수 있는 인간은 아무도 없다.

그러므로, 미래를 묘사한다 해도 그것은 존재하지 않을 수 있다. 대중의 행동을 예측해보려는 시도는(항상 대략적으로) 어느 정도 의미가 있다. 하지만 한 개인의 행동을 예측하기란 너무나 힘든, 아니 어쩌면 불가능한 일이다. 하루하루를 바탕으로 하더라도. 마찬가지로 물리학자는 라듐 1그램의 방사능이 반으로 줄어드는 데 걸리는 시간을 정확하게 측정할 수 있지만 그 라듐 원자 하나가 분해되는 때를 말할 수는 없다. 어떤 사람이 양 갈래 길 앞에 서게 되었을 때 왼쪽 길로 가지 않는다면 분명 오른쪽 길로 들어설 것이다. 그러나 우리들의 선택이 두 가지로만 끝나는 것은 결코 아니다. 하나를 선택하고 나면 그 뒤로 아주 다양한 다른 것들이 줄줄이 등장한다. 끝없이 그렇게 펼쳐진다. 사실 우리의 미래는 외적 요인들, 우리들의 자유로운 선택과는 전혀 무관한 요인들과 우리가 의식하고 있지 못하는 내적 요인들에 강하게 종속되어 있다. 잘 알려진 이런 이유들 때문에 우리는 본인의 미래도 이웃의 미래도 알 수가 없다. 또 같은 이유로 과거의 일에 대해 "만약에"라고 아무도 말할 수 없는 것이다.

하지만 이것만은 분명히 말할 수 있다. 내가 아우슈비츠의 시간을 경험하지 않았더라면 절대 글을 쓰는 일은 없었을 것이다. 아마 글을 써야 할 동기를 찾지 못했을 것이다. 학생 때 내 이탈리아어 성적은 보통이었고 역사 성적은 형편없었다. 내가 특별히 흥미를 느낀 과목은 물리와 화학이었다. 그래서 나는 화학자라는 직업을 선택했다. 글을 쓰는 세계와는 전혀 공통점이 없는 직업이었다. 수용소의 경험이 나로 하여금 글을 쓰게 했다. 나는 게으름과 싸울 필요가 없었다. 문체 같은 건 내가 보기엔 우스웠다. 업무시간을 단 한 시간도 침범하지 않고 글을 쓸 수 있는 시간을 기적적으로 마련했다. 이 책은 이미 내 머릿속에 다 준비되어 있었기 때문에, 그저 밖으로 나오게 해서 종이 위에 쓰기만 하면 되었다.

이제 많은 시간이 흘렀다. 책은 여러 가지 사건을 겪었고 너무나 평범한 나의 현재와 잔인했던 아우슈비츠에서의 과거 사이에 끼어들게 되었다. 아주 신기한 방식으로, 인위적인 기억처럼, 또 그러면서도 방어벽처럼. 사실 나는 냉소주의자로 치부되는 게 싫기 때문에 이런 말을 하기가 조심스럽지만, 지금 수용소를 떠올리면 격렬하거나 고통스러운 감정을 전혀 느끼지 않는다. 오히려 그 반대다. 짧았지만 비극적이었던 포로 생활의 경험이 길고 복잡한 증언 작가로서의 경험과 합산되어, 그 결과는 분명 긍정적이다. 전체적으로 보았을 때 나의 과거는 나를 더욱 풍요롭고 자신감 넘치게 해주었다. 새파랗게 젊은 시절 라벤스부르크 여자 수용소에 끌려갔던 내 친구는 수용소가 자신의 대학이었다고 말한다. 나도 똑같이 말할 수 있을 것 같다. 말하자면, 그런 사건을 경험하고 글을 쓰고 관조하면서 인간과 세상에 대해 많은 것을 배웠다.

그러나 이런 긍정적인 결과를 얻은 운 좋은 사람은 정말 소수에 불과하다는 것을 서둘러 밝혀야겠다. 예를 들어 수용소에 끌려간 이탈리아인들 중 귀향한 사람은 5퍼센트밖에 되지 않는다. 그 5퍼센트 중 대부분이 가족과 친구와 재산, 건강, 균형감각, 젊음을 모두 잃었다. 내가 살아남아 무사히 돌아온 건 대부분 운이 좋아서였던 것 같다. 수용소로 들어가기 전에 내가 가지고 있던 것, 그러니까 등산으로 체력이 단련되어 있었다거나 화학자였다는 것의 역할은 그리 크지 않았다. 화학자라는 직업 덕분에 마지막 몇 달 동안 약간의 특권을 누릴 수 있었지만 말이다. 아마도 그보다는 지칠 줄 몰랐던 인간에 대한 관심이 도움이 되었을 것이다. (일반적으로 많은 사람들이 지니고 있던) 살아남아야 한다는 의지뿐만 아니라 꼭 살아남아 우리가 목격하고 참아낸 일들을 정확하게 이야기해야 한다는 의지가 생존에 도움을 주었을 것이다. 그리고 마지막으로 암흑과 같은 시간에도 내 동료들과 나 자신에게서 사물이 아닌 인간의 모습을 보겠다는 의지, 그럼으로써 수용소에 널리 퍼져 많은 수인들을 정신적 조난자로 만들었던 굴욕과 부도덕에서 나를 지키겠다는 의지를 고집스럽게 지켜낸 것이 도움이 되었다.

1976년 11월

프리모 레비

부록 2 프리모 레비 작가 연보

1919년 프리모 레비는 7월 31일 토리노에서 태어나, 자기가 태어난 집에서 평생을 살아간다. 레비의 조상들은 스페인과 프로방스 출신으로 이탈리아 피에몬테 지방에 자리잡은 유대인들이었다. 레비는 『주기율표』의 첫 장에서 유대인들의 관습과 생활 방식 그리고 은어들을 묘사했지만, 조부들에 대한 것 이외에는 개인적으로 유대인들에 관해 간직하고 있는 기억은 없었다. 친할아버지는 토목기사로 벤네 바지엔나에 살았다. 할아버지는 그곳에 집과 작은 농장을 소유하고 있었고, 1885년 사망했다. 외할아버지는 직물 상인이었고 1941년 사망했다. 아버지 체사레는 1878년에 태어났고 1901년 전기공학부를 졸업했다. 외국(벨기에, 프랑스, 헝가리)에서 일한 뒤 1917년, 1895년생인 열일곱 살 연하 에스테르 루차티와 결혼했다.

1921년 동생 안나 마리 탄생. 프리모는 평생 동생과 강한 유대감을 지닌 채 살았다.

1925~1930년 초등학교에 다님. 건강이 좋지 않았다. 초등학교를 마친 뒤 1년 동안 개인 교습을 받는다.

1934년 파시즘에 반대하는 저명한 교사들이(아우구스토 몬티, 프랑코 안토니첼리, 움베르토 코스모, 지노 지니, 노르베르토 보비오 등) 재직하기로 유명한 다첼리오 고등학교에 입학. 다첼리오 고등학교는 이미 '정화'되어 정치적으로 불가지론不可知論의 입장을 취했다. 레비는 수줍음을 많이 타는 모범생이었다. 화학과 생물학에 관심을 보였고 역사나 이탈리아어에는 별 다른 관심이 없었다. 특별히 눈에 띄는 학생은 아니었지만 단 한 과목도 낙제하지 않았다. 고등학교에 입학하자마자 몇 달 동안 체사레 파베제가 이탈리아어를 가르쳤다. 레비와 파베제는, 파베제가 세상을 뜰 때까지 우정을 나눈다. 톨레 펠리체, 바르도네키아, 코녜에서 긴 방학을 보낸다. 산에 대한 애정이 싹트기 시작한다.

1937년 10월 대학입학자격시험에서 이탈리아어 시험을 다시 보게 된다. 토리노 대학 과학부의 화학과에 입학한다.

1938년 파시스트 정부가 최초의 인종법을 공포한다. 유대인들이 공립학교에 다니는 것이 법으로 금지된다. 그렇지만 이미 대학에 등록해 다니고 있던 사람들은 학업을 계속할 수 있었다. 레비는 유대인과 비유대인으로 결성된 반파시스트 서클에 나가기 시작한다. 아르톰 형제와 친구가 된다. 토마스 만, 올더스 헉슬리, 스턴, 베르펠, 다윈, 도스토예프스키의 책을 읽는다.

대학의 자유는 이런 소리를 들었을 때의 상처와 겹쳐졌다. "조심해. 넌 다른 학생들과 달라. 아니 다른 학생들보다 훨씬 가치가 없어. 넌 탐욕스럽고 이방인이고 더럽고 위험하고 믿을 수 없는 인물이야." 나는 공부에 더욱 몰두하며 의식적으로 반항했다.
인종법은 나뿐 아니라 다른 사람들에게도 신의 섭리 같은 것이었다. 그것은 파시즘의 어리석음과 불합리를 증명했다. 파시즘이 지닌 범죄자의 얼굴(말하자면 범죄자 마테오티의 얼굴)은 이미 잊혀졌다. 그것의 어리석은 측면만을 볼 수 있게 되었다. (……) 우리 가족은 다소 무감각하게 파시즘을 받아들였다. 아버지는 마지못해 당에 가입하긴 했어도 어쨌든 검은 셔츠를 입었다. 나는 바릴라 소년단(파시즘 체제하의 소년 훈련 조직)이었고 그뒤 애국청년단원도 했다. 인종법은 다른 사람들에게 그랬듯 내게도 오히려 자유 의지를 되찾게 해주는 계기가 되었다.

1941년 7월 레비는 최우등으로 대학을 졸업한다. 그의 졸업 증서에는 '유대인'이라고 기재되었다. 레비는 부지런히 일자리를 찾았다. 가족의 생계가 막막했고 아버지가 말기 암 투병 중이었기 때문이다. 그는 란초의 석면 광산에서 불법적인 일자리를 구한다. 공식적으로는 사무직이 아니었지만 화학연구소에서 일한다. 레비가 열심히 몰두한 문제는 폐기물에서 소량으로 발견되는 니켈을 분리하는 것이었다(『주기율표』의 「니켈」장을 보라).

1942년 밀라노, 반데르 스위스 제약 공장에서 경제적으로 좀 더 나은 일자리를 구한다. 이 공장에서 당뇨병 치료를 위한 신약 개발 업무를 맡는다. 이때의 경험은 『주기율표』의 「인」에서 이야기하고 있다.

11월 연합군이 북아프리카에 상륙한다.

12월 소련군이 스탈린그라드를 성공적으로 방어한다. 레비와 그의 친구들은 파시즘에 저항하는 몇몇 요인들과 접촉해 정치적으로 급속히 성숙해진다. 레비는 행동당에 가입한다.

1943년 7월 파시스트 정권이 몰락하고 무솔리니가 체포된다. 레비는 미래의 국민해방위원회를 구성할 당들의 연락망으로 활발히 활동한다.

9월 8일 바돌리오 정부가 휴전을 선언하지만 "전쟁은 계속 된다". 독일 무장군이 이탈리아 북부와 중부를 점령한다.

레비는 발 다오스타에서 활동하는 유격대에 합류하지만 12월 3일 새벽 다른 동료들과 브루손에서 체포된다. 레비는 카르피-포솔리 임시수용소로 보내진다.

1944년 2월 포솔리 수용소는 독일군의 감독을 받는다. 독일군은 레비와 다른 노인, 여자, 어린이들을 포함한 포로들을 아우슈비츠로 가는 화물수송 열차로 보낸다. 여행은 5일 동안 지속된다. 아우슈비츠에 도착해 남자들은 여자와 아이들과 격리되어 30호 바라크로 보내진다. 레비는 자신이 아우슈비츠에서 생존한 것은 주변 상황이 운 좋게 돌아갔기 때문이라고 생각한다. 독일어에 능통했던 그는 간수들의 명령을 잘 이해할 수 있었다. 게다가 1943년 말, 스탈린그라드에서의 패배 이후 독일에서는 노동력이 급격히 부족해져서 돈이 전혀 들지 않는 노동력인 유대인들을 더 이용하게 되었다.

> 물자 부족, 노역, 허기, 추위, 갈증들은 우리의 몸을 괴롭혔지만, 아이러니하게도 우리 정신의 커다란 불행으로부터 신경을 돌릴 수 있게 해주었다. 우리는 완벽하게 불행할 수 없었다. 수용소에서 자살이 드물었다는 게 이를 증명한다. 자살은 철학적 행위이며 사유를 통해 결정된다. 일상의 절박함이 우리의 생각을 다른 곳으로 돌려놓았다. 우리는 죽음을 갈망하면서도 자살할 수 있다는 생각은 하지 못했다. 수용소에 들어가기 전이나 그후에는 자살에, 자살할 생각에 가까이 간 적이 있다. 하지만 수용소 안에서는 아니었다.

수용소에 머무르는 동안 레비는 다행히 병에 걸리지 않았다. 하지만 1945년 1월 소련 군대가 진군하고 있는 가운데 독일군이 수용소를 비우며 병자들을 운명에 맡긴 채 버려두고 떠나던 바로 그 때 성홍열에 걸렸다. 다른 포로들은 부헨발트와 마우트하우젠 수용소로 재이송당했고 거의 다 사망했다.

> 아우슈비츠에서의 내 경험은 내가 받았던 종교 교육 중 그나마 남아 있

던 것을 거의 일소해버리는 것과 같았다. 〔……〕 아우슈비츠가 있다. 그런데 신은 그곳에 있지 않았다. 이런 딜레마의 해결점은 아직 찾지 못했다. 찾고 있지만 찾지 못했다.

1945년 레비는 몇 달 동안 이동 중인 소련군이 머문 카토비체에서 생활한다. 간호사로 일한다.

6월 귀향이 시작된다. 이 여행은 터무니없게도 10월까지 이어진다. 레비와 그 동료들은 미궁 같은 여정을 통과해야만 했다. 처음에는 벨로루시, 루마니아, 헝가리, 오스트리아를 거쳐 마침내 고국에 도착한다(10월 19일). 이때의 경험을 레비는 『휴전』에서 이야기한다.

1946년 전후에 피폐해진 이탈리아에 힘들게 복귀한다. 레비는 토리노 근교 아빌리아나에 있는 두코-몬테카티니 니스 공장에 일자리를 구한다. 자신의 처참한 경험을 떨쳐버리지 못한 그는 열정적으로 『이것이 인간인가』를 쓴다.

『이것이 인간인가』에서 가장 크고 무겁고 중요한 이야기를 쓰려 애썼다. 분노의 테마가 부각되어야만 할 것 같았다. 거의 법적인 차원의 증언이었다. 고발을 하려는 의도가 담겨 있었던 게 틀림없지만—분노, 보복, 처벌을 야기시키려는 목적이 아니라—그저 증언을 하려 했을 뿐이다. 그래서 어떤 주제들은 다소 한 옥타브 낮은 주변적인 것으로 보이기도 했다. 그런 것들은 나중에 세월이 많이 흐른 뒤에 다루었다.

1947년 두코를 그만둔다. 독립해 친구와 잠깐 사업을 하지만 쓰라린 경험만 한다.

9월 루치아 모르푸르고와 결혼한다. 레비는 에이나우디 출판사에 원고를 보내지만 형식적인 말과 함께 출판이 거부된다. 프랑코 안토니첼리의 소개로 책은 데실바 출판사에서 2,500부만 출판된다. 훌륭한 평가를 받았지만 판매 면에서 성공을 거두지 못했다. 레비는 작가-증언자로서의 자신의 임무를 다했다고 결론내리고 화학자로서의 일에 몰두한다.

12월 레비는 토리노와 세티모 토리네제 사이에 있는 조그만 니스 공장 시바의 연구소에서 화학자로 일할 기회를 받아들인다. 불과 몇 달 뒤 그는 총감독이 되었다.

1948년 딸 리사 로렌차가 태어난다.

1956년 토리노에서 열린 수용소 전시회에서 놀라운 성공을 거둔다. 레비는 자신의 수용소 경험을 묻는 젊은이들에게 에워싸인다. 그는 자신의 표현 수단에 대한 신뢰를 되찾아 『이것이 인간인가』를 에이나우디 출판사에 다시 보낸다. 이번에는 출판사에서 이 책을 '에세이' 시리즈에 넣어 출판하기로 한다. 그뒤 책은 중쇄를 거듭했고 여러 나라에서 번역된다.

1957년 아들 로렌초가 태어난다.

1959년 『이것이 인간인가』가 영국과 미국에서 번역된다.

1961년 『이것이 인간인가』 프랑스어판과 독일어판이 나온다.

1962년 『이것이 인간인가』의 성공에 용기를 얻어 수용소 생활에서 돌아오던 모험으로 가득 찬 여행을 다룬 일기 『휴전』의 초고를 쓰기 시작한다. 전작과는 달리 이 작품은 계획에 의해 쓴다. 레비는 밤과 휴일, 휴가 때 글을 써서 한 달에 한 장章씩 정확하게 완성시킨다. 단 한 시간도 근무 시간을 빼서 쓰지 않았다. 그의 생활은 가정, 공장, 글쓰기 이 세 영역으로 정확히 구분되어 있었다. 철저히 화학자로서 활동한다. 독일과 영국으로 몇 차례 출장을 다녔다.

『휴전』은 『이것이 인간인가』를 발표하고 14년 후에 썼습니다. 그러니까 훨씬 더 의식적이고 문학적이고 언어면에서도 훨씬 더 많은 공을 들였습니다. 사실들을 이야기했지만 그것은 여과된 사실입니다. 이 책 이전에 수많은 다른 버전의 이야기들을 발표했습니다. 저는 모든 모험을 여러 계층의 사람들에게(특히 중학생들에게) 수없이 이야기했고, 그러면서 차츰차츰 이야기는 더 호의적인 반응을 불러일으킬 만한 방향으로 수정되어갔습니다.

1963년 4월 에이나우디 출판사에서 『휴전』을 출판하고 매우 호의적인 평가를 받는다. 이탈로 칼비노가 표지글과 추천사를 썼다.

9월 베네치아에서 『휴전』이 제1회 캄피엘로 상을 수상한다.

1964~1967년 연구실과 공장의 업무를 통해 영감 받은 생각들을 정

리해서 과학기술을 배경으로 한 소설을 써서 『일 조르노』와 다른 신문에 발표한다.

1965년 폴란드에서 거행한 아우슈비츠 해방 20주년 기념식을 위해 아우슈비츠를 방문한다.

> 다시 아우슈비츠를 찾았으나 그것은 생각보다 그리 극적이지 않았다. 너무 소란스러웠고 주의를 집중하기도 힘들었으며 모든 것이 너무나 질서정연했고 건물 정면은 너무 깨끗했으며 대부분의 대화들이 형식적이었다.(1984년 인터뷰에서)

1967년 레비는 그동안 쓴 단편들을 『자연스러운 이야기』라는 제목으로 출간한다. 다미아노 말라바일라라는 필명을 사용한다.

1971년 레비는 두번째 단편집 『형식의 결함』을 발표하는데 이번에는 본명을 사용한다.

1972~1973년 소련으로 수차례 출장간다(『멍키스패너』, 『멸치 1』, 『멸치 2』 참고).

> 나는 톨리야티를 방문했다. 그리고 소련인들이 우리 숙련공들을 존경어린 마음으로 대한다는 것에 주목했다. 나는 이런 사실에 호기심을 느꼈다. 그 숙련공들과 구내식당에서 나란히 앉아 식사를 하게 되었다. 그들은 기술적인 유산과 위대한 인류를 대표했다. 그러나 그들은 익명의

존재들로 남겨질 뿐이었다. 아무도 그들에 대해 글을 쓰지 않기 때문에……. 『멍키스패너』는 어쩌면 바로 그곳, 톨리아티에서 탄생했는지 모른다. 게다가 그곳이 소설의 배경이기도 하다. 도시 이름은 한 번도 밝혀진 적이 없지만.

1975년 레비는 퇴직을 결심하고 시바 총감독 자리를 떠난다. 다시 2년 동안 고문으로 일하게 된다. 레비는 슈바이빌러에서 그동안 쓴 시들을 모아 『브레마의 선술집』이라는 제목의 시집을 낸다.

회고록·명상록의 성격을 띤 『주기율표』를 출판한다.

1978년 철탑, 다리, 석유시추 장비들을 제작하기 위해 전 세계를 떠도는 피에몬테 출신의 노동자를 다룬 『멍키스패너』 출판. 주인공은 사람들과의 만남, 모험, 자신의 일에서 매일 부딪히게 되는 어려움들을 이야기한다.

이 책은 '창조적인' 노동 혹은 간단히 말해 노동에 대한 재평가를 겨냥한다. 존재하는 수천 명의 파우소네의 노동이든, 다른 직업과 다른 사회적인 노동이든 노동은 창조적일 수밖에 없다……. 파우소네는 내가 책에서 암시했듯이, 실존하지 않으면서도 존재한다. 그는 내가 알았던 실존 인물들을 응집시킨 인물이다…….

7월 『멍키스패너』로 스트레가 상을 수상한다.

1980년 『멍키스패너』 프랑스어판 출간. 저명한 인류학자 클로드 레비스트로스는 이렇게 썼다.

> 매우 즐겁게 읽었다. 내가 특히 노동에 대한 대화를 좋아하기 때문이다. 이런 면에서 프리모 레비는 위대한 민속학자다. 게다가 책도 정말 재미있다.

1981년 줄리오 볼라티의 제안으로 에이나우디 출판사에서 개인 작가 선집, 즉 그의 문화적 형성에 영향을 주었던 작가들이나 그가 단순히 동료라고 느끼고 있는 작가들의 작품을 모은 책을 준비한다. 이 책은 『뿌리 찾기』라는 제목으로 출판된다. 1975년부터 1981년까지 쓴 단편들을 『릴리트와 단편들』이라는 제목으로 출판한다.

> 단편들을 모아보려고 했다. 그리고 이따금 단편들을 끝내면서 단편들을 분류해보니, 『이것이 인간인가』와 『휴전』의 테마를 다시 다룬 첫번째 그룹의 단편들이 모아졌다. 두번째로는 『자연스런 이야기』와 『형식의 악습』의 테마를 다룬 것들이었고 세번째 그룹에는 실제 등장인물이 등장한다.

1982년 4월 『지금이 아니면 언제?』 발표. 출간하자마자 대성공을 거둔다. 이 작품으로 6월에는 비아레조 상을, 9월에는 캄피엘로 상을 수상한다. 두번째로 아우슈비츠를 방문한다.

우리 일행은 몇 명 되지 않았다. 이번에는 깊은 감동을 받았다. 나는 처음으로 아우슈비츠에 있던 수용소 가운데 하나로 가스실이 있었던 비르케나우 기념관을 방문했다. 철로가 보존되어 있었다. 녹슨 철로는 수용소 안으로 이어져 일종의 텅 빈 공간 가장자리에서 끝났다. 앞에는 화강암 벽돌로 만든 상징적인 기차가 있었다. 벽돌마다 나라의 이름이 하나씩 적혀 있었다. 기념관은 이것이었다. 선로와 벽돌들. 나는 감각을 되찾았다. 가령 그 장소의 냄새 같은 것 말이다. 무해한 냄새. 석탄냄새인 것 같았다.

8~9월 이스라엘 레바논 침공. 사브라와 샤틸라 팔레스타인 구역에서 대학살. 레비는 특히 9월 24일 『라 레프블리카』에 발표된 잠파올로 판사와의 대담에서 자신의 입장을 밝힌다.

우리 디아스포라 유대인들은 두 가지, 즉 도덕적인 것과 정치적인 면에서 베긴에 반대할 수 있다. 먼저 도덕적인 것은 다음과 같다. 아무리 전쟁 중이라 해도 베긴과 그의 동료들이 보여주었던 잔인한 오만함을 정당화할 수 없다. 정치적인 주장도 이와 마찬가지로 분명하다. 이스라엘은 지금 완전한 고립의 상태 속으로 추락하고 있다. (……) 우리는 보다 냉철한 이성으로 현재 이스라엘 지도부의 실수에 판결을 내리기 위해 이스라엘과의 감정적인 연대감을 억눌러야만 한다.

『지금이 아니면 언제?』가 프랑스어로 번역된다. 줄리오 에이나우디의 권유로 '작가가 번역한 작가' 시리즈를 위해 카프카의 『심판』을 번역하기 시작한다.

1983년 레비스트로스의 『가면을 쓰는 법』 번역. 카프카의 『심판』 번역 출간. 레비스트로스의 『먼 곳으로부터의 시선』 번역. 번역 문제에 대해서는 『타인의 작업』에 수록된 「번역한 것과 번역된 것」을 참조.

1984년 6월 토리노에서 물리학자 툴리오 레제를 만난다. 두 사람 사이의 대담은 녹음되어 코무니타 출판사에서 『대화』라는 제목으로 12월에 출판된다.

10월 1975년 슈바이빌러에서 이미 출판되었던 27편의 서정시와 『라 스탐파』에 발표했던 34편의 시, 그리고 스코틀랜드의 무명 시인, 하이네와 키플링 시를 번역해 모은 시집 『불확실한 시간에』를 가르잔티 출판사에서 출판한다.

11월 『주기율표』가 미국에서 번역되어 출판, 비평가들의 극찬을 받는다. 특히 솔 벨로우의 다음과 같은 평가가 커다란 반향을 일으킨다.

우리는 항상 꼭 필요한 책을 찾는다. 『주기율표』 몇 페이지를 넘기자 나는 바로 거의 감사와 기쁨에 빠져 이 책에 몰입하게 되었다. 이 책에는 과도한 겉치레 따위는 전혀 없다. 모든 게 없어서는 안 될 본질적인 것들이다. 놀라울 정도로 순수하고 번역도 뛰어나다.

솔 벨로우의 이러한 평가에 영향을 받아 레비의 책들이 여러 나라에서 번역된다. 이에 덧붙여 닐 애컬슨(『뉴욕타임즈 북리뷰』), 앨빈 로젠펠트(『뉴욕타임즈 북리뷰』), 존 그로스(『뉴욕타임즈』)의 매우 호의적인 서평이 뒤를 이었다.

1985년 1월 주로 『라 스탐파』에 발표했던 50여 편의 글을 모아 『타인의 작업』이라는 제목으로 발표한다.

2월 『아우슈비츠 소장 루돌프 회스의 자전적 기억』 문고판의 서문을 쓴다.

4월 미국에서 어빙 하우의 서문이 실린 『지금이 아니면, 언제?』가 번역되는 것과 때를 맞춰, 그리고 여러 대학의 강연을 위해 미국을 방문한다.

1986년 4월 아우슈비츠의 경험에서 우러난 사유를 집대성한 책 『가라앉은 자와 구조된 자』 출판. 『멍키스패너』와 『릴리트』에서 발췌된 단편들이 미국에서 '유예의 순간'Moment of reprieve이라는 제목으로 번역 출판된다. 『지금이 아니면 언제?』가 독일에서 번역된다. 런던과(여기서 필립 로스를 만난다) 스톡홀름을 방문한다.

9월 토리노에서 로스의 방문을 받는다. 그에게 『뉴욕

타임즈 북리뷰』에 실릴 대담 제의를 받아 동의했었다.

1987년 3월 『주기율표』 프랑스어판과 독일어판 출판. 레비는 외과 수술을 받는다.

4월 11일 토리노 자택에서 사망했다.

부록 3 아우슈비츠 수용소

유대인 배제에서 절멸로

유대인에 대한 사회적 차별은 나치스가 권력을 장악하기 전부터 존재했다. 나치스는 그러한 바탕 위에서 체계적인 배제의 시스템을 만들어나갔다. 1935년 9월 뉘른베르크 법안*이 공식 발효되면서 독일 내 유대인들은 공식적으로 시민권을 박탈당하고 사회적 병균으로 지정되었다. 1938년 '수정의 밤'** 사건을 계기로 나치스의 유대인 배제 정책인 물리적인 축출로 전회한다. 유대인의 재산은 몰수되었고, 독일을 '유대인 없는 나라'로 만들자는 국가적 이상을 실현하기 위한 다양한 방법이 시행되었다.

* 1935년에는 다양한 인종차별법이 추진되었다. 히틀러가 직접 명령해 제정했다고 하는 이 법안을 통틀어 뉘른베르크 법안이라고 한다. 그 첫번째는 「독일인의 명예와 혈통 보존법」으로 독일인과 비(非)아리안인 간에 결혼을 금지하고 이미 한 결혼을 무효화하며 만남과 친분도 금지한다는 내용을 담고 있다. 두번째로는 비아리안인의 시민권을 박탈하는 내용의 「제국시민법」이 제정되었다.

** 1938년 10월 나치스에 의해 독일에서 강제추방당한 폴란드 국적의 유대인들이 폴란드에 의해서도 입국을 거부당하자 이들 중 일부가 해외에 있던 가족들에게 편지로 사실을 알렸다. 파리에서 가족의 소식을 들은 어느 소년이 11월 7일 파리 주재 독일 대사관을 찾아가 3등 서기관을 권총으로 쏘았다. 이 사건을 계기로 대규모의 포그롬이 발생했다. 독일 내의 유대인 상점과 시나고그 대부분이 파괴되고 불에 탔으며, 수십 명의 사망자와 수만 명의 부상자가 생겼다. 그날 밤 깨진 유리가 밤하늘을 밝게 빛냈다고 해서 '수정의 밤'이라는 이름이 붙었다.

먼저 나치스는 1939년 폴란드 침공 이후 동유럽 여러 곳에 게토를 만들고 전 유럽에 있던 유대인들을 이곳으로 불러들여 격리·수용했다. 하지만 제국이 커지고 영향권이 확대될수록 유대인들의 수가 엄청나게 늘어나, 이들을 효율적으로 처리하기 위한 방안이 필요해졌다. 1939년 폴란드에서도 가장 열악한 환경에 처해 있던 우지Łódź 게토를 방문한 나치스의 선전장관 괴벨스는 일기에 이렇게 썼다. "그러므로 게토를 관리하는 일은 인도적 과업이 아니라 외과적 과업이다. 이제 우리는 우리의 일부를 잘라내는, 그것도 근본적으로 잘라내는 일을 해야 한다. 그렇지 않으면 유럽 전체가 유대인이라는 질병을 앓게 될 것이다." 그러한 고민의 결과로 도출된 것이 바로 '유대인 문제에 대한 최종해결책', 곧 인위적 절멸이었다. 1942년 최종해결책이 채택된 후 게토는 점차 동유럽 각지의 수용소와 연계되어 그곳으로 강제 이송되기 직전 머무는 대기소 역할을 하게 되었다.

효율적인 절멸수용소들이 건설되기 전까지 유대인 학살은 아인자츠그루펜*이라는 살인특무부대에 의해 시행되었다. 이들은 전선의 후방에서 지역 군경과 주민들의 협력을 받아 유대인들을 총살해 구덩이에 파묻는 방식으로 학살을 자행했다. 1941년 우크라이나의 수도 키예프 근교 바비야르 계곡에서 일어난 전설적인 대학살이 그 대표적인 예다. 여기서는 한번에 3만 명 이상의 유대인들이 학살당했다. 하지만 이러한

* 친위대 내의 보안대와 보안경찰이 주축이 되어 후방을 담당했던 특수 조직. 여섯 개의 부대로 이루어져 있었으며 부대원은 총 3,000명 정도에 이르렀다.

학살은 부대원들에게 스트레스를 주었을 뿐 아니라 증가하는 유대인 수를 감당해낼 수도 없었다. 결국 아인자츠그루펜에 의한 학살은 절멸수용소의 방식에 자리를 내어주게 되었다.

나치스의 수용소 건설

나치스가 건설한 최초의 수용소들은 공산주의자 등 정치적 반대파들을 수용할 목적으로 지어졌다. 1933년 3월 지어진 최초의 강제수용소 다하우 역시 이런 목적을 위한 것이었다. 그후 수용소 시스템이 좀더 정교하게 정비되어 본격적인 강제노역수용소Arbeitslager들이 건설되기에 이른다. 부헨발트, 마우트하우젠뿐 아니라 수용소 체제 그 자체를 상징하는 폴란드의 아우슈비츠 역시 이 시기에 지어졌다.

1941년 아우슈비츠에서는 9월 제2수용소가 증설되고, 이곳에서 독일의 데게슈Degesch 사가 개발한 '치클론 B' 가스를 통한 가스실 학살 실험이 성공적으로 이루어진다. 1942년부터는 최고의 효율성을 통한 유대인 절멸의 공장으로서 절멸수용소가 본격적으로 가동되기 시작한다. 아우슈비츠 역시 가스실과 소각로(화장터)를 갖춘 대규모 학살 공장으로 거듭나고 '노동을 통한 절멸'이라는 새로운 역할을 담당하게 된다. 가장 나중에 지어진 헤움노, 베우제츠, 소비부르, 트레블링카 등의 수용소는 축적된 경험을 바탕으로 효율성을 극대화하기에 이르렀다. 여기서는 더 싸고 구하기 쉽다는 이유로 치클론 B가 아닌 배기가스, 곧 일산화탄소

그림 1_ 유럽 곳곳에 있던 수용소 지도

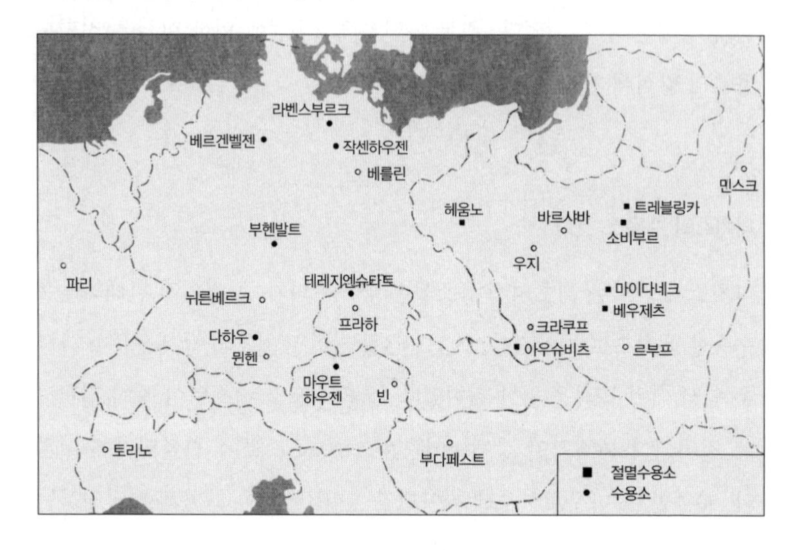

가 대량학살용으로 사용되었다. 이중 가장 "효율적"이었던 트레블링카 수용소에서는 총 90만 명에 달하는 유대인이 목숨을 잃었다.

아우슈비츠 수용소

아우슈비츠는 1939년 9월 독일이 폴란드를 침공한 후 오시비엥침이라는 슐레지엔 인근 폴란드 지역에 독일식 이름을 붙인 것이다. 당초에는 폴란드인 학살을 위한 장소로 이용할 예정이었으나 시간이 흐르면서 전 유럽인들, 특히 유럽 각국에서 각각의 국적을 얻은 유대인, 집시, 소련군

포로들을 이곳으로 이송하기 시작했다. 이곳에 수감되었던 사람들 중에는 체코인, 슬로바키아인, 유고슬라비아인, 프랑스인, 오스트리아인, 심지어 독일인도 있었다. 수용소가 개방될 때까지 폴란드 정치범도 계속해서 이곳으로 이송되었다. 수용소의 터는 원래 폴란드 군의 기지가 있던 곳인데, 이 기지는 도시의 인구 밀집지역과 떨어져 있어서 증축과 격리가 쉬웠다. 또 오시비엥침은 철도 교통의 요충지에 자리잡고 있어서 유럽 각지로부터 수송이 편리하기도 했다.

수용소 설립 명령은 1940년 4월에 내려졌고, 수용소 소장에는 루돌프 회스가 임명되었다. 1940년 6월 14일 나치스의 비밀경찰인 게슈타포에 의해 아우슈비츠의 첫번째 수감자들이 호송되어왔다. 이들은 타르누프Tarnów 시에서 정치범이라는 죄목으로 체포된 728명의 폴란드인들이었다. 수용소 설립 당시에는 총 20동의 건물이 있었다. 1941년부터 1942년에는 수감자들의 노동력을 이용해서 단층건물을 모두 2층으로 개축하고, 새로 8동을 증축하여 결국 취사장과 관리동을 제외하고 모두 28동의 건물이 수용소로 사용되었다. 1942년에는 한때 2만 8,000명의 수감자들이 동시에 수감되었던 적도 있었지만, 평균 1만 3,000~1만 6,000명 정도가 수감되어 있었다. 수감자 수가 늘어감에 따라 수용소의 크기도 확대되었고, 수용소는 거대한 살인공장으로 변해갔다.

오시비엥침의 아우슈비츠 제1수용소는 새로운 수용소 건설의 기본이 되었다. 이곳에는 수용소 본부와 행정부서 등이 자리잡고 있었고, 일반 물품과 군수품을 생산하는 공장도 있었다. 1941년에는 오시비엥침 시

그림 2_ 아우슈비츠 수용소 지도

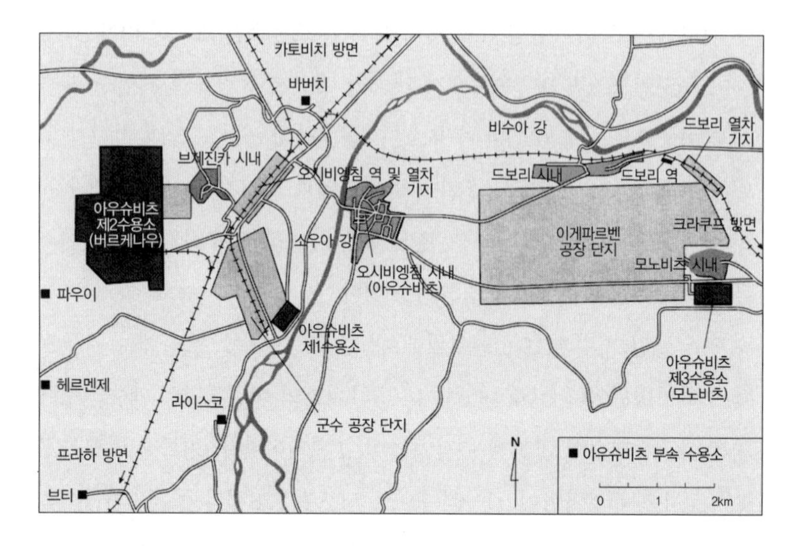

에서 3킬로미터 떨어진 떨어진 브제진카Brzezinka라는 마을에 또 다른 수용소의 건설작업이 시작되었는데, 그 마을은 후에 비르케나우라는 독일식 이름을 얻었고 수용소는 아우슈비츠 제2수용소, 혹은 비르케나우 수용소라고 불리게 되었다. 또 1942년에는 오시비엥침에서 가까운 모노비츠라는 마을에 아우슈비츠 제3수용소가 세워졌다. 이곳은 원래 이게파르벤 기업의 공장이 있던 곳인데, 여기 수용된 수인들은 모두 부나라는 합성고무를 만드는 이 공장에서 일을 하게 되어, 이 수용소를 부나 수용소라고도 부른다.

그중에서도 비르케나우 수용소는 대량학살과 시체처리를 위한 거대한 장치를 갖추고 있었다. 처음에는 네 개, 나중에는 다섯 개의 가스실과 소각로, 그리고 철로와 승강장까지 갖추고 있었다. 1944년 8월에 그 소각로는 하루에 2만 4,000명의 시체를 소각했다고 한다. 유대인들 대부분은 이곳에 도착하자마자 바로 가스실로 보내져서, 명부에 등록되지도 못한 채 죽었다. 현재까지 정확한 희생자 수가 파악되지 않는 것도 이 때문이다.* 여기서 피학살자의 수는 대략 150만 명 이상으로 추정된다. 수용소장 회스의 말에 따르면 이송되어온 사람들 중 중노동에 적합하지 않다고 판단된 70~80퍼센트가 가스실로 보내졌다고 한다. 이 선별 과정은 이 책 첫 장에서도 자세히 기술되고 있다. 레비가 자세히 묘사하지 않는, "무無 속으로 사라져간" 사람들의 이후 행적에 대해서는 다음과 같은 추정이 가능하다.

화물 열차에 실려 아우슈비츠에 도착한 이들 중 노동에 적합하지 않다고 판단된(혹은 그저 단순히 줄을 잘못 선) 이들은 비르케나우 수용소로 이동해 옷을 모두 벗어두고 귀중품을 보관소에 맡긴 후 샤워실이라는 간판이 붙은 가스실 앞으로 내몰린다. 몇몇 절멸수용소에서는 먼저 여자들의 머리를 자르기도 했다. 사체에서 제거하는 것보다 훨씬 효율적이기 때문이다. 나중에 이 머리카락으로 매트리스와 천 등을 제작했다.

* 희생자 수를 정확히 파악할 수 없는 또 다른 이유는 스탈린그라드 전투에서 패한 후 독일군의 패색이 짙어지자 나치스가 동유럽 곳곳의 수용소에서 그간의 학살 흔적을 체계적으로 지워나갔기 때문이다. 이 과정에서 땅에 묻었던 시체들을 수인들에게 다시 파내서 불태우도록 하기도 했다. 특히 아우슈비츠에서는 SS가 후퇴하면서 제2수용소에 있던 두 동의 가스실과 소각로를 폭파시켰다. 그래서 1945년 1월 27일 소련군이 아우슈비츠에 도착했을 때는 이미 대부분의 시설이 파괴되고 300동 이상의 건물들 중에서 45동의 벽돌건물과 22동의 목조건물만이 형태를 유지하고 있었다.

낯선 독일어로 외치는 고함과 채찍에 몰려 사람들은 샤워실이 가득 찰 때까지 들어간다. 샤워실 문이 잠기고 천장의 샤워 꼭지들에서 물 대신 치클론 B 가스가 새나온다. 가장 약한 사람들이 맨 아래쪽에 깔리고 가장 힘 센 사람들이 꼭대기에 올라 차곡차곡 쌓인 채로 모두 사망할 때까지는 15~20분 정도가 걸린다. 모두 사망한 것으로 확인되면 역시 아우슈비츠의 유대인 수인들이었던 존더코만도들이 들어와 피와 배설물로 뒤범벅이 된 사체들을 끌어낸다. 금니와 머리카락을 뽑고 수레에 실어(나중에는 컨베이어벨트를 사용하기도 했다) 소각로로 운반한다. 사체가 너무 많을 때는 그냥 밖에 쌓아두기도 한다. 화장시킨 사체의 재는 가까운 곳의 하천에 버리거나 비료로 썼다. 처음부터 끝까지 이 모든 과정은 아무리 처리대상 인원이 많을 때도 세 시간을 넘지 않았다고 한다.

1942년부터 1944년 사이에는 아우슈비츠 제3수용소 관리 하에 약 40여 개의 소규모 수용소가 세워졌는데 그 수용소의 대부분은 수감자들의 노동력을 이용하고 있던 공장, 철공소, 탄광들 근처에 자리잡고 있다. 후에는 이 인근의 수용소들을 모두 통틀어 아우슈비츠 수용소라고 불렀다.

■ **참고문헌**

Kazimierz Smoleń 지음, 박상준 옮김, 『아우슈비츠-비르케나우 안내서(한국어판)』, 국립오시비엥침 박물관, 1997.

Raul Hilberg, *The Destruction of European Jews*, Holmes &Meier Publishers, 1985.

볼프강 벤츠 지음, 최용찬 옮김, 『홀로코스트』, 지식의풍경, 2002.

최호근 지음, 『서양현대사의 블랙박스 나치대학살』, 푸른역사, 2006.

폴 존슨 지음, 김한성 옮김, 『유대인의 역사 3: 홀로코스트와 시오니즘』, 살림, 2005.

『이것이 인간인가』는 아우슈비츠 강제수용소에서 살아남은 자의 증언이다. 하지만 이 책은 개인적인 체험기로서도 뛰어나지만, 그 틀을 넘어서 더 근본적이고 보편적으로 현대 '인간' 그 자체의 위기를 증언한다는 점에서 매우 중요하다. 이 책은 과거에 잔혹한 사건이 있었다는 사실뿐 아니라, 한 걸음 더 나아가 그 증언이 전달되지 않을지 모른다는 섬뜩한 위기에 대해서도 증언하고 있다. 그 때문에 이 책은 우리 시대에 누구나 참조하고 기준으로 삼을 수 있을 만한 증언 문학의 고전이라고 할 수 있는 것이다.

저자 프리모 레비는 아우슈비츠의 산증인이며, 이탈리아 현대문학계를 대표하는 작가이기도 하지만, 한국에서는 거의 알려져 있지 않다. 원서의 초판은 제2차 세계대전 종전 후 얼마 지나지 않은 1947년에 이탈리아에서 발행되었지만 당시에는 거의 주목을 받지 못했다. 이 책이 많은 독자를 얻은 것은 1958년에 출판사를 바꿔 재판되면서부터였다. 독일을 비롯해 전 세계에서 번역·출판되어 증언 문학의 대표적 작품으로 높은 평가를 받았다. 일본어판은 1980년에 간행되었는데, 그 제목은 '아우슈비츠는 끝나지 않았다' 였다. 거기에는 '아우슈비츠'라는 사건이 과거의 일이 아니며, 현재에도 끊임없이 우리들을 위협하고 있다는 함의가 내포되어 있다. 나는 이 책을 처음 읽었을 때부터 지금까지 줄곧 이 책에 담긴 저자의 증언, 고찰, 경고가 반드시 한국 사람들에게 전달되어야 한다고 생각해 왔다. 지금 그것이 가능하게 된 것이다.

프리모 레비는 1919년 북이탈리아 토리노의 유대계 가정에서 태어났다. 토리노 대학에서 화학을 수학했지만, 문학에도 깊은 관심을 가지고 플로베르, 모파상, 도스토예프스키, 콘래드, 카프카, 토마스 만, 멜빌, 단테 등의 작품을 탐독했다. 그러나 대학 재학 중 이탈리아에서도 '인종법'이 반포되어 유대인에 대한 차별과 배제가 제도적으로 강화되어 갔다. 일반 학우들이 그를 피했고, 교수들도 그를 학생으로 받아주지 않았다.

레비는 1941년에 우수한 성적으로 대학을 졸업했지만, 유대인이라 좀처럼 일자리를 구하지 못하다가, 유대인임을 숨긴다는 조건으로 어렵사리 한 화학 공장에 취직했다. 이 즈음부터 그는 점차 반파시즘 운동에 접근하기 시작한다. 1943년 9월 독일군이 토리노를 점령하자, 그는 아오스타 계곡으로 들어가 반파시즘 빨치산 부대에 가담해 투쟁했다. 그러나 밀고를 당해 1943년 12월에 체포되었고 유대인이었기 때문에 아우슈비츠로 이송되었다.

아우슈비츠에 이송된 대부분의 유대인들은 즉석에서 가스실로 끌려가 살해되었지만, 젊고 건강한 자만은 강제노동 현장으로 보내졌다. 프리모 레비도 통칭 '부나'라고 불리는 화학 공장 건설 현장의 강제노동을 위해 모노비츠라는 지역의 수용소로 보내졌다. 그곳은 "자신을 제외한 만인에 대한 소모전"을 강요하는 전장이었다. '노동을 통한 절멸'이라는 정책이 실행되고 있었으며, 수인들의 평균수명은 고작 3개월이었다. 아우슈비츠에서 학살된 희생자의 수는 110만 명 내지 150만 명이라고 한다. 그중 90퍼센트는 유대인이었다. 아우슈비츠 이외의 수용소 등에서 희생된 자를 합친 총수는 600만 명이 넘는다. 그중에는 다양한 국적의 정치범과 전쟁 포로, 집시, 동성애자, 그 외 나치가 '반사회적 인물'이라고 낙인을 찍은 사람들이 포함되어 있다.

아우슈비츠 수용소가 소련군에 의해서 해방된 것은 1945년 1월 27일이다. 그 시점까지 살아남은 수인 중 5만 8,000명은 퇴각하는 독일군에 의해 연행되어 대부분 '죽음의 행진' 중에 목숨을 잃었다. 구제된 수인은 약 7,000명에 불과했다. 프리모 레비도 그중 한 사람이었다. 그가 토리노의 자택으로 살아 돌아온 것은 같은 해 10월 19일이다. 그는 스스로가 체험한 지옥 같았던 나날을 철저히 되돌아보고 기록으로 남겼다. 그것이 바로 이 책이다.

이 책을 하나의 서사로 읽을 때 그 기저에 단테의 『신곡』이 가로지르고 있음을 발견하는 일은 그리 어렵지 않다.

그것은 이미 작품 첫머리에 아우슈비츠에 도착한 프리모 레비가 노동반으로 선별되어 트럭에 실려서 '부나'의 수용소로 이송되는 장면에서부터 드러난다. 수인을 감시하기 위해서 트럭의 짐칸에 동승한 독일병사가 수인으로부터 금품을 빼앗는 장면이다.

> 어느 순간 그가 손전등을 켰다. 그리고 "이 저주받을 망령들아, 비통할지어다!"라고 소리치는 대신 독일어와 피진어를 써가며 꽤 정중하게 한 사람 한 사람에게 혹시 자기에게 줄 만한, 돈이라든가 시계 같은 것이 있는지 물었다. 잠시 후면 우리에겐 그런 것이 아무 쓸모가 없어질 테니까. 그건 명령도 아니고 규정도 아니었다. 우리의 카론이 저 혼자 생각해낸 독창적인 아이디어가 틀림없었다.(이 책 25쪽)

『신곡』 지옥편 제3곡은 단테가 지옥문에 다다른 장면으로 시작한다. 그 검은 문 위에는 '여기 들어오는 너희는 온갖 희망을 버릴지어다'(『신곡』 지옥편, 제3곡 9행)라는 끔찍한 문구가 새겨져 있다. 수용소 문에는 '노동이 자유케 하리라'라는 문구가 있었다. '이 저주받을 망령들아, 비통할지어다!'라는 말은 지옥과의 경계를 가르는 아케론 강의 뱃사공 카론이 단테에게 던진 절규이다. 즉 수용소의 문을 지나가려는 바로 그 순간 프리모 레비의 마음에는 『신곡』이 떠올랐던 것이다.

'부나'에 도착하고 트럭에서 내린 수인들은 텅 빈 방으로 내던져진 채 오랜 시간 방치되었다. 4일간이나 물을 마시지 못한 그들은 미칠 듯이 목이 말랐다. 그 방에는 수도꼭지가 있었다. 하지만 그 물은 "미지근하며 들척지근하며 진창 냄새가"(이 책 26쪽) 나서 도무지 마실 수가 없었다. 돌연 레비는 자신이 지옥으로 향하는 대합실에 있음을 직감한다.
『신곡』은 이 세상이 지옥으로 가는 대합실에 불과하고 사람은 모두 그 대합실에 있음을 우리들에게 들려준다. 『신곡』에서 베르길리우스는 '이성'을 베아트리체는 '신학'을 의미한다. 이때 레비는 자신의 몸을 '이성'에 이끌려 지옥을 지나가는 단테로 비유하고 있었던 것이다.
이 책의 절정은 야외에서의 가혹한 작업 중에 레비가 『신곡』 지옥편 제26곡에서 '오디세우스의 귀환' 부분을 동료 수인인 장에게 암송하여 들려주는 장면이다. 그는 알자스 출신인 장을 위해 기억 속의 『신곡』을 가능한 정확히 프랑스어로 번역하여 전하려고 한다.

> 그대들이 타고난 본성을 가늠하시오.
> 짐승으로 살고자 태어나지 않았고
> 오히려 덕과 지를 따르기 위함이라오.(이 책 174쪽)

뇌리에 새겨져 있을 시구가 좀처럼 기억나지 않자 레비는 그것만 다시 기억할 수 있다면 "오늘 먹을 죽을 포기할 수도 있다"고까지 생각했다.
'오디세우스의 귀환'의 내용은 고난에서의 귀환과 증언의 서사이다. 이 책은 아우슈비츠에서 살아 돌아온 직후의 젊은이 프리모 레비가 자신의 경험을 단숨에 쓴 것이지만, 그것이 믿을 수 없을 정도로 세세한 부분까지 계산된 듯한 중층적인 서사 구조를 갖추고 있다. 유럽문학의 정통적인 전통을 제대로 계승하고 있다고 할 수 있다. 토대에 두고 있는 것은 그리스 로마 신화이다. 그 위에 중첩된 단테의 『신곡』은 르네상스와 인문주의의 서사이며, '인간성'이나 '이성'의 승리를 제창한 서구 계몽주의 사상으로 확장되어 간다. 하지만 그 위에 또 중첩되어 있는 것이 '홀로코스트'의 서사이다. 즉 이 삼중구조의 서사는 최상층에서 반전되어 계몽주의적 인간관의 파국에 대한 서사가 되는 것이다.

'인간'이라는 존재는 '덕과 지'를 가지고 태어난다. 그 '덕과 지'의 힘에 의해 지옥에서 살아 돌아와, 훗날 사람들을 위해서 증언하는 것이다. '이성'이 인도하는 대로 연옥煉獄을 벗어나 천국에 이르는 것이다. 하지만 아우슈비츠에서는 '인간에게는 이성이 존재한다'는 생각은 아무 도움도 되지 않았다. '인간이라면 이렇게까지는 할 리가 없다'고 생각되는 모든 것이 실제로 행해졌다. 르네상스 이래 축적되어온 계몽주의적 '인간'관이 철저하게 분쇄되었던 것이다. 더구나 그것은 외부의 힘에 의해 파괴된 것이 아니라 유럽 내부로부터의 자기 파괴였던 것이다.

이와 같은 견해에서 보자면, 이 책은 유럽정신사 그 자체를 이야기한 것이라고 할 수 있다. '홀로코스트'의 지옥에서 살아남아 증언하는 프리모 레비는 말하자면 현대의 오디세우스이자 단테인 것이다. 이 책을 현대의 고전이라고 부를 수 있는 이유가 여기에 있다.

프리모 레비는 생애 총 14권의 소설, 시집, 평론을 발표했다. 그 가운데 특히 중요하다고 생각되는 것은 다음의 다섯 권이다.

『이것이 인간인가』Se questo è un uomo(1947, 1958)

『휴전』La tregua(1963)

『주기율표』Il sistema periodico(1975)

『지금이 아니면 언제?』Se non ora, quando?(1982)

『가라앉은 자와 구조된 자』Il sommersie i salvati(1986)

이 다섯 권을 첫 작품부터 마지막 작품까지를 읽어보면, 방대한 하나의 작품처럼 생각되기도 한다. 그것은 세계전쟁과 대학살이라는 경험을 '인간' 존재 그 자체에 대한 문제제기로 받아들인 인물의, 대략 40년간에 걸친 사상적인 격투를 그린 이야기이기도 하다.
첫 작품인 이 책의 서문에 프리모 레비는 다음과 같이 쓰고 있다.

> 수용소는 엄밀한 사유를 거쳐 논리적 결론에 도달하게 된, 이 세상에 대한 인식의 산물이다. 이 인식이 존재하는 한 그 결과들은 우리를 위협한다. 죽음의 수용소에 관한 이야기는 모든 이들에게 불길한 경종으로 이해되어야만 할 것이다.(이 책 6~7쪽)

그러나 사실 이 시발점에서, 아니 아직 수용소 안에 갇혀 있던 시점에서 이미 증인은 스스로의 증언이 존중되지 않을 것이라는 예감 때문에 고뇌하고 있다. 그 예감은 이 책에서 그가 밤마다 꾸는 악몽으로 기술되어 있다. 해방된 후 집으로 돌아와 가족이나 친구들에게 둘러싸여 수용소에서의 고난을 이야기한다. 하지만 아무도 자신의 이야기를 듣고 있지 않음을 깨닫는다. 모두 무관심하다. 그러자 "마음속에서 황폐한 슬픔이 서서히 자라난다." 그런 악몽인 것이다(이 책 88~89쪽).

다음으로 마지막 작품의 「결론」에서 그 일부를 인용해보자.

> 우리로서는 젊은이들과 이야기하는 것이 점점 더 어려워진다. 우리는 그것을 의무로, 또한 위험으로 인식한다. 우리가 시대착오적으로 보일 위험, 우리의 이야기를 들어주지 않을 위험 말이다. 우리의 이야기에 귀를 기울여야 한다. 우리는 우리의 개인적 경험을 넘어 집단적·근본적으로 중요하고 예기치 못한 사건의 증인이었다. 예기치 못한 일이기 때문에, 아무도 예견하지 못한 일이기 때문에 근본적으로 중요한 것이다. 〔……〕 사건은 일어났고 따라서 또다시 일어날 수 있다. 이것이 우리가 말하고자 하는 것의 핵심이다.(이소영 옮김, 돌베개, 2014, 247쪽)

40년에 걸친 증언 후에 그의 불안과 절망은 진정되기는커녕 점점 심해지고 있었다. 이 문장을 쓴 다음 해, 1987년 4월 11일 프리모 레비는 자살했다.

강제수용소에서 살아 돌아온 사람이 자살하는 예는 드물지 않다. 하지만 프리모 레비의 자살은 서구 사상계나 문학계에서 특별한 충격으로 받아들여졌다. 그 이유는 그가 항상 그의 저작을 통해 아우슈비츠에서 파괴된 '인간'이라는 척도를 재건하는 일에 몰두했기 때문이다. 바꿔 말하면, 레비 자신이 '아우슈비츠 이후'의 세계에서도 우리가 '인간'에 희망을 이어갈 수 있는 근거와 같은 존재였기 때문이다. 그는 이른바 현대 오디세우스였다. 그런 그가 돌연 자살한 것이다. 그는 그 방대한 이야기의 말미에 '자살'이라는 사건을 배치함으로써 바닥이 보이지 않는 깊은 구멍과 같은 미완의 물음을 우리에게 던졌다. 그는 자살이라는 행위를 통해 우리에게 최후의 경종을 울리려고 했던 것일까.

토리노 시의 공동묘지에 있는 프리모 레비의 묘에는 174517이라는 숫자가 새겨져 있다. 아우슈비츠에서 왼쪽 팔뚝에 문신으로 새겨진 수인번호다. 그앞에서 걸음을 멈추지 않을 수 있을까? 세계 전체가 망각의 늪에 빠지더라도 이 묘석에 새겨진 수수께끼와 같은 숫자만은 언제까지나 인종차별과 파시즘이 초래한 참극을 끊임없이 고발하고, 다시금 찾아올 위기에 경종을 울릴 것이다.*

나는 올해 4월부터 한 대학의 연구교수로 한국에서 생활하고 있다. 15년가량 문민정권이 이어져 한국 사회의 민주화는 진전되었다. "성숙한 민주사회"라는 표현을 자주 듣는다. 내가 아직 이 나라를 잘 모르기 때문인지, 만나는 사람들마다 대단히 낙관적인 듯한 인상을 받는다. 중년 이상의 사람들은 밝은 표정으로 "이제 과거와 같은 일은 일어나지 않는다"고 단언하고, 젊은 사람들은 "자신들이 태어나기 전에 일어난 고난의

* 이에 관해서는 『시대의 증언자 쁘리모 레비를 찾아서』(창비, 2006)에 더 상세히 설명되어 있다.

역사에 실감할 수 없다"며 당혹스런 표정을 짓는다. 일본 친구들은 "자신들의 나라에는 희망이 없지만 한국에는 있다"고 말한다. 나 역시 그렇기를 바란다. 하지만 진정 그럴까? 조선반도의 근대사에서 찾아보기 힘든 이 평화와 민주주의의 시대에 벌써 검은 그림자가 드리워지기 시작했음을 느끼는 것은 나뿐일까?

이 나라 사람들이 식민지배의 비애와 굴욕을 경험한 것은 불과 60년 전의 일이다. 해방 후에는 학살과 내전의 비극을 겪었고, 군정에 의한 폭력은 불과 15~16년 전까지도 계속되었다. 민족분단에서 기인하는 고통은 현재진행형이다. 무엇 하나 진정으로 끝난 것이 없다. 지금도 사회의 곳곳에, 또 사람들의 마음속에 불길한 징후가 존재한다. 단지 사람들이 눈을 돌리고 있을 뿐이 아닐까? 그런 징후들은 다양한 조건 아래에서 언제고 다시 잔혹한 폭력으로 분출될지 모를 일인데도…….

과거의 고난이나 먼 장소에서 일어난 비참한 사건에 상상력을 발휘하는 일은 쉽지 않다. 하지만 우리들은 상상이 미칠 수 없다는 사실에 대한 공포를 의식해야 한다. 그러한 공포를 잃어버리는 순간, 냉소주의가 개선가를 울릴 것이다. 우리들 '인간'을 태우고 표류하는 배가 난파할 것이다. 이것이 바로 프리모 레비가 우리들에게 남긴 경고이다.

2006년 12월

서경식